ALBERTA RICCARDI

CAFÉ IDA

Una saga dalla Ciociaria alla Scozia

PIEMME

Questo romanzo è un'opera di fantasia. Personaggi e situazioni sono invenzioni dell'autrice e hanno lo scopo di conferire veridicità alla narrazione e sono quindi utilizzati in modo fittizio. Qualsiasi analogia con fatti, eventi, luoghi e persone, vive o scomparse, è puramente casuale.

La poesia a pag. 5 è tratta da COSIMO RUSSO, *Ancora una volta*, 2019, Manni Editori.

Pubblicato per

PIEMME

da Mondadori Libri S.p.A.

ISBN 978-88-566-8421-6

I Edizione settembre 2022

Anno 2022-2023-2024 - Edizione 1 2 3 4 5 6 7 8 9 10

Finito di stampare presso Grafica Veneta S.p.A.
Via Malcanton, 2 – Trebaseleghe (PD)

A mamma e papà

Chiedi che venga a trovarti
nel solstizio d'estate,
quando la luce riappare
in questo luogo di sonnambuli,
con il suo modo tipico da uomo
il suo berretto, la tesa scucita,
le sue bretelle, preso per mano
a un bambino che ha la testa vuota,
mentre si sente l'odore della siepe,
il rombo di un treno metallico.

COSIMO RUSSO, *Ancora una volta*

Personaggi

1899

Famiglia Datti di Lanza

Niccolò Datti di Lanza
Lucrezia Datti di Lanza
Edoardo Datti di Lanza
Flaminia Datti di Lanza
Maria Pia Datti di Lanza
Giovanni Datti di Lanza
Lucita Datti di Lanza
Pia Datti di Lanza

Famiglia Montefosco

Domenico Montefosco
Ida Montefosco
Primo Montefosco
Attilio Montefosco
Luigi Montefosco
Marietta Montefosco
Nevio Montefosco
Mizio Montefosco
Nonna

Nel 1899 Roccasecca e gli altri luoghi citati appartenevano a *Terra di Lavoro*, una grande e storica provincia che il 2 gennaio 1927 fu soppressa per regio decreto e divisa tra le province di Roma, Frosinone, Campobasso, Benevento e Napoli.

Le attribuzioni forzate sono sempre complesse e richiedono tempi molto lunghi per essere accettate. Solo per semplicità narrativa quindi, senza voler in alcun modo mancare di rispetto alla storia, alle radici e ai legami che ne derivano, si parla di Ciociaria fin dall'inizio.

1

Se ne tornava da scuola sulla strada costeggiata da ulivi e aranci che avrebbe ereditato in blocco insieme ai contadini, e che avrebbe passato ai suoi figli, e loro ai suoi nipoti. Nulla, quando era uscito, faceva presagire le nuvole che si andavano addensando, anzi, la luce polverosa di aprile affaticava gli occhi, annunciando una giornata afosa da passare per metà su un banco liscio come quelli della chiesa.

Un mulinello di fiori gli svolazzò sul viso. Pensò che se non fosse stato per la sciarpa che il nonno gli aveva infilato sotto la giacchetta, la gola gli sarebbe andata in fiamme già a quella folata, e ondate di brividi l'avrebbero scosso finché non gli avessero spalmato semi di lino sul petto e rimboccato le coperte. Una raffica gli fece stringere più forte il quaderno con le frasi in bella calligrafia e i cento *Io, Giovanni Datti di Lanza, mi asterrò dall'intervenire in aiuto dei compagni per non privarli del diritto di apprendere tramite l'errore* con cui aveva infittito pagine e pagine durante le ore di punizione.

Iniziò a correre, contro il vento e contro la paura che il fiato si accorciasse e divenisse un sibilo prima di scorgere Villa Datti di Lanza in cima alla collina. Poi l'aria si fermò di colpo. Si fermò anche lui ad ammirare quella massa nera da godersi al riparo dietro una finestra, aspettando il lampo e contando con le dita fino al tuono, mentre la legna crepitava nel camino e la mamma cercava consolazione tra le note del pianoforte. Ma grosse gocce iniziavano ad appiattirgli i capelli e colavano lungo la schiena impregnando la blusa fresca di bucato, e allora riprese a correre, con le scarpe già pesanti e lo sguardo alle nubi scese ad annunciare una notte precoce di ululati e di briganti a caccia di bambini soli.

Uno scalpitio di zoccoli lo fece sobbalzare riempiendolo di speranza. Saltò e agitò le braccia, e il quaderno cadde in una pozza, ma non c'era tempo di chinarsi perché il cavallo era vicino e l'uomo, una mano sulle briglie e l'altra tesa dietro a cingere un fagotto, guardava verso l'alto e di lui non si accorgeva. Fu così che il bel profilo di suo padre gli sfrecciò accanto con l'espressione di chi sa godersi la vita anche quando è imbevuta di pioggia, e il galoppo sgangherato del suo baio si perse nella discesa. A lui non restò che guardarli svanire nell'orizzonte, lui e quello strano fagotto che pareva proprio uguale alla figlia del fattore.

Si piegò sulla pozzanghera a fissare quelle parole tanto stonate e tanto ben scritte... *Io, Giovanni Datti di Lanza, mi asterrò dall'intervenire*... finché del fango presero il colore e il valore. Poi recuperò il quaderno, perché in casa Datti nulla poteva essere buttato, lo infilò dentro la sciarpa e d'impulso scartò su un sentiero laterale.

Senza badare ai sassi che schizzavano sulle gambette nude macinava passi sul percorso sconosciuto, fiducioso di ritrovarsi dopo un paio di svolte, magari tre, davanti a casa. Ma scoprendo che della villa non c'era traccia la fiducia cedette all'ansia, lo sterno s'incurvò e cominciò a fischiare. Non c'era che fermarsi sotto un albero scaltro abbastanza da schivare i fulmini e aspettare. Poggiato su una pietra abbandonò la testa all'indietro sul tronco scortecciato e sognò una voce che gridava. Aprì gli occhi su un ragazzino più o meno dell'età sua che continuava a urlare e gesticolare.

«Ehi! Levati dal bosco che ci muori!»

Gli fece segno che faticava a respirare e l'altro cambiò espressione. Mollò a terra un aggeggio di legno e in due balzi gli fu davanti, se lo caricò sulla schiena e s'inerpicò per il sentiero come uno scoiattolo.

«Ti porto a Villa Datti perché di altre case qui non ce n'è.»

Giovanni non replicò che era ovvio che andassero lì, visto che ci abitava. Ma il suo silenzio insospettì il ragazzino, che si voltò a controllare. Constatando che era vivo gli fece un gran sorriso.

«Mi raccomando, eh?»

Giovanni annuì girandosi a guardare l'aggeggio abbandonato sotto l'albero.

«E la culla?»

«Non è una culla, è un porta-pecora.»

«Ah.»

«Metti che la pecora si rompe una zampa in un punto dove non puoi arrivare col calesse. Che fai?»

Giovanni non capiva come potesse venire in mente a qualcuno di costruire un porta-pecora. Aveva ben presente il personaggio del presepe con la pecora sulle spalle, ma non gli volle rovinare l'entusiasmo per l'invenzione.

«Non lo so.»

«La carichi nel porta-pecora e la trascini fino alla strada, poi la monti sul primo carro che passa ed ecco fatto.»

Immaginare la pecora ribaltata con la zampa spezzata e gli occhi sbarrati dal dolore, per Giovanni era in quel momento già una prova. Ma pensare alla fatica di tirarla dentro quell'accrocco per poi trascinarlo su un sentiero di radici e pietre, gli scatenò la nausea. Realizzò che non poteva nel modo più assoluto vomitare sulla nuca del suo salvatore, perciò cancellò la pecora, l'aggeggio e lo sforzo immane per portarlo giù. E finalmente, con i piedi penzolanti sui calzoni di canapa del ragazzino, iniziò a godersi la corsa verso il letto bollente di brace. Avrebbe voluto fargli sapere quanto gli era grato, ma non aveva più forza né parole, e non seppe dirgli più di un grazie.

«Ringrazia tua madre che t'ha fatto leggero, e pure la pecora che mi s'è persa, sennò chi ci passava quassù.»

Allora capì che il ragazzino sapeva il fatto suo e che di pecore azzoppate doveva essersene incollate parecchie. Sentì un'ombra calare sulla meraviglia del presepe, e ripassando la scena che col nonno ricostruiva meticolosamente Natale dopo Natale, pensò per la prima volta quanto era strano che ogni personaggio fosse condannato a vivere per sempre quel momento, e tuttavia pareva accettarlo senza aspettarsi nulla di diverso. Chissà se spostandone uno a caso avrebbe scombussolato tutto, se cambiando una regola avrebbe infranto tutte le altre, così che anche fuori da Villa Datti se ne sarebbero accorti, a Roccasecca, a Frosinone e magari pure a Roma, e il papa si sarebbe infuriato perché sovvertendo l'ordine aveva cambiato la storia, e Gesù non sarebbe nato. Il rischio era troppo grande per farsene carico, e comunque adesso la fronte gli scottava e la gola doleva tanto da desiderare di tagliarla via. Però un tuono lontano e gocce solitarie qua e là dicevano che la pioggia era finita, sprazzi di azzurro tornavano a farsi largo tra le chiome e lame di luce illuminavano il viottolo fatato che conduceva a casa. L'atmosfera del Natale sparì dentro l'attesa dell'estate e Giovanni tornò a sentire il respiro ansante del ragazzino e a guardargli le gambe saltellare sul sentiero sconnesso. Gli alluci gli uscivano del tutto dalle scarpe bucate, e sulle radici più contorte le caviglie rischiavano una slogatura, ma la presa sotto le ginocchia la sentiva ancora salda, perciò gli strinse più forte il collo e si lasciò andare. Respirò il tepore della sua pelle e si inumidì la guancia di un sudore che sapeva di selvatico e di fumo di camino. Per un attimo arricciò le narici, ma quell'olezzo lo incuriosiva più che infastidirlo, perciò ci avvicinò il naso e vi indugiò.

Ma ecco davanti a loro la quercia su cui si arrampicava

di nascosto dal nonno, che di quell'albero non ne voleva sapere, e anzi l'avrebbe perfino bruciato, se non fosse che la nonna apparendogli in sogno gliel'aveva proibito. Passarono sotto il suo ramo preferito, che era proprio il primo, liscio e largo da potersi sdraiare, e con vista sulla finestra del nonno, che riposava in camera dopo i pranzi dell'estate, quando era troppo caldo perfino per ritirarsi nello studio. Giovanni aspettava quel momento per correre alla quercia con un libro sotto il braccio. Saliva puntellandosi sui nodi sporgenti, si sistemava nell'incavo giusto giusto della sua misura, controllava che gli scuri della finestra fossero ancora chiusi, e iniziava a leggere. Si immergeva nelle pagine ascoltando il fruscìo delle foglie e la vita invisibile del bosco, senza alcuna paura di cadere giù, perché stava bene attento, e perché se anche fosse scivolato sapeva che la quercia l'avrebbe protetto. Ma il momento più bello era la mattina presto, quando il nonno sellava il cavallo e se ne partiva per il giro dei campi. A quell'ora l'aria era immobile, gli animali si stiracchiavano nelle loro tane e il cielo si attardava sotto la sua coperta grigia prima di lasciarla sciogliere al sole. Solo il merlo era arzillo, e da qualche fronda là in mezzo cantava al giorno la sua canzone d'amore.

Il ragazzino si fermò per un secondo.

«Be'? Come si sta là dietro?»

Giovanni non rispose, allora gli diede un paio di colpetti sulla gamba e accelerò sull'ultima salita.

«Resisti piccolè, che siamo arrivati!»

Superata la quercia apparve finalmente Villa Datti, orlata di grappoli di glicine lungo la cornice fra i due piani e di drappeggi alle finestre. Il ragazzino s'incantò.

«Madre santa... pare una femmina...»

Giovanni riaprì gli occhi e pensò che si sentiva bene, pure se stava male, e che doveva essere proprio così quando si aveva qualcuno con cui tornare a casa.

Fu depositato davanti alla porta tra le braccia del nonno, che subito lo avvolse in due giri di coperta e poi rivolse al salvatore un sospiro colmo di gratitudine, soffermandosi a guardarlo più di quanto fosse normalmente riservato a un contadino. Lo guardava tanto da farlo sentire in dovere di presentarsi.

«Montefosco Nevio, di Domenico, signore.»

E mentre glielo diceva si rendeva conto che quell'uomo era il padrone, il signor Niccolò Datti di Lanza, e che l'esserino che gli aveva riportato era nientemeno che il nipote adorato, il bambino che chiamavano l'*erede*. Perciò riprese fiato e aggiunse.

«Al vostro servizio.»

Il signor Datti lo esaminava dalla testa ai piedi, con insistente curiosità sui suoi occhi di bambino in un volto già formato e sui capelli un po' lunghi e rigati di biondo, finché, improvvisamente brusco, gli indicò l'ingresso.

«Forza, vieni dentro ad asciugarti.»

Nevio deglutì. Poteva finalmente vedere con i suoi occhi se la villa era proprio come la raccontava sua sorella, e se davvero i Datti imbottivano tutte le stanze di quadri e di mobili perché non riuscivano a riempirle di figli.

«Grazie signore... Quando avrò riportato a casa la pecora mi asciugherò.»

Fece una specie di inchino cercando in mezzo alla coperta gli occhi dell'*erede*. Mimetizzati nel melange della lana erano fissi su di lui, e allora gli fece un cenno come a dire: "Sei a casa, tutto bene". E infatti il signor Datti gli sfregava le mani sulla schiena spingendolo oltre il portoncino.

Giovanni entrò in casa voltato indietro, chiedendosi se quell'estate sarebbero saliti insieme sulla quercia, ognuno col suo libro. Ma poi realizzò che a scuola non l'aveva mai visto e dunque non sapeva leggere. E soprattutto... si ricordò che era un contadino e perciò di tempo da sprecare sopra un albero non ne aveva neanche un po'.

Un minuto dopo era accucciato sul pavimento in camera sua a togliersi le scarpe, mentre il nonno gli sfilava con impazienza la giacchetta indurita dall'acqua impartendo ordini al piano di sotto.

«Maria Pia! Che il brodo sia bollente, mi raccomando!»

Rassegnato all'ansia che gli si scatenava intorno quando si ammalava, Giovanni si infilò a letto lasciandosi rimboccare le coperte. Per un attimo sospettò che fosse proprio quello stato di agitazione a farlo ammalare, ma il pensiero fu subito soppiantato da un altro.

«Nonno... ma con i Montefosco... noi non ci dobbiamo avere niente a che fare, vero?»

Il nonno si tirò su, e appendendo la giacchetta alla maniglia della finestra indugiò sulla vista che spaziava fino a Castrocielo, volando sopra faggi e lecci, e pure sulla quercia maledetta.

«Eh, nonno?»

Con gli occhi ancora lontani gli rispose con un mezzo sorriso.

«Così dicono.»

Nevio aveva aspettato che il portone si chiudesse, poi era filato via pensando che avrebbe voluto dare al bambino il decotto di tiglio che sua madre rifilava a tutti quando c'era il giro della febbre. O meglio ancora gli avrebbe portato un po' di polvere di Roccasecca, che quella valeva per tutte le malattie. Però non si poteva fare.

Corse giù per il viale, che magari la pecora se ne veniva verso la villa convinta che avrebbe avuto una stalla tutta per sé e che durante la mungitura le avrebbero pure offerto il *tè*. La trovò in effetti giusto poco più sotto.

«Ah sì, qui saresti servita eccome!... Su un bel vassoio, tra gli arrosticini.»

Batté una frasca a mo' di bastone e lei lo seguì docile a ritroso verso il bosco, mentre dalla villa si diffondeva il canto struggente di un pianoforte. Si girò a guardare, neanche la musica potesse essere vista, e inciampò su una pietra.

«Ma che diavolo...»

Massaggiandosi la caviglia la osservava con un certo interesse. Era una pietra liscia e tondeggiante infilzata nell'erba, di sbieco, come scagliata dal cielo. E aveva intorno ciuffi di primule di tutti i colori, fitti nella mezz'ombra e radi dove più a lungo si fermava il sole, che era giusto sul davanti, sull'unico lato inciso con parole e numeri che non sapeva leggere ma che erano tali e quali a... Balzò indietro, si segnò la croce. Altro che pietra, quella era una tomba. La scritta sbiancata da piogge e carezze, i fiori incolti e irrispettosi nella loro allegria. Si riavvicinò piano, fissando gli incomprensibili simboli che certificavano l'inizio e la fine di un'esistenza. *Chi sei...* Si chinò a sfiorare la riga che forse corrispondeva al nome. *Com'è che stai qui, non eri buono per il camposanto?* E trasalì, per un rumore di corsa sfrenata che risaliva dal viale. Si segnò di nuovo la croce. *Non si interrogano i morti, perdonatemi Padre nostro, Maria Santissima e Gesù Cristo sempre sia inchiodato, oh scusate, sempre sia lodato, lodato.* Pregava spingendo la pecora dentro al bosco e acquattandosi dietro di lei nel momento in cui un cavallo piombò al galoppo nell'aia.

Il cavaliere smontò con un balzo elegante e si avviò verso una porticina laterale sgrullando via con un certo distacco alcune foglie dalla giacca. Nascosto dietro a un ramo Nevio osservava la scena deducendo che fosse il padre del bambino, il famoso *principe*, o l'*inglese*, per via della sua conoscenza della lingua, di cui i suoi non mostravano una gran voglia di parlare, e che in effetti di un principe aveva proprio l'aria, sebbene non ne avesse mai visto uno in vita sua. La porticina si richiuse e il cavallo proseguì verso la stalla senza bisogno che gli venisse comandato, con la stessa aristocratica flemma del cavaliere. Nevio guardò la pecora.

«Siamo tali e quali a quei due, eh?»

S'infilò rapido nel sentiero ripromettendosi di approfondire la questione del *principe* e dell'*erede*, e pure quella della tomba abbandonata.

Recuperò il porta-pecora nel punto in cui l'aveva lasciato, se lo legò sulla schiena e camminò fino a Castrocielo tenendo sempre viva la conversazione.

«Che poi, se potessi attaccarci le ruote... al porta-pecora dico. A quel punto il carro non servirebbe più, no?»

Lei, muso a terra, non replicava, ma produceva un regolare rumore di passi, e questo bastava a fargli compagnia.

Più tardi, divorando fronne e patate, Nevio raccontava alla famiglia l'avventura col padrone.

Ida ascoltava cercando di non dare a vedere quanto era presa. Avrebbe voluto un resoconto meticoloso, e invece suo figlio era parco di dettagli. Ora stava dicendo che Niccolò Datti si era stretto addosso il nipote e aveva invitato Nevio a entrare. Com'era bella quella casa... Trentun anni erano passati dall'ultima volta che ci era andata, giusti giusti quelli suoi, calcolò girandosi verso Primo, che era intento a posare una coroncina di rametti freschi sui capelli della sorella, sorridendole imbambolato. Non l'avevano capito subito che era diverso, anzi, quando l'avevano portato per il battesimo alla cappella della villa, tutti si erano congratulati perché un bambino tanto robusto nella Valle del Liri non ci era mai nato, e infatti il corredino che gli avevano regalato già non gli entrava più. Così come lei non sarebbe mai più entrata nel vestito indossato alla festa della trebbiatura, quella da cui ogni cosa ebbe inizio.

Ci era arrivata con tutta la famiglia a quella festa, partendo da Caprile in tutta fretta, che ad acconciarla per bene sua madre ci aveva messo un po' troppo. E così era corsa giù per il vicolo piombando davanti alla fontana che suo padre se ne stava girato verso la valle incurvato e irritato. Ma quando si era voltato aveva spalancato gli occhi svaporando ogni tensione. Di quello sbalordimento ammirato, che le accendeva la consapevolezza del suo essere grande e anche bella, non si sarebbe scordata più. Aveva abbozzato un inchino e gli aveva sorriso, mentre i fratelli le si erano messi intorno a farle già da scorta, che non sia mai, quella era l'unica sorella che gli era rimasta, e per fortuna era quella buona.

«Dite che ci possiamo andare?» aveva bisbigliato sua madre, mentre suo padre saliva a cassetta calcandosi il cappello. «Ci hanno invitato.» E intanto batteva il palmo sul pezzetto di panca che avanzava. Lei era saltata su, imprecando solo per un attimo all'indirizzo delle montagne là di fronte, che la sua primogenita ormai se l'erano presa e chissà in quale anfratto se la tenevano nascosta.

Quando erano arrivati al casale dei Montefosco l'organetto e i tamburelli si erano girati all'unisono verso di loro e avevano smesso di suonare. Di colpo solo silenzio e occhi che indugiavano su di lei, la piccola Ida diventata ragazza, così luminosa che forse ci si poteva fidare. Ma a quegli sguardi tanto bramosi i genitori non erano preparati, ed ecco che la richiamavano indietro, «andiamo via che non è cosa» e si spicciavano a ricompattarsi per tornare da dove'erano venuti. Fu allora che l'uomo all'organetto buttò lì un paio di note spostandosi al centro con l'aria di chi ha deciso per tutti. Accennò un inchino all'indirizzo di Ida e avviò una tarantella ispirata lì per lì da quella nuova situazione.

Spina che infilza gliu core,
sang che cola senza fa' rumore.
Na nova luce ncanta
e spazza via la storia
della druda e della criatura sia.

Dopo, quando l'uomo lanciò una polka, a salvare Ida dall'imbarazzo fu un ragazzetto che la invitò a ballare. E lei, scoperto che le veniva meglio delle prove in casa era radiosa, e alle stelle cadenti non sapeva cos'altro domandare.

Poi era arrivato Niccolò Datti di Lanza e tutto si era smorzato, che poverino era fresco di lutto, ma lui aveva fatto segno di continuare, per carità, che non voleva essere d'ingombro. Domenico l'aveva raggiunto con due bicchieri e avevano buttato giù una sorsata senza brindare né dirsi niente, che tanto dell'incidente a suo padre avevano parlato già, e delle responsabilità che gli erano piombate sulle spalle pure. Adesso c'era solo da rimboccarsi le maniche ancora più in su e lavorare sodo, tutti e due, sostenendosi sempre come fossero fratelli. Poi, schiena poggiata al muro, i loro sguardi erano scivolati su di Ida, che si era fatta più rossa nella foga del suo primo *saltarello*. Sapeva di essere carina col fazzoletto appuntato sui capelli sciolti e la gonna tirata su fino quasi alle ginocchia, ma non da incollarsi addosso gli occhi dei ragazzi grandi. Gli occhi di Niccolò, soprattutto. Il loro nuovo signor Datti parve per qualche istante desideroso di cedere alla baldoria cancellando tutto il resto. Qualcuno colse l'attimo e gli sfilò il bicchiere, mentre una donna lo attirava danzando in mezzo agli altri. Domenico brindò alla sua e restò lì a osservare come al suono di cutufù e triccheballàcche la più casuale delle coreografie stesse in realtà manovrando decine di piedi per avvicinare quelli di Ida e Niccolò. E a compimento di un disegno perfetto, proprio quando le loro ciocie si ritrovarono di fronte, l'organetto attaccò il *valzer della passeggiata*. Tutto rigido e impostato, Niccolò la chiamava signorina Ida e le sfiorava appena la vita, quasi avesse paura di sciuparla. E lei, senza patire la differenza di rango e di età, gli si affidava leggera trasformando per entrambi la breccia in un tappeto di velluto.

Domenico se ne stava lì a prendersi le briciole di quella bellezza, provando un misto di fastidio e di gelosia, e vergognandosene, perché Niccolò si meritava quella boccata d'ossigeno. E durando il tempo di un valzer... pazienza se la dama era sbagliata.

Adesso, intorno al camino, viaggiavano insieme nello

stesso ricordo, Ida e Domenico, e l'occhiata che si lanciarono teneva dentro il silenzio su quello che era successo dopo. Mesi nutriti di separazioni e di pettegolezzi che avevano incupito Domenico, lasciando invece a Ida la sua inesauribile lucentezza. Guardandola adesso, lui si rese conto che ne aveva ancora, e da vendere. E avrebbe continuato a dispensarla pure a chi ne faceva scempio.

Nevio afferrò il peso di una storia mai raccontata. Qualche diceria, ascoltata qua e là, ma nulla che riconducesse a un senso. Perciò ora scrutava i genitori alla ricerca di indizi, curioso delle loro vite prima che si unissero in un matrimonio voluto o combinato, chi lo sa. Qualunque fosse la risposta, concluse che non importava più, perché in un modo o nell'altro aveva vinto l'amore. Li immaginava ragazzini, coi vestiti logori ma dignitosi che indossavano ora, a metter su famiglia dentro una stalla.

Neanche avesse sentito quei pensieri Domenico adesso posava la scodella e si stropicciava gli occhi. Ma la sua commozione non era per Ida, era per Niccolò. Nel rievocare quell'amicizia nata giocando a rincorrere le oche per l'aia, sentiva montare la nostalgia per un legame che non si era mai spezzato per davvero. Perché pure se ormai da anni si davano del voi, ogni tanto scappava a entrambi un gesto impacciato che riusciva a dire: "Guarda, siamo sempre io e te, con le nostre ginocchia sbucciate e i fili d'erba da fischiare in cima alla quercia". Non c'erano stati rimpianti né rabbia, solo due esistenze che erano andate avanti come si doveva.

Ida colse il tremore delle sue labbra e i ricordi che gli affollavano gli occhi opachi. Erano coetanei Domenico e Niccolò, ma gli anni correvano più veloci sul volto di un fattore, e tracciavano rughe per ogni stagione. Rughe di mietitura nella luce di luglio, rughe di vento, di gelate, di vitelli sgravati nella notte, di siccità e di madie vuote. Ida lo osservava con rispetto e lui le prese la mano stringendosela al petto.

La voce di Nevio li riportò al presente.

«Vi siete sposati a Villa Datti? Dicono che voi tre eravate uniti. Dicono che il signor Niccolò da piccolo veniva qui al casale...»

Domenico lo fissava con un'espressione ferma e indecifrabile.

«Se dicono e dicono si vede che gliene avanza di tempo dal lavoro... E allora bisogna dargliene altro.»

Poi si voltò verso Ida e si addolcì.

«Però quel giorno vostra madre era così bella...»

Ma a lei venne solo in mente la gonna che non si voleva allacciare... e poi le lacrime mischiate alla gratitudine per quel ragazzo semisconosciuto che la portava all'altare. "Grazie..." avrebbe voluto dirgli, insieme al sì, mentre Niccolò assisteva dalla seggiola del testimone, annientato dal compimento di una volontà che era stato obbligato ad accettare.

Ida sfiorò la barba del marito.

«E vostro padre è stato il miglior marito che potessi desiderare.»

Nevio fissava rapito il potere di sua madre di trasformare quell'uomo tutto d'un pezzo in un agnellino. Ora la tensione si era allentata, e perfino la nonna s'infilò nella conversazione.

«Certo che è il migliore, è figlio mio.»

Risero tutti e qualcuno chiese che raccontassero lo sposalizio. Un po' titubante Ida guardò Domenico, ma lui era preso a spaccare nel palmo due noci, perciò decise da sé cosa si poteva dire.

«Ci sposammo il giorno dopo il matrimonio del signor Niccolò Datti, perché potessimo godere del ben di dio che sarebbe avanzato dal pranzo del padrone. C'era il sole e...»

Annaspava alla ricerca di particolari che potessero descrivere la festa più bella della loro vita, ma non ne trovava. In testa le rimbalzavano solo gli sguardi morbosi e gli auguri forzati, l'imbarazzo di Domenico e gli occhi di Niccolò spenti sul mondo. Ma i figli la fissavano, perciò tagliò corto sul matrimonio e si concentrò su di loro.

«Primo l'abbiamo chiamato così perché... be', lo capite da voi. E poi, qualche anno dopo, al tempo della concimazione è arrivato Attilio.»

Nevio si voltò verso lo stangone incurvato sotto la volta del camino.

«E mi sa che l'avete concimato troppo.»

Attilio rise, rassegnato alla sua condizione di spilungone della prole.

Adesso Ida era in preda alla tenerezza e con gli occhi passava in rassegna gli altri. Luigi, nato qualche anno dopo, poi finalmente una femmina, Marietta, identica a lei nell'aspetto ma non nel carattere, che invece aveva ripreso Nevio. Nevio... da guardare ogni volta tentando di nascondere un attaccamento viscerale che andava ben oltre la predilizione... e infine il piccolo Mizio. E nel mezzo qualche emorragia che se non fosse stato per la levatrice ci sarebbe affogata. Ai Datti non era andata così bene. Ma l'aveva pensato ad alta voce e quindi ora le toccava spiegare.

«Quando Primo compì un anno la signora Lucrezia partorì Edoardo e Flaminia.»

Nevio restò sorpreso.

«Due gemelli?... Edoardo sarebbe il *principe*?»

Ida s'innervosì a sentirlo chiamare in quel modo.

«Edoardo era un angelo, un angelo bellissimo.»

«Be', da angelo a principe non è mica male. Ma perché si è trasformato? E Flaminia dov'è?»

Ida invece si girò turbata verso Domenico, che prontamente fulminò il figlio.

«Ascoltami bene Ne'. La vita privata dei padroni a noi non ci deve riguardare.»

Abbassarono tutti lo sguardo, tranne Nevio, che non intendeva prendersi la colpa di quella brusca interruzione.

«Veramente avete cominciato voi a raccont...»

Domenico sbattè la scodella sul tavolo e si alzò, prese il

cappello e uscì senza dire una parola. Nevio scosse la testa ridacchiando.

«Mi sa che sto *principe* deve averla fatta grossa.»

Intimorito dalla piega che aveva preso la questione, Luigi tirò un calcio al fratello.

«Non è che si può sempre scherzare, Nè.»

Ma Ida fu colta dal bisogno di difendere quegli anni di felicità che avrebbero sempre rimpianto.

«Edoardo era un bambino dolce assai. Ve lo ricordate, nonna, quando vi curava i conigli?»

La nonna annuì storcendo le labbra in un malevolo sorriso.

«E dei conigli ha preso il vizio.»

Di nuovo Ida lasciò che il rispetto vincesse sull'irritazione. Ormai il ricordo del piccolo Edoardo le era stato stroncato e non avrebbe ripreso il discorso.

Ma le curiosità di Nevio non erano appagate.

«E la tomba?»

Ida lo guardò stupita.

«Quale tomba?»

«Quella su dai Datti, verso il bosco.»

Scorse un lieve smarrimento negli occhi ma non nella risposta.

«Niente Ne', un parente del passato.»

E si mise a fare aria col grembiule a Marietta che si era accaldata e diventava paonazza.

«Levati da vicino alla brace, Marie'.»

Nevio approfittò della confusione per allungare la scodella vuota alla madre. Ida raschiò il fondo del tegame e guardò il marito che giusto in quel momento rientrava nella stanza. Lui fece sì col mento e Nevio ebbe la sua doppia razione.

Marietta fissava le sue voraci cucchiaiate senza domandare niente, e allora lui rallentò, e le cedette il resto.

«Però vacci piano Mariè, se no dentro a stu camino non ci passi più.»

Lei si alzò di scatto e scavalcando a fatica le altre gambe scappò verso l'acquaio. Era lì di spalle a buttarsi un panno bagnato sulla faccia e Nevio sgranava gli occhi disorientato.

«Ma che ho detto?»

La nonna rifilò un'occhiata grave alla nuora e lei di rimando chinò il capo. E ai sei maschi che le scrutavano non c'era nulla da spiegare.

Poco più in là Giovanni sorbiva un brodo caldo a letto, mentre dallo studio al piano di sotto gli arrivava smorzato l'eco di una discussione. La mamma sistemava le cose in giro nella stanza e di tanto in tanto si voltava a controllare che lo bevesse finché era caldo. Ma lui tendeva l'orecchio preoccupandosi che i toni del padre e del nonno salissero troppo.

Non riusciva a capire quale fosse il motivo del bisticcio, però ogni tanto coglieva il suo nome, e dunque la causa era lui? Sì, certamente era lui, per essersi messo in cammino dalla scuola nonostante il temporale in arrivo. O forse per aver portato su alla villa un Montefosco... Ma del resto perché non avrebbe dovuto? La sorella ci veniva almeno due volte al mese per aiutare col bucato, e gli faceva pure i biscotti alle mandorle.

Guardò la mamma con aria contrita.

«È per via di Nevio?»

Lei si avvicinò a sfiorargli con le labbra la fronte ancora calda, e sbirciando il fondo della tazza lo spronò a buttare giù l'ultimo sorso.

«Ma no, sarà per la solita questione della gestione della proprietà.»

Giovanni scosse la testa poco convinto.

«Io però l'ho capito che i Montefosco alla villa non ci possono salire. A parte Marietta.»

Maria Pia si alzò e prese a tastare nervosamente la giacchetta.

«Uff... è ancora bagnata.»
«Mamma, mi dici perché solo Marietta può venire qui?»
In quel momento esplose da sotto la voce di suo padre.
«E sia! Ma sai cosa succederà? Mi rimpiangerai.»
Se era uscito dallo studio significava che la discussione era alle ultime battute. Evidentemente le peggiori.
Il nonno doveva essere ancora seduto alla scrivania, perché la sua risposta arrivò flebile.
«No, sarò libero.»
Silenzio. Perfino le rondini si erano zittite. Giovanni afferrò la gonna della mamma atterrito, e così attaccato le corse dietro in corridoio, dove aspettarono abbracciati che la tensione svanisse com'era successo altre volte, in qualche giorno di musi lunghi e cene senza vino.
Ma ora i passi di suo padre tornavano verso lo studio, si fermarono fuori dalla porta, e la voce gli uscì calma, quasi indifferente.
«Mi rimpiangerai perché non avrai più il colpevole. E non avendo nessuno su cui sfogarsi, la rabbia comincerà a mangiarti dentro fino a ridurti polvere. Come lei... come loro.»
Dallo studio un singhiozzo sommesso, e poi quelle parole.
«Vattene Edoardo... e non tornare più.»
Giovanni guardava il viso della mamma cercando segni di speranza, ma vide solo angoscia.
Si strinse più forte alle sue gambe e scoppiò in un pianto disperato.
«Non volevo farli litigare!»
Maria Pia si ricordò all'improvviso di lui. Gli posò una mano pesante sui suoi capelli, e accarezzandolo lo spinse con insistenza verso la camera.
«Torna a letto, ti è salita la febbre, ma passerà. Tutto passerà.»
Aveva ragione, la febbre era passata e anche la fiacca della convalescenza. E a ogni ritorno dalla scuola Giovan-

ni sperava che un'altra pecora si fosse persa dalle parti di Villa Datti, visto che ormai il tempo si era messo a bello, così avrebbe potuto accompagnare Nevio su e giù per i sentieri senza fare la figura del rammollito che per due gocce d'acqua si beccava la bronchite. Ma i cani tenevano il gregge compatto nel prato che costeggiava la strada, e Nevio se ne stava tranquillo con un cappello in testa ad armeggiare con delle ruote, o almeno così gli sembrava.

Era passata pure la bufera in casa, e suo padre aveva ripreso a sedersi insieme a loro a tavola e a conversare di tasse, di politica e delle enunciazioni di papa Leone XIII.

Giovanni li osservava e percepiva che qualcosa nell'equilibrio che conosceva si era modificato. La tensione aleggiava anche nel più banale dei discorsi, e l'ossessione che si fosse scatenata a causa sua non l'aveva più abbandonato, anzi, si rafforzava ogni qualvolta lo ignoravano o lo tiravano in ballo. Il che riusciva a verificarsi contemporaneamente quando progettavano il suo futuro. «Giovanni appartiene a questa terra e la farà rifiorire» sosteneva il nonno. «Giovanni studierà medicina, o perché no, filosofia» ribatteva il padre. Si rimpallavano il suo nome come fosse l'arma scelta per un duello a colpi di parole, convinti che un confronto pacifico non avrebbe ucciso nessuno. E lui assisteva senza capire perché mai, pur essendo l'evidente fulcro delle loro vite, si sentiva niente.

Non si erano parlati, lui e sua madre, ma sapevano entrambi che un nuovo strappo sarebbe stato definitivo. Allora si affannavano a prevenire ogni rischio di discussione, compensando l'ostilità con la premura e rispondendo amabili ai toni stizziti. Ma quell'allerta continua era sfiancante, e la sera crollavano chiedendosi se alla fine non sarebbe stato meglio che quei due si urlassero tutto il rancore che covavano, che si picchiassero, perfino. E dopo ciascuno avrebbe accettato il verdetto, qualunque fosse stato.

Ad addolcire quelle giornate ci provava Marietta, che dopo giorni di fitte terribili al basso ventre era tornata pallida e smagrita col burro e le uova fresche per la frolla delle sue crostate.

La scuola finì e l'estate se ne passava tra libri e cicale, finché una mattina il nonno decise che ormai il nipote era grande abbastanza per mostrargli ogni angolo della proprietà e tutte le attività della stagione. Così alle sette erano già sul calesse, con un boccione d'acqua e una cassetta colma di pane, pomodori, frutta e biscotti, nemmeno dovessero star fuori una settimana.

Iniziarono dalla trebbiatura, poi passarono ai frutteti, agli uliveti, ai filari di mandorli e infine alla distesa di aranci. Ogni volta fermavano il calesse all'ombra di un albero e si inoltravano nel campo a piedi. I contadini si raddrizzavano al loro passaggio quel che bastava per salutare con deferenza il nonno e scambiare qualche battuta se lui chiedeva dei ragguagli. E allora si commentava, con un occhio sempre al tempo, che pareva uguale a quello di dieci anni prima, però col rischio della grandine in agosto, ve la ricordate... più grande delle arance...

Giovanni si chiedeva quanta gente fosse morta sotto quella scarica di ghiaccio, e un giorno, trovandosi vicino un vecchio contadino glielo domandò. Lui rispose che non lo sapeva, e mortificato per non averlo accontentato aggiunse che, a danni, quella grandinata se la batteva con l'acqua e la pioggia sparite per mesi proprio dopo l'estate che... insomma... l'estate della disgrazia. Turbato dallo sguardo concentratissimo di Giovanni, tenne a consolarlo con la bella notizia che per la siccità almeno tutti gli uccelli erano crepati e se l'erano piantata di cantare, e le formiche avevano lavorato sodo, entrando e uscendo dai loro becchi spalancati per portarsi via tutto, pure le ultime note che gli si erano seccate in gola. E si sarebbero infilate pure nelle bocche dei cristiani, se in autunno non ci si fosse messo Dio a dosare sole e pioggia perché giù da basso si tornasse a mettere qualcosa sotto i denti. In quel momento l'uomo sentì su di sé gli occhi vigili del signor Datti, mormorò un frettoloso «con permesso» e si allontanò lasciando a Giovanni mille domande oltre all'unica che gli aveva fatto. Dunque anche stavolta aveva attizzato le orecchie invano, sperando di scoprire frammenti di un passato che era stato cancellato, e dunque, anche volendo, non si poteva raccontare.

Il nonno gli si avvicinò porgendogli una prugna. La folata di parole ciancicate dal contadino l'aveva rispedito più veloce del solito a quel giorno. La corsa con Lucrezia verso la quercia, quegli occhi sbarrati su di loro... le ciocche bagnate sparse sul violino... Guardando il nipote divorare la polpa succosa ricordò che da allora non era più esistito un cibo che per i signori Datti avesse sapore. E chi di loro due non riuscì a nutrirsi portò a termine una solitaria carestia dietro una coppia di persiane chiuse.

Il giorno dopo ispezionarono un grande campo di aranci dove lavoravano poche persone. Tre o quattro e un mulo vicino a un carretto al riparo dal sole. Il nonno fece un cenno da lontano al contadino anziano, che ricambiò con un cenno identico, appena più rispettoso, e, dopo averli fissati qualche secondo più del dovuto, si rimise all'opera.

Camminando verso di lui il nonno si fermava di tanto in tanto per le spiegazioni. Per prima cosa aveva disegnato con un gesto ampio lo scenario che avevano intorno.

«Vedi? Questo è un punto perfetto. All'arancio non piacciono le temperature troppo basse, perciò bisogna scegliere una zona soleggiata e non esposta ai venti freddi, altrimenti si mettono a rischio la fioritura e i frutti.»

Giovanni annuiva ricordando il profumo dei fiori che lo accompagnava lungo il tragitto per la scuola, e il pensiero impossibile di strapparne uno per regalarlo alla figlia dello speziale che incrociava all'uscita. Giusto giusto il nonno precisò che i fiori si chiamavano zagare e che li usavano le spose. E mentre lo diceva guardava verso l'altura accennando a un gruppetto di alberi sotto cui avevano trovato riparo alcune capre.

«Vedi laggiù? Ecco, lì...»

Dovette deglutire un paio di volte prima di continuare.

«Lì ho offerto un mazzolino di zagare a una ragazza, chiedendole di diventare mia moglie.»

Giovanni assentì senza grande partecipazione.

«Ah.»

«L'unica proposta di matrimonio che ho fatto nella mia vita.»

L'aveva solo mormorato, però a Giovanni parve cortese commentare.

«E la nonna rispose subito sì?»

In quello spiraglio di confidenza era anche tentato di svelargli il suo segreto, quel tumultuoso mal di stomaco che gli provocava la vista della bambina, ma quando si girò a guardarlo capì che non l'avrebbe ascoltato. La bocca era semichiusa e gli occhi frugavano tra gli alberi cercando qualcosa che non c'era più.

A un tratto uno zappo si mise a correre scuotendo le grandi corna e si scagliò a più riprese contro un giovane maschio. Al suono di quelle legnate il nonno si riscosse.

«Cosa...?»

«Domandavo se la nonna ti aveva risposto subito di sì, o se invece ci doveva pensare.»

Lui tentò un sorriso.

«Disse subito sì. Ma non era la nonna.»

Gli strinse una spalla.

«Su, andiamo.»

Proseguirono in silenzio, il passo lento, all'improvviso affaticato. Poi finalmente il nonno recuperò vigore.

«Avevo più o meno la tua età quando arrivai qui con mio padre con un carro stracolmo di piantine. Eravamo soli, inginocchiati fianco a fianco fino a sera a scavare piccole buche per posarci dentro creaturine che stavano nel palmo di una mano, ed eravamo velocissimi. Cinque file in un giorno soltanto, da qui alla curva laggiù.»

E le mostrava orgoglioso con l'indice tremolante. Anche la testa aveva preso a dondolargli da qualche tempo, come se fosse sempre in disaccordo con quello che diceva o che ascoltava.

Giovanni si mise a osservare pure lui quelle piante, sperando che gli scattasse di colpo la vocazione a seguire le orme del nonno. Erano splendide, e in qualsiasi stagione erano lo sfondo della sua vita, l'unico paesaggio che avesse conosciuto. E poi il verde delle chiome si incastrava alla perfezione nel blu del cielo e i frutti rendevano il suo corpo più forte per l'inverno. Pur dissentendo totalmente dall'ultimo punto, era conscio della meraviglia della natura e del privilegio che aveva di possederne una parte. Ma allora perché con questa natura non interloquiva come faceva il nonno? Perché non sentiva la voce delle piante, la loro gioia o lo stremo della sete... perché non accarezzava le loro foglie?

Con rammarico e profondissimo senso di colpa ammise che lui questa passione viscerale per la terra proprio non la provava. E con una certa ansia riconobbe che in realtà non provava propensione verso alcunché. Così da sentirsi colpevole pure verso il padre, che sui futuri studi si diceva pronto a lasciargli piena libertà di scelta.

Il nonno si era chinato e scavava con le mani.

«Se ti troverai a valutare l'acquisto di un nuovo terreno dovrai controllare che sia di medio impasto, fertile, profondo, e soprattutto che abbia un buon drenaggio. L'arancio soffre i ristagni d'acqua poiché generano funghi e gli fanno marcire le radici. Quindi non farti abbindolare dai terreni argillosi o calcarei. E il letame che gli darai sarà solo di cavallo, che è un letame asciutto, e perciò nutre la terra per più tempo.»

Alzò il capo sui lavoranti.

«Ecco, adesso è il tempo di irrigare bene e di togliere le

erbe infestanti, se no l'acqua se la bevono loro. Il letame conta tanto pure qui, se è maturato bene riesce a uccidere i semi cattivi.»

Giovanni cercava di memorizzare la lezione confidando che suo padre la conoscesse già. Ma se invece non fosse stato così... come avrebbe fatto un domani senza il nonno?

Con uno scricchiolio di ginocchia il signor Datti si tirò su, si spazzolò rapido i pantaloni e proseguì verso i contadini che si stavano radunando per il pranzo e che al loro avvicinarsi si erano bloccati.

«Comodi, comodi. Buon appetito.»

Il contadino anziano indicò il cesto poggiato su una pietra.

«Volete favorire?»

Il signor Datti scosse la testa.

«Vi ringrazio Domenico, ma siamo di passaggio.»

Però non se ne andava, e quelli aspettavano in piedi nei pressi del cesto. Scorrendoli uno a uno Giovanni si accorse all'improvviso di Nevio. Un po' staccato dagli altri faceva la punta a un legnetto senza alzare gli occhi su di loro. Avrebbe voluto fargli un cenno, ma non era cosa, visto che, stando tutti zitti e immobili, anche un impercettibile movimento si sarebbe notato. Sbirciò il cesto e pensò che dovevano averne sicuramente altri, altrimenti una pagnotta e mezzo cacio non sarebbero di certo bastati. Domenico però scambiò la sua curiosità per fame.

«Almeno a vostro nipote qualcosa gliela possiamo offrire?»

Il signor Datti allargò le braccia.

«Ma sì, Domenico. Anzi, un pezzetto me lo prendo pure io.»

Si avvicinarono e si fecero poggiare sulla mano una fetta di pane e una di formaggio. Giovanni masticava la crosta gommosa col pensiero alle leccornie che traboccavano dalla cassetta rimasta sul calesse. Avrebbe voluto correre a prenderla e metterla al posto del cesto già vuoto. Ma intuì che la sua generosità avrebbe potuto umiliarli, e perciò rinunciò.

Erano tutti seduti adesso, sparpagliati qua e là sotto gli aranci. Solo il nonno e Domenico erano rimasti vicini, in piedi, a centellinare i morsi come se volessero allungare il tempo. Anche Giovanni sbocconcellava la sua dose di formaggio per farla durare di più, perché un'altra non ne avrebbe avuta. Il nonno gli sorrise.

«Quant'è buono, eh? I Montefosco hanno talmente tante pecore che il cacio ti uscirebbe dagli occhi.»

Domenico abbassò la testa, si mise le mani sui fianchi, poi si voltò deciso verso il padrone.

«Be', potrebbe vederle. Oggi le abbiamo lasciate tutte su al casale.»

Il signor Datti si irrigidì, ma non pareva arrabbiato, semmai turbato.

«Domenico, io non credo che sia il caso che...»

L'altro sembrò d'accordo. Si strusciò le mani sulla blusa e aggiustandosi il cappello si accomiatò.

«Con permesso.»

Ma una voce lo bloccò.

«Ce lo posso portare io.»

Spuntato dall'ombra di un albero, Nevio attendeva il no incastrando rametti appuntiti nel groviglio di legno che sarebbe diventato un piccolo rastrello. Ma suo padre e il padrone si stavano già scambiando un'occhiata che significava "si può fare".

Giovanni si accostò al nonno, che frugava nel taschino del panciotto osservando le nuvole arrivate a schermare il sole sul campo.

«Allora, mezz'ora tra andare e tornare, quindici minuti per vedere le bestie e le stalle e quindici... be'... deciderete da voi.»

Tirato finalmente fuori l'orologio lo porse al nipote.

«Tra un'ora qui, se no rischiamo l'acquazzone.»

E, come se lo avesse sganciato da un guinzaglio, lo guardò correre verso Nevio.

Il tragitto per il casale si componeva di un pezzo di strada per la scuola e di un sentiero piuttosto largo tra i mandorli. All'inizio lo percorsero un po' in silenzio un po' parlando del porta-pecora e della pecora che voleva trasferirsi a Villa Datti. Altri argomenti oltre gli ovini pareva non ce ne fossero, e ciascuno procedeva per conto suo, Giovanni osservando ciò che aveva intorno, Nevio fissando con una corda il manico alla base del rastrello. Strizzato a dovere l'ultimo nodo si piegò a testarne la resistenza pettinando energicamente un cespuglio e strappandone via dei rami. Soddisfatto del risultato ripulì l'arnese sui calzoni e lo porse a Giovanni.

«Lo vuoi? Avete dei vasi... vedrai che con questo è più facile muovere la terra.»

Giovanni non aveva idea di come sua madre si occupasse dei vasi né se quello strumento le sarebbe stato utile, ma lo prese ostentando sicurezza. E, subito, il pensiero che Nevio l'avesse costruito apposta per loro gli suscitò un'improvvisa voglia di fare, un risveglio da un letargo in cui le sue mani si erano ritratte per non rubare energia alla mente. Perfino le gambe si erano messe a camminare più veloci, come se fosse bastato impugnare quel piccolo rastrello per rianimare tutto il corpo. Di colpo si sentiva risoluto e forte.

«La terra la smuoverò io.»

Nevio alzò le spalle come a dire: "Te l'ho dato, fanne un po' quel che vuoi". Rideva però, dell'effetto prodotto da un semplice rastrello, finché vide qualcosa e si irrigidì. Giovanni seguì la traiettoria dello sguardo e ci trovò una figurina coi capelli arruffati come una bambola sporca, piantata poco più avanti in mezzo all'erba, senza chiedere né mendicare. Ora che l'aveva notato però, la figurina si allungava in avanti per esaminarlo meglio, e lui, con uno strano malessere addosso che attribuì alla fame, si avvicinò d'istinto a Nevio.

«Chi è...»
«Nessuno.»
Giovanni storse la bocca. Era chiaro che lo sapeva invece, lo sapeva eccome. E per distrarlo adesso indicava senza entusiasmo le pecore che pascolavano nel campo grande.
Giovanni cercò dissimulare la delusione per quel distacco consultando l'orologio del nonno. Erano arrivati al casale proprio in quindici minuti, come aveva detto. Adesso ne aveva a disposizione altrettanti da dedicare alle bestie, perciò partì a raffica con le domande. Quante erano, qual era il formaggio più difficile da preparare, come si faceva a trasformarle in lana, gli dispiaceva mangiarle? Aveva mai ucciso un agnellino? Chi è quella bambina? Ma questo non lo chiese. Dov'erano le mucche? Poteva vedere anche i conigli?
«Sì che puoi vederli, sono dietro di te.»
Si voltarono entrambi verso una fila di gabbie ripiene di pelo grigio da cui pendevano lunghe orecchie.
Nevio gli allungò un rametto di ulivo.
«Su, daglielo.»
Fino a quel momento Giovanni i conigli li aveva intravisti solo da lontano. Molto più spesso li incontrava a tavola, aromatizzati all'alloro e al rosmarino, e ora guardandoli rosicchiare quel legnetto giurava che non li avrebbe mai più mangiati. Nevio rise.
«Ti porto dai maiali, così ti passa la commozione. Occhio a non scivolare dentro, che se ti acciuffa la scrofa tuo nonno poi si pappa me.»
Considerato il doppio rischio, Giovanni preferì tenersi a distanza dal recinto, osservando affascinato i maialini impastati di fango tuffarsi sulle infinite mammelle della madre. Ma l'orologio gli concedeva solo altri dieci minuti, e mancavano ancora le mucche e qualche sorsata di acqua fresca prima di tornare all'aranceto. Certo che pure una fetta di crostata non sarebbe stata male. Chissà se Mariet-

ta le preparava pure a loro o se le cose così buone erano riservate al padrone.

Nevio staccò due albicocche da un albero e gliele lanciò, poi saltò su per i gradini della scala esterna e sparì in casa. Un minuto dopo ne usciva con una donna che, asciugate di fretta le mani nel grembiule, gli faceva segno di salire. Ma i minuti erano scaduti, e di sicuro il nonno stava cominciando ad allarmarsi, poi a irritarsi e ad angosciarsi, in un crescendo pericolosissimo che l'avrebbe congelato in un ostinato mutismo fino al giorno dopo. La donna però lo stava chiamando infervorata.

«Giovanni vieni! Fatti vedere da vicino!»

E la sua voce era zucchero e peperoncino, richiamo di madre al cucciolo rimasto indietro e travolgente allegria. Convinto che sarebbe bastato salutarla con educazione e poi scapicollarsi all'aranceto, raggiunse la scala.

«Quanto ti sei fatto grande amore mio bello...»

Imprigionato nelle sue braccia robuste si faceva dondolare e baciare sui capelli.

«Sei ancora troppo magretto, però. Perciò la torta degli undici anni te la preparo io, e se ti piace sempre lo zabaione te ne metto il doppio.»

Giovanni pensò che non gli sembrava di essere magro e che semmai era lei a essere tantissima. Sua madre non l'aveva mai abbracciato così forte, ma poteva giurarci che avrebbe sentito una a una tutte le sue ossa. Magari era meno comoda rispetto a quella morbidezza, ma avrebbe avuto un po' di spazio per respirare.

Da un angolo libero incrociò gli occhi di Nevio. Ora non rideva più, lo fissava e forse si faceva le sue stesse domande. Perché mai era il suo amore bello se si intravedevano un paio di volte l'anno tra i banchi della chiesa... e come sapeva che tra poco era il suo compleanno... e che andava pazzo per lo zabaione... E va bene, questo poteva averglielo raccontato Marietta, ma tutto quell'affetto era senza dubbio esagerato.

Ida distolse lo sguardo da quello interrogativo e un po' severo di Nevio e si strinse ancora per un minuto quel bambino lasciando risuonare nella testa parole sussurrate tanto tempo prima. *I miei figli saranno i tuoi figli e i tuoi figli saranno i miei.* Per un attimo non resistette alla tentazione di includere Nevio in quell'abbraccio e allungò una mano verso di lui, ma subito la ritirò. Girò il viso verso il campo per nascondere il tremito che dopo aver preso il mento le avrebbe incrinato la voce e restò ferma e zitta a guardare lontano. Poi liberò Giovanni per infilarsi svelta in casa, e poco dopo gridava da dentro con voce di nuovo squillante.

«Vieni a prenderti la crostata di prugne!»

Giovanni entrò, e della casa conobbe l'odore prima dell'aspetto. Era lo stesso che aveva respirato sul collo di Nevio, solo più intenso e un filo più acre. Tutto intorno era buio. Solo un fascio di sole investiva Marietta e le nuvole di farina che sollevava sbattendo l'impasto sulla madia. Quasi non la riconosceva con i capelli sciolti fino a metà schiena, con quei riccioli ancora più neri che le danzavano sul viso liberi dalla fascia indossata a Villa Datti. La porta si richiuse e il sole strisciò indietro restituendola alla penombra della stanza, mentre lui si accorgeva che era bella e, preoccupato che fosse ancora pallida e sciupata, provò per la prima volta l'istinto di proteggerla. Invertendo i ruoli pensò che forse la crostata di prugne sarebbe stato meglio lasciarla a lei, ma Ida l'aveva già sistemata dentro a un canovaccio e ora annodava forte i lembi. In quel momento entrambe si girarono verso di lui, e così vicine sembravano la proiezione nel tempo di una persona sola. Cosicchè, come davanti a uno specchio, una si rivedeva com'era e l'altra scopriva come sarebbe diventata. Ma quella somiglianza valeva solo quando Marietta convergeva verso il sorriso della madre, il che non accadeva che di rado.

Col canovaccio tra le mani Giovanni regalò un timido

sguardo a Ida e poi uscì fuori insieme a Nevio, che all'improvviso lo incitava a sbrigarsi, non per l'orologio, ma per il cielo che si caricava di grigio spinto dalle folate burrascose di un vento gelato.

«Dammi qua.»

Si prese la crostata per levargli ogni impiccio e continuò a corrergli accanto. Erano sudati e il freddo non era niente, e nemmeno la pioggia. Ma quando a tutto si sostituì di colpo la grandine, con chicchi sempre più fitti e più grandi, Nevio si bloccò. La mulattiera era già una distesa di palline sulle quali si poteva solo scivolare.

«Torniamo indietro!»

Giovanni lo fissò stringendo gli occhi.

«No! Non possiamo!»

«Dobbiamo.»

«Andrò da solo allora!»

Nevio lo afferrò per un braccio.

«Tuo nonno se n'è già rientrato alla villa. Se mi sarò sbagliato potrà punirmi come crede, ma tu adesso vieni con me.»

Giovanni oppose la resistenza che la miscela di orgoglio e senso di colpa gli consentì, poi si liberò strattonando la presa e con aria torva si rassegnò a tornare verso il casale. Ma neanche fosse stato uno scherzo, Nevio improvvisamente scattò dalla parte opposta e sparì oltre la parete di grandine. E un secondo dopo una figura correva verso lo stesso punto pronta a farsi risucchiare nel nulla come lui. Era la bambina, che tirandosi il vestito saltellava sul ghiaccio come fosse fuoco, e così agile e scomposta inseguiva Nevio per farne chissà che. Allora bisognava precipitarsi giù e strappargliela di dosso, annodarle i capelli gocciolanti a un tronco e mettersi in salvo. Ma ecco che Nevio riemergeva spingendo il carro insieme agli altri, e della bambina non c'era traccia. D'istinto Giovanni si scansò, ma quando gli passarono accanto sentì che pure se era mingherlino doveva stare insieme a loro. Perciò s'infilò accanto a Nevio, poggiò le belle mani sul legno impregnato d'acqua e le pigiò più forte che poteva. E il carro scavallò un dosso e prese ad avanzare baldanzoso. Con le vene gonfie sul collo Nevio gli strizzò l'occhio, e mantenendo il maggiore sforzo che aveva messo per compensare il suo, gli disse che il signor Datti si era mosso per la villa prima che iniziasse a grandinare, raccomandando che il nipote fosse ospitato dai Montefosco per la notte.

Finalmente al riparo nel ricovero accanto alla stalla, premiavano il mulo con un po' di biada e scaricavano il carro. Senza bisogno di salirci sopra, Attilio passava le ceste e gli attrezzi a Nevio e Luigi, che dopo averli puliti li riponevano sulle mensole e sui bancali. Domenico si era avviato su, e Primo, escluso da quella catena di braccia, aspettava accucciato in un angolo soffiando tepore sui petali fradici di un fiore.

Entrati in casa, che poi era un'enorme cucina aperta su un'altra stanza, Giovanni appese il suo cappello accanto agli altri e si mise in coda davanti al lavatoio per sciacquarsi la faccia e le mani. Si sfilò la blusa bagnata e ringraziò Attilio che gli porgeva una maglia asciutta e forse anche pulita.

La tavola era già affollata ma si stringevano per fargli spazio, mentre Ida e Marietta rimestavano nel paiolo e servivano una dopo l'altra fumanti scodelle di minestra di patate. La cena si consumava tra racconti e risate masticati insieme al cibo e le molte premure di Ida, che un po' lo mettevano a suo agio un po' gli procuravano le occhiate curiose degli altri. Lui soltanto stava dritto con la schiena e con garbo accompagnava il cucchiaio nel lungo tragitto dalla scodella alla bocca senza perdere una goccia. Quell'inusuale altezza gli mostrava le nove teste, tutte zeppe di capelli crespi e neri tranne quelle di Primo e Nevio, che appena ondulate si addolcivano in striature del colore del miele e del grano maturo, e scendevano in ciocche sparse sotto le orecchie. Pensò che a un Datti mai si sarebbe consentita una tale disordinata lunghezza, tanto che fin da quando era piccolo badavano che la crescita non superasse i tre centimetri, assegnandogli d'ufficio un castano senza fantasie.

Non erano ancora arrivati al torsolo di mela che Marietta aveva già lavato e rigovernato, e apprestandosi a intrecciare i capelli per la notte li spazzolava dondolando a piedi nudi davanti alla finestra. Il tempo si era rimesso, e un preludio di tramonto scaldava i vetri tingendo di rosa il suo volto anemico, e poi dietro di lei si stemperava obliquo sulla nonna che, rifiutata la minestra, sbocconcellava una pesca accanto alla stufa. Ed entrambe si alimentavano quel poco che serviva a restare tiepide prima di spegnersi del tutto.

Nevio e Giovanni erano scesi nella stalla a controllare se la vacca fosse prossima a sgravare. Non si era appartata e se ne stava tranquilla tra le altre. Nevio le fece una carezza sul fianco.

«Brava ragazza che stanotte ci lasci dormire. Ora vediamo se le pelose ci fanno la stessa gentilezza.»

Proseguirono per l'ovile, dove le pance da sorvegliare erano sei. Ma per fortuna anche lì non c'erano segni di travagli imminenti, dunque spinsero un'anta ciascuno per richiudere il portone. Ma quella di Giovanni cedette, mancando per un soffio il piede. Nevio sbuffò appena.

«Ci risiamo... Aspetta qua.»

«E se le pecore escono?»

«Non escono.»

«E se riappare la bambina?»

«Quale bambina?»

Nevio si avviò verso il ricovero del carro e degli attrezzi e tornò poco dopo con una cassetta di ferraglie. Trovò Giovanni intento a fare esercizi con le braccia e il torace.

«Che roba è?»

«Il dottore dice che devo ricordarmi di respirare grande per aprire i polmoni.»

«Ah.»

Per quanto ne sapeva i polmoni erano quelli in umido che preparava sua madre quando ammazzavano il maiale. Evidentemente quelli dei signori richiedevano attenzioni strane che adesso non aveva tempo di approfondire. Smontò l'anta, trafficò una decina di minuti e la rimise su. Una passata di grasso a tutte le cerniere e pure al chiavistello, e andarono a rimettere a posto la cassetta. Nevio sistemava ogni cosa al suo posto, mentre Giovanni si guardava intorno facendo caso ai dettagli. Era un locale vecchio e scrostato, ma molto ordinato. Solo il porta-pecora campeggiava ancora nel mezzo, in attesa che gli venisse assegnato uno spazio. Anche Nevio adesso lo scrutava ripulendosi le mani su uno straccio.

«Domani attacco un paio di ganci al muro e ce lo appendo. Mi aiuti?»

Giovanni sorrise un po' imbarazzato.

«Sei tu che hai le mani d'oro. Io non sono bravo...»

Nevio rise pizzicandosi la maglia e i pantaloni logori e macchiati qua e là di grasso.

«Se ce l'avevo d'oro mi sa che non stavo combinato così. E poi magari le mani d'oro ce l'hai pure te, ma non te ne sei accorto.»

Giovanni scosse la testa vigorosamente.

«No. Le mie sono solo capaci di girare pagine.»

«E mi hai detto niente! Io non saprei nemmeno perché dovrei girarle, visto che per quanto mi riguarda sono tutte uguali.»

Poi, dopo averlo fissato sovrapensiero per qualche istante, afferrò uno sgabello e un paio di forbici e si mise seduto impettito come lui poco prima a tavola. Quando Giovanni gli fu accanto gliele porse.

«Su. »

Giovanni si agitò.

«Su cosa?»

«Li voglio corti come i tuoi.»

«Ma non lo so fare!»
«Ci hai mai provato?»
«No.»
«E allora che ne sai?»
Giovanni prese esitante le forbici e cercando di ricordare i gesti del barbiere separò un mazzetto di capelli, lo strinse fra indice e medio lisciandolo un po' e, respirando a fondo, tagliò. La ciocca a terra, inerme per mano sua gli fece parecchio effetto, ma poi vide il tratto di collo scoperto, e capì che era costretto a continuare. Piano piano iniziò a pareggiare, e poi a risalire con le lame incollate alle dita fino a su, a girare intorno alla testa e ad accorciare i ciuffi sulla fronte contenendo la paura di ferirgli gli occhi. Ma lui si era messo a cantare, così stonato che non si capiva cosa, e a battere il ritmo col piede. Giovanni si raddrizzò indispettito.
«Fermo!»
Nevio ubbidì all'istante e rimase immobile finché non sentì che le forbici venivano poggiate a terra. A quel punto ricominciò a canticchiare muovendo la gamba, mentre Giovanni, ancora teso, gli ripuliva il collo sbattendoci sopra il fazzoletto che teneva in tasca e infine si fermava, sospirando.
«Ce l'avete uno specchio di sopra?»
Nevio si alzò passandosi le mani nei capelli e, trovandone assai meno, gli sorrise.
«Non ce n'è bisogno. Adesso andiamo a dormire, che qua ci si alza con la luce della luna.»
«E quando la luna non c'è?»
«Ci si alza uguale.»
Entrarono in casa che era buio e Giovanni lo seguì verso la stanza dove in parecchi russavano di già. Si sistemò accanto a lui testa piedi, ma il fetore lo costrinse a rigirarsi per mettersi schiena a schiena. Sentiva il suo respiro rallentare e il corpo scattare sempre più di rado e via via rilassarsi. Lui invece non ci riusciva. Di fronte gli arrivava

il fiato di Luigi, da qualcuno nel mezzo partivano ritmici colpi di tosse e poco più in là avvertiva il sonno agitato di Marietta. Si voltò allora verso il suo compagno di branda, l'unico col quale aveva instaurato una certa intimità e col dito sospeso in aria resisteva alla tentazione di sfiorargli il collo per ricontrollare il taglio. Era solo un pensiero eppure lui sollevò la testa.

«Che c'è?»

Giovanni si cacciò la mano sotto la coperta.

«Niente.»

«Stai comodo?»

«Sì, sì. E tu?»

«Bello fresco grazie al mio barbiere.»

Sentì che sorrideva mentre lo diceva, e lo percepì così puro e felice da desiderare di condurre anche lui quel tipo di vita. Ogni giorno animali da pascolare e da mungere, semi da crescere per farne cibo e una famiglia unita. E se a fine giornata gli fosse avanzata un po' di forza, l'avrebbe spesa nei libri alla luce di una lanterna, dimenticandosi dei rumori e degli odori che infestavano la stanza.

Chissà invece a cosa stava pensando Nevio, girato di là, forse con gli occhi aperti sui sogni quieti di Attilio. Magari solo che l'indomani avrebbe aiutato la mucca a partorire mentre l'ovile si popolava di agnelli. E che di queste nascite il suo nuovo amico non si sarebbe accorto né avrebbe serbato un ricordo, se non quello effimero del palato, perché dei cuccioli instabili e viscidi di placenta avrebbe assaporato solo le costine frigolanti di Marietta.

Steso su frusci che pizzicavano ovunque, Giovanni non capiva se quell'improvviso sentimento per la terra era la scoperta che il nonno da anni sperava che facesse, o si doveva piuttosto all'affetto, perché era indiscutibilmente affetto quello che ormai provava per Nevio. E il pensiero che adesso solo loro due fossero svegli, così vicini da poter parlare senza che se ne accorgesse nessuno, lo spinse a fargli la domanda che valeva per lui la prospettiva di un futuro felice e già prestabilito, oppure di un altro, tutto da inventare e costruire senza la guida di nessuno. La voce gli uscì carica di attesa e di ansia.

«Ma tu le senti le voci delle piante?»

Dopo qualche minuto si rassegnò al fatto che di sicuro non aveva sentito la sua, e segnandosi la croce affidò al suo angelo custode anche l'anima di Nevio che, poteva giurarci, di quella preghiera non sapeva niente.

A quella notte ne seguirono altre. Tante che solo il signor Datti, per quell'improvvisa frenesia che gli era presa di infarcire il nipote di pratica, poteva tenerne il conto.

Così, senza percepire alcun gemito di sofferenza o di gratitudine dalle piante, Giovanni imparò con l'esperienza molto di ciò che il nonno aveva pianificato di insegnargli negli anni a venire. E insieme alla vita della terra scopriva quella dei Montefosco, chiedendosi come mai gli fosse capitato un nome che richiamava un'oscura arrampicata invece di una spianata di sole.

Poi le giornate si accorciarono di colpo, il vento si portò via gli ultimi fiori e il quaderno di Giovanni tornò a infittirsi di compiti e di note. L'autunno cancellò anche le sue giornate nei campi e tra le bestie imitando i gesti esperti di Nevio, e le notti rannicchiati vicini come cuccioli, così sfiniti da non accorgersi dei rumori né della luna che scoloriva preannunciando l'alba.

Ma ciò che davvero gli mancava di quei mesi al casale dei Montefosco a Castrocielo era la serenità, i discorsi semplici, i silenzi, le risate e pure le sgridate, perché anche quelle erano espressione del volersi bene, e del saper mettere in ogni circostanza la loro unione davanti alla miseria.

A Villa Datti invece i silenzi inghiottivano ogni cosa alimentando distanza e convincendo lentamente ciascuno di loro che così era sempre stato, e che un modo diverso di vivere non esisteva. Giovanni percepiva nuove preoccupazioni riguardo alle tasse e alla tenuta dei conti, ma nulla che fosse utile condividere con una donna e un bambino.

Persino le liti tra suo padre e il nonno si erano placate, ma senza che fosse sopravvenuta un'insperata intesa, o un armistizio. Quella pace era inerte e sterile perché fondata sulla rassegnazione. La stessa che aveva spento il viso di sua madre, rallentato le movenze e appesantito le dita sui tasti del pianoforte. E lui, che invece aveva visto da vicino altre vite possibili e altre luci dentro agli occhi, si dibatteva tra l'istinto di conformarsi alle radici e quello di ripudiarle per difendere la sua libertà.

Finché una sera, coi gomiti incollati ai fianchi e i polsi poggiati sul bordo del tavolo, osservando la tovaglia immacolata e la meticolosa disposizione delle cose, i piatti e le posate d'argento con le cifre *NDdL*, i bicchieri in cristallo, un bouquet rosa per centrotavola, la caraffa del vino e quella dell'acqua, si accorse che loro stessi erano parte dell'allestimento, inamidati come i tovaglioli e fragili come quei petali di camelia, e animavano la scena della natura morta solo infierendo appena sulla carne e mescendo il novello alla maniera di una medicina.

Giovanni socchiuse gli occhi. L'ultimo spicchio di sole adesso puntava l'angolo su di lui, e lo interpretò come una meridiana che assegna il compito scandendo già il tempo per realizzarlo. Di quella responsabilità si sentì investito, e scoprendo nella disillusione l'elemento di unione della sua famiglia capì, a dispetto dell'età e della cagionevolezza, che per ognuno di loro avrebbe dovuto diventare punto di equilibrio e di riferimento. E per un istante pensò che a immaginarlo asse portante della dinastia dei Datti di Lanza, Nevio avrebbe riso, ma stringendogli una spalla come a dirgli: "Se ti incrini ti aggiusto io. E se quest'asse pesa troppo, ti ci monto le ruote".

2

I due forestieri erano arrivati di mattina presto. Prima dell'alba avevano inforcato le biciclette e si erano messi in marcia verso Roccasecca, poi le avevano appoggiate di fronte alla chiesa della Santissima Annunziata e ci si erano seduti accanto. E aspettavano.

Avesse saputo che tante vite stavano per essere stravolte, Nevio si sarebbe domandato se era un bene fermarsi ad ascoltarli. Ma nel suo futuro al momento c'erano solo il maniscalco e gli zoccoli del mulo da ferrare a Caprile, l'appuntamento con Attilio e Luigi a Roccasecca per trattare l'acquisto di un carro più grande e poi scendere insieme a riferire a Domenico e lavorare all'aranceto.

Quel giorno Nevio si era alzato prima di tutti, si era preso una scodella di latte e un pezzo di pane da pucciarci seduto sulla panca nel camino. La nonna gli si era accucciata subito di fronte e ravanava a tentoni dentro un cesto di patate.

«Che fate nonna?»

Lei indirizzò gli occhietti appannati verso l'area da cui proveniva la voce, e fu contenta di intravedere nella stessa area ciò che cercava. Il coltello. Si premurò di afferrarlo prima di rispondere al nipote.

«Eh.»

Non era mai stata granché loquace né le piaceva impicciarsi dei fatti degli altri, e quando la rubiconda nuora le era entrata in casa, volentieri le aveva delegato l'incombenza di comunicare. Nevio la osservò arrotolare le dita deformate dall'artrite intorno al manico.

«Guardate che vi fate male.»

«Eh.»

Buttando giù l'ultimo sorso di latte e mollica si alzò e glielo sfilò, poi andò a pescare il suo cappello fra i sei appesi, si strinse nella giacca e uscì di casa.

Scelse la strada della chiesa invece di quella della Femmina morta, perché aveva saputo che la misteriosa Femmina non era morta manco per niente, anzi, se ne stava fra i cespugli a fatturare gli sventurati che passavano di lì. Tagliò per un vicolo e sbucò nello spiazzo della chiesa pensando a quante volte l'aveva scampata bella. Tutto contento si segnò la croce. Nel nome del Padre, del Figlio... e vide i forestieri. Erano ben vestiti, chiacchieravano fra loro e non avevano fretta. A un bambino che conduceva un asinello chiesero che gli mostrasse le mani e lui, intimorito, le nascose dietro la schiena. Ma quei due sorridevano e non sembravano cattivi, così il piccolo ne aveva tirata fuori una e lentamente l'aveva aperta. Era nera e appiccicosa ma non lo sgridarono, anzi, ci appoggiarono sopra un mucchietto di *sciotbed*, così a Nevio parve di sentire. Il bimbo sgranò gli occhi e uno dopo l'altro se li ficcò in bocca. Qualunque cosa fossero Nevio giudicò dalla sua faccia che dovevano essere squisiti, e fissando la sacca da cui erano venuti fuori deglutì ripetutamente. Si dispiacque di essere troppo cresciuto per chiederne uno e di non esserlo abbastanza da potersi procurare il cibo da solo.

Perso su quei biscotti non si era accorto di quanta gente gli era sbucata intorno. Mezzo paese si stava riversando davanti alla chiesa, inclusi Attilio e Luigi, che gli si erano piazzati ai lati come i carabinieri. Più indietro, un po' defilato, c'era anche Giovanni, che incurante di far tardi a scuola assisteva a quell'anomala moltiplicazione di fedeli.

I forestieri salirono in cima ai gradini per cercare di farsi vedere da tutti e cominciarono a raccontare di un posto magnifico dove il Novecento era già arrivato e cancellava la miseria dalla memoria della gente. Offrivano lavoro buono e giuravano incrociandosi le dita sulla bocca che ciascuno di loro sarebbe tornato con rotoli di soldi per comprarsi finalmente il proprio pezzo di terra. Tra la folla cominciò a circolare un nome.

«È l'America!»

Loro annuivano con l'aria di chi ne sa almeno cento volte di più.

«Già, l'America... Però, vedete, il viaggio per l'America è lungo, lunghissimo. Rischiate pure di pigliarvi qualche grave malattia e quando arrivate magari vi rimandano indietro.»

Nevio si sollevò sulle punte e mise le mani a coppa.

«Dentro a 'sta valle ci sta sule gente forte!»

Giovanni lo vide sbucare sopra alle teste finché Luigi non lo tirò giù, senza riuscire però a tappargli la bocca.

«Perché a faticare siamo abituati!»

Luigi e Attilio, e perfino Giovanni, non poterono che annuire. Il forestiero più anziano sorrise allargando le braccia e cercando Nevio tra la folla.

«Il ragazzo ha ragione! Ma vedete... noi vogliamo proprio farvi smettere di faticare! Di soffrire!»

Smorfie, qualche risatina.

L'altro forestiero tentò allora di aizzare la piccola piazza.

«Ma davvero volete farvi affamare dai governanti? O finire ammazzati se manifestate per il prezzo del pane? Il pane...»

Silenzio. Che interpretò come un no.

«No che non volete... Noi vi stiamo parlando di un posto dove la vita è facile. Un posto che è molto più vicino dell'America. È la Scozia! Tantissimi italiani sono già lì. Contadini, garzoni, ragazze a servizio... sono tutti partiti e adesso, mentre vi parliamo, stanno facendo fortuna.»

Il vinaio si fece portavoce della diffidenza che iniziava a serpeggiare e gli andò sotto con aria bellicosa.

«Io non credo a 'sti du' vagliuni de fore!»

I forestieri non fecero una piega, sapevano rispondere anche a questo.

«È vero, perché dovreste fidarvi di noi, nemmeno ci conoscete... E allora credete al signor Giuliani, che possiede tre negozi nelle strade più frequentate di Glasgow! Qualcuno di voi inizierà a lavorare proprio da lui, ma ce n'è per tutti, non temete. Inizierete come *Hokey Pokey boys*, col carretto del gelato. Ma poi aprirete la vostra, di gelateria! O il vostro ristorante. E non è finita! Avrete teatri, parchi e spettacoli. I vostri figli cresceranno bene, le mogli vi ringrazieranno, e non ci sarà più un padrone nelle vostre vite. E dopo... sempre che vogliate lasciare la Scozia... tornerete qui come proprietari, proprietari della vostra amata terra. Non è questo che volete? Non desiderate la libertà?»

Nevio guardò i fratelli, poi guardò la valle oltre la chiesa quasi dovesse scegliere in quel momento quale pezzo comperare.

Come non fremere di fronte a queste promesse? Non ce n'era uno là in mezzo che non fosse mezzadro o servitore, con un sacco di figli da sfamare e nessuna luce a illuminare il futuro. Le cose andavano male da troppo tempo ormai, perfino per i padroni. Nevio si mosse verso i forestieri incitando i fratelli a seguirlo, ma Attilio era immobile e Luigi pure. Con passo nervoso andò avanti da solo, ma poi si bloccò a metà strada.

Giovanni lo fissava esterrefatto. "Ma cosa fa," mormorava "non vorrà mica partire?"

Lo spiazzo davanti alla chiesa iniziava a svuotarsi. Gli uomini tornavano ai campi, le donne alle faccende e alle bestie, i vecchi agli sgabelli in piazza. Ma Nevio era ancora lì, e smaniava temendo che i due sparissero portandosi via la promessa del Paradiso. Ma doveva rispettare i tempi dei fratelli, che erano eccitati, eccome se lo erano, anche se lo nascondevano, però erano più grandi e decidevano loro.

I reclutatori avevano spiegato ogni cosa senza mai tentennare, e un po' tutti avevano scambiato quella sicurezza per verità. Non li avevano visti ripetere le stesse frasi, e addirittura i gesti, davanti alle chiese di altri paesi. Non sapevano che quei due andavano a caccia di miseria perché la miseria era il loro lavoro. L'avevano ottenuto mostrando lingua sciolta e attitudine alla persuasione, poiché questo si chiedeva a un reclutatore, ma per mantenerlo dovevano guadagnarselo ogni giorno in ogni piazza. L'esperienza e la scaltrezza gli avevano insegnato a stuzzicare la gente, a farla sorridere e poi a colpirla dov'era fragile. La famiglia, i figli... se era lì che si andava a battere, era difficile perdere. I loro occhi vispi individuavano fin da subito i disperati, e a quelli dedicavano le parole più appassionate. C'era sempre un momento preciso in cui li vedevano cedere e trasformarsi in emigranti ancora prima di aver anche solo ipotizzato di accettare. Si prendevano un istante, allora, per tamponarsi la fronte e contare le provvigioni che gli sarebbero tintinnate in tasca.

Lo spiazzo davanti alla chiesa era ormai sgombro. I reclutatori presero le biciclette e passarono accanto a Nevio, che vicino ai fratelli gesticolava animatamente. Gli fecero un cenno di saluto e con due pedalate sparirono dalla loro vista e da quella di Giovanni, che nascosto dietro a un muretto tirò un sospiro di sollievo e scivolò via con le labbra piegate dal magone, verso le poche ore da passare a scuola.

Seduto su una pietra in mezzo all'aranceto, con Primo e Mizio che gli gironzolavano intorno, Domenico si premeva contro la pancia una pagnotta e ne tagliava una fetta. Il companatico che faceva capolino dal taschino della camicia era un pezzo di formaggio che aveva gocciato tutto il grasso e fatto spigoli aguzzi come spine. Lo infilò con cautela tra i pochi denti e cominciò a succhiare. Quando la bocca si insaporì abbastanza lo sputò e lo rimise dov'era. Adesso ci poteva mangiare il pane.

Guardò le ceste di arance che aveva riempito fino a quel momento. Non era per i muscoli, se ne faceva tante, perché i muscoli non li aveva più da un pezzo, era per la tenacia e la pazienza. Aveva smesso di contarci, su queste virtù, quando aveva capito che non bastavano più a costruirci una vita. Almeno non a Castrocielo, forse nemmeno in Italia.

Sentì gli altri figli arrivare dal paese. La voce di Nevio, da lontano già smaniosa di raccontare. Primo e Mizio gli saltellarono incontro, mentre Domenico s'induriva come la pietra su cui era seduto. Delle promesse dei forestieri ormai non aveva bisogno, e guardandoli correre per il campo contava quanti, di quei cinque figli, avrebbe dovuto dimenticare.

Man mano che si avvicinavano al padre abbassavano la voce. Era lì seduto che mangiava il pane, ma li fissava come se li aspettasse al varco e incuteva paura. Per questo si dispersero fra gli aranci e in silenzio si misero a lavorare. Quando fu ora di pranzo, Domenico tagliò la pagnotta in cinque pezzi, ciascuno ritirò il suo e si sistemò a terra. Quasi ad annunciare la prossima divisione della famiglia, Attilio, Luigi e Nevio si appoggiarono allo stesso tronco, mentre gli altri si misero schiena a schiena davanti al padre.

Nevio mangiava di gusto. Il pane era ammuffito, ma le tarocco erano dolci e sugose, e i forestieri annunciavano un futuro. Quello era un pasto benedetto.

Poco prima che facesse buio caricarono l'ultima cesta di arance sul carro e aiutarono Domenico a salire a cassetta. Nevio mollò una manata sul sedere del mulo e le ruote cominciarono a girare, ma c'era troppo peso, così lo spinsero fino alla stalla. Liberarono il mulo e gli spinsero sotto il muso un secchio di biada, poi scaricarono il carro e salirono a casa.

La nonna era seduta vicino alla porta. Nera nera, si confondeva col buio della stanza e, se non fosse stato per i rami secchi che spezzava, qualcuno l'avrebbe calpestata. Nevio le sfiorò il fazzoletto sulla testa.

«Nonna! Come state?»

«Eh...»

Sapendo che non avrebbe aggiunto altro proseguì verso mamma Ida. I ragazzi erano stupefatti e felici per quello che stava facendo, Domenico invece la fulminò con lo sguardo e tirò dritto verso il camino. Lei mise su una voce dolce.

«Domenico non fate così, non v'arrabbiate. Lo so che teniamo poche provviste... Ma mi sento che in questa giornata strana qualche cosa di buono ci porta fortuna.»

Aveva versato sulla madia la farina a fontana, piano piano ci aggiungeva l'acqua e mescolava con le dita. Stese la sfoglia e la cedette a Marietta, perché aveva da impastare la ricotta di pecora con lo strutto per farcire le sfogliatelle.

Dietro di lei i maschi in fila per sciacquarsi nell'acquaio, il paiolo sul fuoco, e un silenzio pesante, di attesa. Ida cominciò a sentirsi nervosa.

«Marietta! E forza cu 'ste tagliareglie!»

Un po' sbuffando Marietta iniziò a tagliare il rotolo di pasta e a produrre tagliatelle che bollite e scolate finirono nel sugo di fagioli. Il profumo fece riempire all'istante le panche nel camino. I cucchiai sbattevano nei cocci e nove bocche voraci li risucchiavano. Pochi minuti dopo, a chi aveva i denti toccò una mela, agli altri niente. Delle sfogliatelle arrivava il profumo ma bisognava aspettare. Quando Marietta raggiunse la madre, che si era già alzata per rigovernare, Attilio si schiarì la voce.

«Dicono che bastano vent'anni per fare fortuna. Noi pensavamo che...»

Domenico si irrigidì.

«Chi è 'sto *noi*.»

«Luigi, Nevio e io... pensavamo che forse si può tentare. *Noi*... vogliamo tentare.»

Ida aveva gli occhi lucidi. Tre pezzi del suo cuore se ne stavano andando via, e pure se non era l'America, questa Scozia era lontanissima. Quando li aveva messi al mondo non aveva pensato che a questo, di mondo, che spaziava tra il monte Asprano e la Valle del Liri, e conteneva un sacco di paesi. Quanto altro spazio serviva per crescere e metter su famiglia? Adesso invece veniva fuori che esistevano cento mondi diversi. Aveva fatto bene a preparare una cena speciale, perché tanto il Natale non l'avrebbero festeggiato insieme. Nessun Natale. I Montefosco non sarebbero mai più stati tutti insieme.

Nevio guardò il padre.

«Allora che dite...»

Domenico sapeva benissimo cosa rispondere, ma non aveva la forza. Le donne smisero di lavare e si voltarono a guardarlo. Lui prese fiato.

«La miseria se ne cammina veloce... così veloce...»

Ebbe un singhiozzo e si passò il pollice sugli occhi lucidi. Come poteva essere tanto crudele l'Ottocento? Se ne andava davvero in questo modo, abbandonandoli a se stessi, dividendoli e sparpagliandoli sulla terra? Forse finiva la vita, lo prevedevano in tanti, e allora voleva dire che quest'ultima parte non era una fase difficile, era l'agonia. Ma se i ragazzi avevano intravisto una speranza dentro alle chiacchiere dei due forestieri, anche fosse stata minuscola, lui aveva il dovere di spingerli a inseguirla. Alzò lo sguardo su di loro, notò che anche adesso erano seduti vicini, e aspettavano una sua parola. No, non stasera. Si tolse le scarpe, si stese sul suo giaciglio, e chiuse gli occhi.

La sera dopo strofinavano il pane sull'aringa appesa senza dire niente. Solo Luigi biascicò: «Cena corta, vicchiaia longa». Poi Domenico si inginocchiò vicino al letto e Ida si allarmò, perché solo in chiesa, e solo la domenica di Pasqua, l'aveva visto pregare. Ma lui infilò le mani sotto e rovistò tra le foglie di granoturco, e facendo un baccano infernale tirò fuori un pacchetto di stoffa legato con lo spago. Si rialzò e lo porse ad Attilio, e non ebbe bisogno di spiegare. Attilio lo prese con delicatezza, guardando il padre per un istante e basta, perché non riusciva nemmeno a parlare. Si voltò verso Luigi e Nevio lasciandogli intravedere i fogli giganti che significavano tanti soldi, e poi verso la madre, la nonna e Marietta, e Primo e Mizio, con la bocca aperta e il pacchetto traballante fra le mani.

Ida chiese quando, Attilio tentò di addolcire con la voce la risposta.

«Tra due mesi, forse tre.»

Nevio scalpitava. Ma come, una nuova meravigliosa vita stava cominciando ed erano tutti tristi? Sorrise alla madre.

«Il ristorante lo chiamiamo *Mamma Ida*, che ne dite ma'?»

A lei venne un colpo all'idea che il suo nome finisse su un'insegna, ma annuì orgogliosa, aggiustandosi il grembiule come se fosse la cuoca. Nevio si infervorò.

«Ma i primi soldi sono per il matrimonio di Marietta. E con quello che avanza mangiate da ricchi tutti i giorni.»

Nevio trascinò Marietta e Mizio in una danza festosa, mentre Attilio batteva il ritmo con le mani. Ida si strinse al marito che guardava Mizio, e Marietta, che presto si sarebbe accasata, e poi si soffermò su Primo, che pestava i piedi senza andare a tempo, e cantava incomprensibili parole girando in tondo felice. Domenico non riuscì a ricambiare il suo sorriso, era attratto piuttosto da quel gozzo che gli andava crescendo come le mammelle delle vacche. Gli sembrò che stesse per scoppiare e gli venne voglia di tagliarlo via. Ma quello era l'unico figlio che gli sarebbe restato, perché pure Mizio avrebbe finito per andarsene in Scozia. Era Primo che l'avrebbe accompagnato un giorno al cimitero, e che tra tutti toccasse proprio a lui era quantomeno strano. Pensò che l'amore aveva tante facce, e che alla sua aveva voluto bene prima ancora che uscisse dalla pancia.

Due settimane dopo i forestieri tornarono a Roccasecca. Ma non erano più la novità, e molta meno gente gli si avvicinò. Tra questi c'erano i Montefosco al completo. Attilio appoggiò i soldi sui loro palmi spalancati. Finiti di contare i pezzi, e uno per uno tutti gli spicci, i due reclutatori consegnarono i biglietti per i treni e il piroscafo, e un foglio che indicava le locande in cui avrebbero dovuto fermarsi.

La sera, a casa, Attilio dispose sul tavolo le carte. Il biglietto per Portsmouth metteva soggezione. Era il mare a suggellare il distacco, e Nevio si immaginò sul ponte del piroscafo, con una mano sul cappello per non farlo volare e l'altra a salutare il porto di Le Havre che si allontanava. Che poi non si capiva quanti porti ci fossero in queste *Leavre*, e quindi sperava che beccassero quello giusto. Tuttavia cosa avrebbero trovato dall'altra parte nessuno gliel'aveva raccontato per davvero.

Ida infilò una mano nella tasca del grembiule ed estrasse con infinita delicatezza un foglio consumato e tutto nero per quanto era fitta la scrittura.

«È del figlio del pozzarolo, quello che insegnava alla scuola di Roccasecca. Lui è andato in America già un po' di tempo fa, ma la madre dice che ci sono consigli buoni per voialtri.»

La porse a Luigi, l'unico che sapeva leggere.

Nuova York, 26 maggio 1896. Madre mia, famiglia adorata, vi scrivo che sono appena sbarcato e aspetto che mi facciano la visita. Prego di non uscirne col gesso bianco perché significherebbe che qualcosa non va, e spero di superare con successo anche il colloquio. Ho appena visto persone rifiutate che saranno reimbarcate sulla nostra nave. Alcuni sono malati, altri ritenuti incapaci di lavorare. Sono stanchi e molto tristi, e di certo si vergognano di tornare al paese. So che qualcuno si è venduto tutto per pagarsi il biglietto. Ah, se potessi aiutarli. Ma non posso, devo anzi ricordare che questo mio viaggio è soprattutto merito vostro. State certi che vi ripagherò dei sacrifici fatti. Spedirò questa lettera quando avrò terminato questa trafila, così conoscerete subito il verdetto. Per la salute non ho timore. Mi sento forte e son certo di non aver contratto il morbillo. Durante il viaggio ne sono morti ventitré, ma sembra che l'epidemia sia finalmente terminata. Mi duole dirvi che le scarpe dello zio mi sono state rubate, così come le cose più nuove che avevo portato. I soldi no, li tenevo arrotolati dentro le mutande, facendo attenzione a dormire sempre a pancia sotto. Si viaggia con ogni sorta di gente, e di ladri le navi sono colme. Girano, addirittura, ragazze assai carine che fingono di innamorarsi per poi togliere al malcapitato tutto quello che possiede. Se mi vedeste adesso sono uguale a come son partito, poiché il furto è avvenuto durante la prima notte in mare. Sogno non so dirvi quanto il nostro catino e le scaglie di sapone sciolte nel panno. La fila si muove, devo riporre il foglio.

Eccomi tornato a voi! Riprendo la lettera per dirvi che ora sono davvero in America! Dovrò aspettare quaranta giorni qui, ma dopo raggiungerò il cugino e comincerò a lavorare! Vi darò notizie non appena mi sarà possibile. Vi abbraccio tutti e in special modo la mamma. Alfredo

Da quando il suo timore si era tramutato in certezza Giovanni era diventato insofferente, e dell'asse portante dei Datti di Lanza avrebbe voluto farne legna per il fuoco, tanto gli bruciava il distacco improvviso e incomprensibile che i due forestieri, con quelle stupide storie, avevano causato.

Una sera, poco prima di cena, raggiunse il nonno nello studio e lo supplicò.

«Solo qualche giorno... Tra poco partiranno e non potrò più imparare!»

«No, Giovanni.»

Il signor Datti aveva chiuso la cartella in pelle e si era tolto gli occhiali. Interpretandolo come un segno di cedimento Giovanni si avvicinò, addolcì la voce.

«Sei figlio unico anche tu, perciò dovresti capirmi...»

Il nonno fece un ghigno strano, schiuse le labbra in attesa di parole che parvero affiorare, dare una sbirciata alla situazione, e valutato che non era buona ritornarsene giù. Dunque aspettò qualche istante prima di ingoiarle del tutto e cercarne altre più adatte.

«È pieno inverno, la natura è ferma. Ora le uniche cose che devi imparare si trovano a scuola e nei libri che abbiamo qui.»

Indicava la libreria dietro di lui con un braccio inflessibile come il tono, mentre negli occhi di Giovanni la sua figura e le mensole si andavano appannando, e presto oltre il velo del pianto non ci fu più niente. Senza sbattere le ciglia per non far cadere le lacrime cedette a un'impercettibile smorfia e arretrò verso la porta.

«Non sapevo che la natura si fermasse. Allora quando sarò il padrone impedirò che si curino i campi e che si potino le piante, farò chiudere le bestie nelle stalle a dicembre e ordinerò di riaprirle a primavera. E per assenza di mansioni sospenderò la paga al fattore, che tanto di risparmi da sperperare ne avrà parecchi, non è vero? Buonanotte.»

Il signor Datti respirò a fondo.

«E va bene... Andrai domani e ti fermerai una settimana intera. Ma la mattina, a scuola.»

Non aveva finito la frase che Giovanni correva ad abbracciarlo. A occhi chiusi si strinse alla sua giacca ispida e lentamente, prima con una manica e poi con l'altra, ne fu avvolto. Restarono così, senza accorgersi della porta che si apriva in uno spiraglio e subito si richiudeva, né dei fiocchi di neve che carezzavano il vetro. E anche se dalla sala da pranzo arrivava un certo fermento, non avevano alcuna intenzione di staccarsi.

Infine tornarono consapevoli dei rumori e del dovere di presentarsi a tavola, ma negli ultimi secondi prima di ricomporsi, Giovanni sentì il bisogno di fargli una promessa.

«Io le voci delle piante proprio non le sento, nonno... però saprò aver cura della nostra terra, perché diventerò come te.»

Era gennaio e sì, la terra si era messa a riposo. C'erano però da aggiustare gli attrezzi, le case e le capanne per i pascoli, governare le bestie, rammendare gli abiti e gli stracci, ricucire le ciocie, e inventarsi qualcosa per tamponare la fame.

Giovanni tornava da scuola e dopo un pasto veloce iniziava ad aiutare Nevio e gli altri nelle varie attività. Se ne stavano per lo più in silenzio e, quando si parlava, l'unico argomento era la ravvicinatissima partenza per la Scozia.

La penultima cena di Giovanni in casa Montefosco passò strofinando fette di pane sull'aringa appesa e discutendo sul modo più sicuro per raggiungere la stazione ferroviaria di Roma senza grandi idee. Poi Ida, suo malgrado, trovò la soluzione.

«Franceschino viaggia per mestiere e si tiene amici i briganti. Ci parlate voi, Domenico, per accordarvi?» E intanto sbirciava preoccupata la figlia.

«Uè Marie'... che hai stasera?»

Marietta si alzò con le guance in fiamme e gli occhi allagati, fece un passo verso la madre e crollò a terra.

Nel momento in cui Nevio e Attilio la distesero sul letto lei sbarrò gli occhi e si irrigidì tutta, il corpo prese a rimbalzare come se qualcuno lo spingesse da sotto, i denti scricchiolarono e il mento si coprì di schiuma. Poi le palpebre si chiusero e la testa si reclinò da un lato.

Giovanni fissava la scena atterrito, non riconoscendo in quell'essere invasato la ragazza che a Villa Datti gli preparava i biscotti e spicciava le faccende coi capelli annodati dentro a un fazzoletto, mentre lì a casa invece li teneva sciolti. Quei ricci lucidi che fino a un minuto prima le saltellavano come molle sulla schiena, adesso le si strusciavano addosso simili a serpenti, incollandosi alla pelle che trovavano scoperta e facendosi più neri sul viso, che via via si sbiancava scavandole fossati intorno agli occhi.

Nella stanza improvvisamente impregnata di morte regnava lo sgomento. Ida piangeva e Nevio passeggiava avanti e indietro con le mani incrociate sulla testa, quasi volesse forzarla a ragionare. Giovanni invece pensava soltanto, sentendosene molto in colpa, che quella notte sarebbe stato difficile prendere sonno e che quindi avrebbe rischiato di addormentarsi a scuola.

Come se all'ennesimo lamento della sorella il cervello gli si fosse di colpo riattivato, Nevio corse verso i cappelli appesi.

«Insomma, basta! Vado a prendere il dottore.»

La nonna si girò quel tanto che bastava a far capire che al contrario della vista le orecchie le funzionavano benissimo, e autorevole sentenziò: «Gliu grande male».

E con ciò chiuse la questione. Per questo genere di cose non occorreva il dottore, poiché già un cugino ne era stato colpito, e pure uno zio. Da quel momento dunque diresse lei le operazioni, stabilendo i turni di sonno e quelli di lavoro. Si andò avanti tutta la notte a tamponare fronte, polsi e caviglie con panni bagnati, girare il corpo su un lato e poi sull'altro, e a colare gocce d'acqua tra le labbra inaridite.

Ma non riscontrando all'alba soddisfacenti miglioramenti, la nonna stabilì che si portasse la nipote in pellegrinaggio da *gliu Sante Bbóne*, che pure se non era specializzato nel guarire dal grande male spargeva comunque da secoli sugli abitanti della zona il suo potere benefico.

A Giovanni sembrò ovvio rinunciare alla scuola per andare a pregare un ometto che era stato santificato dalla gente e non dalla Chiesa, sebbene fosse stato proprio lui a calare in forma di visione a donna Teodora, nell'allora fiorente castello di Roccasecca, per annunciarle che il suo ventre avrebbe partorito niente meno che Tommaso, l'eccelso Tommaso d'Aquino, dotto e santo certificato, e ci mancherebbe altro.

Perciò, imboccata una mulattiera grigia di foschia, seguì i Montefosco dietro al calesse nel quale riposava sfinita Marietta in una processione sulla costa del monte Asprano, verso la grotta dove si diceva che l'uomo buono si fosse ritirato a vita di preghiera e di contemplazione, e che poi per onorarlo fu elevata a chiesa, l'ispirante chiesolina di Sant'Angelo in Asprano*.

Marciavano lungo la parete che precipitava giù verso Caprile immersi in un paesaggio primitivo che invogliava ancora qualcuno ad abbandonare tutto per godere del niente trovandovi la pace e magari un'imprevista santità.

Senza scorgere eremiti, né far caso a loro tracce preesistenti, giunsero all'eremo in relativamente poco tempo, sperando che un pellegrinaggio tanto virtuoso potesse renderli più meritevoli di una buona risposta.

Il santo era solo, non perché lì dimorassero le sue ossa o vi fosse una statua a facilitare l'esercizio del culto, ma nel senso che non c'era nessun altro quel giorno in fila per pietire o ringraziare. In quel luogo imbevuto dell'essenza del santo, per averne accolto la devozione proteggendolo dal caldo e dal gelo, e dai lupi vogliosi di prede o di bontà, c'era anzi un'atmosfera di celestiale attesa che chissà come Nevio e Luigi interpretarono urgente. Si sbrigarono quindi a depositare la sorella a terra e si inginocchiarono con gli altri a pregare.

Il calore delle Ave Marie sciolse la nebbia che stazionava nella valle, qualche piccola mosca si staccò dal mulo per perlustrare altri sentori all'interno della chiesa e nell'aria si sparse un profumo di erba lessata. A un tratto Marietta si voltò verso di loro e annunciò il miracolo.

* Successivamente chiamata San Michele.

«Me sente bbuone.»

Si precipitarono tutti a baciare le mura e anche l'affresco, e si misero subito in marcia a ritroso verso casa, dove si concessero una colazione con vino e bruschette riesumando bei ricordi e storielle del passato. Poi di corsa al lavoro nei campi, incluso Giovanni, che ormai pazienza, la scuola l'aveva saltata, e al tramonto di nuovo a casa per la cena come se nulla fosse mai accaduto.

Ma un urlo spezzò la notte. Nella luce tremula delle braci Marietta, di nuovo febbricitante si contorceva ingiuriando niente meno che Sante Bbone. La nonna allora la fece scansare e infilò una mano nel suo cuscino, ci ravanò dentro a occhi chiusi fino a estrarre una piccola treccia ingiallita. Stavolta la sua diagnosi fu terribile. Non di grande male si trattava... La creatura era stata fatturata a morte.

Previdente, Ida aveva già messo a scaldare l'acqua. Ne prese un mestolo e ci buttò tre pizzichi di sale, la nonna intinse il pollice e segnò una croce su occhi, bocca e fronte della nipote, quindi scacciò il mestolo e Ida corse a rovesciarlo dalla finestra, affinché gli animali assorbissero il maligno estirpato alla figlia.

La sera dopo Marietta divorava una doppia razione di minestra quando qualcuno bussò. Ida si allarmò.

«E chi può essere a quest'ora?»

Ma la nonna già sapeva, e inchiodava con uno sguardo torvo che trapassava la porta la colpevole della fattura.

«È isse...»

Nevio si precipitò ad aprire, pronto ad affrontare il donnone col ghigno da diavolo che si aspettava. Invece si trovò davanti la bambina. Stretta in uno scialle e nelle lunghe ciocche nere sopra il solito abitino sdrucito gli parve ancora più piccola, e soprattutto indifesa. Allora pensò che uno spirito malvagio più furbo degli altri doveva essersi infilato in quel corpicino e in quegli occhietti innocenti per farsi aprire le porte delle case, entrare nelle vite delle persone e convertirle all'inferno da vive. E se ne convinse al punto di scambiare gli ululati nel bosco per i lamenti dei dannati, e una saetta per una fiammata, la prima di quelle che avrebbero ben presto avvolto i Montefosco, se non si fosse affrettato a richiudere la porta.

Ci provò ma qualcosa glielo impediva. Una forza gli tratteneva il braccio, e la bambina lo sapeva, perché aveva spostato lo sguardo dietro di lui e, orgogliosa dei suoi poteri, sorrideva. Cosa diamine si era materializzato sul suo braccio? Nevio si girò di scatto e vide la mano di Giovanni, che ora allentava la presa lasciandolo libero di scegliere se chiudere la porta oppure no. La bambina era ancora lì. Il ticchettio dei suoi denti cancellò i diavoli e la paura del male, e all'improvviso Nevio vide la realtà per quel che era e non seppe più cosa fosse giusto fare. Giovanni gli si accostò, e rimasero sull'uscio tutti e tre a studiarsi in silenzio per qualche istante. Poi il ticchettio si fermò e lo sguardo infantile divenne adulto.

«Gliu male amore separa e gliu male amore unisce... e all'anime belle tocca costruì pure pe' chi ferisce.»

Diceva cose brutte che però non sembravano tali, forse per come gli aveva sorriso pronunciando *anime belle*. Così, pur non capendoci granché, Nevio quel sorriso gliel'aveva ricambiato.

Ma la stanza dietro di loro rumoreggiava nervosa, e la voce della nonna arrivò definitiva a rompere quello strano incanto.

«Gliu figlie che nun c'hanno casa nun c'hanno core. Accussì se ne vanno bussando all'altre per scaricà gliu dolore.»

Nevio si voltò verso di lei, che cogliendo il suo disorientamento gridò più forte.

«Vattene Zelinda, va via! Che di sofferenza qua ce n'è già troppa.»

Stavolta Nevio reagì con durezza.

«Di quale sofferenza parlate, nonna? Siamo forse malati? Stiamo morendo di fame?»

La nonna si alzò, le puntò il dito contro.

«Ha fatturato a morte sua madre.»

Ora il silenzio si tagliava a fette e tutti gli occhi erano incollati al pavimento. Nevio li guardava basito.

«E voialtri ci credete? Alzate quella testa, sant'Iddio! Guardatela, è una bambina!»

Nessuno si azzardò a ubbidire, anzi, un paio si fecero il segno della croce, sua madre finse di trafficare col paiolo, il padre si coricò e la nonna riprese le sembianze della vecchietta inerme che non si accorge di niente.

Nevio li osservò con distacco.

«Se i Montefosco pensano che questa piccola sia una strega... allora vuol dire che io non sono un Montefosco.»

Un chiodo si staccò dalla trave e il mestolo usato per scacciare il male da Marietta cadde a terra. Ciascuno interpretò il segno secondo la sua verità, mentre con passo deciso Nevio andava a prendere la sua coperta.

«Per stanotte dormirà nella stalla, poi si vedrà.»

Afferrò un tozzo di pane e due noci e tornò alla porta. Ma lei non c'era più.

Mollò tutto e si lanciò giù per le scale, e sentì le sue scarpette correre sulla ghiaia e poi allontanarsi nel campo con l'agilità di chi è abituato a contare solo sui suoi occhi per orientarsi nella notte.

Rientrò in casa senza dire nulla, né fermarsi ad ascoltare il livore di Marietta.

«Brutta strega rabbiosa.»

...e le spiegazioni di Ida.

«Perché è bastarda. La partorì una ragazzina come te.»

«E chi è il padre, ma'?»

Ida si chinò sulle scodelle nell'acquaio.

«Ma guarda qua, già si sono incrostate.»

Con una smorfia Marietta si fasciò in uno scialle a maglie strette abbastanza da tenere testa alla tramontana e uscì per i bisogni prima di coricarsi.

Più tardi un po' tutti si rigiravano senza riuscire a scacciare Zelinda dai pensieri, chi pregando fitto per paura di evocarla, chi soltanto inquieto.

Nevio fissava il soffitto contando una a una, neanche fossero segnate là sopra, le volte che l'aveva vista andarsene in giro stracciata e sola e aveva finto che non esistesse. Non aveva voglia di condividere questa angoscia con Giovanni, che dopo aver fatto i soliti esercizi per aprire i polmoni ora se ne stava supino accanto a lui sbarrando gli occhi su uno spazio indefinito, e di goderselo in solitudine pareva contento.

Giovanni non era preoccupato per Zelinda, meditava piuttosto sul sorriso che l'aveva illuminata quando li aveva chiamati "anime belle". Una luce contagiosa che gli aveva scatenato la stessa potente beatitudine provata quando incontrava la figlia del dottore, solo un po' mischiata alla sensazione di calore vagamente doloroso che annunciava la tosse.

Segnandosi la croce chiese all'angelo custode se poteva dare un occhio pure a Zelinda, scusandosi molto per il lavoro che gli procurava, visto che di creature da custodire adesso se ne ritrovava tre. Dopo la preghiera temporeggiò titubante e infine gli domandò come mai ogni sera bisognasse richiamare l'angelo custode al suo dovere. Insomma, se una creatura gli era stata assegnata non avrebbe dovuto proteggerla e basta? «Guarda Zelinda,» gli sussurrò «quella nemmeno lo sa che ci siete.»

Gli sembrò di sentirsi rispondere che Zelinda era protetta eccome, altrimenti sarebbe morta da un bel pezzo, e che vivere un'esistenza disgraziata non significava essere stati abbandonati dal buon Dio e dalla sua santa truppa, significava superare prove più difficili e ottenere un posto in prima fila in Paradiso. Valutò che il suo angelo fosse un tantino disinvolto nel trasferire i messaggi divini, ma aveva un'aria sveglia che lo rendeva simpatico.

Si girò verso Nevio, che faticava a tenere aperti gli occhi, e accorgendosi di essere osservato gli allungò un pizzico.

«Quando diventerò ricco ti scriverò per chiederti se vieni a lavorare con me.»

Giovanni rise.

«Non puoi... non sai scrivere.»

Esausto, Nevio farfugliò.

«Si può tutto, Giova'.»

Sopraffatte dal cambiamento che stava per travolgerli, le emozioni si acquietarono, i respiri si fecero leggeri e le ansie trovarono riparo nel sonno.

La mattina dopo, i saluti erano stati veloci. Una stretta di mano appena più forte con Nevio, il tremito di Ida e l'espressione di Marietta che diceva: "Io resto qui, io ci sono".

Giovanni si girò a guardarli prima di andarsene via. Si erano radunati tutti intorno alla valigia spaccata a metà in mezzo alla stanza, con tre maglie, tre calzoni, tre coppie di calzini e poco altro. Allora Nevio l'aveva chiusa con un colpo secco e, mentre l'annodava come un arrosto, si fomentava.

«In Scozia la riempiamo da farla scoppiare. Anzi, di valigie ve ne riportiamo dieci, piene di vestiti per voialtri e di soldi per comprarci la terra e tutte le bestie che volete.»

Ida aveva tentato un sorriso e, fingendo di pulirsi il viso col grembiule, ci nascondeva il pianto.

Nevio si era tirato su e le aveva preso una mano.

«*Mamma Ida* lo chiamiamo, e sarà il ristorante più buono di tutta la Scozia.»

Lei gli aveva scompigliato i capelli ridendo.

«Guarda che vengo a controllare come cucinate le cose mie.»

Intanto si erano radunati tutti intorno alla valigia a parlare di fretta come se la locomotiva per Le Havre gli stesse fischiando sotto casa.

Luigi scrivi mi raccomando... Sì sì... Copritevi che dicono si gela... E su Ida lasciali in pace... Chi lo dice? Più freddo di qua pare strano... Badate a non farvi rubare la valigia... Scrivete eh, pure se siete indaffarati... E se v'ammalate? Ci sarà il dottore?... E certo che c'è il dottore ma'... Ricordatevi che vi voglio bene... Pure noi ma'... Ma Scozia è la regina?... Macché, Scozia è il posto Marie'!... E c'è la regina?... E che ne so Marie'... Giovanni lo sa. Giova'?

«Sì, è la regina Vittoria...»

Giovanni aveva risposto piano, perché Marietta stava già pensando ad altro e nessuno faceva più caso a lui. Indietreggiava verso la porta e l'aveva aperta.

«...ed è proprio *la* regina, quella che governa e decide. In Italia invece c'è la regina Margherita...»

Se l'era chiusa alle spalle e aveva continuato la frase.

«...che è regina perché è la moglie del re, Umberto I di Savoia.»

3

Allontanandosi dai Montefosco, Giovanni si accorgeva che nulla di quella mulattiera, degli alberi e dei campi gli pareva uguale. Perfino il tempo pareva volesse infierire sulla sua malinconia infliggendogli una domenica grigia da scolorare i fiori e annullare l'orizzonte. Consapevole che da quel momento avrebbe scontato una solitudine più grande, si fermò a prendere fiato sotto la quercia. Le fronde meno rigogliose aprivano larghi squarci sulla casa, anch'essa più scarna, priva delle collane di glicine e delle ortensie blu che conducevano all'ingresso. Gli scuri erano aperti ma nessuna figura si intravedeva dietro ai vetri. Il nonno era di certo nello studio, la mamma a disporre il pranzo, e il padre chi lo sa. A tavola avrebbero servito le fettuccine e il suo piatto sarebbe stato lasciato da parte in cucina per consentirgli di fare di nascosto la scarpetta. L'immutabilità delle cose gli avrebbe risparmiato le ansie derivanti da un cambiamento, però il vuoto che percepiva si doveva in qualche modo compensare. In attesa di chiarirsi le idee avrebbe perlustrato gli scaffali del nonno, sfilando libri e scorrendo righe finché non fosse incappato in una storia più avvincente di quella dei Montefosco. Così sarebbe partito pure lui per un viaggio, e finito quello ne avrebbe iniziato un altro, e un altro, costruendoci a fianco la vita che il cognome gli aveva assegnato. Conscio che solo questo bastava a renderlo un privilegiato, promise comunque a se stesso di impegnarsi a scoprire in quali meandri di quel destino si nascondesse la felicità.

Oscillando tra la tristezza e la voglia di ricominciare, spinse il portone di casa.

«Sono tornato!»

Fu accolto da un silenzio anomalo. Nessun rumore di pentole, né di passi che gli venivano incontro. Salì i gradini sentendo montare la preoccupazione di ricevere una sgridata. Cosa aveva sbagliato? Sarebbe dovuto rientrare prima? Avrebbe dovuto evitare di tornare da solo? L'avevano visto sbucare di nuovo dalla quercia e non dal viale?

Deglutì, avanzando verso la cucina, da cui non proveniva alcun profumo di ragù e nemmeno di broccolo lessato.

«Mamma...?»

Proseguì verso la camera dei genitori, bussò piano, la aprì dopo un eccitato «sì» che lo autorizzava a entrare, e restò immobile. Bauli, bauli ovunque, aperti e chiusi, ante dell'armadio spalancate, cassetti semipenzolanti, e mille cose sparse sul letto e sulla poltrona da cui sua madre sollevò su di lui uno sguardo raggiante, che di fronte al suo smarrimento però si raggelò, rendendola incapace di proferire alcunché, se non un insensato balbettare il suo nome. Lui annuiva incoraggiandola e lei prese forza.

«Ora c'è molto disordine, ma tra poco sarà tutto a posto.»

Giovanni arretrò in corridoio e si precipitò di sotto. Bussò forte stavolta, alla porta dello studio. Colpi decisi col pugno chiuso. Ma dall'interno nessuna risposta. Picchiò ancora e ancora, e si azzardò a entrare senza permesso. Spinse giù la maniglia, ma la porta non si aprì. Non era mai successo che il nonno si chiudesse a chiave... forse era uscito? Volò fuori a controllare, però il calesse era nel ricovero poggiato a terra e il cavallo ruminava tranquillo accanto allo spazio vuoto di quello di suo padre che, neanche a dirsi, era fuori a scorazzarlo da qualche parte. Risalì di corsa le scale, spalancò l'accesso alla terrazza, scartò i due grandi vasi d'angolo e si appese al davanzale dello studio. Il nonno era lì. La testa poggiata sulla cartellina di pelle aperta, una mano sulla guancia e l'altra stretta al pennino che gocciava macchie scure su un foglio bianco.

Villa Datti era sprofondata in un silenzio che nemmeno una nevicata fitta avrebbe potuto imitare. Accucciato sotto la finestra dello studio, Giovanni singhiozzava sommesso. Il nonno era morto senza dargli il tempo di imparare a diventare come lui, senza nemmeno prepararlo con l'avvisaglia di una malattia. Troppo poco il cigolio delle ginocchia e l'affanno sulle scale per essere interpretati come segni della fine. Al dolore si aggiungeva la considerazione che negli attimi in cui si consumava la tragedia, sua madre gongolava schiacciando mezza casa nei bauli, neanche le avessero finalmente offerto la vita che le spettava e nella quale non sperava più. E anche ora doveva essere troppo presa per spiegare qualcosa a suo figlio, per dargli il pranzo e soprattutto per andarlo a cercare. Perciò, senza aspettarsi di essere trovato, Giovanni affossò il viso nel gomito avendo cura di essere educato anche nel dolore. Di tanto in tanto apriva gli occhi e si incantava sull'incanalarsi delle lacrime nelle fughe del cotto consumato solo dai passi di chi li aveva preceduti, perché a godersi dalla terrazza la vista fino a Castrocielo, e a ritroso sul bosco e sulla quercia, non si soffermava mai nessuno. Eppure era così bello. Per la prima volta sentì vicina la sua terra, così cara da accogliere il suo dolore e potente da zittire tutto il resto per restituirgli solo l'eco del suo pianto. Era sorpreso dalla comunione che si era all'improvviso instaurata fra loro, anche se c'era qualcosa che non lo convinceva. Il ritmo dei singhiozzi che gli tornava indietro con l'eco era diverso, e a pensarci bene pure il suono. Sollevò la testa per ascoltare meglio. Ora lui non piangeva e allora perché quello continuava? Si alzò, si guardò intorno, ma ogni cosa era sospesa, perfino il volo degli uccelli, perfino il vento.

Poggiò l'orecchio sulla parete ed ebbe un sussulto. Possibile che fosse proprio lei a piangere, l'austera Villa Datti? No, quella casa non avrebbe mai ceduto a qualsivoglia debolezza. E intanto spostava l'orecchio inseguendo il suono sul muro, scoprendolo via via più nitido, e infine chiarissimo alla finestra dello studio. Pigiò di nuovo il naso sul vetro. Il nonno era vivo! E travolto da nuova energia, adesso gettava il pennino e stracciava il foglio macchiato d'inchiostro. Mentre da sotto si udirono gli zoccoli al galoppo e il salto degli stivali sulla ghiaia.

Sentendo sbattere il portone d'ingresso, il nonno prese a camminare nervosamente avanti e indietro, poi si fiondò ad aprire la porta e suo padre entrò nello studio. Restarono in piedi, e i gesti dicevano più delle parole, che gli arrivavano smorzate, per fortuna, attraverso il vetro. Era un crescendo di tensione, che esplose quando cominciarono a litigarsi il suo nome.

Fu allora che il nonno si mise a urlare.

«Non so più chi sei! E se per te la tua terra è nulla... Allora di questo nulla io ti disereda! I campi, i casali, la villa... Non avrai niente!»

Suo padre era rimasto impassibile, aveva fatto dietrofront ed era uscito.

Un attimo dopo Giovanni si sentì chiamare, e il pavimento vibrava di passi frettolosi che perlustravano le stanze. Non potendo protrarre quella caccia corse dentro.

«Sono qui!»

I tacchi degli stivali si bloccarono e subito ripartirono. Vedendo suo padre piombare in salotto realizzò che proprio la persona da cui meno se l'aspettava era quella che si era accorta della sua assenza e che l'aveva cercato.

Il profilo di sua madre fece capolino dalla porta.

«Edoardo... i bauli sono quasi pronti...»

Senza girarsi lui allungò un braccio incoraggiandola a entrare. Appena fu vicina si voltò ad accarezzarle amorevole il viso. «Maria Pia...» le sussurava affidando alla sacralità del suo nome la sua debolezza e la supplica di ricevere una nuova assoluzione. E rispettando una dinamica consolidata lei gliela concesse senza negoziare, incapace di resistere alla sua bellezza, a quel «sei mia» che ora veniva suggellato da un lungo bacio sulla bocca. Quando si staccarono, lui la prese per mano e insieme gli si avvicinarono. Suo padre aveva un'espressione diversa, più sicura, consapevole.

«Non c'è niente che tu debba temere, partiamo per un'avventura in un mondo che ti piacerà.»

«Ma come... dove...»

«Se te lo dico che avventura è? Lo scoprirai nel viaggio.»

«Perché? Qui c'è tutto!»

«No, non tutto. Qui non c'è la libertà. Un giorno capirai che solo lasciandosi alle spalle il passato si è liberi di essere felici.»

La sua voce era così calma che di certo sarebbe andata così, avrebbero riso e discusso volendosi bene come i Montefosco, e tutto si sarebbe sistemato. Avrebbe fatto pace col nonno e il suo baule si sarebbe aggiunto ai loro.

Dunque, fidandosi pure lui di quella mano, lo seguì. Lasciò il salone incedendo fra loro con un passo solenne e definitivo, sotto gli sguardi giudicanti degli antenati alle pareti, tra i sofà lisi su cui in passato si ricamava e si raccontavano le storie e i *trompe-l'oeil* di terrazze e acque placide che invitavano a entrare. L'unico paesaggio, quello del mare, capace di catturare l'attenzione di suo padre, che infatti rallentò proprio lì davanti per salutarlo con un «a presto».

Le sue mani affondavano in quelle dei genitori assorbendo quella loro strana, granitica unione e l'urgenza di un futuro da sostituire a quello appena cancellato. Tuttavia nella loro stretta percepiva anche la paura e il loro essere soli, pur essendo famiglia. D'istinto allargò il torace e rafforzò la stretta delle mani, sentendo ancora più pesante il dovere di farsi carico delle loro fragilità.

Arrivati nella camera da letto vide i bauli chiusi e Marietta e un'altra donna controllare che ogni traccia di quella vita fosse stata trasferita nella nuova, che a un tratto parve trovare collocazione nella parola *Scozia*. Sbarrò gli occhi incredulo.

«Scozia?»

Ecco perché sarebbero stati felici! In Scozia c'era tutto ciò che si poteva desiderare. Ricchezza, divertimento e infinite opportunità. Se le ricordava bene le promesse dei reclutatori. E c'era Nevio. Pensò alla faccia che avrebbe fatto ritrovandoselo alla porta della sua nuova casa o nel negozio dove lavorava. Sarebbero cresciuti insieme e magari avrebbero sposato due sorelle, così da essere amici e parenti e passare intorno allo stesso tavolo il Natale. Strano come una vita fosse in grado di trasformare i destini in un minuto, ricomponendo tutti i legami che essa stessa aveva troncato e mostrando prospettive prima invisibili.

Di colpo ebbe fretta di partire e afferrò il primo lembo di gonna che gli capitò a tiro senza neanche chiedersi chi fosse.

«Quando?»

Era Marietta, che si fermò e gli passò le dita tra i capelli. I suoi erano legati dentro al fazzoletto e le cambiavano tutto il viso. Gli rispose mogia.

«Adesso.»

Lui la guardò quel che bastava per imprimere nella memoria il suo volto e poiché forse non l'avrebbe rivisto si buttò.

«Sei più bella se li tieni sciolti.»

Sorpresa e un po' imbarazzata si girò verso una provvidenziale voce che arrivava dal corridoio.

«È fatto questo baule?»

«Sì, sì, è del signor Datti, potete portarlo giù.»

Giovanni esultò e in preda all'eccitazione corse allo studio spalancando la porta senza bussare.

«Sbrigati, nonno, che stanno caricando il tuo baule!»

Ma il signor Datti non era più lui. Gli occhi spenti, sconfitti, s'intonavano al viso invecchiato cent'anni. La schiena ripiegata su se stessa gli consentiva di inghiottire impercettibili fili d'aria, mentre il pennino disegnava ghirigori al posto delle lettere.

«Nonno...»

Come se l'avesse svegliato, lui si riprese e impartì ordini al suo corpo. Agli occhi di mettere a fuoco il ragazzino che avevano davanti, alle labbra di sorridere, alle spalle di aprirsi e alla mano di infilare il pennino nel calamaio. E alla voce, la più difficile da comandare, di uscire solida e rassicurante.

«Allora sei pronto? Bada di non dimenticare niente.»

«Sì.»

«Ricordati di respirare grande.»

Giovanni iniziò a insospettirsi.

«Sì, nonno, ma...»

«Fammi vedere come respiri grande.»

Giovanni aprì le spalle, spinse in fuori il petto e inspirò profondamente, e poi con la bocca semiaperta si svuotò di tutta l'aria che aveva dentro.

Il nonno gli battè dietro fra le scapole.

«Tira di più, come per farle toccare. Ma va bene, gioia mia, va bene. Oh, guarda che devi raccontarmi tutto, come va la scuola, come sono i compagni, se il maestro è più bravo e più severo di quello di Roccasecca.»

«Certo che ti racconterò tutto.»

«Credo avrò bisogno di una lettera a settimana, ma mi accontenterò di riceverne una al mese.»

Giovanni si irrigidì.

«E perché mai devo scriverti se ne parleremo a casa?»

Il nonno prese fiato.

«Vieni qui.»

Giovanni gli si avvicinò titubante e si ritrovò in un attimo nel suo abbraccio, vicino al suo odore e alla sua voce, e comprese che avrebbe dovuto fare uno spazio enorme nel cervello per registrare ogni dettaglio. Ma il nonno già allentava la presa e gli batteva colpetti sulla spalla.

«Su, va adesso.»

Si alzò e, impaziente di mandarlo via, si premurò di aprirgli la porta.

«Dai che si fa tardi. Scrivimi e annota il mittente dietro la busta, così potrò risponderti.»

Giovanni fu costretto a ubbidire. Uscì dallo studio e da bravo soldatino marciò verso la voce della madre che lo chiamava. Ma poi scappò su per la scala che portava in soffitta.

Spinse la porticina scrostata strusciandola sul rosume dei tarli e restò per qualche istante fermo a guardare. Il pavimento era così ondulato che pareva molle, e mille cose diversissime dormivano sotto il fascio di luce che calava dall'abbaino, l'aria stagnava tiepida e il silenzio era ovattato come quando gli curavano l'otite con l'olio nelle orecchie. Era di certo finito nel luogo dove si conducono i pezzi della vita nel momento in cui diventano passato. Fece scorrere le dita sugli oggetti fino a una custodia che al suo passaggio scricchiolò chiedendo di essere aperta. «Va bene, ti faccio respirare un po'» le aveva risposto spalancandola.

Adagiato sul rivestimento di velluto blu c'era un corpicino di legno percorso da quattro fili che appena sfiorati gli si spezzarono fra le dita. Lo tirò fuori con tutta la delicatezza che poté e se lo poggiò sotto al mento. Quel contatto gli trasmise una strana calma. Non aveva idea di come si dovesse usare ma non importava, in qualche modo avrebbe imparato. Lo rimise a posto e ci si sedette accanto.

«Se stiamo zitti non ci troveranno. Se ne andranno per non perdere il treno e noi resteremo qui.»

Come immaginava, dopo un po' le voci che lo chiamavano si moltiplicarono sempre più ansiose. A quelle dei genitori si aggiunsero ben presto quelle di Marietta e dell'altra donna, quella del maniscalco venuto a controllare i ferri e perfino quella stridente di una cornacchia. Il suo nome rimbombava in casa e fuori fino al bosco, e qualcuno partì a cavallo per cercarlo chissà dove, forse dai Montefosco.

Poi un rumore e la porticina si aprì strusciando forte sul pavimento. Sapeva che l'avrebbero scovato, ma pregava che non accadesse così presto. Tutto curvo per non sbattere la testa, nella soffitta sbucò il nonno.

«Giovanni...»

Lui incrociò le braccia e si voltò da un'altra parte.

«È la tua famiglia, devi andare.»

Giovanni serrò i denti. Un'angoscia sconfinata si era impossessata del suo stomaco. Ormai era chiaro che il nascondiglio era stato un palliativo e che nulla gli avrebbe evitato la partenza. Ma ciò non gli impedì di provare.

«Nessuno di voi mi ha spiegato niente! Se mi considerate un oggetto tanto valeva infilarmi in un baule. Ma di questo che mi importa... È che non voglio lasciarti! Non voglio! Non voglio!»

Il nonno si lasciò sfuggire un lamento.

«Ti prego, non farmi questo.»

Allora Giovanni si alzò, prese la custodia con sé e lo fissò con aria di sfida. Lui vide ciò che aveva tra le braccia e vacillò, poi, senza staccare gli occhi da quell'oggetto gli si avvicinò. Sorpreso che Giovanni lo cingesse più forte, cercò di rassicurarlo.

«Oh, non potrei mai separarvi. Ti ha scelto...»

Giovanni allentò appena la stretta, ma rimase diffidente. Il nonno allora si scostò da un lato provando a rivolgergli un sorriso conciliante.

«Anche se adesso non lo capisci, stai scoprendo che non per tutto ciò che ti accade avrai diritto a una spiegazione.»

No, infatti non lo capiva. Ma più di tutto gli risultava incomprensibile quell'inerzia, il rifiuto di combattere per trattenerlo lì. Il nonno non era un debole, dunque interpretò la sua reazione come un tradimento. E allora volle fargli male. Gli passò accanto senza degnarlo di uno sguardo e sfilando con uno scatto il violino alla sua carezza tremante. Rassegnato e rispettoso, lui ritirò la mano.

«Io invece sto scoprendo che certi distacchi sono tanto potenti da generare un'unione.»

Giovanni scrollò le spalle. Forse quella per il nonno valeva come una benedizione, ma a lui sembrò solo un'altra frase sibillina che non serviva a niente.

Scese le scale stringendolo tra le braccia come una creatura.

«Faremo che io aggiusterò te e tu aggiusterai me.»

E fu così che il violino divenne suo.

Giusto il tempo di salire sul predellino e il calesse si mosse. Non si accorse che suo padre era ancora giù a controllare i bauli sul carro, né della mantella che le mani nervose di sua madre gli sistemavano come un bavaglino, più preoccupate di coprire il violino che di ripararli il torace dal freddo. Non vide Marietta corrergli accanto coi capelli sciolti, e non sentì le ginocchia del padre premere di colpo sulle sue per puntellarlo in previsione del percorso accidentato. Era solo impegnato a resistere al bisogno di voltarsi indietro. Quando costeggiarono l'ultimo vaso di ortensie prima della discesa che avrebbe fatto svanire la casa, scattò in piedi e si girò.

Della villa restava un angolo di terrazza e metà finestra dello studio, che un imprevisto raggio di sole aveva trasformato in uno specchio celandone l'interno. Giovanni cedette alla mano della madre che lo tirava giù risistemando subito la mantella, e assunse la postura composta di quando si sedeva a tavola. Suo padre cercò complicità battendogli un paio di pacche sulla coscia.

«Mettiti comodo, figlio mio, che di regole te ne sono state impartite fin troppe.»

Gli lanciò un'occhiata giusto per essere sicuro che fosse

stato proprio lui a parlare. Figlio mio, l'aveva chiamato, e adesso gli sorrideva. Stringendo le labbra per impedire ai pensieri di trasformarsi in voce, si spostò su un fianco a guardare le piante che scorrevano via, senza sapere come avrebbe dovuto salutarle.

4

L'alba della partenza arrivò dopo una notte insonne di promesse, preghiere, domande e raccomandazioni. Attilio s'incamminò sulla mulattiera ingoiando il timore di non rivedere più i genitori, mentre Nevio gli correva avanti e non la smetteva di parlare, e Luigi, incurvato dalla valigia che gli avevano posato sulla testa, si guardava i piedi assicurandosi che un passo dopo l'altro facessero il mestiere loro.

Il carro era lì che aspettava sulla strada, con Franceschino a cassetta che trincava da un fiasco di vino. Attilio grugnì.

«Sta già ubriaco, 'sto scemo.»

Nevio scrollò le spalle.

«I cavalli sanno la strada, non ti preoccupare.»

In quel momento Zelinda balzò fuori da un albero e iniziò a cantare.

«*Gli figlie partene pe' na vita chiù bona... e alla mamma revè sule nu vuaglione.*»

Loro insaccarono il collo nelle giacche e si affrettarono verso il carro. Lei accelerò.

«*Gliu foco leva n'anima alle pene... e sangue maligno se mescola a gliu sane. E coce la vendetta co gliu pane.*»

Attilio e Luigi si accucciarono con le ginocchia in bocca, il cappello calato sulla fronte e sulle orecchie per scacciare quella cantilena. Nevio invece restò in piedi a guardare Zelinda diventare piccola, e intanto mormorava.

«Zelinda si' bona... nun ce fa la fattura, accussì ce ne iame senza paura.»

Poi tutti e tre piantarono gli occhi sul paesaggio intorno. Castrocielo era ancora lì, e già ne avevano nostalgia.

Il carro procedeva a un buon ritmo che li tranquillizzò incoraggiandoli a recuperare un po' di sonno. Ma poi Franceschino prese allegramente l'ultimo tornante, il carro sbattè contro una pietra e cominciò a traballare. Nevio si sporse fuori.

«Oooooooooh! Fermaaaaaa!»

Ma i due cavalli si erano già lanciati giù per la discesa e la ruota posteriore ondeggiava incontrollata. Nevio si ributtò dentro.

«Tenersiiiiiiii!»

Un minuto dopo i pochi vestiti erano sparpagliati sulla strada, e zampe e gambe sbucavano dal carro rovesciato. Il cavallo libero si godeva il riposo inaspettato brucando l'erba ispida che trovava. Tutto intorno, silenzio.

Nevio spuntò barcollante da un cespuglio e si lanciò verso il disastro. Scansò pezzi di legno, la valigia schiacciata, afferrò due piedi e cominciò a tirare. Franceschino intanto si dondolava avanti e indietro.

«Il carro è rotto... il cavallo è azzoppato...»

Nevio lo fulminò.

«Aiutami, scimunito!»

«Il carro è rotto... il cavallo è azzoppato...»

«E non è azzoppato! È morto!»

Nevio tirò i piedi più forte.

«Forza Lui'.»

«So' Attilio...»

«Essi chi te pare, basta che esci da là sotto.»

Attilio sgusciò fuori e aiutò Nevio a liberare Luigi. Erano graffiati e ciancicati, ma salvi. Luigi si segnò la croce.

«E mo' quale santo dobbiamo ringraziare?»

Nevio indicò Franceschino.
«Sanbriaco che fa perdere i treni.»
Luigi gli diede un buffetto.
«A Ne', te non tieni proprio rispetto per la religione.»
Ma lui era già corso in mezzo al campo a cercare la ruota, e dopo poco l'aveva rimontata.

Presero quel treno. E poi altri. Tanti che l'odore di ferro e carbone gli mise radici nel naso. Passato il confine con la Francia, pensarono che Le Havre si sarebbe avvicinata molto più veloce, ma Luigi si sentì male. Febbre e vomito, vertigini, e vescicole sul torace e sulle braccia. La notizia rimbalzò da un vagone all'altro, e irruppe in una carrozza di prima classe dove si scovò un dottore.

Con la sua valigetta gonfia e consumata avanzò scavalcando mucchi di bagagli e passeggeri, quasi che il suo fiuto avesse già annusato il virus e lo spingesse dritto verso il corpo nel quale si era annidato. Fece spogliare Luigi, gli ordinò di girarsi e poi rigirarsi, gli disse «aaaaaa» perché aprisse la bocca. Tifo petecchiale, sentenziò con aria grave. La sua faccia diceva morte certa per l'italiano e allarme contagio per tutti gli altri, perciò, alla prima fermata utile, i ferrovieri spalancarono la porticina del vagone e buttarono giù il malato e i suoi fratelli.

Attilio e Nevio rimasero immobili sulla banchina a guardare il treno che ripartiva senza di loro, e che si piegava in una curva sputando fuori la loro valigia. Poi incollandosi a turno Luigi sulla schiena si incamminarono verso quello che doveva essere il paese.

Era quasi sera, e il sole spariva dalla piccola piazza senza che loro avessero la più pallida idea di dove andare. Disponendo soltanto del dialetto ciociaro tentavano di comunicare coi francesi attraverso le petecchie, alzando la maglia al poveretto ogni volta che qualcuno gli passava accanto. Finalmente un contadino si fermò, studiò Nevio e Attilio per qualche istante, poi indicò Luigi e mimò un letto, e questo bastò a farli saltare sul suo calesse.

Dopo un'ora di trotto in una campagna che assomigliava un po' alla Valle del Liri, dietro un bosco di lecci spuntò un casolare. Il contadino tirò le briglie a sé col verso universale che significa "arrivati", e indicò una casetta ai margini di un campo. Più tardi gli lasciò fuori dalla porta un tegame di minestra calda, coperte e un paio di secchi d'acqua.

I tre fratelli si servirono e sottoscrissero il patto. Avrebbero ottenuto cure, cibo e riparo finché Luigi non fosse guarito. In cambio avrebbero offerto tutto ciò che possedevano: l'esperienza e le braccia.

5

Al mozzo che pareva il comandante del piroscafo Edoardo Datti dovette elargire parecchio denaro. Alla richiesta di caricare tutti quei bauli infatti i marinai avevano ridacchiato e gli avevano indicato il tipo defilato con la cicca in bocca. Quello aveva contato i bauli, poi aveva contato i soldi e aveva fatto cenno che li potevano imbarcare.

Il mare era calmo e la traversata andava ben più liscia delle tratte sulle strade sterrate. «Manca poco» ripeteva con una certa regolarità suo padre, e forse stavolta aveva ragione, ma a Giovanni giravano in testa le parole degli agenti reclutatori, che con le dita avevano tracciato in aria la distanza per l'America e poi quella per la Scozia, dimostrando che raggiungere quest'ultima equivaleva praticamente a una scampagnata.

Stanchi e stipati tra la gente, in quei giorni non avevano parlato granchè. Del resto, col broncio messo su a Roccasecca e mai mollato, e lo sguardo fisso sui paesaggi che scorrevano più o meno veloci a seconda del mezzo su cui viaggiavano, di sicuro lui non li aveva incoraggiati a farlo.

E poi c'era che a scoprirli innamorati, mano nella mano e con gli occhi brillanti a dispetto della fatica e delle scomodità, Giovanni stentava a riconoscere i genitori, ma vedeva piuttosto una coppia partita per una luna di miele infinita, con quest'appendice di figlio da sfamare e imbacuccare, senza necessità però di ragguagliarlo su ciò che era stato deciso per il suo presente, né tanto meno per il suo futuro, che tanto se ne stava lì e di domande non ne faceva.

Espulso all'improvviso da un nucleo che nonostante le distanze aveva comunque creduto a tre, Giovanni si sentì una cosa trascinata via solo per sottrarre amore a chi per ragioni oscure non lo meritava. E così andò avanti a rimuginare, finché, giusto al momento dello sbarco, spintonato tra corpi e voci concitate in attesa che le cime si ormeggiassero alle bitte, quel viaggio in Scozia gli parve una perfetta messa in scena che dava esecuzione a un castigo da sempre paventato. Lui era cioè lo strumento della vendetta consumata contro il nonno. Restava da capire chi, tra tutti i personaggi, si fosse macchiato della colpa originale. E, soprattutto, di quale colpa si trattasse.

A Portsmouth affidarono i bauli a un energumeno suggerito dal comandante del piroscafo, concordando la consegna per la settimana successiva. Poi corsero alla stazione e saltarono letteralmente sul treno per Londra, dove più rilassati e liberi dai bagagli fecero dei gran giri e si fermarono per la notte. Il giorno successivo presero un treno fino a Liverpool che, dopo un'accettabile sosta, avrebbe proseguito fino a Glasgow. Ma alla notizia che ne mancava ancora uno, l'ultimo, per raggiungere Greenock, Giovanni andò nel panico.

«Greenock? Non ci trasferiamo a Glasgow?»

Suo padre gli rispose sorpreso.

«E chi ha mai parlato di Glasgow.»

«Be', la Scozia è Glasgow!»

«Ma davvero. Quindi l'Italia è Roma... anzi, Roccasecca?»

Rise e fece ridere sua madre. Lui invece aveva le lacrime agli occhi. Gli avevano tolto il nonno e adesso pure Nevio.

«Avevo capito che stavamo qui! In questa Greenock io non ci voglio andare.»

Edoardo lo guardò male.

«Quando sarai grande vivrai dove vorrai, per il momento segui la tua famiglia, muto.»

Salito sulla carrozza, Giovanni si attaccò al vetro, pronto ad agitare il braccio almeno per salutare Nevio dal treno. Sentiva che sarebbe stato facile individuare un ragazzino dietro a un carretto dei gelati, ma il binario deviò rapidamente dalla città per infilarsi in una bellissima, ma chissene importava, campagna, dove del suo amico non poteva esserci traccia.

Anche suo padre era assorto nel paesaggio, ma con tutt'altra espressione. Per la prima volta sembrava felice e libero come aveva detto che sarebbe stato. Ogni cosa era perfetta e organizzata e adesso non c'era che da cominciare a vivere. Preso dal desiderio di condividere iniziò a raccontare della casa in cui avrebbero vissuto, due piani in doghe di legno scuro, contornata da un prato senza recinti che degradava verso il fiume nel punto in cui si allargava nell'estuario, e dunque era quasi mare. La scuola e i negozi per la spesa erano a portata di mano, perché tutto era semplice e vicino a Greenock, e così Giovanni avrebbe presto avuto amici con cui giocare e Maria Pia compagnia per le passeggiate in paese o lungo il Clyde.

Dalle finestre del salotto lo avrebbero visto partire e tornare, perché per mare sarebbe andato. Lunghi viaggi verso terre sconosciute dalle parti dell'America, a bordo di una nave grande almeno il doppio del piroscafo, affidata dal miglior comandante della Scozia e forse dell'Europa intera. Sarebbe stato via due settimane o al massimo tre e ogni traversata gli avrebbe fruttato molti soldi. Edoardo ringraziò la nonna per averlo invitato a Seaford per scoprire il mare e anche per imparare l'inglese, «sebbene,» gli diceva «sarebbe assai meglio il francese, però di case in Francia purtroppo non ne ho», altrimenti quel posto di assistente dei signori che se ne andavano avanti e indietro sull'oceano come loro sullo sterrato per Roccasecca, non l'avrebbe di certo trovato.

Beato come se fosse già sul ponte di prua, con gli occhi socchiusi per ripararli dal sole e dall'aria impregnata di salsedine, sorrideva.

«Ascolterete sirene che salutano il porto... e vedrete alberi con fronde di tela gonfiate dal vento.»

Giovanni comprese perché la sua poltrona in salotto non fosse girata verso il pianoforte e la terrazza, ma prediligesse la vista sul *trompe l'oeil* del patio fiorito affacciato sull'acqua. Davanti a quella distesa liscia e striata di colori che potevano essere dell'alba e del tramonto, suo padre si era seduto tante volte, come se abitasse lì, nella villa che non era dipinta ma che si intuiva maestosa, costruita sul ciglio di un lago o forse del mare affinché non avesse ostacolo alcuno sul proprio orizzonte, se non un'altura in lontananza che la foschia decideva se mostrare oppure no. Chissà cos'era Seaford e perché lì aveva maturato una passione che nulla aveva a che fare con la loro terra.

Nella mezz'ora che mancava alla destinazione finale suo padre cercò di nuovo la complicità che aveva tentato partendo dalla villa. Si spostò sul sedile accanto al suo e iniziò a confidargli i dettagli della fase decisiva della loro vita. Gli parlò come a un adulto, riferendogli ciò che era accaduto dopo quella lite nello studio, dopo quel «vattene Edoardo... e non tornare più» con cui il nonno l'aveva liquidato. Bene, aveva pensato richiudendosi la porta dello studio alle spalle, se devo lasciare questa terra allora andrò dove c'è il mare. E si era messo a cercare, nascondendo il piano perfino alla moglie, finché non arrivò al punto di dover accettare o rifiutare la proposta dell'intermediario di Frosinone cui si era rivolto e che vantava rapporti con una rinomata compagnia di navigazione in Scozia.

Giovanni lo ascoltava come se gli stesse raccontando la storia di qualcun altro. Poiché tornando indietro a quelle settimane di faticoso recupero della normalità, almeno così aveva creduto che fosse, non comprendeva come suo padre, e pure sua madre, avessero potuto pianificare una fuga dolorosissima per il nonno e per il loro stesso figlio, facendo finta di niente. E l'unica lezione che riuscì a trarne fu che le parole, anche quelle uscite per sbaglio in un momento di rabbia, sono potenzialmente gravide di conseguenze irreparabili.

Il treno rallentò abbastanza da far leggere GREENOCK sul cartello. Se era scritto allora era vero.

Un po' rassegnato e un po' emozionato, in fondo, di vedere la sua nuova stanza panoramica sull'acqua, Giovanni aiutò la mamma a scendere e si caricò una delle due valigie in cui avevano stipato le cose essenziali in attesa che i bauli gli venissero consegnati. Lungo la banchina intanto risaliva controcorrente un ragazzo con un foglio tra le mani. DATTY, c'era segnato sopra, e come se il cognome nella versione inglese suo padre ce l'avesse stampato in fronte, il tipo gli si avvicinò ossequioso pregando di seguirlo. Maria Pia rivolse al marito un'occhiata colma di ammirazione.

«Hai organizzato tutto alla perfezione, amore mio.»

Uscirono dalla stazione e andarono dietro al ragazzo a piedi, perché tutto era semplice e vicino a Greenock, sfiniti ma curiosi di scoprire le stradine, la gente, la lingua, gli odori. Edoardo però continuava a voltarsi nella direzione opposta senza nascondere una certa perplessità. E quando quello si infilò in un reticolo di viuzze che si allontanavano dal fiume si fermò preoccupato.

«Ehi!»

Ancora col suo foglio in mano il ragazzo si girò e osservò Edoardo gesticolare e indicare l'altro lato, perché era verso l'estuario e non verso l'interno, che dovevano andare. Gli disegnò pure in aria la casa col prato che scendeva giù, spiegandola con un inglese stentato che il ragazzo non capiva, e invece di provarci si spazientiva, finché non scosse la testa e proseguì. Loro non poterono che seguirlo, scrutando preoccupati il suo rallentare e studiare con più attenzione le case, come se là in mezzo dovesse scovare la loro. E infatti la trovò, alla fine di un vicolo stretto da non poterci passare in tre e buio da non poter posare con serenità i piedi.

Puntò il dito sul secondo e poi sul terzo piano, con una smorfia che diceva quanto erano fortunati ad averne due, poi spinse la porta malconcia e con un cenno di saluto schizzò via. D'impulso Edoardo gli corse dietro, ma in un attimo il ragazzo era già svanito. Perciò restò lì, spalle alla famiglia, a ripassare, per non sentirsi pazzo, gli accordi presi via posta, la caparra spedita, la conferma ricevuta. Rabbrividì al pensiero che la truffa della casa fosse estesa all'impiego sulla nave e a nulla valse ricordarsi riga per riga le informazioni sulla data in cui farsi trovare al molo e perfino sull'illustre comandante MacDalamy che, stando al tono della missiva, di presentazioni non aveva alcun bisogno. Realizzò che a quel punto il comandante MacDalamy probabilmente non esisteva, che era sera e che non sapeva cosa fare. Ma la rabbia e gli sguardi smarriti della moglie e del figlio lo costrinsero a rinviare l'abbattimento a quando sarebbe stato solo.

«Per stanotte ci adattiamo qui. E domani, ve lo prometto, vi porto a casa.»

Giovanni li seguì su per la rampa angusta senza pensare a niente. Passando davanti alla porta del primo piano sentì bisbigliare parole italiane zittite da un «ssssssst!». Ma forse erano fantasie.

Seppur distribuita su due livelli, la casa era minuscola. Non era di legno scuro e non aveva intorno prati che scendevano al fiume né alberi di navi oltre le finestre, perché di finestre non ce n'erano che un paio a illuminare la stanza al secondo piano e la mansarda al terzo, e troppo piccole e alte, con i vetri verdognoli di muffa. Il bagno era un bugigattolo attaccato alla parete esterna del ballatoio, senza acqua né parvenze di vasche o tinozze in cui lavarsi, e la cucina consisteva in un acquaio e una stufa in ghisa con un tegame poggiato sopra.

Cenarono con un provvidenziale tozzo di pane conservato da Maria Pia in un fazzoletto e si accucciarono sulle valigie usando le mantelle come coperta. L'orologio segnava un'ora tarda che non collimava con la luce fuori, ma lo spirito non era tale da commentarne a voce alta la ragione. In posizione fetale per adattarsi alle valigie e dandosi l'un l'altro le spalle, non confessarono la sete e nemmeno la fame, poiché anche se le pance rumoreggiavano qualcosa avevano mangiato. E fino all'alba non provarono neanche a chiudere gli occhi, impegnati com'erano a combattere da soli le angosce esasperate dalla notte.

Giovanni si svegliò di soprassalto con la certezza di aver schiacciato il violino. Aprì frastornato la valigia e poi la custodia e ricominciò a respirare solo dopo aver verificato che era sano e salvo. Si guardò intorno. Era convinto di non aver chiuso occhio, e invece era giorno pieno e non si era accorto che il padre era uscito e che la madre si era trascinata una seggiola sfilacciata accanto alla porta, e accomodata in pizzo per non tirare i fili del vestito, faceva l'unica cosa di cui era capace. Aspettare.

Edoardo rientrò in quel momento con una faccia appesa peggio della sera prima. E solo perché pressato da Maria Pia ammise che se esisteva una casa sull'estuario, bè, non era destinata a loro. E poi... e questo gli bruciava assai più della sistemazione, non c'era nemmeno la nave grande il doppio del piroscafo con ricchi nobili da assistere. C'era piuttosto un due alberi commerciale, che faceva rotta sui Caraibi e che aspettava Datty, il marinaio esperto che sapeva anche cucinare. Così se l'era venduto l'intermediario truffaldino, includendo generosamente nel compenso l'opzione di uno splendido alloggio quasi sul mare. Inoltre, visto che si annunciavano giorni di bonaccia e che Datty era arrivato, il comandante MacDalamy aveva deciso di anticipare la partenza all'alba del giorno successivo, e gli aveva ordinato di allestire una cambusa degna di questo nome. Edoardo, che a questo punto avrebbe preferito che MacDalamy fosse un'invenzione, scivolò lungo la parete e rimase seduto a terra a contemplare il vuoto. Lo stesso fecero Giovanni e Maria Pia, impreparati a gestire la mole di problemi che si prospettavano, primo fra tutti, organizzare la cambusa, e poi procurarsi il pranzo e possibilmente anche la cena.

A un tratto, in quel vuoto Edoardo notò qualcosa, si tese in avanti e sgranò gli occhi. Qualunque cosa fosse, doveva essere pericolosa, e stava vicino a Giovanni, che terrorizzato di ritrovarsi addosso un ragno scozzese o altra bestia letale saltò via. Suo padre puntava ancora l'indice, esterrefatto.

«Come è arrivato qui.»

Indicava il violino, lasciato per distrazione fuori dalla valigia e addirittura fuori dalla custodia. Maria Pia si nascose il viso tra le mani.

«Chi l'ha portato qui!»

Gridava, ora, livido di rabbia. Giovanni si paralizzò, prima per lo sgomento di vedere suo padre in quello stato e poi per la colpa, evidentemente gravissima, di aver riportato in vita un oggetto morto e sepolto in un passato che non si doveva rievocare. Sentiva di aver sfilato un minuscolo tassello da una struttura che proprio su quello si teneva in equilibrio e che a causa del suo sciocco patto, "io aggiusterò te e tu aggiusterai me", sarebbe venuta giù. Cercò di incrociare lo sguardo della madre, che però era piantato impotente su suo padre.

La rabbia di Edoardo tuttavia scemava già, lasciandolo sfiancato.

«Ecco perché sta andando tutto storto...»

Giovanni non riusciva a collegare il violino alle vicissitudini della Scozia, però non aveva il coraggio di fargli domande. Del resto a che servivano, se lui stesso aveva preso a parlare.

«Credevo di aver scontato la mia pena... Ma ora so che mi seguirà ovunque vada.»

Maria Pia fece una smorfia che diceva: "Lo credevo anch'io". Poi sospirò, già rassegnata all'ineluttabilità di quel destino, mentre Edoardo si rialzava di fretta.

«La cambusa...»

Uscì senza aggiungere altro e senza aspettarsi che lei lo seguisse per consigliarlo sulle scorte. Gli andò dietro Giovanni, anche se lui, estraniato com'era da tutto il resto, non sembrava essersene accorto. La sua voce rimbombava fra le pareti strette del vicolo, echeggiando più alta del dovuto, e inopportuna, per ciò che diceva.

«Anima mia... Amore mio e mia maledizione... L'unica ragione del mio vivere è implorare il tuo perdono.»

Suo padre gli camminava davanti e pareva un matto. Proprio lui, chiamato il *principe* per quella bellezza tanto regale da spalancargli porte e raddrizzare strade contorte, se non fosse accaduto che il carattere gli aveva virato al brutto, come il barometro appeso nello studio che di punto in bianco annunciava la tempesta.

Giovanni non capiva. Come poteva essere un violino amore e maledizione? A chi si riferiva davvero suo padre... A sua moglie? A un'amante... O invece alla gemella... perfino più bella di lui, ma che a chiamarla *principessa* non s'era fatto in tempo. Più di questo non sapeva. Notizie rosicchiate qua e là, racconti che iniziavano e a stroncarli bastava un'occhiata.

Il groviglio di viuzze si era sciolto e di colpo c'erano carri che sfrecciavano e gente che si addossava alle pareti. Suo padre si fermò a scrutare la strada, incerto sulla direzione. "O magari incerto su tutto" pensò Giovanni, mentre gli si accostava forzando con le piccole dita il suo pugno chiuso. Lui le fece entrare. E restarono in silenzio a guardare le casette disseminate in lontananza sulle rive del Clyde, verso l'estuario. Poi gli strinse più forte la mano e la lasciò.

«Vai da mamma, adesso. Sistemo questa benedetta cambusa, così rimedio anche qualcosa da mangiare.»

Si era allontanato senza aggiungere "ci vediamo a casa", perché *casa* non esisteva. Un giorno sarebbe stata una di quelle laggiù, magari l'ultima a picco sul mare.

Giovanni era tornato indietro e aveva bussato al primo piano per chiedere se avevano una tinozza per lavarsi. Ne ricavò un secchio buono per lavarci un piede per volta, da restituire o sarebbero stati guai.

All'alba del giorno dopo, come stabilito dal comandante MacDalamy, Edoardo si imbarcò sulla *Victoria*. Giovanni invece si vestì di tutto punto col cambio che per fortuna aveva in valigia, si avviò verso la porta col secchio da restituire e una banconota spinta in fondo alla tasca. Alla madre, che silenziosamente si commuoveva ripiegando sulla sedia i pantaloni del marito, rivolse un sorriso.

«Che dici se impiliamo le valigie e ci stendiamo una blusa come tovaglia? Non sarà la tavola di Villa Datti ma almeno ci possiamo mangiare.»

Lei rise tra le lacrime. Non gli chiese perché mai si fosse messo quegli abiti per andare a riportare il secchio al piano di sotto, ma non importava.

Giovanni fece a ritroso il percorso per la stazione. Non capiva niente di inglese, o scozzese, o quello che era, ma su un treno per Glasgow in qualche modo ci sarebbe salito. Avrebbe rintracciato Nevio e insieme avrebbero risolto il pasticcio in cui si erano cacciati.

Indossava gli abiti buoni che sua madre aveva messo in valigia prefigurando un invito a bordo della nave da parte del comandante. «Nel caso i bauli non arrivassero in tempo» aveva mormorato piegandoli per bene, e si era tranquillizzata.

Correndo verso la stazione Giovanni sentì i polmoni espandersi per farlo andare più veloce. "Certo che la troveremo una soluzione," pensava "e con mamma ne parleremo poggiati sulla nostra tavola arrangiata. E dopo le chiederò del violino."

6

I fratelli Montefosco erano partiti per la Scozia e si erano ritrovati ai margini di un paesello a fare pari pari la vita dei campi di Castrocielo.

Di contatti ravvicinati col contadino non ce ne furono fino a quando il tifo sparì senza aver contagiato nessuno. Allora, finalmente, cominciarono a lavorare insieme e a comunicare in ciociaro e *patois*, e si comprendevano. Perché la terra, diceva il contadino, è la terra dappertutto. E a guardarli gli venivano gli occhi lucidi. Sembrava ieri che al posto di quei tre c'erano i suoi ragazzi, e invece era già un anno che se ne erano andati in America. La moglie invece era rigida. Non ne voleva sapere di dare spago a dei giovanotti stranieri, per giunta di passaggio, con una figlia ancora da sposare. Ma erano così bravi e riguardosi che le fu difficile resistere, e piano piano scoprì che l'amore è largo abbastanza per farci stare dentro anche figli non suoi. Cominciò a mettergli più legumi nella minestra, ad allungargli qualche fetta di salame insieme alla pagnotta, e a fargli trovare i vestiti puliti dentro la baracca. E una sera disse al marito che potevano salire in casa.

Quando i tre ragazzi si misero a tavola si commosse pensando che forse in quel momento una madre americana stava accudendo i suoi figli. Però, se avesse colto certe occhiate li avrebbe rispediti nei capanni a calci nel sedere.

Fino a quella sera la figlia del contadino era stata soltanto una sagoma veloce tra la casa e il pollaio, o una capigliatura immobile dietro una finestra. Nevio aveva fantasticato su come fossero le francesi, e ora che ne aveva davanti una ne fu deluso. La pelle, i capelli sottilissimi color cenere, la magrezza... tutto in lei sembrava spento. Rimpianse le floride ciociare con le chiome lucide e le guance sode, chiedendosi se proseguendo verso nord avrebbero trovato perfino di peggio.

Che non avesse alcuna chance di stregarli era chiaro anche a lei, ma era relegata in quel podere isolato, e visto che nessuno si preoccupava di offrirgliela, la figlia del contadino si prese da sola la sua unica opportunità di sperimentare l'amore.

Aveva puntato Nevio il pomeriggio stesso in cui erano arrivati, e lo spiava. Era solo un ragazzino, ma sprizzava vita come se ne avesse ricevuta troppa, e il suo sorriso le aveva fatto tornare la voglia di alzarsi la mattina e di sentirsi bella. Non le fu difficile averlo. Quando se la trovò nel fienile, a fissarlo con quello sguardo di femmina che ha già deciso, Nevio non stette a pensare che era scialba e sfibrata e la lasciò fare. A lei affidò la goffaggine della prima volta, con lei conobbe l'odore di una pelle diversa e lo stordimento che cancella il tempo.

«*Reste ici Neviò. Reste.*»

Glielo diceva appena finito di fare l'amore, accarezzandogli i capelli per trattenerlo a sé. Ma lui saltava in piedi, si tirava su calzoni e bretelle e correva fuori.

Una sera gli ripeté la nenia, ma con un'aria strana, e toccandosi la pancia. Ma Nevio stava litigando con una bretella arrotolata e troppo malconcia per potersi raddrizzare. Con delicatezza lei gliela sfilò, e girandosi di spalle se l'agganciò sulla gonna. Poi gli prese le mani e intrecciandole alle sue le portò sul ventre.

«*Si c'est une fille, on va l'appeler Idà...*»

Nevio ascoltava comprendendo il senso ma non le parole, concentrato su quella bretella logora all'improvviso capace di imbrigliare il suo destino. Cosa doveva fare adesso? In attesa di capire, ripetè l'unico suono che gli era parso familiare.

«*Idà?*»

Lei annuì tutta fiera, poi sobbalzò come se fosse troppo tardi per gestire l'altra possibilità.

«*Et s'il est un garçon?*»

Con grande sforzo Nevio si trattenne dallo sbuffare sui capelli che gli prudevano sul collo e guadagnò millimetri lontano da un corpo che sentiva più straniero che mai.

Radiosa e inconsapevole, lei invece squittì la risposta.

«*Dimanche! En français "dimanche" est masculin, donc on peut bien l'appeler comme ça!*»

Nevio sbarrò gli occhi. *Dimanche... Idà, ma cosa dice...* Mentre lei, sollevata e divertita dall'insperata soluzione, si abbandonava all'indietro, sicura di trovare il suo appoggio.

Seppur delicato, Nevio sentì in quel suo lasciarsi andare l'enormità del fardello che gli piombava addosso, e non potè che restare rigido, col mento in su e le braccia dritte lungo i fianchi, finché lei non si girò a guardarlo.

«*Neviò?*»

7

Giovanni arrivò in pochi minuti alla stazione grazie ai suoi polmoni spompati che si erano incredibilmente trasformati in ali. Vestito come un damerino si era avvicinato al binario da cui stava per partire un treno, magari proprio quello per Glasgow. Girava chiedendo «Glasgow?» senza essere capito, e chissà come finì in mezzo a un gruppo di ragazzi che si spintonavano a vicenda. Riuscito a svicolare raggiunse la biglietteria, e approfittando della fila si sistemò la blusa nei pantaloni. «Oh no!» esclamò. Le tasche erano rovesciate e della banconota spinta in fondo perchè non si perdesse non c'era più traccia. Confuso e impaurito affrontò un bigliettaio apatico, che senza guardarlo staccava il biglietto. Allora si allungò sui piedi per mostrargli le tasche vuote e indicò il punto dov'era avvenuto il furto, ma quello alzò gli occhi sopra di lui e lo scartò con un disinteressato: «Next!». Corse comunque al binario, e riuscì a salire spiegando a gesti che sul treno c'era già sua madre. Dopo un paio di minuti il treno partì. Il capotreno non ci mise molto a capire che il ragazzino era solo e per di più senza biglietto, perciò all'arrivo a Glasgow lo affidò a un gendarme che se lo prese in custodia fino al pomeriggio, per piazzarlo sul primo treno per Greenock. Sorvegliato a vista, Giovanni scrutava l'andirivieni di gente sperando di scorgere Nevio. Avrebbe voluto chiedere al gendarme il permesso di uscire per un'ora soltanto, giurando che sarebbe tornato, ma non conosceva le parole. Più tardi, allontanandosi da Glasgow respirò la lunga nuvola che sapeva di carbone avvertendo l'urgenza di tornare a casa, perché casa è dove c'è una mamma che ti aspetta, anche se sei scappato facendola morire di preoccupazione, anche se per sbagliare hai scelto il momento più sbagliato.

Il gendarme gli si avvicinò per porgergli un biscotto sbriciolato chiuso in un fazzoletto e, sebbene non gli fosse richiesto, lo accompagnò verso il suo groviglio di viuzze. Ogni tanto gli parlava, e di fronte ai suoi occhi spalancati provava a farlo più lentamente, ma il risultato non cambiava. Poi a un tratto gli diede un colpetto affettuoso sulla spalla.

«*Màthair?*»

Giovanni aveva sempre tenuto gli occhi bassi e non l'aveva vista la mamma che si agitava in strada. Se ne accorse all'ultimo, quando lo prese in braccio e iniziò a riempirlo di baci. Piangevano entrambi, e sollevando lo sguardo oltre le sue spalle magre Giovanni scoprì un gruppetto di donne che partecipava al ritrovamento alternando i «te possino quanto l'hai fatta preoccupare» ai «sei accussì bello che ancora un po' ti si arrubbavano». In mezzo a loro c'era pure la tipa del secchio, che improvvisamente gioviale li spinse a rientrare a casa.

Scortati dal codazzo festante arrivarono al secondo piano; Maria Pia ringraziò commossa e richiuse la porta per godersi l'espressione di Giovanni alla vista della stanza. Erano comparse un'altra sedia e una tinozza, e sotto alla finestrella, il cui vetro verdognolo scompariva, finalmente, dietro a un drappo di stoffa colorata, c'era un vecchio materasso con una coperta piegata sopra, mentre al centro campeggiava la pila di valigie imbandita con scodelle uguali a quelle dei Montefosco e un tegame di cibo fumante.

Erano affamati e ansiosi di raccontare le loro giornate, ma mai e poi mai avrebbero proferito parola con la bocca piena. Poi, ai primi brividi di stanchezza spensero la candela e si distesero vicini. Maria Pia gli accarezzava i capelli e sorrideva di felicità. Per non averlo perso, per avergli procurato la cena e un letto caldo, per la prospettiva di un bagno nella tinozza, e per la consapevolezza di non essere soli.

Sfiniti ma troppo tesi per prendere sonno, giocarono a cercare sagome di animali nelle macchie del soffitto. E quando le macchie finirono lei fece un respiro più lungo.

«Ti racconterò una storia.»

A Giovanni balzò il cuore in gola.

«Quella... storia?»

«Sì, quella storia.»

Si aggiustarono sotto la coperta, più dritti, composti, e rimasero un po' in silenzio, come se richiamare alla memoria quei fatti esigesse rispetto, e per parlare di lei bisognasse chiederle il permesso.

Non era facile per Maria Pia decidere da dove cominciare, e allora decise che tanto valeva partire dall'inizio.

«Tuo padre era nato prima, anche se per i gemelli questo significa essere secondogeniti. Era uscito subito, e il dottore e la levatrice ci avevano proprio sperato che il parto potesse proseguire veloce e senza sforzo, e invece si bloccò per quasi due giorni. "L'altro bambino ha dato un'occhiata fuori e dice che di nascere col brutto tempo non ci pensa proprio" avevano scherzato per sdrammatizzare, ma nonna Lucrezia perdeva le forze e il nonno dovette acconsentire al taglio cesareo. Nessuno sapeva ancora che Flaminia arrivava sempre dopo nelle cose, né che fra le sue doti ci fosse quella di infondere un'eterea ma possente energia. Perciò, mentre il bisturi si apprestava a incidere la carne le doglie ripresero di colpo, e ravvicinate, e in pochi minuti la bambina scivolò fuori. Pare che non pianse finché non sentì il fratello strillare, e che lui si calmò soltanto quando gliela distesero accanto. Dicono che tua nonna sia saltata giù dal letto come un grillo e che col nonno siano rimasti affacciati non si sa quanto sulla culla, increduli di fronte alle due meraviglie che avevano generato. Papà e Flaminia erano veramente bellissimi. Se potessi vedere i quadri capiresti quanto.»

Giovanni si girò verso di lei.

«Quali quadri?»

«Eh... il nonno era impazzito per i gemelli. Teneva incredibili feste per i loro compleanni, incurante che Flaminia andasse in agitazione e fosse a disagio con tutta quella gente per casa. Lei non chiedeva niente, voleva solo starsene in pace col suo violino. Che poi sarebbe stato meglio se...»

«Allora il violino era suo...»

«Sì.»

«Continua.»

«Flaminia aveva un grande talento che avrebbe potuto sfruttare, ma non amava la confusione e nemmeno le novità. Detestava le feste ma per nessuna ragione le avrebbe rovinate a suo padre, perciò non protestò mai per quel rito del compleanno ormai istituito, che iniziava addirittura giorni prima con la posa per il pittore. Tua nonna li vestiva con abiti cuciti da una sarta a Roma e a lei acconciava i capelli con frange o ricciolini, chignon o boccoli sciolti che incorniciavano la cuffia. Il nonno aveva ingaggiato un pittore perché li ritraesse ogni anno, e puntualmente questo tipo strambo arrivava, apriva cavalletto e tavolozze e si metteva a studiare e a spostare i bambini, per poi decidere sempre di lasciarli in piedi, domandando a Edoardo di accarezzare il cane e a Flaminia, neanche a dirlo, il violino. E loro bravissimi, restavano immobili finché gli era richiesto. Il giorno della festa arrivavano tantissime persone. Tra parenti e contadini se ne contavano per lo meno cento.»

«Pure i Montefosco?»

«Venne un paio di volte Domenico con Attilio. Ida mai.»
«Perché? Restava con Primo?»
«Diciamo che era giusto così.»
«Scusa ma tu come sai tutte queste cose?»
«Io ero lì.»
«Davvero?»
«La mia mamma e nonna Lucrezia erano molto amiche e ci tenevano che i loro figli crescessero insieme. Papà, Flaminia e io abbiamo giocato insieme per anni, nel giardino di Villa Datti e nell'aia dei Montefosco, dove chiedevamo di andare per poter prendere in braccio i conigli appena nati e vedere Ida tirare il collo alle galline per farci il brodo. Ci divertivamo un mondo lì. Della nostra età c'era solo Primo, gli altri arrivarono dopo ed erano troppo piccoli per noi. Ida ci voleva bene. Ci preparava la crostata e ci insegnava a fare la pasta, e poi tentava disperatamente di spolverarci via la farina dai vestiti, preoccupatissima che ci avrebbero sgridato.»
«Sì, è buona Ida... E Nevio?»
«L'ho visto un paio di volte... Un bambino cresciuto in fretta, sveglio, molto simpatico.»
Non aveva mai parlato così, e così a lungo, con sua madre. La sentiva per la prima volta libera di lasciarsi andare, come se la lontananza dal marito e dal suocero le avesse restituito un ruolo che aveva sempre soffocato. Adesso, uniti dalla solitudine in un luogo dove il giorno non aveva fine, desiderò che continuasse a raccontare tutte le storie che conosceva.
«E poi? Continua.»
«Allora... Con papà e Flaminia non giocavamo soltanto. Studiavamo con un maestro nella parte del salone dove ora c'è il pianoforte, l'unica cosa che ho portato in quella casa. Ripetevamo i verbi in italiano, in inglese e in francese, e infinite volte le tabelline per imparare a far di conto, visto che "un domani," ci diceva il nonno facendo roteare l'indice "questo affare qui lo dovete portare avanti voi". Intendeva

la proprietà Datti, ma sottintendeva che dentro ci sarebbero finite le vigne della mia famiglia. Il che implicava che nel futuro dei suoi figli ci sarei stata anch'io. Nessuno lo diceva né ci scappavano battute, ma era ovvio che io e tuo padre fossimo predestinati. Stessa età, stessa provenienza, profonda amicizia tra le madri e terre confinanti. L'unico elemento che non avevamo in comune era la bellezza. Forse è solo per questo che non sono mai finita nei loro quadri... I gemelli mi guardavano, seduta in disparte ad aspettare che finissero la posa, e spesso chiedevano al pittore di dipingere anche me. Io non mi rendevo conto di niente, però sentivo che era meglio starne fuori, e non perché era il ritratto del loro compleanno, ma perché gliel'avrei guastato. Loro incantevoli, biondi, perfetti, e io secca peggio di ora, scura e con le occhiaie, e capelli crespi da nascondere dentro alle cuffiette lasciando un paio di ciuffi a penzolare sulle tempie. Il pittore gli rispondeva indicando il nonno e spiegando che era a lui che caso mai bisognava avanzare la richiesta. E quel suo *caso mai* includeva già la risposta.»

«Per me sei molto bella anche così secca e nera. E il pittore era uno stupido, perché avrebbe dovuto dipingerti da sola.»

Lei se lo abbracciò commossa.

«No, era una persona gentile... Quell'appuntamento fisso in fondo non mi dispiaceva. Me ne rimanevo lì a osservare una scena che spandeva armonia. Di quadri ne dipinse quattordici.»

«E poi?»

«E poi basta.»

«E dove sono? In soffitta non li ho visti.»

«Sono stati bruciati. Li hanno staccati in fretta e furia e accatastati in giardino per farne un falò... il giorno in cui si sarebbe dovuto dipingere il quindicesimo.»

«In quel punto dove non cresce più l'erba?»

Maria Pia aveva annuito soffocando un singhiozzo.

«Con tuo padre che...»

Si era bloccata e non riusciva a continuare.

«...che?»

«Niente.»

Le aveva stretto il braccio.

«Sono suo figlio, devi dirmelo.»

Lei aveva tirato su col naso.

«Tuo padre stava alla finestra della sua camera, quella che poi è diventata la tua, a guardare lo spettacolare epilogo della sua vita. Mi disse che quando venne gettato il tizzone su un quadro nel mezzo della pira, il suo viso cominciò ad accartocciarsi tirandosi dietro quello della sorella. Il calore faceva più impressione del fuoco, per come deformava i lineamenti virandoli al male, incattivendo gli occhi, animando mostruosamente le espressioni... mentre le fiamme intanto lambivano dal basso le scarpette e i vestiti della festa, risalivano ingurgitando brandelli di stoffa e di pelle, e friggendo i capelli a ciocche. Il rogo divorò due gemelli e li digerì sputandoli come scintille verso il cielo, perché sulla terra non ne restasse niente... Ecco come me l'ha raccontato.»

Giovanni ripensò a quelle macchie nere sul davanzale della finestra, e rivide suo padre, appena più grande di lui, osservare lo scempio che si consumava sul prato dove aveva sempre giocato, cercando frammenti di sé e della sorella nella cenere che danzava oltre il vetro.

«Ma perché...»

«Perché Flaminia non c'era più e tutto era finito.»

«Era morta.»

«Sì.»

«Però non era mica tutto finito, c'era papà!»

Lei aveva trattenuto in un sospiro la risposta e Giovanni aveva insistito.

«C'era ancora un figlio a cui volere bene... anzi, da amare ancora di più.»

«Non era così semplice.»

Giovanni visualizzava dettagli e non si capacitava.

«Non riesco a immaginare il nonno che appicca il fuoco.»

«Infatti non è stato lui.»

«E allora chi?»

«Domenico Montefosco.»

Pur presumendo che glielo avessero ordinato, Giovanni provò rabbia. Come aveva osato quell'uomo intromettersi nelle vicende del padrone, invece di restarsene al posto suo, nei campi, a guadagnarsi il pane? Come aveva potuto prendersi quella confidenza approfittando dello strazio in cui era precipitata la famiglia Datti?

Poi era tornato a pensare ai gemelli, alla morte della ragazzina che sarebbe diventata sua zia, la zia Flaminia, mamma dei cuginetti che avrebbero riempito la villa cancellando il silenzio e gli spazi vuoti. Infuriato per la crudele variante inflitta al suo destino, si voltò risoluto verso la madre.

«Com'è morta?»

Lei gli diede un bacio sfiorandogli la guancia con la sua, umida di pianto.

«È tardi anima mia... sono stanca. Te lo racconto domani.»

Aveva la bocca già impastata di sonno, ma prima di girarsi sull'altro lato volle rassicurarlo.

«Domani andiamo cercare la scuola.»

8

Era metà aprile e la primavera scoppiava tutta insieme. I frutti maturavano a vista d'occhio e i pascoli erano picchiettati di agnelli traballanti. Un pomeriggio, poco prima del tramonto, Attilio e il contadino andarono al campo di granoturco per controllare la semina. Le piantine crescevano ben allineate alla giusta distanza l'una dall'altra, e tutte avevano già messo la terza foglia. Le mani raspose di entrambi scesero a sfiorarle con delicatezza.

«*Oue', ça va bien.*»

«Sì, è buona. Mi dispiace perdere 'sta bella mietitura.»

Ma non gli dispiaceva poi tanto. Il mondo fuori da Castrocielo non gli faceva più così paura, e sentiva che quelle settimane erano state molto più di una sosta lungo il cammino. Alla Francia doveva un pezzo della sua crescita, tanto evidente da scorgerlo nel frammento di specchio che usava per la barba. Quello sguardo profondo apparteneva all'uomo che stava diventando, e pure quelle spalle dritte, il passo sicuro.

Risalendo su per il campo provò riconoscenza per il contadino, e gli si avvicinò. Avrebbe voluto dirgli qualcosa, ma non riusciva a pensarla in italiano, figurarsi in francese. Perciò, un po' titubante, fece per posargli una mano sulla spalla, ma poi se la rimise in tasca. L'altro gli fece un sorriso che assomigliava a una smorfia, perché di scambiarsi smancerie fra uomini non era certo il caso.

Confidò le sue sensazioni ai fratelli riempendo gli istanti che precedono il sonno e, forte di quella motivazione, propose di riprendere il viaggio. Luigi era guarito. Si stancava subito, ma non essendogli richiesto di recarsi a Le Havre a piedi fu subito d'accordo. Scuro in volto, Nevio restò in silenzio. Gli altri due si scambiarono un'occhiata, e Luigi gli si accostò.

«Che c'hai Ne'? È da un po' di giorni che sei strano.»

Lui si alzò e si rinfilò i calzoni, e uscì dal capanno sbattendo la porta.

Raggiunse la casa del contadino e tirò un sassolino alla finestra della ragazza, poi s'incamminò verso il fienile con lo stomaco chiuso dall'angoscia. La parola *père* gli martellava in testa perfino quando dormiva, ma se il destino gli aveva assegnato un figlio mezzo francese lui non si sarebbe tirato indietro. L'avrebbe sposata e se la sarebbe portata in Scozia, sperando che la Provvidenza avrebbe fatto il mestiere suo, che era appunto quello di provvedere.

La ragazza arrivò dopo pochi minuti e gli corse incontro cercando un bacio, ma fu respinta. Spiazzata si staccò, poi, fissandolo sprezzante si infilò una mano nelle mutande. Nevio alzò gli occhi al cielo.

«E su, stasera no... voglio solo parlare. *Parler*, capito?»

Senza cambiare espressione lei tirò fuori la mano e gliela mostrò, rossa di sangue. Lui saltò indietro impressionato e imbarazzato, e ci mise un po' a capire che quel sangue era una cosa buona. Niente figlio, niente moglie scialba, niente peso di una famiglia prima di guadagnarsi il pane.

Vedendola triste cercò di contenere la gioia, ma il sorriso gli andava da parte a parte e non c'era verso di rimpicciolirlo. Provò a rimediare con una carezza che lei ricambiò con uno schiaffo.

«*Bon, tu es libre! Va t'en!*»

Premendosi la guancia la guardò confuso.

«Ma perché...»

Adesso lei piangeva.

«Parce-que tu va partir... et moi je reste à la prison.»

Durante la cena l'annuncio della partenza cadde in un silenzio composto. Tre cuori galoppavano eccitati, e altri tre battevano lenti, rassegnati a tornare soli.

Il contadino prese una bottiglia e versò il nocino nei bicchieri.

«A la France, l'Italie et l'Ecosse!»

Luigi si avvicinò all'orecchio di Nevio.

«Chi è Lecosse?»

«E sarà la Scozia, Lui'.»

Tutti e sei buttarono giù il liquore e la moglie del contadino li riempì di nuovo, e di nuovo, e infine alzò il suo.

«Aux fils... tous les fils. Qu'ils peuvent trouver une famille où qu'ils soient dans le monde.»

Non capirono niente ma l'aveva detto con dolcezza e sembrava un bell'augurio, perciò brindarono pure a quello.

Dunque, molto prima che sui fusti spuntassero i pennacchi, e minuscole pannocchie facessero capolino sotto le foglie, *les italiens* montarono sul treno e attraversarono la Francia con la valigia di cartone schiacciata e qualche parola di francese aggiunta al povero vocabolario. Parigi la sbirciarono appena e con sgomento, per quanto gli apparve sconfinata, e percorsero il tratto finale del viaggio sopra un carro affollato, con le ossa rotte e il gelo di cui aveva parlato la madre.

Scesero a Le Havre che era buio pesto, e una chiesa batteva la prima ora di maggio.

Il piroscafo era già lì, imponente e altissimo, con le onde a cullarlo come un cucciolo da addormentare e la luna a rischiarare il buio perché non ne avesse paura.

Una cosa così bella Nevio non l'aveva mai vista. Si staccò dal resto del gruppo e camminò verso il molo respirando per la prima volta l'odore del mare. Non aveva mai pensato che il mare potesse avere un odore. La campagna mutava tra il sole e la pioggia, pianura e pascoli alti, autunno e primavera. L'odore del mare pareva invece esalare in un unico soffio tutto ciò che era, uguale a gennaio e in agosto, lasciando immaginare, soltanto immaginare, cosa nascondeva sotto.

Ora che gli era arrivato davanti, il piroscafo non sembrava più un bambino insonnolito, ma una creatura imprigionata che si dibatteva stanca, tendendo le cime fino a farle scricchiolare. Il suo lamento si levava nel silenzio della notte ed echeggiava metallico fino al fondale.

Tornò dai fratelli e si rannicchiò nella coperta avuta in regalo dalla moglie del contadino. Là sotto c'era un po' dell'odore della ragazza che adesso forse piangeva per essere riprecipitata nella sua prigione. Della dolcezza che gli aveva dato non gli restava granchè, e sentì che avrebbe a malapena ricordato i suoi gesti frettolosi e il respiro che sapeva di fieno, e nulla del suo viso.

Furono svegliati all'alba da voci che strillavano un francese diverso e per un attimo credettero di essere già dall'altra parte. L'attività del porto era frenetica e produceva i rumori più forti che avessero mai udito. Si misero in fila storditi.

Avevano i biglietti, ma Attilio dovette allungare dei soldi a un tizio che decideva chi poteva imbarcarsi e chi no. Quello li soppesò e se li mise in tasca, poi con un impercettibile scatto del mento indicò i tre fratelli a un marinaio che trafficava con le cime. Era tutto a posto, salirono, si ammassarono con gli altri, la sirena suonò tre volte. Si partiva per la Scozia.

Usciti dal porto le onde cominciarono a tirare schiaffi gelidi sul ponte e raffiche di vento sibilavano in ogni anfratto. Nevio non capiva come una nave così maestosa potesse finire in balìa del mare. Non riuscì a salutare la Francia come si era immaginato, ma riparò all'interno, dove gran parte dei passeggeri già stava male. Si impossessò di un oblò e aspettò impaziente di poter annunciare «Terra!» alla ressa maleodorante che lo circondava.

Non vedeva altro che acqua e nebbia, ma era entusiasta come se avesse visto l'Inghilterra e il loro carretto di gelati.

A un tratto scorse dei fumaioli e urlò: «Arrivati!». La gente reagì come se fosse stato dato l'ordine di abbandonare la nave. Raccattò sacchi, valigie e bambini e si accalcò a ridosso delle porte che davano sul ponte. Nessuno vomitava più, tutti parlavano. Per una buona metà italiano, per il resto russo, spagnolo, ebraico. Le lingue suonavano strane per quanto erano diverse, eppure stavano dicendo le stesse cose. Ai marinai che gridavano ordini rispondevano con sguardi vitrei in attesa di una qualche traduzione. Nevio osservava affascinato quell'accozzaglia di stranieri, notando che oltre alle valigie di cartone e al mal di mare, c'era un altro elemento che li accomunava tutti. La totale assenza di parole inglesi nel vocabolario.

L'equipaggio era ben addestrato, tuttavia il tempo che impiegava a ormeggiare le cime alle bitte sembrò lunghissimo. Poi finalmente qualcuno spalancò le porte, e il fiume umano si riversò sulla banchina. Attilio, Luigi e Nevio non persero tempo a guardarsi intorno. Quello era solo un transito e ad aspettarli non c'era nessuno. Si dovevano bastare da soli, e osservando chi era solo per davvero, si ritennero più che fortunati.

A un tratto un gendarme acciuffò Nevio per un braccio, mentre un altro lo perquisiva alla ricerca di un orologio, almeno così gli sembrò di capire dagli strilli di due donne italiane che gli si agitavano davanti. Addosso non aveva niente, neanche un fazzoletto, eppure quelle continuavano a puntare l'indice.

«È lui, è lui!»

Nevio cercò di divincolarsi.

«Ma io cosa! Manco l'ho mai visto un orologio!»

Fu tirato via senza spiegazioni e trascorse in custodia la notte. Luigi e Attilio si rannicchiarono sotto la finestrella con le sbarre da cui avevano sentito uscire la sua voce.

«Certo che 'sta Scozia ti fa subito simpatia.»

Attilio sospirò.

«Non è colpa della Scozia, Ne', so' ste due compaesane scimunite.»

Anche Luigi sospirò, ma per precisare.

«Veramente questa non è la Scozia, è l'Inghilterra.»

Rimasero in silenzio e si appisolarono a tratti. Finché all'alba attraccò in porto una nave così grande che il piroscafo pareva il nipotino. La cittadina entrò in fermento e anche i gendarmi in servizio andavano avanti e indietro trafelati. Nevio era imbufalito.

«Andate a cercare 'ste disgraziate e vedete di fargli cambiare idea.»

Luigi gli rispose risoluto.

«Sì, così finiamo dentro insieme a te... E poi se nel frattempo ti portano da qualche altra parte? Meglio che stiamo qui a controllare.»

«Mannaggia a te, Lui'. Io t'avevo già tirato fuori, o almeno ci avevo provato...»

Fermi là sotto a controllare ci passarono tutto il giorno e pure la seconda notte. Il pomeriggio dopo, finalmente la cella si aprì e Nevio si diede il cambio col vero ladro, testa pelata e cicatrice sul collo, beccato a pescare nelle tasche di altri emigranti appena sbarcati.

Vedendo le due donne cercare l'orologio tra la refurtiva, Nevio si avvicinò deciso.

«Che vi sembro uguale a quello là?»

Loro si girarono verso il ladro dietro alle sbarre e poi fissarono Nevio imbambolate. Arrabbiato e rassegnato si abbassò per guardarle bene in faccia.

«L'occhiali vi dovevate portare signo'. L'occhiali, no l'orologio.»

E intanto si era fatta sera e di treni per Glasgow non ne partivano più.

9

Quella notte Giovanni aveva dormito niente. Troppi pensieri rivolti al passato rispondevano a molte domande ponendone tuttavia di nuove. Com'era morta Flaminia? Perché suo padre non la nominava mai? Quale pena doveva ancora scontare? Perché i nonni si erano distaccati da lui proprio quando aveva più bisogno di loro? E cosa diamine c'entrava il violino in quella storia?

Sperava che la mamma avrebbe mantenuto la promessa di raccontargli il seguito, anche se non ci contava troppo.

La sua insonnia però si era nutrita anche delle angosce del presente, poiché presente significava già il risveglio, con la colazione che non c'era, e nemmeno il pranzo, figuriamoci la cena.

Aveva controllato, e nella cartelletta di pelle portata dall'Italia di denaro ne restava ben poco. Colpa dell'obolo esborsato per imbarcare i bauli a Le Havre e della sosta splendida ma imprevista a Londra, e soprattutto dell'illusione di sbarcare in un paradiso dove si poteva prendere ciò che si voleva senza pagare niente. E al rientro di suo padre mancavano ancora un paio di settimane. Dunque non c'era tanto da girarci intorno, altro che pensare a trovare la scuola, bisognava che andasse a lavorare. Perciò si alzò presto, si infilò i vestiti semplici e sporchi usati nel viaggio dall'Italia e disse a Maria Pia che andava a procurare del cibo.

«Qui a Greenock, non a Glasgow.»

L'aveva precisato facendole l'occhiolino, e lei, ancora sotto la coperta, acconsentì sorridendogli debolmente.

Camminando per il vicolo verso il centro del paese riflettè sul fatto che da quando erano arrivati lì era particolarmente stanca e spesso assonnata. Erano di certo gli effetti di uno scombussolamento generale che con un po' di pazienza, e possibilmente con dei pasti regolari, sarebbero passati. Ripensò anche che l'aveva salutata con l'occhiolino, un ammiccamento che si addiceva a un uomo piuttosto che a un bambino, e realizzò che doveva essere il segno del forzato passaggio all'età adulta, visto che gli toccava provvedere alla sopravvivenza della sua famiglia, ora dimezzata, ma pur sempre composta da due bocche da sfamare. Senza il padre e il nonno, e con una madre fisicamente e moralmente prostrata, non c'era dubbio che il capofamiglia adesso fosse lui. Si augurava che si trattasse di una funzione pro tempore, ma considerato che nulla di ciò che il padre aveva pianificato era andato per il verso giusto, e che il lavoro rimediato sulla *Victoria* gli avrebbe fruttato poca cosa, non riuscì a farsi pervadere dall'ottimismo.

Sbucato nel traffico del corso centrale, tra botteghe, rumori, carri e persone che gli passavano rasenti, ragionò quindi sul lungo periodo, ipotizzando un lavoro stabile per mezza giornata che gli consentisse di sostenere la famiglia proseguendo gli studi. Iniziò allora a setacciare i locali a caccia di fogli di ricerca di personale, preparandosi a rispondere sì, anzi *yup*, come dicevano lì, alla prima occasione che gli fosse capitata. Camminò su e giù allungandosi nelle strade adiacenti senza cavarne nulla. Ma del resto, non conoscendo niente e nessuno e non sapendo distinguere un menu da un avviso alla cittadinanza, cosa si aspettava?

Tornò al loro vicolo e ingoiando l'orgoglio bussò alla donna del primo piano.

«Buongiorno signora, sono mortificato per il disturbo che di nuovo le arreco, ma ci trovia...»

Lei l'aveva fissato arcigna oppure sfinita, chi lo sa, e l'aveva mollato lì per riapparire poco dopo con una scodella piena di roba necessariamente commestibile, aveva grugnito un saluto e aveva richiuso la porta.

Maria Pia si era vestita con i soliti abiti, che avevano ormai preso una patina grigiastra, e aveva riassettato un po' la stanza per dare una parvenza di normalità. Essendo ormai ora di pranzo si misero seduti davanti alle solite valigie e superando la diffidenza per la non proprio allettante fragranza cominciarono a mangiare. Appena un paio di bocconi bastarono a farla correre a vomitare nella tinozza. In realtà lui non aveva trovato così terribile la sbobba, e vedendo il volto di sua madre tendere al verde della finestrella si stupì.

«Lo so che i piatti di Marietta erano tutt'altro... però questa roba non fa così orrore.»

Lei fece cenno che no, quella pietanza non c'entrava niente. Giovanni si pietrificò rendendosi conto che le sventure non erano finite e che il destino ci si era messo proprio d'impegno a demolire il loro piano di stabilirsi in Scozia. La mamma era malata e lui non aveva la minima idea di cosa fare, dove portarla, chi chiamare... e come pagare.

Si alzò da tavola e aiutò Maria Pia a stendersi sul materasso, poi versò la poltiglia dentro a un fazzoletto abbastanza pulito, sciacquò la scodella nell'acquaio e si avviò alla porta.

Lei aveva ripreso colore e lo guardava con aria interrogativa. Di nuovo, la tranquillizzò.

«Un altro giro in cerca di qualcosa di buono da farti mangiare. Sempre a Greenock, non ti preoccupare.»

Lasciata la scodella alla donna del piano di sotto, corse verso il centro del paese, determinato a trovare un lavoro e un dottore. E a metà del corso notò una vetrina che prima poteva giurarci non c'era, così come dal nulla era apparso quel cilindro a strisce rosse e blu da cui a Roccasecca si lasciava volentieri ipnotizzare. Ma soprattutto si era materializzato un foglio scarabocchiato con tre parole incomprensibili che però dovevano fare per forza al caso suo. Gli sembrò di avere accanto Nevio che gli sorrideva e intanto lo spingeva. "C'avevo visto lungo," bisbigliava "sennò ti pare che ti facevo fare pratica sulla testa mia?"

Il barbiere si chiamava Mario e veniva da un paesino dalle parti di Caserta. Si staccò un attimo dalle basette di un cliente per dargli un'occhiata, poi ricominciò a tagliuzzare dicendogli che poteva cominciare pure subito, dato che l'aiutante l'aveva mollato fregandosene che domani era domenica e ci sarebbe stata la fila fuori dal negozio. Giovanni si infilò il grembiule appallottolato su una sedia e attese ordini dal primo padrone della sua vita. Scorbutico com'era, non ebbe il coraggio di chiedere della paga e della mezza giornata, che tanto non sarebbe stato in grado di negoziare, e nemmeno sapeva quanto valesse una moneta in Scozia.

Sciacquò pettini e sgrullò panni coi capelli appiccicati, spazzolò spalle e poltrone di pelle consunta e rigata, e salutato l'ultimo signore passò e ripassò straccio e ramazza finché Mario non gli fece cenno di andare. Sfinito ma contento, poiché in quella condizione lo stato di gioia era tutto da ridimensionare, se ne risalì verso il vicolo, confortato dal ricordo di aver conservato la cena dentro a un fazzoletto.

Maria Pia non lo aspettava giù per strada come l'altra volta. Forse stava molto male. Realizzò che, tuffato nel lavoro aveva dimenticato la seconda ragione per cui era uscito, proprio la più importante. Cercare un dottore. Salì i gradini più veloce, come se in quelle poche ore pure le sue gambe fossero cresciute, e aprì la porta pronto ad affrontare il peggio, perché ormai l'aveva capito che era con la sorte, e non coi suoi coetanei, che gli toccava giocare. E l'unica regola era anticipare questo temibile avversario inventandosi una mossa che l'avrebbe spiazzato.

Invece la madre era lì che si affaccendava tra la stufa e le valigie apparecchiate, scoperchiando un tegame per controllare il bollore e intingendoci dentro un pezzo di pane che adesso gli offriva, grondante di salsa fumante, godendosi il suo stupore e il suo «dammene ancora». Lei rideva e con uno sguardo dolce si toccava la pancia, rivelandogli che la causa del suo malore era l'origine del più immenso amore. E subito corse a segnare su un taccuino i giorni che mancavano al ritorno del suo principe, marito adorato, cui dopo aver perso la speranza riusciva a regalare un altro figlio. E riempiendo le scodelle fantasticava sulla sua faccia sopresa, sui baci che le avrebbe dato. Divorò quel cibo ricordandosi di tanto in tanto di lui, e chiedendogli se era buono, ma era eccitata come una bambina cui è stata promessa una bambola a Natale, e non riponeva grande interesse nella risposta. Dai suoi occhi erano spariti i cespi di ragnatele agli angoli delle pareti e le sedie spagliate coi vestiti sporchi poggiati sopra, e lui la osservava invidioso della sua fulminea e beata visione della vita.

Poco più tardi, distendendosi accanto a lei e all'esserino che le cresceva dentro, si rammaricò al pensiero che quella sera la morte di Flaminia non gliel'avrebbe raccontata.

10

Presero l'ennesimo treno, l'ultimo, se Dio voleva, e posarono le valigie sulla banchina di Glasgow il pomeriggio di una brutta giornata quasi di pioggia. Scoprirono presto, e nel tempo se ne fecero una ragione, che asciugando la nebbia e levando la patina scura che si sollevava dalle fabbriche o che risaliva dalle miniere, forse si riusciva a scovare un'incantevole giornata di sole.

Erano affamati ma le tasche erano vuote. Solo in quella di Luigi c'era un fazzoletto con dentro un foglio consumato su cui campeggiavano quattro parole che aveva imparato a memoria ancora prima di arrivare a Roma.

«Signor Tony. Argyle St.»

Ce l'avevano stampato sulla fronte che erano emigranti italiani senza parenti in loco, e da un gruppo di uomini che chiacchierava scrutando gli arrivi in stazione se ne staccò uno e li raggiunse.

«Benvenuti a Glasgow!»

«Parlate italiano!»

«Sono italiano! Incaricato dal più importante commerciante della città per trovare giovani lavoratori.»

Nevio gli si avvicinò emozionato.

«Ci ha fatto venire a prendere!»

«Chi?»

«Il signor Tony, quello da cui dobbiamo andare. Sta a Argyle Essetì.»

«E chi ve l'ha dato questo indirizzo, qualcuno che vi vuole male?»

«Macchè, ce l'hanno trovato gli agenti che sono venuti a Roccasecca! Hanno detto che dobbiamo fare gli *hockey pockey boys*, i gelatai, insomma.»

«Ah... E quando li fate i soldi con Tony! Perdonate, ma se non ci s'aiuta fra italiani... Vi porto da Gastone. Lo sapete quanti, di quelli che hanno cominciato con me, tornano al paese con le valigie piene di soldi? Arrivano in stazione, mi abbracciano e se ne vanno. Son soddisfazioni. Avete da dormire?»

«No.»

«Ci penso io.»

Il tipo aveva preso a camminare e loro lo seguivano, ma Attilio rallentava.

«Che vogliamo fare?»

Nevio rispose con stizza.

«Hai sentito, il signor Tony non vale niente. E poi questo Gastone ci dà pure la casa!»

Non convinto, Attilio raggiunse il tipo con aria risoluta.

«Signore, abbiamo un impegno e quindi è giusto che ci presentiamo da Tony. Se è come dite voi, allora veniamo dal signor Gastone.»

«Eh no, fra dieci minuti non avrò altri posti da offrirvi. Stateve buone, compa'!»

Si allontanò senza voltarsi. Sapeva benissimo che i tre lo stavano guardando sbigottiti e disorientati, e cominciò a contare.

«Uno... due... tre... quat...»

«Aspettate!»

Fra le mansioni del reclutatore non c'era quella di accompagnare i lavoranti, di questo si occupava uno più giovane che aspirava a salire di grado come lui. Prima di consegnarli, si avvicinò ad Attilio con fare complice.

«Fanno dieci sterline. Se le avete, se no mi prendo le lire. Duecentocinquanta.»

«Ma perché?»

«Per il lavoro che avete ottenuto.»

Nevio si intromise.

«Noi ce l'avevamo un lavoro, e il signor Tony non ci chiedeva niente.»

«Ah, sì? E chi te l'ha detto?»

«Be'... nessuno. E comunque non teniamo manco le lire.»

«E allora ci rivediamo il primo giorno di paga. Vi cerchiamo noi.»

L'aiutante gli passò accanto con altri due emigranti, schioccò le dita e uscì in strada. Tirò dritto, poi girò a destra e ancora a destra, badando che nessuno di quei cinque miserabili finisse sotto un carro. Lo seguirono per un po', pattinando quasi sui ciottoli viscidi di pioggia e polvere di carbone. Nevio gli si fece sotto.

«È lontano?»

«Di dove siete?»

«Castrocielo.»

«E che è?»

«Siamo ciociari.»

«Ah ecco, e in Ciociaria c'avevate l'automobile... una Bentley, ho indovinato?»

Nevio rientrò nei ranghi fulminandogli la nuca con lo sguardo. Era di poco più grande, faceva l'accompagnatore a piedi e si dava tante arie. Continuò ad andargli dietro ringhiando sottovoce.

«Me la compro questa Bentli, e poi te ce metto sotto.»

Si mise a imitare la sua camminata, esagerando le gambe arcuate e l'oscillazione delle braccia. Luigi e gli altri due risero, Attilio invece no, scoprendo in quel momento che a un fratello maggiore la spensieratezza non è concessa.

L'accompagnatore si bloccò.

«Montefosco, per di qua.»

Attilio, Nevio e Luigi si guardarono intorno. Era un vicolo sporco e fitto di case. Lo seguirono oltre una porta di legno e giù per una scala angusta che puzzava di muffa, e infine sbucarono in una cantina fredda, illuminata da una lampada a olio. Due uomini, uno giovane e uno anziano, alzarono gli occhi verso di loro senza smettere di girare delle manovelle e si scambiarono un sorrisetto. Quei contadini non avevano mai visto un gelato in vita loro, c'era da giurarci, figurarsi le macchine per fabbricarlo. L'anziano indicò col mento il punto in cui dovevano stare per dare un po' meno fastidio.

Erano appoggiati a una parete, senza sapere cosa aspettare, eppure Nevio sentiva che la loro nuova vita prendeva forma. Certo era una forma strana. Da quando erano scesi dal treno avevano sentito parlare soltanto italiano, e c'era da chiedersi se avevano azzeccato la fermata. Allungò una gomitata a Luigi.

«Scommettiamo che pure questi sono italiani?»

Il giovane commentò gelido.

«Qua si lavora, non si scommette niente.»

Nevio strizzò l'occhio a Luigi.

«Ho vinto.»

Là dentro non vide nemmeno un attrezzo che assomigliasse a quelli che usavano a Castrocielo. C'erano tini di diverse dimensioni con delle specie di ruote di ferro sopra i coperchi, una mensola da cui pendevano una bilancia e dei grandi mestoli, dei panni un tempo bianchi appesi qua e là, alcuni contenitori chiusi e soprattutto un incredibile profumo di cioccolato e di latte.

Dopo qualche minuto l'anziano chiuse un coperchio e li fissò.

«Oggi guardate, domani cominciate a faticare.»

L'altro si irrigidì.

«Io li farei cominciare subito. »

«Stai zitto, che ancora non ti sei imparato a batte l'ova.»

E sbuffando prese da uno scaffale una pentola piuttosto grande, ci versò dentro latte e panna, poi formò una piramide di zucchero sul piatto della bilancia e ce la buttò dentro. Poi fece una seconda piramide e la gettò nel contenitore dove il giovane stava lavorando le uova con una frusta. Mise la pentola sulla piastra della stufa e con un mestolo iniziò a girare. Subito dopo schioccò la lingua e il giovane arrivò col suo impasto amalgamato.

Luigi cominciò a respirare avidamente, come se l'odore di cibo potesse riempirgli sia i polmoni che la pancia. E invece finì lungo per terra. Incuriositi, più che preoccupati, quelli si affacciarono a guardarlo.

«Che tiene?»

Rispose Nevio, prossimo anche lui allo svenimento.

«Fame.»

A lavorare fianco a fianco in quel buco i due uomini erano diventati insofferenti l'uno all'altro, ma perfettamente sincronizzati. Perciò entrambi alzarono il sopracciglio destro, uno prese una ciotola, l'altro ci versò una mestolata di impasto e la schiaffò in mano a Nevio, che subito ci intinse l'indice e bagnò le labbra del fratello. Quell'embrione di gelato fece il miracolo. Luigi aprì gli occhi di scatto e ne chiese ancora. La ciotola venne riempita di nuovo fino all'orlo, e fu svuotata dalle ditate di tutti e tre in pochi secondi.

La bocca impiastricciata di Nevio sorrise.

«Grazie assai. È buono.»

Il giovane adesso mescolava l'impasto sulla piastra, mentre l'anziano scoperchiava un tino di legno a doppia parete foderato con un materiale isolante, al cui interno si trovava una sorbettiera in rame. Un attimo prima che bollisse, l'intero contenuto della pentola colò lì dentro e il tino venne richiuso. Il giovane e l'anziano si alternarono poi alla manovella laterale che faceva ruotare la sorbettiera. Nevio era estasiato.

«Stavo pensando che per pulirlo si deve smontare, e allora se non vi dispiace lo faccio io.»

Il giovane smise di girare.

«Ma davvero... E ci sei venuto apposta dall'Italia.»

«Mi piace montare e rimontare le cose. Lo faccio in continuazione, pure col pensiero.»

In uno slancio di socialità Attilio raccontò che a cinque anni Nevio aveva staccato e riattaccato la ruota del carretto, a sei l'erpice a catena, a otto si era infatuato dell'aratro brabantino parcheggiato nel fondo accanto e aveva risistemato la sarchiatrice, scordandosi però le zappette. Perciò era normale che a dodici non sapesse resistere a quel secchio che trasformava il latte in gelato.

L'anziano si rassegnò.

«Il tino ha una parete isolante che fa freddare l'impasto, e intanto lo gonfia d'aria. La sorbettiera gira e gira per farlo diventare fino. Quando i cristalli si sono frantumati per bene, allora l'impasto si leva e si lavora con una spatola. E guarda...»

Mostrò i bicipiti continuando a girare la manovella.

«...come ti diventano le braccia.»

L'altro, improvvisamente nervoso, sbucciava della frutta e la buttava a pezzi in un frullatore dove aveva già versato acqua e zucchero. Nevio gli si avvicinò.

«Che ci sta pure il gelato di frutta?»

Il giovane gli diede una gomitata.

«Che c'è pure il caso che ti stai zitto?»

L'anziano si intromise.

«Be'? Dovete lavorare insieme, perciò ve lo dico io come dovete stare. Calmi!»

Poi, contraddicendo quanto predicava si avvicinò minaccioso a Nevio.

«Che ci metto un attimo a rispedirvi dalle quattro pecore che avete lasciato al paesello pensando di diventare signori in Scozia.»

11

Maria Pia non aveva più la nausea e della pancia non c'era traccia, nonostante stesse sempre lì ad accarezzarsela. Il dubbio che si trattasse di un'illusione a Giovanni era venuto, ma non si azzardava a smontare quel perfetto, sebbene miserevole, equilibrio che avevano trovato. Lui usciva di buon'ora per passare al negozio del barbiere l'intera giornata, altro che metà, come aveva programmato, e di tempo per la scuola non ne avanzava nemmeno per andare a vedere dove stava. Incrociava spesso bambini che col quaderno percorrevano il solito tratto di strada dando per scontato quel privilegio come aveva fatto lui per anni a Roccasecca. Forse al rientro del padre le cose sarebbero cambiate, avrebbe ripreso gli studi e si sarebbero trasferiti in una vera casa. Ma per quel che ne sapeva, il futuro avrebbe anche potuto essere identico al presente, da passare per metà nel vicolo, con l'aggiunta di una creatura nuova di zecca tutta da crescere, e per metà a fare l'apprendista di un barbiere, e dunque non intendeva riporvi alcuna speranza. Aveva rinunciato pure a incontrare Nevio, perché Greenock e Glasgow erano vicine ma lontanissime, e lui nemmeno lo sapeva che pure i Datti erano finiti in Scozia.

Erano tre settimane ormai che Edoardo era partito, e Maria Pia cominciava a smaniare. Si era trovata un lavoretto per sostenere le finanze e non impazzire fra le quattro mura della stanza. Faceva le pulizie in un locale del porto ma non se ne lamentava, e quando la pagavano spendeva subito una piccola parte per comprare a Giovanni gli *shortbreads*, l'unico cibo per il quale gli concedeva il volgarissimo gesto di leccarsi le dita. Per il resto nessuna regola di galateo era stata abbandsonata, solo sospesa finché non fossero stati ripristinati strumenti indispensabili quali i tovaglioli, i bicchieri e le posate.

I servizi, tovaglie incluse, riportavano tutti le cifre *NDdL*, Niccolò Datti di Lanza, e dunque li avevano lasciati nelle credenze della villa. Maria Pia si era portata dietro soltanto qualche calice bordato d'oro e un set da tè appartenuto a sua nonna. Erano miracolosamente arrivati sani e salvi e adesso, sparsi qua e là, davano un tocco di eleganza alla loro stanza. Per il resto dai bauli, che in effetti dopo un paio di settimane erano stati regolarmente consegnati, avevano tirato fuori soltanto quel po' di vestiario adatto a tutti i giorni, perché di abiti e scarpe da festa, cappelli, mussoline e taffetà di certo non avevano bisogno. Né Giovanni né la madre avevano ceduto all'istinto di ravanare fra le cose sistemate di fretta ma con infinita cura da Marietta nei pochi giorni in cui la rivoluzione delle loro vite si era consumata. Pescato il necessario li avevano quindi richiusi e accostati alle pareti a pile di tre perché non restringessero troppo il già risicato perimetro della stanza, programmando di utilizzarne uno come tavolo da pranzo, ma più in là, quando a sedersi sarebbero stati in quattro. Soltanto a un baule era stata lasciata dignità di mantenersi pronto all'uso. Il baule che non apparteneva a nessuno perché a prepararlo era stato il nonno. Per Giovanni fu come sentire la voce di Marietta. «È fatto questo baule?» E la risposta... «Sì, sì, è del signor Datti, potete portarlo giù.» Il baule pesava talmente tanto che un paio di trasportatori si erano rifiutati di caricarlo se non adeguando il compenso.

Libri. Il baule traboccava di letteratura, geografia, filosofia, storia, romanzi russi, francesi, italiani, poesia, fiabe e scienza. Giovanni aveva creduto che dentro ci fossero inutili cianfrusaglie, e invece c'era la conoscenza che il nonno non avrebbe potuto trasmettergli. E dove non arrivavano i libri c'erano fogli fitti di grafia puntuta come la sua voce. Ci avrebbe infilato pure la quercia, se ci fosse entrata, perché lo sapeva eccome che era là sopra che se ne andava a leggere.

Era riuscito a spedirgli una lettera, giusto poche righe per rassicurarlo. *Stiamo bene e tutto va magnificamente* gli aveva scritto, diventando rosso come se il nonno fosse lì a spiarlo. L'aveva chiusa lì, senza avventurarsi in dettagli. Aveva indicato il mittente a caratteri grandi e in stampatello sul retro della busta, e per sicurezza pure sotto i saluti. Come indirizzo aveva segnato quello del barbiere, che Mario al richiamo della famiglia e dell'Italia gli aveva farfugliato un «sì» umido di malinconia.

Fossero stati almeno in tre, una parvenza di famiglia sarebbe stata preservata, ma Edoardo non tornava, e Maria Pia passò dalla smania di rivederlo all'angoscia per la sua sorte. La frequentazione del porto l'aiutava se non altro a cogliere le notizie prima che rimbalzassero di voce in voce fino ai margini della comunità, cioè loro. Non capiva niente di quello che dicevano, ma grazie al cielo gli italiani erano disseminati dappertutto e, tra clienti e camerieri, qualcuno che le traduceva le frasi con dentro "Victoria" o "MacDalamy" lo scovava sempre.

Di mare non era esperta né patita come suo marito, e quindi le toccò scoprire brutalmente, uno dietro l'altro, tutti i mostruosi pericoli che si annidavano pure in una splendida giornata di sole. Inutile indottrinarla sui principi base della navigazione e sul ruolo fondamentale del vento, per lei il mare era un luogo rischiosissimo al quale Edoardo si era scioccamente appassionato, e che come in un classico e tragico epilogo avrebbe finito per inghiottirlo impedendole di baciare il suo bel viso un'ultima volta.

A nulla valevano i tentativi di Giovanni di rassicurarla riferendole ciò che si diceva in negozio. Delle traversate durate mesi senza che nessuno fosse morto e dell'abilità del comandante MacDalamy nell'affrontare anche le più infauste burrasche. L'unico concetto che alla fine recepì fu quello che il mare era un compagno di ventura che non tradiva mai, poiché nella sua stessa natura era insita l'imprevedibilità che tanto disorienta e spaventa l'uomo, così superbo da porsi al pari di Dio nel governare gli elementi da Lui creati.

Questa deriva verso atmosfere di tragedia e di morte la predisponeva tuttavia alla condivisione dei ricordi che coinvolgevano suo padre. Quei racconti la distraevano dall'apprensione per un marito che aveva voluto improvvisarsi marinaio e da una gravidanza che sembrava complicarsi, e regalavano a Giovanni briciole di passato da cui emergeva un padre diverso, migliore, che non riconosceva, ma nel quale voleva credere a tutti i costi. Edoardo bambino che si divertiva a spaventare lei e Flaminia raccontando le storie del fantasma di Villa Datti. Un tipetto permaloso capace di sbattere le porte far oscillare i lampadari senza l'aiuto del terremoto. E poi, Edoardo che le prendeva un po' maldestro in braccio perché non si infangassero le scarpe e il fondo della gonna... che mangiava di nascosto i nervetti della carne scansati dalla sorella per non farla sgridare... e che la difendeva dagli sguardi insistenti che la mettevano a disagio. E in cambio di quelle attenzioni lei gli dava il permesso di restare nella sua stanza per ascoltarla suonare.

Giovanni pensò che era almeno un mese che il violino non vedeva la luce, se così si poteva dire in quel tugurio. La reazione del padre l'aveva allarmato, e nel dubbio che rappresentasse davvero un pericolo, l'aveva prudentemente richiuso dentro la valigia, e ogni sera ci mangiava sopra rimuovendo la sua esistenza.

Ma insomma, che potere poteva mai avere uno strumento? Si girò di scatto verso la madre.

«Il violino c'entra qualcosa con la morte di Flaminia, vero?»

Lei gli accarezzò i capelli. Glieli pettinava con le dita, disegnando la riga sul lato e spingendo le ciocche dietro alle orecchie. Ma non era il momento di richiamarlo all'ordine sulla lunghezza.

«All'inizio aveva avuto un insegnante, un giovane allievo di Ettore Pinelli, che di lì a poco avrebbe istituito un corso di violino all'Accademia di Santa Cecilia, a Roma, per i giovani meritevoli che non potevano permetterselo, così come aveva fatto Giovanni Sgambati per il pianoforte.»

Flaminia era piccola, sei anni, forse sette. Già un talento, però. Imparò a leggere la musica e ben presto fu in grado di eseguire i brani più semplici. Benchè l'insegnante la rimproverasse, lei si ostinava a suonare ignorando lo spartito. Le bastava un attimo per mandare a memoria decine di fogli fitti di note, dio solo sa come faceva. Poi il ragazzo si trasferì e lei continuò da sola, con gli spartiti che arrivavano una volta al mese da Roma, e dopo qualche anno anche con quelli che riempiva lei. La vedevi quando nella sua testa stava prendendo forma una melodia. In quei momenti si estraniava da tutto, afferrava un lapis e cominciava a scrivere frenetica dentro al pentagramma. Dopo rileggeva a mente la musica accompagnandola con movimenti del mento, talvolta ritoccandola qua e là con tratti rapidi della matita, immersa nell'incanto della creazione ma con le dita impazienti di trasferirla sulle corde. Capitava di trovarla all'imbrunire, scalza e senza uno scialle addosso, sull'orlo di prato che, trascurato dal sole, iniziava a tramutarsi in sottobosco. Edoardo ci fermava perché non disturbassimo il suo ascolto. «Quale ascolto?» gli chiedevano i tuoi nonni, preoccupati che la figlia sentisse le voci come certi matti o che fosse preda di spiriti ingordi di anime fatate. Ma Flaminia cercava ispirazione nei semplici versi degli uccelli o nello squittire di chi scorrazzava sotto i cumuli di foglie. E il violino lo portava con sé per essere pronta ad accordare le sue note alle loro. A un certo punto si incaponì su un cinguettio diverso che si stagliava di rado, da solo, nel momento esatto in cui tutti gli altri si zittivano per lasciargli la scena. Sera dopo sera lo seguì col naso all'insù, finché non si convinse che il suo palco fosse la maestosa quercia. Un pentagramma vuoto attendeva la musica dell'uccellino solitario sul suo comodino. *Duetto*, l'aveva intitolata.

Poi, a due giorni dal loro compleanno, poco prima che arrivasse il pittore col suo carico di treppiedi e tavolozze impiastricciate, il cielo si affollò di nubi calde che eccitavano le rondini e le mosche, e preparandosi al diluvio mise a tacere il bosco. In quel silenzio d'attesa si udì un solo suono. Era lui, che per la prima volta cantava per intero la sua melodia. Agghindata per la posa, Flaminia strappò il violino dalla custodia e corse fuori. Volava sul prato come se non avesse peso, col suo violino tra le braccia e i boccoli appena acconciati che s'incollavano alla blusa insieme alla pioggia. E dietro di lei Edoardo, che la raggiunse zuppo e trafelato alla quercia dove si era fermata. Avvertendo la sua presenza, lei si era girata sorridendo.

«Aiutami a salire.»

Lui scosse risoluto la testa.

«Non pensarci nemmeno.»

Ma Flaminia si avvicinava al tronco cercando un pezzo di corteccia saldo abbastanza da potercisi attaccare. Edoardo la prese per la vita e la tenne giù.

«Adesso basta, è pericoloso.»

Indispettita, lei si liberò e mise un piede sopra una corteccia a caso e su un nodo sporgente poggiò l'altro, mentre le braccia brancolavano verso appigli più alti e il violino le penzolava dalle mani.

Edoardo provò ad afferrarle la caviglia ma lei aveva preso sicurezza e sguisciò su fino al secondo anello di rami. Per un attimo aveva guardato in su, con la pioggia che gli pungeva gli occhi, quell'essere invasato che con sua sorella non aveva niente a che fare. Lei che quell'albero l'aveva sempre soltanto guardato, ora lo scalava come se si fosse allenata giorno e notte per arrivare in cima più veloce di uno scoiattolo.

Col cuore in gola Giovanni fissava il soffitto, e vedendoci la quercia agitava le gambe per la frenesia di saltarci sopra e acciuffare quella ragazzina perché potesse diventare sua zia.

Temendo di ricevere qualche ginocchiata sulla pancia, Maria Pia smise di raccontare.

«D'accordo, fermiamoci qui. È una storia triste che non ti farà dormire.»

Lui tornò immobile in un lampo, e su di lei piantò solo gli occhi.

«Per favore...»

Un po' timorosa si portò le mani sul ventre e ricominciò.

«Tuo padre non potè che arrampicarsi e seguirla lungo il suo percorso, pensando solo a non restare indietro, a non allungare la distanza. "E va bene!" le gridò. "Suona col tuo maledetto uccello e facciamola finita!" Sapeva che lei l'avrebbe ripagato con quell'espressione di gratitudine e complicità, e la sua rabbia sarebbe in un attimo svanita. Dopo un po' avrebbero sentito delle voci gridare i loro nomi, mentre il fattore correva con la scala per fare le olive e catene di braccia si formavano per raccoglierli se fossero scivolati. E tutto si sarebbe sistemato.»

L'uccello però non ne sapeva niente di quel duetto che dovevano suonare e, spaventato dal frastuono, sgrullò le ali e volò via. Lei lo cercò in aria e sulle altre chiome come se giocasse a nascondino nell'aia, coi piedi ben saldi e il solo rischio di cadere sul sedere. E invece giocava con le suole bagnate su un ramo spalmato di resina e acqua, e uno dopo l'altro le sparirono gli appigli dai piedi e dalle mani, e le frasche si scansarono per lasciarla passare. Un istante dopo era stesa giù in fondo, col collo piegato in modo innaturale, eppure aggraziata ed elegante nel vestitino di organza scelto per il quadro. Aggrappata al suo violino pareva volesse suonare, e un coro di uccelli esplose tributandole un caotico saluto.

Appollaiato in mezzo al terzo giro di rami, Edoardo osservava la scena dall'alto neanche fosse l'anima scivolata fuori dalla morta, una cosa trasparente che si era fermata un attimo per raccapezzarsi e prendere fiato prima di partire per l'Eternità.

Niente di ciò che vedeva là sotto gli sembrava stesse succedendo per davvero. Sua madre che strillava scollandole le ciocche bionde dal muschio, suo padre che singhiozzava di spalle, e i contadini che arrivavano alla spicciolata col cappello tra le mani.

In quel trambusto nessun paio d'occhi si sollevò verso di lui, nessuna scala venne poggiata al tronco, né braccia si protesero perché scendendo non si facesse male. E non poteva gridare «non è colpa mia!» perché invece lo era. Troppo debole nel cercare di tirarla giù, troppo lento nell'inseguirla su per i rami, e troppo incapace di prevenire tutto ciò che avrebbe portato a quell'istante. Il violino, la musica del bosco, la pioggia.

Giovanni si addormentò col peso di quelle immagini sul petto, indeciso su cosa fosse peggio tra la zia Flaminia col collo spezzato e suo padre dimenticato su un ramo. Crollò in un sonno tormentato che si calmò con una carezza pregna della salsedine stantia che si respirava in certi angoli del porto.

Si risvegliò che erano in tre, quasi quattro a dire il vero, sotto la coperta, e girandosi verso una nuova barba e nuove rughe incise con destrezza dal mare, si scordò del ragazzino sull'albero e ritrovò suo padre.

Edoardo rimase un giorno e mezzo riverso sul materasso a smaltire la stanchezza, alzandosi per i pasti da consumare sulle valigie apparecchiate per tre. Alla notizia del bambino aveva dedicato un sorriso tirato e a quella del lavoro di Giovanni aveva abbassato gli occhi. Entrambe però gli erano parse meritevoli di lunghe sorsate dal fiasco di rum che si era portato dietro.

Maria Pia tentò di avviare più di una conversazione ma lui rispondeva a monosillabi. Allora provò con le sue mansioni sulla *Victoria*.

«Sono così curiosa di sapere che diavolo combini con la cambusa! Chissà che piatti prepari per quella povera ciurma...»

Aveva forzato una leggerezza che non provava, e la voce le era uscita troppo alta. Ma lui reagì come se fosse stata del tutto inopportuna.

«Che domanda è?»

A quel nervosismo ingiustificato lei arrossì prima per il disagio e poi per l'amor proprio.

«È la domanda di chi si interessa alla persona che ama. È tanto strano chiedere come te la cavi con un lavoro nuovo?»

Edoardo le concesse un sorriso accomodante.

«All'inizio è stato una specie di incubo, ma ho imparato a tirar fuori pietanze decenti combinando i pochi ingredienti a disposizione. Nel viaggio di andata la cucina è stata scozzese e in quello di ritorno esotica.»

«E chi ti ha insegnato?»

Era sinceramente curiosa stavolta, e però lo mise a disagio.

«Non mi ricordo.»

«Qualche marinaio?»

«Sì, sì, infatti.»

Si era alzato per cercare qualcosa e le dava le spalle. Maria Pia assecondò una sensazione che le veniva dalla pancia.

«Oppure qualche donna.»
Si girò stizzito.
«Ma che ti viene in mente.»
«In realtà non alludevo a niente. Sbagliando... credo.»
«Capita che mangiamo a terra ogni tanto. Allora mi metto a guardare mentre cucina, ehm... la donna di questa specie di taverna, e la copio pari pari.»
Per Maria Pia fu sufficiente. La conversazione e l'interrogatorio erano finiti.
Poi, come la volta prima lui se ne andò di mattina presto promettendo di tornare dopo un paio di settimane, perché non aveva cuore di dire a voce alta che avrebbe potuto essere un mese, o magari due, magari tre.
Raccogliendo da terra il fiasco vuoto lasciato in eredità insieme a un pugno di monete rovesciate nella sacchetta, Giovanni si convinse che la vita di suo padre non fosse affatto condizionata dalla maledizione di Flaminia, bensì da lui stesso, che nell'incapacità di sopravvivere a una disgrazia di cui lui per primo si era ritenuto colpevole si era inflitto una condanna al fallimento. Non essere riuscito a impedire la disgrazia equivaleva ad averla provocata. E poiché la morte della sorella era stata causa di quella della madre, spirata per denutrizione volontaria, avrebbe mai potuto evitare di essere considerato, e di giudicarsi da sé, un pluriassassino?
No, non avrebbe potuto, lo giustificò, comprendendo a un tratto le ragioni che avevano irrimediabilmente minato il legame col nonno, e anche quelle che lo vedevano arrancare nel matrimonio con un'amica d'infanzia sposata perché possedeva le vigne e in fondo era abituato a ritrovarsela per casa. Capiva meno invece, anzi non lo capiva affatto, il suo annaspare nel rapporto con lui, che era il figlio, e che con quelle storie non c'entrava niente.

12

Il vecchio gelataio aveva sedato gli animi, ma la minaccia di rimandarli indietro aveva pesato forse più del dovuto, e così i fratelli Montefosco l'avevano preso in parola, e pure dopo che i due se ne andarono, calmi ci restarono un paio d'anni.

Ogni giornata era pesante e uguale alla precedente. Entravano nel buco la mattina presto e ne uscivano la sera per riattraversare il vicolo e infilarsi nella stamberga di fronte. Seduti su una panca sotto l'unica finestrella, divoravano mezzo filone con un pezzo di formaggio, o una minestra, se capitava, e poi crollavano, tanto esausti da non saper dire, all'alba del giorno dopo, se qualcuno degli altri sei con cui dormivano avesse russato, tossito o inveito nel sonno.

Non avevano amici. Eppure, italiani erano i ragazzini che ritiravano il gelato alle undici di mattina e alle quattro di pomeriggio, italiani erano i fornitori degli ingredienti, italiani erano i loro coinquilini. Cenni del capo, solo per questo c'era tempo.

Risparmiavano, mandavano qualche soldo a Castrocielo, e si erano incupiti. A Nevio si erano scavate le occhiaie e di vitale era rimasto solo il ciuffo sbarazzino sulla fronte.

Una domenica mattina prese a muoversi a scatti, un po'

goffo un po' invasato, e rovesciò lo zucchero. Luigi s'innervosì.

«Datti una calmata Ne', che oggi non è aria.»

Nevio si chinò a terra per raccogliere.

«Oggi... Gli altri giorni invece...»

Luigi sbattè il mestolo con rabbia.

«Impara a comportarti Nevio, che sei un uomo fatto.»

Nevio scattò in piedi, gli strappò il tegame dalle mani e lo scagliò contro il muro.

«Non sono un uomo! Non sono nessuno! Nessuno!»

Piangeva.

Attilio abbandonò la frutta e gli mise una mano sulla spalla. Nevio parlava fra i singhiozzi.

«Ma non dicevano gli agenti dei soldi... dei divertimenti? Dentro a questo buco sto soffocando!»

Attilio e Luigi non risposero. Nevio li squadrò.

«Voi state bene così? Sono matto solo io?»

Luigi sbuffò, Attilio invece gli sorrise.

«Su Ne', vedrai che le cose cambiano.»

«Ma quando.»

«Mo'. Mo' cambiano.»

Attilio gli aveva promesso che le cose sarebbero cambiate e Nevio aveva ricominciato a lavorare a testa bassa. Non perché gli credesse, sebbene fosse certo della sua buona fede, ma perché in quel buco sotto terra le loro voci si erano fatte rauche, e non avendo cose da dire piano piano si erano spente. Nel semibuio pure gli occhi si erano velati e avevano abdicato alle mani per soppesare lo zucchero, battere le uova, girare le manovelle, passare i secchi di gelato, e ai piedi, utili solo a scavallare i gradini e i due metri di strada che li separavano dal sonno.

Due anni di gesti ripetuti, tra la cantina e il dormitorio, cancellarono il sogno di aprire *Mamma Ida* e di comprarsi qualche ettaro di Ciociaria da coltivare. Per loro la Scozia divenne solo un posto umido e scuro che all'inizio profumava di gelato. O almeno così gli pareva, perché già da un pezzo, degli effluvi di crema e cioccolato, o di fragole, di uva spina e di more, i loro nasi non percepivano più niente.

In quello spazio angusto Nevio aveva finito per rannicchiarcisi per bene. Di tanto in tanto la mente si divertiva a rifilargli distese di grano dorato e chiasso di galli sull'aia, vapori di sugo su dal paiolo e sere calde di saltarelli e tappeti d'erba per contare le stelle. E su tutto la mamma, che si era tenuta la metà del suo cuore, il padre e il padrone, con quel figlio bello come un principe e un piccolo erede cui toccava riscattare la dinastia. Non lo capiva mica tanto quel ragazzino che alla magnifica Villa Datti preferiva casa loro, che pareva voglioso di famiglia come se non l'avesse e di un fratello al quale fare domande strambe sulle voci delle piante. Solo adesso, nella distanza acuita anche dal mare, realizzò che di bisogno d'affetto, alla fine, si trattava, e che invece lui gli si era accostato come agli oggetti che era abituato a maneggiare, rispondendo con la pratica invece che col sentimento. A Giovanni probabilmente ciò era bastato, e chissà, magari proprio da lì erano partiti Domenico e Niccolò per imbastire un legame che nel tempo era cresciuto talmente oltre l'amicizia da non poterlo raccontare.

Vagando a caso nel suo breve passato, anche Zelinda faceva capolino. Pure lei, che osservava gli altri parlandoci solo per rime paurose, in realtà non chiedeva che amore. Ma del primo aiuto che aveva tentato di darle non si era accorta nemmeno, volata via com'era per i campi senza timore di essere agguantata dalla notte.

Queste visioni svanivano nell'istante in cui prendeva di nuovo coscienza del moto della manovella o del mestolo che sbatteva nell'ennesimo secchio di gelato. Allora gli balenava il pensiero di non aver mantenuto la promessa di scrivere a Giovanni ogni tanto. «Sì, sì,» gli aveva detto «il lapis ce lo mette Luigi, però le parole saranno mie.» E invece neanche una gliene aveva mandata. Ma subito anche il ricordo di Giovanni finiva nell'archivio di una vita forse mai esistita. E del vuoto che lasciava se ne impossessava il sonno.

Quel giorno era domenica, ma non una domenica come le altre. Il comizio al Glasgow Green avrebbe radunato centinaia di persone e fuori dal cancello era già stato piazzato il carro più grande di Gastone. Alle tre dovevano consegnare dieci chili di gelato ed erano indietro, perché Nevio era fiacco e assonnato e Luigi si attardava a rimproverarlo. Così, tra i bisticci che Attilio cercava invano di smorzare e la foga con cui toccava battere uova e zucchero per recuperare tempo, non si accorsero del fumo che stava invadendo il secondo piano dell'edificio, né sentirono i colpi sulla porta. E chi aveva bussato credette che là sotto non ci fosse nessuno.

Fuori la gente correva impazzita acciuffando oggetti e bambini lanciati dalle finestre. I coraggiosi andavano a caricarsi i vecchi, gli altri guardavano lacrimando dentro ai fazzoletti. Gli edifici in legno si costruivano in fretta e assai più in fretta diventavano cenere, perciò il destino di quella casa era segnato.

Nella cantina si continuava a lavorare senza sosta. A un certo punto, però, qualche scintilla rimbalzò da una fessura all'altra e scese a guardare se sotto il livello della strada ci fosse altro da divorare. Nevio sniffò l'aria.

«Oh! Che brucia? Non la sentite la puzza?»

In quel momento un colpo secco buttò giù la porta e il fumo e le urla della strada si riversarono nel buco, le travi del soffitto s'incurvarono e schegge di legno marcio piovvero sulle sorbettiere. Luigi si mise le mani nei capelli.

«Noooooo! Il gelato!»

Ancora con le mani in testa venne trascinato fuori. Chi l'aveva salvato non scese di nuovo, gridò solo di scappare via perché veniva giù tutto. Subito dopo si udì uno schianto, e un'onda di polvere e di rottami si rovesciò sulla strada. La casa vomitava oggetti e ingurgitava uomini.

Luigi cadde in ginocchio urlando i nomi dei fratelli, tossendo e piangendo, mentre Nevio arrancava nel fumo trascinandosi Attilio sulle spalle. Subito dopo s'intravidero due corpi uno sull'altro davanti alla soglia. Vennero adagiati in un punto dove l'aria si poteva respirare, con Luigi che pregava sventolandogli un santino davanti al naso. Poi finalmente un colpo di tosse e Nevio riaprì gli occhi. Attilio invece sembrava dormisse. Era infarinato come un pane da infornare, e lievitava verso il cielo.

L'incendio aveva distrutto tutto, la gente si era dispersa nei vicoli in cerca di ospitalità e gli sciacalli avevano iniziato a frugare. Nel loro misero dormitorio Luigi e Nevio vegliavano il fratello vestito con abiti per nulla decorosi, ma puliti. Luigi piangeva.

«Nevio... non ce la faccio...»

Era intollerabile immaginare i genitori che corrono emozionati a farsi leggere una lettera dalla Scozia e l'incredulità che già alla seconda riga li annienta. In preda all'angoscia incrociò le braccia.

«E se non gli diciamo niente?»

Dimenticata ogni parvenza di sonno, Nevio gli poggiò davanti il mozzicone di lapis.

La lettera sarebbe arrivata a Castrocielo dopo un mese e mezzo e avrebbe prodotto la disperazione prevista. Solo, non sarebbe riuscita rendere la vita più faticosa di quanto non fosse già. A che serviva sbraitare e lamentarsi se c'erano altri figli, la terra, le bestie da accudire. Attilio era una nuova croce da piantare, ma lontano, al di là di paesi ignoti e di un gelido mare, e il loro pianto si sarebbe affievolito lungo il percorso.

Il signor Gastone si era presentato prima che facesse buio per verificare personalmente la situazione, e insieme alle condoglianze e due parole di circostanza aveva comunicato a Nevio e Luigi che li aspettava l'indomani al negozio per assegnargli un nuovo incarico. Rimasti soli, Luigi si avvicinò all'orecchio freddo di Attilio.

«Hai visto, ha detto che tenevi buona volontà e che ti paga i giorni che hai lavorato fino a mo'.»

Ma più tardi qualcuno raccontò a Gastone che l'incendio era divampato nel suo scantinato, e non al secondo piano, e a causa di un imprudente fuocherello che gli italiani avevano acceso per riscaldarsi. Così, quando il giorno dopo Nevio e Luigi arrivarono al negozio li licenziò in tronco, trattenne le paghe a titolo di risarcimento e gli ordinò di sgomberare l'alloggio all'istante.

Nevio era sbalordito.

«Scusi, signor Gastone... ma non siamo mica scemi che accendiamo il fuoco vicino alle sorbettiere. E come si fredda il gelato?»

Gastone lo fissò sorpreso. Aveva parlato con un tale disarmante candore da far sospettare che dicesse la verità. Dovette però valutare che il ripensamento gli avrebbe creato qualche grana, perciò non volle sentire ragioni e chiuse l'incontro. Nevio lo guardò con disprezzo.

«Gastone... Cambiatevi il nome, che non siete italiano.»

Con una smorfia quasi divertita Gastone spalancò le braccia per spingerli fuori, ma Luigi piantò la mano sulla porta.

Nevio sobbalzò. Dunque Luigi si era già insediato come fratello maggiore e avrebbe riscattato Attilio. Sì, il peso delle difficoltà era finalmente condiviso. Indietreggiò per cedergli la scena.

Luigi si passò la lingua sulle labbra.

«Signor Gastone...»

La mano era scivolata via dalla porta e ora pendeva inerte sul fianco, mentre la schiena s'incurvava e gli occhi si posavano a terra.

«Signor Gastone, non ci avete conosciuto abbastanza per fidarvi. Fateci lavorare ancora. »

Nevio lo prese per un braccio.

«Che dici Lui'... Su, andiamo, che sei stanco.»

Luigi si liberò infastidito.
«Fateci lavorare senza paga, così lo vede che siamo brave persone.»
Nevio gli si parò davanti.
«Non dobbiamo dimostrare niente! Capito? Svegliati Lui'! Ti sei dimenticato che s'è preso i soldi di un morto? I soldi di Attilio, Lui'... Forza, andiamo via.»
Immobile, a testa bassa, Luigi gli sibilò un ordine.
«Questo lavoro ci siamo imparati e questo dobbiamo continuare. Tu sei giovane e non capisci.»
Gastone intanto commentava la proposta con una risata.
«Senza paga? A me va bene.»
Luigi annuì senza gioia, e come per farlo rinvenire Nevio lo scosse con rabbia, poi lo abbracciò, gli sorrise.
«Lui'... possiamo fare tante cose. Guardami Lui', so' l'unica faccia che t'è rimasta. E t'ha detto bene perché non è manco male, vero?»
Luigi si raddrizzò.
«L'allegria non basta, Ne'. Io non voglio giocare, voglio lavorare.»
«Per questo qui vuoi lavorare? Ma chi sei Lui'... un verme?»
Luigi non fece una piega e Nevio lo guardò schifato.
«Fatti schiacciare subito allora, così con Attilio vi fate un unico viaggio.»
E uscì in strada senza voltarsi indietro. Il bisogno di dormire era un ricordo lontano, adesso avrebbe camminato per mille ore pur di riacciuffare la vita che aveva gettato come fosse immondizia nel buco fatiscente di Gastone.

Per intercessione di un conterraneo e due sterline di offerta Attilio finì nella fossa comune di una chiesa poco distante. Per altre due sterline Nevio ottenne una branda nella canonica e un tegame di minestra di patate e rape dalla perpetua fino a nuova sistemazione.

La mattina dopo, atterrita all'idea di trovarsi davanti un uomo nudo, la perpetua si annunciò con vigorosi colpi di tosse. Nevio si infilò in tasca il pezzo di pane che gli aveva portato e ringraziandola cento volte corse fuori a cercare lavoro. Di piano ne aveva soltanto uno. Si chiamava Tony, tempo prima aveva una gelateria in Argyle St., e sperava che ce l'avesse ancora.

13

Quel giorno al negozio del barbiere non si parlava d'altro.

«Solo quel pazzo di MacDalamy poteva caricarsi dei pirati a bordo!»

A scaldarsi era il tipo a cui Giovanni stava rifinendo la barba. Mario lo considerava ancora un apprendista ma dopo tre anni aveva finalmente cominciato a passargli qualche compito diverso dal lavare e mettere a posto. Solo i più semplici, s'intende, e con la riluttanza dell'accentratore.

Molti venivano lì quasi più per chiacchierare, perciò Giovanni si era subito abituato a lavorare su mascelle in movimento. Però alla notizia che la *Victoria* aveva imbarcato dei pirati, la lama incise la carne tenera del collo dell'uomo e un rigolo di sangue colò sull'asciugamano. Giovanni si precipitò a tamponare la ferita scusandosi e sudando freddo per il pericolo scampato. Mezzo centimetro più a destra e avrebbe centrato la vena che pulsava, gonfia di sangue e di rum d'annata. Tuttavia adesso doveva vedersela con Mario, che gli si avvicinava minaccioso infilando gli occhiacci neri dentro i suoi.

«Levati, *mani di ricotta*. Vai a sciacquare i panni che il cliente lo finisco io.»

L'aveva scansato in modo sgarbato per premere una pezza imbevuta d'alcol sul graffio, perché alla fine solo di un graffio si trattava, e chiedere venia dallo specchio scuotendo la testa sconfortato.

«Eh... 'sto ragazzo si pensava di imparare il mestiere in tre giorni, capito? E a me tocca continuare a insegnare e pure a pagare. Vi pare giusto?»

Giovanni strizzava i panni come fossero il collo di Mario, mormorando che erano tre anni, anni, non giorni, e che a dirla tutta era diventato più bravo del padrone. Ma che ne sapeva Mario degli italiani che si facevano servire da lui per un terzo del prezzo alla luce di una lanterna nella stanza del vicolo, di sera o di mattina presto. Troppe teste erano passate sotto le sue forbici dopo quella di Nevio perché potesse definirlo ancora un apprendista.

Già, Nevio, che se allora non avesse insistito per fargli da cavia, lui non avrebbe mai bussato alla porta di un barbiere. Il ricordo del suo primo taglio si portò dietro quello dei giorni trascorsi nei campi con i Montefosco per imparare un lavoro che poi non sarebbe stato il suo, e le notti su un giaciglio impregnato dell'odore acre della loro stanchezza. Chissà in che vita si era ritrovato Nevio, se era felice e faceva soldi a palate come avevano detto i due forestieri. Sperava che ogni tanto gli venisse in mente quel Giovanni Datti di Lanza che voleva essere suo amico e che le sue lettere si accumulassero sulla consolle della posta nell'ingresso di Villa Datti.

Isolato nei suoi pensieri non si era accorto che il dibattito sul comandante MacDalamy teneva ancora banco.

«Per dieci che ne ha presi ne saranno usciti altri cento per mare.»

«Macchè, ho sentito che ne ha raccattati almeno trenta!»

«Dieci, trenta... Ma siamo sicuri che sia vero?»

«Trenta pirati a bordo vuol dire farsi ammazzare insieme a tutta la ciurma, scriteriato che non è altro.»

«Che gliene importa a lui di lasciarci le penne, la sua carriera l'ha fatta già.»

Giovanni riordinava l'acquaio, infastidito da chiacchiere che non dicevano niente. Nel frattempo la campanellina della porta non smetteva di suonare e si formò una piccola fila che costrinse Mario a richiamarlo.

«Il solito taglio al pastore. Non della testa, possibilmente.»

Il pastore si accomodò sorridendogli benevolo.

«E perché mai questo ragazzo così mite dovrebbe decapitarmi? Anzi, siccome non ho mai sentito nemmeno la sua voce, vorrei sapere cosa ne pensa dell'iniziativa di MacDalamy.»

Giovanni gli sistemò con cura il panno sulle spalle e poi, iniziando a pettinare e a misurare le lunghezze sulla nuca, gli rispose.

«Non conosco le regole del mare, signore. Posso solo dire che se è un bravo comandante, allora le avrà di certo considerate e dunque alla base della sua decisione ci saranno buone ragioni. Tuttavia... mi sembra di capire che la notizia sia da verificare e pertanto mi riservo di esprimere un giudizio quando disporremo di informazioni veritiere.»

Il pastore battè la mano sul bracciolo.

«Esattamente! Regole e verità necessitano all'uomo che va per mare, affinché possa dare la rotta alla nave e anche alla famiglia, salvandole da cattive acque che potrebbero inghiottirle.»

L'uomo? Giovanni sfilò il panno e lo sgrullò nervosamente. E la donna che tira avanti da sola? E il figlio che le fa da marito e da padre a se stesso? "Non c'è nessuna rotta, pastore, solo un restare a galla senza avvistare mai terra oltre le onde." Gli diede colpi nervosi di spazzola sul colletto e si scostò di lato. Quello si alzò afferrandogli il braccio con aria dolente.

«Il padre di famiglia è detentore di valori sacri. Ricordalo, figliolo, e onora tuo padre ogni volta che farà ritorno dal suo viaggio.»

Predicava cercando consenso nei suoi occhi, che invece

si abbassarono sulle forbici da usare sulla testa che veniva dopo. Pirati o non pirati, suo padre sarebbe sbarcato insieme al suo fiasco di rum, avrebbe rintontolito sua madre con qualche bel sorriso e dopo mangiato l'avrebbe spedito su nella mansarda per prendersela comodamente sul materasso, e magari metterla di nuovo incinta.

Passate le dieci ore rimase solo, come ogni sera, a levare la cenere dalla stufa e caricarla di nuovi ciocchi per la mattina dopo, a strofinare la stessa cenere sui panni e poi sul pavimento, a ripulire pettini e lame dai frammenti di capelli che si attaccavano come calamite, a sciacquare via le patine di schiuma grigia dai saponi da barba e a passare giornali intinti nell'aceto sugli specchi fino a farli scintillare. Infine, respirando l'aria ormai gelata impilava uno sull'altro i panni asciutti sul bancone e si domandava se un giorno, visto che quel mestiere era diventato il suo destino, avrebbe fatto quegli stessi gesti per un negozio tutto suo.

Si strinse nella giacca e uscì fuori. La luna riempiva un cielo pulito e non serviva la lanterna per tornare a casa. Camminando verso l'interno di Greenock c'era un punto preciso in cui le strade si facevano strette e le case crescevano una addosso all'altra come funghi. Si moltiplicavano e aggiungevano piani divorandosi la luce, così che le ore sembravano tutte uguali, e guardando dalla finestra si poteva soltanto dire se pioveva oppure no. E siccome pioveva sempre, di affacciarsi non valeva nemmeno la pena.

Là dentro si parlava italiano. Mezze parole mormorate che era ancora notte e poi la sera, quando piegati dalla stanchezza si faceva ritorno a casa. Si conoscevano tutti ma non si frequentavano, perché tempo diverso da quello del lavoro non ce n'era, però quando crollavano sfiniti sui loro miseri letti, si ritrovavano nello stesso sogno. Qualcuno ci arrivava davvero a comprarsi un pezzetto d'Italia, proprio dell'Italia da cui era venuto. Trent'anni di fatica, i più bravi una ventina, e si tornava a casa a coltivare i propri campi, a fare il vino o le arance, e a segnare le bestie con il proprio marchio. Lui non sapeva ancora bene dove immaginarsi, e talvolta non sapeva nemmeno se il desiderio di tornare a Roccasecca fosse reale, né se i ricordi erano davvero suoi o se lo erano diventati perché glieli avevano raccontati. Ma quando gli veniva nostalgia del nonno allora smontava la tavola e sfilava il violino dalla valigia. Allora tutto tornava vero e bisognava immergersi dentro il più possibile per riviverlo da capo, dal primo ricordo fino all'ultimo, quello orribile in cui in soffitta aveva tirato dritto senza salutarlo, impedendogli perfino di accarezzare l'ultimo pezzo di sua figlia che se ne andava via.

Aveva ricevuto la sua lettera ormai tre mesi prima, lui gliene aveva scritte due e ancora non gli aveva risposto, strano. Il pensiero gli provocò un'improvvisa angoscia che non sentì di condividere.

Sua madre rispettava quei momenti e lo lasciava stare. Del resto da quando aveva perso il bambino nella sofferenza ci si crogiolava bene. Tanto che quando era di nuovo rimasta incinta aveva solo aspettato di risentire il sangue tiepido colarle tra le gambe, e infatti così era stato.

Una sera, a guardarsi da fuori, lei già sotto la coperta a fissare il muro e lui a piegare i pantaloni lisi sulla sedia, decise che di aggiungere dolore al dolore, richiamando pure quello del passato, non ne valeva la pena, perciò scambiò l'ordine delle valigie mettendo sul fondo la sua, così che fosse più scomodo tirar fuori il violino.

Il caso volle che qualche giorno dopo nel negozio entrasse un signore con una custodia quasi uguale. Divorato dalla curiosità, Giovanni continuava a fissarla, e Mario se ne scusò ridacchiando.

«Perdonate professore, ma soltanto perché ha scovato un violino dentro una soffitta pensa che prima o poi lo suonerà. Spiegategli che non è cosa.»

Il professore restò serio.

«E perché mai? Non ha forse due mani come me, questo giovane?»

Si voltò a guardarlo.
«Dunque possiedi niente meno che un violino e vorresti studiarlo.»
A Giovanni friggevano le guance.
«Sì, signore.»
«Come ti chiami?»
«Giovanni Datti di Lanza, signore.»
«E sentiamo un po' Giovanni... magari sai anche dirmi che violino è.»
«Certo signore, è un Guarneri del Gesù.»
Il professore saltò sulla sedia.
«Un Guarneri del Gesù? Santo cielo! Sei sicuro? Chi ti ha detto che è un Guarneri?»
«Mia madre, signore. Mi ha fatto vedere la scritta IHS e la croce nella cassa armonica, e mi ha spiegato che quella è la sua firma.»
Che un ragazzo di bottega s'intrattenesse in conversazione con uno dei clienti più autorevoli del negozio a Mario non andava giù. Che facesse addirittura il saputello era intollerabile. Sbottò a ridere.
«E allora ci doveva scrivere Guarneri, non delle lettere a vanvera. Scusate professore, questi apprendisti si prendono troppa libertà.»
«No Mario, Giovanni ha ragione. IHS è un cristogramma, in questo caso è una sorta di abbreviazione del nome greco di Gesù, ΙΗΣΟΥΣ, cioè Iesous. Guarneri si firmava così. Tanto per darti un'idea, mio caro Giovanni, la buon'anima di Paganini suonava con un Guarneri del Gesù. Ti rendi conto della responsabilità che hai?»
«No signore... sì signore!»
«Molto bene. Allora sarò onorato di insegnarti.»
Mario li guardava come se l'ordine sociale avesse deciso di capovolgersi di colpo proprio dentro al suo negozio, e reagì tossendo fino a strabuzzare gli occhi e farsi rosso fino alle orecchie.

La mattina dopo Giovanni fu mandato a chiamare che non era ancora l'alba perché Mario stava male e bisognava che andasse da lui a prendere la chiave del negozio. Si vestì in fretta e furia e si scapicollò verso la casupola del padrone, che si trovava dall'altra parte di Greenock, in un lungo vicolo che portava al fiume.

Gli aprì la porta una ragazza con una massa scura di capelli raccolta in una crocchia e un abitino tanto stretto da farla sembrare più donna di quel che era. Teneva lo sguardo basso, e trovandosi nell'età in cui le mani risultano un ingombro, le strusciava sulle cuciture che facevano difetto sui fianchi come se dovesse lisciarle, pregando che gli occhi di quel ragazzo smettessero di fissarla.

Mario la richiamò brusco dalla stanza.

«Antonia! La chiave.»

Lo disse come se di chiavi non ne possedessero altre, o come se quella del negozio fosse l'unica degna di questo nome. Antonia la sfilò dal chiodo sulla parete e corse dal padre, per sbucare fuori subito dopo e fargli cenno di entrare.

Giovanni si affacciò discreto.

«Con permesso...»

Mario lo salutò con un filo di fiato che usò senza risparmiarsi per dare ordini.

«Giova', ti devi occupare prima degli anziani e poi dei giovani, prima della barba e poi dei capelli.»

«Sì signore, lo faccio tutti i giorni.»

«Perché ci sto io! O pensi che hai già imparato?»

Divenne paonazzo e, improvvisamente bramoso d'aria, scacciò la tazza che gli porgeva la figlia incitandolo a bere. E mentre il padre forse moriva Antonia si incantava a osservare il tè che scivolava lungo la parete. Giovanni cercava invece scampo nella piccola finestra. L'abbondanza di luce a quell'ora del mattino sembrava annunciare un'altra magnifica giornata. "Come se fossimo in Italia" aveva pensato, ma senza nostalgia.

Mario adesso respirava gorgogliando nella gola, era molto pallido ma sembrava stabile. Antonia ne approfittò per sbirciare il suo apprendista, così alto e gentile, e con quell'aria che dovevano avere i signori. Suo padre se l'era preso a bottega che era poco più di un bambino e in tre anni l'aveva superato. Tra stizza e orgoglio le bofonchiava spesso che il ragazzo ci sapeva fare e che certi clienti ormai chiedevano di lui.

Giovanni si girò a guardarla e insieme si voltarono verso Mario, che in quell'attimo gorgogliò più forte e con un guizzo tirò Antonia su di sé, quasi volesse portarserla nell'aldilà, terrorizzato com'era dall'idea di doversi accudire da solo in eterno. Lei si liberò con uno strattone e si precipitò alla porta, mentre la voce le usciva rauca, e non era più la sua.

«Chistu posto ce condanna tutti ad affogà. Dentro o fori da lu mare.»

Giovanni rimase da solo a vegliare il suo padrone. Ma le lenzuola unte, quel viso scavato, il catino per il muco, l'odore della malattia, e il pensiero che la figlia condividesse quel letto da quando la moglie gli era morta, gli scatenarono conati di nausea più forti. Corse fuori e trovò Antonia intenta a pettinarsi i capelli, ora sciolti, lunghi fino alla vita. Sobbalzò, quando lo vide, e i ricci le saltellarono sul viso. La poca luce che filtrava dalla finestra le si posava su un lato soltanto, lasciando in ombra tutto il resto, e a lui parve di aver lasciato l'inferno per il paradiso. «Marietta...» sussurrò.

Lei non fece una piega, per fortuna non aveva sentito. La fissava senza chiedersi se fosse bella, era preda di un formicolio che gli si spandeva in corpo producendogli una misteriosa eccitazione. Antonia se ne accorse e l'oscurità la rese audace. Le mani non le erano più d'impiccio, sapevano da sole cosa fare. Scendevano sui capelli come carezze, indugiando all'altezza dei fianchi come fossero i gesti di sempre, esplorazioni del corpo che quel giorno si compivano per caso davanti a un altro. Ora non erano che un ragazzo e una ragazza, distanti e muti, che l'intimità di quell'alba aveva fatto incontrare.

A un tratto però lei decise che per quel giorno le emozioni potevano bastare. Con un timido sorriso gli mostrò la chiave e lo accompagnò alla porta. Giovanni scappò fuori e corse ingozzandosi di aria fresca che lo purificasse dal fetore di quella casa, e quando arrivò al negozio si fermò sotto l'insegna leggendoci all'improvviso la sua. GIOVANNI'S BARBER SHOP, in lettere bianche su fondo nero per farle luccicare nella strada di una grande città. Perché aveva appena deciso che non avrebbe più vissuto una vita senza prospettive. Doveva essere un barbiere? D'accordo, allora avrebbe fatto sul serio. Se Mario fosse morto si sarebbe preso quell'attività, altrimenti...

Altrimenti il suo Giovanni's l'avrebbe aperto a Glasgow.

14

Durante quei tre anni Nevio si era spinto fuori dal vicolo al massimo una decina di volte. Glasgow dunque non la conosceva per niente, e per raggiungere Argyle Street dovette chiedere più volte aiuto, pronunciando l'indirizzo così come l'aveva letto Luigi all'arrivo in stazione.

«Schiusmi... Argile Essetì.»

In pochi si erano fermati e avevano proseguito scuotendo la testa, ma poi finalmente un uomo si era incaponito a indovinare la domanda.

«*You mean Argyle Street?*»

«Argile Essetì» aveva ripetuto Nevio, incapace di interloquire.

Ma l'uomo sapeva di aver indovinato e con un paio di cenni gli indicò la direzione.

Argyle Street era larga e lunghissima, piena di locali e di negozi. Però della gelateria non c'era traccia e fu costretto a chiedere ancora aiuto.

«Schiusmi... Tony.»

Un ragazzo puntò il dito verso un locale sull'altro lato della strada schioccando la lingua estasiato.

Arrivato lì davanti Nevio alzò gli occhi sull'insegna TONY'S RESTAURANT & DELICIOUS ICE-CREAM, si tolse la coppola ed entrò. Anche lì, per sua fortuna, si parlava qualcosa di molto simile all'italiano. Individuò il padrone nel tipo che dava ordini, e scoprì subito il suo clan, perché a parte la moglie avevano tutti lo stesso naso. Una femmina e un maschio, e la mamma che lavorava al tombolo in un angolo dietro alla cucina. Nevio gli si avvicinò con discrezione, pregando Attilio che da lassù ci mettesse una buona parola, e si presentò.

Dopo un quarto d'ora si legava un grembiule sulla pancia.

Tony l'aveva messo a lavare i piatti perché non poteva tenere conto dell'esperienza fatta da Gastone. «Tanto se sei bravo lo capisco subito» aveva detto. Infatti già il secondo giorno aveva stabilito che andava bene. Nevio gli piaceva perché si dava un gran da fare e soprattutto non si lamentava, ed era sicuro che quella fosse la sua natura e non una messa in scena per ottenere il posto. Perciò ben presto la sua mansione fu integrata con quella di pelare e tagliare le patate, e poi finalmente Tony stesso l'accompagnò sul retro del locale per mostrargli un carretto colorato.

«Nei giorni di sole e per tutta l'estate sarai uno dei miei *hokey pokey boys*, negli altri starai in cucina.»

Quella mattina imparò a travasare i vari gusti nelle tinozze di legno, a sistemarle nel carretto e a circondarle con sacchi di ghiaccio e sale perché il gelato si conservasse fino a sera. E cominciò a girovagare per le vie più frequentate della città, fermandosi vicino ai giardini e nei punti più affollati. Fare l'*hokey pokey boy* era molto facile se la gente chiedeva un gelato, pagava e se ne andava. Molto fastidioso se ad avvicinarsi erano i ragazzini che si divertivano a insultarlo per la sua pelle scura e a rifargli il verso quando si avventurava nella lingua inglese. Un giorno però si imbatté in un gruppo di ragazzi più grandi che ridevano guardandolo dall'altro lato della strada e poi si mossero per piantarsi compatti davanti al carretto, l'espressione strafottente, le mani in tasca. Quello che sembrava il capo, con le orecchie a sventola e i capelli mossi, parlò per tutti.

«Fourteen ice-cream. Chocolate, cream chocolate, banana, chocolate banana, cream, cherry, cream, chocolate, cherry, chocolate banana, cream, cherry, banana, cherry banana, cream.»

Nevio spalmava velocissimo il gelato sulle cialde, ma al quinto ordine si era perso. Chiese con un gesto se poteva ripetere, e lui non aspettava altro.

«Oh, no capitto... poor guy...»

Esplose in una fragorosa pernacchia che tutto il gruppo imitò.

«Capitto questo?»

Poi gli tornò sotto.

Nevio provò a spostare il carretto, ma i bulli strinsero il cerchio e il capo gli agitò l'indice sotto il naso.

«No, no, no. WE WANT ICE-CREAM!»

Nevio assentì, ma nel momento in cui scoprì i cestelli i ragazzi tirarono fuori le mani dalle tasche e ci lanciarono dentro manciate di terra e sassolini. Il gelato era rovinato. Immaginò le urla di Tony davanti al misero incasso e alla merce da buttare, e lui di nuovo senza lavoro e senza soldi per pagarsi da dormire. Vedendo i ragazzi andarsene via ridendo di lui e infischiandosene del disastro che avevano causato non ci vide più.

«Ehi! Vigliacchi! Disgraziati... Venite qua!»

Il gruppo si fermò incredulo a osservare quel pazzo solitario che li sfidava, e non se lo fece ripetere due volte.

Dopo un paio d'ore Nevio riportò le ossa e il carretto al negozio. Una ruota era spaccata e le altre giravano storte, e le colate sulla fiancata non erano fragola, ma sangue. Tutto il personale del ristorante si riversò sul retro a guardare quel ragazzo ostinato che scaricava i cestelli zoppicando e premendosi la coppola sulla ferita in fronte.

«E che state a fare qua! Filate dentro!»

Le urla di Tony rimbombavano nel negozio, come previsto, e Nevio si preparò alla sfuriata.

Tony avanzò verso il carretto esaminandolo sopra e sotto, a destra e a sinistra. Ci mancava solo che lo pesasse. Poi fece un passo verso Nevio, che era lì a testa alta, pronto a spiegare. E se nemmeno lui gli avesse creduto, allora se ne sarebbe andato da un'altra parte. Ma Tony lo spiazzò.

«Un riccetto con le orecchie così... naso lungo... e dieci imbecilli che gli vanno dietro.»

Nevio sgranò gli occhi.

«Li avete visti, signor Tony!»

Tony tirò su le maniche della camicia. Due cicatrici gli giravano intorno ai polsi come braccialetti.

«Un ricordo di suo padre. Stesse orecchie, stessa testa di minchia. Mi legò con una corda al carretto e mi fece trottare per Argyle Street come un cavallino. Nessuno si sognò di muovere un dito. Che si pensavano, che ero una giostra? Mi salvai solo quando lui e i suoi amici si stufarono di corrermi appresso.»

«E poi?»

«E poi ho aperto la gelateria, e tre anni dopo il ristorante. Miglior vendetta non c'era.»

«Ah... ma davvero vi è bastato?»

«No.»

Tony ammiccò.

«Il giorno dopo l'inaugurazione della gelateria... gli ho fatto un naso più carino.»

I ragazzini idioti non avevano smesso di prenderlo in giro, e il gruppo del riccetto si faceva vivo più o meno una volta alla settimana. Dunque non era cambiato niente. Era cambiato lui, però. Sentiva le offese ma non permetteva che gli entrassero dentro, e usando i coperchi dei cestelli come scudi era diventato un fenomeno a difendere i gelati dalle sassate. Sapeva che se un giorno ne avesse avuto abbastanza avrebbe potuto spaccare qualche naso, che se l'aveva fatto il signor Tony allora non c'era niente di male. Nell'attesa però aveva ricominciato a sognare. Pensava al negozio che prima o poi avrebbe aperto, ai rotoli di soldi che avrebbe mandato a casa e alla terra da comprare per la vecchiaia, a Castrocielo, magari confinante con i possedimenti di Giovanni Datti di Lanza, che nel frattempo sarebbe diventato padrone. E allora se ne sarebbero andati in giro cavalcando fianco a fianco per confrontarsi sui raccolti e discutere di attività da avviare insieme. Costruire una casa per Zelinda per esempio, con due stanze grandi per poterci sistemare i bambini rifiutati. Tutto quel progettare in solitudine gli metteva però una gran tristezza. Non c'era Attilio ad ascoltare paziente e poi commentare senza mai criticare. Non c'era Luigi a prendere appunti, mugugnando che no, quella cosa lì non si poteva fare, perché era troppo rischiosa o non c'era tempo, e comunque, serviva per davvero? Anche se era un testone, Luigi gli mancava. Se lo immaginava sgobbare come uno schiavo in uno scantinato e rannicchiarsi scheletrico su un giaciglio tra altri schiavi, tutti infelici, tutti appiccicati eppure distanti.

Una notte si svegliò angosciato da questa visione e decise che la Scozia non gli avrebbe seppellito un altro fratello. Corse fino al vecchio vicolo e tirò sassi alla finestra del dormitorio. Al tizio che aprì brandendo un coltello chiese se c'era Luigi l'italiano. Il tizio fece spallucce e con un gesto del braccio lo invitò a cercarlo da sé. Aggrappato al davanzale Nevio infilò la testa nella stanza. La zaffata rancida rievocò le notti infestate da fame, pidocchi e brutti sogni. E rievocò Attilio... Attilio che aveva il dono di far sembrare meno derelitta quell'umanità.

Impedì alla commozione di offuscargli la vista e scrutò nel buio fino a individuare un corpo composto, pancia in su, le mani poggiate accanto alla testa in segno di resa. Prese fiato inspirando aria fetida e lo chiamò. «Lui'! Lui'!» E gli bastò gridare il suo nome per liberare tutta la nostalgia che aveva represso.

Si abbracciarono in silenzio, sui ciottoli brilluccicanti di carbone, accanto ai resti della casa bruciata, e a entrambi parve di essere chiusi in un abbraccio più grande.

Nevio se lo portò via, col suo lapis sull'orecchio e quattro stracci buttati nella valigia di cartone. Lungo la strada gli raccontò di quel brav'uomo di Tony, del riccetto, dei camerieri con cui divideva la stanza, siciliani come Tony, e della sorella di uno di loro, che per conquistarlo si era messa a cucinare tagliatelle e fagioli. Luigi si emozionò.

«Come mamma Ida!»

«Macchè! Come ma' nessuna mai.»

E se lo tirò a sé, ciancicandogli le guance per punirlo di quella lunga lontananza.

Nevio pregò Tony e garantì per suo fratello, e poco dopo tiravano insieme il carretto verso Kelvingrove Park.

Dormivano testa piedi, mangiavano gli ultimi avanzi del ristorante e si godevano la mezza giornata libera al mese come se durasse cento ore. Ogni tanto, se si combinavano i turni, la sfruttavano per andare con altri camerieri al parco. Seduti sotto un albero, Luigi leggeva e rileggeva un libricino di poesie dimenticato da un cliente, mentre Nevio imitava le sfuriate di Tony e scorticava i legnetti per farci le freccette.

Una mattina arrivarono al ristorante e trovarono Tony che inveiva come un ossesso contro la seconda sorbettiera rotta in una settimana. Appena vide tutti quei pezzi e bulloni sparsi a terra, Nevio avvertì un formicolio sui polpastrelli e cominciò a traballare sulle ginocchia. Tony invece brontolava domande, trattenendosi dal prendere a calci le parti smontate che il figlio tentava di rimettere insieme.

«E che è, un'epidemia? O forse a qualcuno gli è tornata la voglia di prendere mazzate...»

Con due sorbettiere fuori uso non si faceva gelato per i carretti né tanto meno per il ristorante. Il figlio si rialzò sconfitto.

«Non ci riesco, bisogna chiamare quelli della Fuller.»

Nevio non resistette.

«Scusate, posso provare io?»

Tony lo guardò come se fosse diventato pazzo. Era furioso e preoccupato per quei guasti che avevano tutta l'aria di essere dei sabotaggi, ma lo sguardo eccitato di Nevio lo colpì. Gli puntò l'indice addosso.

«Un'ora. Se la sfasci del tutto vi faccio lavorare pure di notte a tutti e due finché me la ricomprate nuova. E dopo vi licenzio.»

15

La prima giornata di lavoro senza Mario a fargli da guardia era andata benone. Non si era fermato nemmeno per mangiare e aveva chiuso un'ora dopo per accontentare tutti i clienti, ma non era stanco, e così, invece di tornare dalla madre, s'incamminò verso il punto in cui avrebbe dovuto esserci la loro casa di legno col giardino che scendeva al fiume. Di case grandi e piccole ce n'erano diverse, e ciascuna sarebbe stata un sogno. Chissà qual era quella dei MacDalamy. Si diceva che il tipo eccentrico che la costruì voleva vivere nel punto in cui i profumi portati dall'acqua dolce del Clyde si mescolano a quelli del mare. E poiché il suo olfatto era più fino della vista, per individuarlo si era messo a camminare lungo la costa con una benda sugli occhi. Si poggiava a una testina d'aquila incastonata su un bastone, mentre la moglie procedeva più salda, strusciando la gonna sui cardi, e poco dopo si era bloccato in mezzo al nulla annusando l'aria. Il diluvio era appena passato, le nuvole si sgonfiavano più in là dell'ultima pioggia e si scioglievano al sole. Si era sfilato la benda girandosi stupefatto verso la moglie. «Lo senti?» le aveva chiesto. C'era come un vapore di alghe, resine e selvaggina, e due gabbiani volavano in cerchi sempre più stretti sopra le loro teste. Lì avevano posato la prima pietra e avevano vissuto il resto della vita. La casa era rimasta disabitata finché MacDalamy, colpito dalla sua esposizione al vento e all'acqua come una prua, non se ne era innamorato.

Il comandante Giovanni l'aveva solo intravisto qualche volta al porto. Sapeva che era un omone deciso ma affabile, che aveva due figli più o meno della sua età, un maschio che voleva diventare pastore della Kirk, la Chiesa presbiteriana scozzese, e una femmina con gli occhi color del ghiaccio che suonava il pianoforte come sua madre. Raccontavano che più che la signora MacDalamy, era la figlia ad aspettare trepidante il ritorno del comandante, affacciata alla finestra della sua camera, con quelle coperte ben piegate sul letto, le carte nautiche arrotolate e impilate sul tavolo accanto al lapis, il lume a olio sullo sgabello, gli stoppini, i cerini. Perché era così che il comandante MacDalamy lasciava le cose a ogni partenza, in ordine per il suo rientro, in ordine per essere riposte per sempre.

Giovanni rabbrividì. L'aria gelata di gennaio sapeva di fiume e di oceano e di tutto ciò che ci viveva intorno, e respirandola cercò di comprendere la viscerale passione di suo padre per il mare. Fantasticò di essere sulla *Victoria* a scrutare le onde, e non la terra in lontananza, perché la vera bellezza doveva essere navigare, non arrivare, con gli schiaffi del vento e dell'oceano sul viso, e i fischi dei delfini persi nel frastuono delle vele.

Era quasi notte e la luce della luna non rivelava navi all'orizzonte. L'immagine della *Victoria* in balìa di una tempesta, e magari dei pirati, lontano dalla Scozia, gli provocò un'imprevista angoscia. Forse perché in quei giorni al negozio si parlava come ogni anno della Burns Night, la festa in onore del poeta Robert Burns che si teneva il venticinque gennaio, e di quanto fosse strano che la *Victoria* non riuscisse a tornare in tempo. A lui di Burns non importava granché, e tanto meno gli interessava mangiarsi una pecora ripiena, quell'*haggis*, o come diavolo si chiamava. Ma la realtà era che sua madre non gliel'avrebbe mai cucinata, e anche se ormai la sua colazione era un liquidissimo porridge salato oppure un pezzo di salmone affumicato, alla fine emigrati erano ed emigrati sarebbero rimasti, e le loro tradizioni sarebbero state sempre quelle ciociare. Perciò doveva piantarla di studiare Chopin e accontentarsi di strimpellare roba buona per cose come le feste nell'aia. Solo a pensarci, a quelle feste, la testa gli si affollava di allegria. I salterelli, le polke, le tarantelle... Avrebbe suonato osservando chi si scatenava con gli occhi negli occhi, e allora avrebbe accelerato il ritmo per far salire l'eccitazione, e poi l'avrebbe rallentato rifilandogli melodie che valevano come uno sposalizio sotto la luna piena. E dopo, le famiglie si sarebbero allontanate con code di ragazzini, le nuove coppie si sarebbero salutate con la promessa un bacio, e l'aia vuota avrebbe smorzato le ultime note. Allora se ne sarebbe andato pure lui, in un braccio il suo violino e nell'altro la sua sposa.

La mattina dopo Mario stava ancora male e la giornata di lavoro si annunciava intensa. L'energia non gli mancava, tuttavia c'era quell'ansia che lo destabilizzava. Perciò, incapace di trattenersi, violò la madre di tutte le regole di Mario: mai rivolgere la parola a un cliente senza essere stato interpellato.

«Nessuna notizia della *Victoria*, non è vero?»

L'uomo scosse la testa distratto, ma poi nello specchio scorse il suo turbamento e debolmente gli sorrise.

«È così che vanno le cose a Greenock... Un momento ci aspettiamo che la nave rientri di lì a poco e il momento dopo ci convinciamo che è affondata. A queste oscillazioni peggiori di onde forza dieci la gente a terra non si abitua. Troppe storie abbiamo sentito per non avere paura di ciò che può accadere in mare. Mio padre era su una nave che si è dissolta come neve al sole, e continuo a immaginare quale atroce fine abbia fatto. Mio figlio invece è sulla *Victoria*, e ho fiducia che MacDalamy me lo riporterà.»

Giovanni annuì.

«Sì, ce li riporterà.»

«Oggi i pensieri sono per la *Victoria* e domani saranno per un'altra, perché tutta Greenock condivide il destino di ciascuna nave, da quando nasce nel cantiere della Scott's fino al suo ultimo viaggio. Perciò, stasera la Scozia celebrerà la Burns Night, ma se la *Victoria* non sarà tornata qui da noi non si farà festa.»

Giovanni riprese a rifilargli le basette pensando a quanto fosse difficile il lavoro per chi nasce in un posto di mare. A Roccasecca coltivavano e trasportavano le olive e l'olio, le arance, le mandorle, la carne, la frutta, l'uva e il vino che producevano spingendosi al massimo fino a Roma. Lì invece dovevano affrontare l'oceano, quell'immenso spazio che si prendeva così tanto mappamondo, per andarsi a caricare tabacco e canne da zucchero cresciute al caldo dei Caraibi. L'Europa se lo divorava lo zucchero, e le raffinerie di Greenock lavoravano senza sosta. Chissà se lo zucchero che Ida e Marietta mettevano nei dolci veniva da qui. E poi c'erano pure le distillerie per il rum e la melassa... Quattrocento navi, così gli avevano detto, facevano ogni anno spola in quel porto, che un tempo era stato solo ormeggio di pochi pescatori. Ognuna col suo prezioso carico di merci e di uomini impavidi tra cui era giusto annoverare suo padre.

Sciabordìo lungo il molo e abisso senza fine, increspatura e tempesta... in qualunque sua forma l'acqua è la nostra vita. Giovanni ricordò quelle parole ma non chi le aveva pronunciate. Non importava, chiunque fosse aveva ragione.

Continuò a lavorare senza sosta percependo però un'atmosfera strana. Forse era stato per quell'improvviso azzurro che colorava un orizzonte privo di vele se cominciò a serpeggiare il presentimento che la sciagura si fosse senz'altro compiuta. Non era un mese di luce, gennaio, ma di pioggia o nebbia fitta che disegna sagome di navi coltivando l'illusione e l'attesa. Perciò una dopo l'altra, le donne dei marinai imbarcati sulla *Victoria* s'infilarono i cappotti sui grembiuli, abbandonarono i tegami sulle stufe e uscirono in strada. Camminavano spedite scontrandosi agli angoli delle case, lasciandosi dietro la stessa scia di rape e di frattaglie, qualcuna di sherry. Formarono capannelli, come in passato per altri uomini su altre navi, stavolta in Eldon Street verso Gourock, nei pressi dell'abitazione del comandante MacDalamy.

A metà pomeriggio la strada cominciò a riempirsi più del solito, e uno dopo l'altro i clienti rinunciarono al servizio e da dietro al vetro Giovanni li vide unirsi agli altri. Allora si slacciò il grembiule e afferrò la giacca, e girato il cartello su CLOSED, chiuse la porta e scoprì di essere tra gli ultimi. Quelli cui toccava correre per scoprire se fosse vera la notizia che aveva preso a circolare. Una nave era salpata da Barbados e aveva fatto naufragio poco dopo... Non si era salvato l'equipaggio col suo comandante, né il carico di canne da zucchero destinato alla Tate & Lyle. E quella nave era la *Victoria*.

Una moltitudine agitata e disordinata affollò il pezzo di strada davanti alla casa di MacDalamy e iniziò un infinito via vai di parenti e amici di imbarcati, mentre l'*haggis* sobbolliva nel tegame diffondendo il suo odore ogni volta che si apriva la porta.

Giovanni avanzò nella folla spostando corpi adulti come fossero fatti d'aria. C'erano così tante donne. Mogli, madri, fidanzate, figlie. Molte piangevano. "Stupide!" avrebbe voluto gridare. "Non capite che è una suggestione?" E intanto raggiungeva un gruppo che si era radunato sul lato della casa che dava sul fiume e guardava in alto, verso una finestra aperta. «È la camera del comandante» bisbigliavano. Immaginò che se MacDalamy era davvero morto allora il suo spirito doveva essere lì, col lume che dondolava sulle carte nautiche e il lapis che ci danzava sopra segnando simboli e croci. "Chissà se sa di essere trapassato" pensò. "Se ha paura, se odia i vivi." «Se ti capitasse di incontrare un'anima inquieta,» gli aveva detto una vecchia a Roccasecca «indicale la via della luce e la vedrai volare in cielo fra nuvole abbaglianti». «Sì, come no,» le aveva risposto «e magari per un pezzo ce l'accompagno pure.»

Suo padre però ce l'avrebbe accompagnato, perché scombinato com'era sarebbe finito a bussare all'ingresso sbagliato. Il Paradiso non se l'era mai immaginato tutto aperto, altrimenti ci sarebbero entrati tutti, ma piuttosto un immenso spazio di luce con un cancello maestoso e passaggi laterali per gli angeli custodi che scendevano a lavorare e rientravano per riposarsi un po' quando i bambini erano in mani sicure e i più grandi si mostravano assennati.

Guardò il cielo e di nuovo la finestra del comandante. Fortunato lui che poteva farsi un ultimo giro per salutare la moglie e i figli, e chiudersi in camera a ripercorrere il passato accarezzando oggetti che non poteva portarsi dietro. Mentre a suo padre toccava invece vagare lontano da casa cercando i suoi ricordi tra visi e paesaggi sconosciuti. Giovanni percepì un tocco lieve sulla spalla, ma non c'era nessuno. Rabbrividì, e una raffica di vento chiuse la finestra separando i vivi dai morti.

Allora ebbe fretta e si fece largo per tornare sulla strada, saltare dentro il vialetto e suonare alla porta. Quando si aprì, credendo di trovarsi davanti la moglie del comandante, esordì tutto d'un fiato.

«Buonasera signora, mi chiamo Giovanni Datti, e mio padre è imbarcato sulla *Victoria*. Datty, si chiama Datty.»

Tenne a precisarlo perché nessun dettaglio doveva essere omesso, nemmeno la ypsilon con cui l'avevano inglesizzato, anche se la pronuncia era la stessa.

La donna sospirò invitandolo a entrare e lo lasciò lì.

Rimase immobile nell'ingresso sommerso da reminiscenze di quel padre troppo bello, troppo desiderato, inaffidabile e distante, che però in un tempo lontanissimo l'aveva portato sulle spalle e gli aveva raccontato storie per bambini coraggiosi.

Piano piano si rilassò e iniziò a guardarsi intorno. Quella casa aveva qualcosa di Villa Datti. I quadri, i tappeti, le librerie... e il pianoforte! I tasti ingialliti e consumati dicevano quanto i MacDalamy amassero la musica, e la scoperta li fece salire nella sua considerazione. Senza accorgersene si ritrovò a contemplare un vassoio colmo di *shortbreads*. L'acquolina gli cresceva insieme al senso di colpa. Come poteva desiderare dei biscotti mentre forse suo padre era cibo per pesci? Uno scricchiolio sulle scale lo distrasse. Si piegò in avanti e vide una treccia bionda che pendeva tra le colonnine della balaustra come uno scalpo.

D'istinto abbassò lo sguardo sulle sue scarpe usurate, i pantaloni lisi e un po' corti e un bottone della giacca prossimo a cadere, e se ne vergognò, ma subito rialzò la testa in cerca della treccia. Stropicciandosi il cappello tra le dita affusolate sperava che la proprietaria decidesse di scendere un altro gradino. E fu esaudito, non un solo gradino, ma uno dopo l'altro quelli necessari a mostrargli la figura tutta intera.

Smise di torturare il cappello e rimase a fissarla come un idiota. Nessun desiderio, né ambiguità da parte sua, solo pura ammirazione. Intuì che non era una novità per lei essere guardata in quel modo, e un po' si stupì che gli ricambiasse l'attenzione per un tempo che cominciava a diventare sconveniente, se non fosse che erano due anime sole e in pena, così distanti dagli adulti che si ingozzavano di là in salotto.

Lei scese ancora, lentamente, e lui s'inchinò facendo svolazzare il cappello neanche fosse un moschettiere. Si chiese se avesse letto il romanzo di Dumas, constatando che con le dovute differenze il gesto gli era venuto piuttosto bene. E dopo non pensò più, perché lei gli stava sorridendo divertita. Ma un'ombra cancellò di colpo l'incantevole essere alla sua vista. Era un ragazzo, compostissimo e gentile, che lo stava salutando.

«Ewan MacDalamy.»

«Giovanni Datti.»

Si strinsero la mano con sicurezza come si fa tra uomini, e la cosa piacque molto a lei, che li osservava rapita dalla scala.

Ewan gli spiegò che notizie in realtà non ce n'erano, né buone né cattive, e nessuno sapeva dire come mai si fosse scatenato il panico. Poi, come un pastore che congeda i fedeli sul sagrato della chiesa, l'aveva esortato a pregare il Signore, e giusto prima di richiudere la porta accennò alla ragazza che intanto si era avvicinata.

«Lei è Gillian, mia sorella.»

Giovanni ripercorse il vialetto e attraversò la gente lentamente, girandosi più di una volta verso la casa. Quando scorse la ragazza dietro a una finestra alzò timidamente una mano, ma lei chiuse di scatto la tenda. Allora se la ricacciò in tasca e sparì oltre l'ultimo gruppetto di parenti e di curiosi che era rimasto.

Camminò verso la porzione di vicoli che gli spettava immerso in pensieri più fitti della nebbia, mentre il silenzio scivolava in quella dolcissima canzone che sempre gli prendeva alla gola. La Scozia stava celebrando Robert Burns con brindisi e poesie, ma nelle case di Greenock si intonava soltanto *Auld lang syne**. Si fermò davanti a una finestra a guardare una mamma, un papà e due bambini che cantavano piano tenendosi per mano... *Should auld acquaintance be forgot... and never brought to mind?... Should auld acquaintance be forgot... and auld lang syne...* Dondolarono le braccia, le incrociarono, e rimasero fermi senza sciogliere la catena.

Proseguì sbirciando la stessa scena in altre case, lasciandosi pervadere dal calore che si sprigionava dalle loro voci. E avvertì un subbuglio nel sangue, che gli schizzava su e giù dalla testa ai piedi pompando le vene come se fosse

* Conosciuta in Italia come *Il valzer delle candele.*

raddoppiato, quasi ne avesse fatto entrare un po' di quello che circolava lì. La notte era mite e la musica si spandeva nei vicoli sussurrata come una supplica per la *Victoria*. E lui, scalciando sassi lucenti di luna piena accelerava il passo su strade che a un tratto riconosceva.

Una vecchia lo seguiva con lo sguardo tenendo fra le mani un moncone di candela e biascicandoci sopra versi che non spostavano la fiamma. Finita la canzone la spense, e nel rigolo di fumo che risaliva l'aria vide svanire il ragazzino di cui non sapeva il nome, ma che importava, era uno di loro, figlio di Greenock, figlio di Scozia.

16

Tony aveva minacciato di licenziarli ma a quest'ipotesi Nevio non pensava. Era volato alla sorbettiera già smontata per metà, senza badare a Luigi, che camminava avanti e indietro stringendosi la testa.

«E dopo il signor Tony chi ci si piglia, Ne'? Nessuno ci si piglia, Ne', nessuno.»

Ma Nevio contemplava i pezzi come se fossero reliquie e a Luigi non restò che trascinarsi al piano di sopra pregando che un santo qualunque gli facesse la grazia.

Un minuto prima che scadesse l'ora, Nevio corse su. Tony stava esaminando controluce uno dei bicchieri appena consegnati dallo spedizioniere e non si accorgeva di lui.

Nevio si avvicinò ancora.

«Signor Tony, ve le ho aggiustate tutte e due!»

Tony allungò il braccio oltre il tavolino e lasciò cadere il bicchiere a terra. Il bicchiere rotolò fino ai piedi di Nevio che, sorpreso e perplesso, lo raccolse e glielo restituì.

«Signor Tony... ho aggiustato le sorbettiere.»

Con il sorriso magnanimo che si riserva ai beoti di buona volontà Tony si concentrò finalmente su di lui.

«Sì, sì, le sorbettiere. Ce le portano nuove.»

La faccia di Nevio si spense.

«Ma come nuove... vi ho appena detto...»

Tony lo scacciò infastidito.

«Non stare lì impalato, vai a chiamare gli altri! Voglio fargli vedere questo spettacolo.»

Mentre cuochi e camerieri applaudivano la magia del bicchiere infrangibile, Nevio guardava con odio la pioggia che da giorni rimbalzava sulla finestrella della cucina.

«Mica pretendo il sole santiddio, ma cinque minuti senz'acqua dico io, cinque minuti...»

Luigi gli buttò il grembiule sulla pancia e gli fece spazio davanti ai cumuli di tegami da lavare.

«Ma le hai aggiustate per davvero?»

Nevio alzò le spalle e si mise a strofinare i fondi incrostati.

«Sei proprio bravo, Ne'. Ma se te lo dico io non conta niente.»

Nevio si accaniva sui tegami come se fossero la banda del riccetto.

«Tra due anni apriamo il negozio e ci rifacciamo di tutto.»

Intorno alle nove e mezza, come sempre, il personale di cucina si preparò a staccare. In sala c'era ancora gente, ma da quell'ora le consumazioni erano quelle del bar, della pasticceria e della gelateria, anche se quella sera il gelato ancora non c'era.

Nevio si levava il grembiule scuro in viso e un cameriere passando lo tirò per i lacci.

«Che t'è successo?»

«Niente.»

«E se ti dico che c'è una bella ragazza che ti vuole conoscere?»

«Lasciami perdere.»

«Oh, guarda che ti faccio una gentilezza.»

«Allora ti ringrazio e ti auguro la buonanotte.»

Il loro caseggiato era lontano ma lo raggiunsero in un attimo. Nevio calpestava la strada più che camminarci sopra, mentre Luigi contava sulle dita quanto mancava ancora per poter aprire un negozio. Sospirò e si rimise le mani in tasca.

La mattina dopo sembrò a entrambi che alzarsi fosse più faticoso. Luigi si stava infilando le solite calze di lana coi buchi che segavano gli alluci quando ebbe un'illuminazione.

«Ritorniamo a casa.»

«Eh?»

«Non stiamo a combinare niente qua. Il negozio non l'apriamo, lo sai.»

«Però i soldi a Castrocielo li mandiamo. Se no Marietta come si sposava? E a mamma e agli altri, non ci pensi Lui'?»

«Sempre ci penso. Ma penso pure che i forestieri parlavano di ricchezza e invece siamo poveri. E io me ne muoio di malinconia.»

«La malinconia non ti uccide Lui', ti fa fare tardi.»

A braccetto e con un cartone sulla testa rifecero il percorso di poche ore prima. Arrivati al negozio appesero le giacche fradicie e si avviarono in cucina.

«Nevio!»

La voce stentorea di Tony non prometteva bene e un cameriere gli diede una doppia pacca sulla schiena.

«Se vuoi scappre dal retro ti copriamo.»

«Io non scappo davanti a nessuno.»

Tony era seduto al tavolino e faceva i conti. Appena lo vide si mise a fissarlo inclinando un po' la testa, come se di sbieco avesse potuto capirlo meglio.

«E quando pensavi di dirmelo che eri un genio?»

Nevio lo fissava senza capire, allora Tony si alzò e gli scrollò le spalle.

«Le sorbettiere, Nevio!»

In pochi minuti Nevio balzò al vertice della sua considerazione, e la benevolenza si estese d'ufficio anche a Luigi. E così mollarono il carretto, appesero al gancio i grembiuli da cucina per vestire quelli da sala, e furono ammessi a servire a tavola.

Già un'ora dopo Luigi si allacciava i bottoni della camicia e si commuoveva, ringraziando la Provvidenza che li aveva ripescati mentre scivolavano sul fondo, e ringraziando Nevio, che alla Provvidenza aveva dato le sue preziose mani.

E come se il miracolo non avesse fine, le vetrine smisero di colare acqua e un raggio di sole illuminò il tavolo d'angolo dove si era accomodata una famiglia numerosa. Tony si avvicinò a Nevio e lo spinse avanti.

«Vai a prendere il tuo primo ordine, ragazzo.»

Lui era impietrito.

«Signor Tony, io non posso.»

«E perché mai?»

«Non so scrivere!»

Tony gli picchiettò l'indice sulla tempia.

«La memoria registra meglio di un lapis, vedrai.»

Nevio partì con aria sicura benchè gli tremassero le gambe. E se quei clienti avessero parlato tanto veloci da non fargli capire niente? E se avessero protestato chiedendo di cambiare cameriere?

Si avvicinò, si piegò in una specie di inchino e si augurò di riportare indietro una comanda così ricca da lasciare tutti a bocca aperta. Poi sfoderò il suo miglior sorriso e un'inglese fatto di parole ascoltate dalla cucina.

«Signori, vi consiglio la nostra magnifica minestra di orzo e porri, i magnifici *stovies* alla pancetta, lo stufato di coniglio, il manzo arrosto, la magnifica torta di manzo e ostriche, il salmone bollito o affumicato. E naturalmente i nostri magnifici *mince and tatties*. Infine i magnifici gelati della casa.»

Andando verso la cucina incrociò Tony.

«Hanno ordinato tutto quello che ho elencato. Però tutti questi *magnifici* nel menu non vanno bene, signor Tony. Se mi permettete ne leverò qualcuno.»

Una sera Nevio si cambiava nell'angolo dietro la cucina, dove oltre alla vecchia sdentata che lavorava al tombolo c'erano i grembiuli e le camicie di sala, quando la voce di Tony lo sorprese alle spalle.

«Sai cosa mi piace di te, ragazzo?»

«No, signor Tony.»

«Che non ti monti la testa. Ci hai aggiustato tanta roba che per me sei ingegnere pure se non hai studiato, e quando c'è bisogno torni dietro al carretto senza battere ciglio e mi vendi gelati pure a gennaio. Tu e tuo fratello lavorate sodo e non vi lagnate mai di niente. Scrivi a tuo padre che può essere fiero di avere due figli come voi.»

Qualche mese dopo Nevio si godeva la sua ora di libertà passeggiando lungo Argyle St. insieme a un altro cameriere, sua sorella e un'amica piuttosto carina, se non fosse stato per la quantità di trucco e di nastrini che si era messa addosso. Nevio la sbirciava trattenendo la voglia di sciacquarle la faccia per vedere cosa c'era sotto. Era uscito un po' di sole ed erano allegri, Nevio faceva il buffone e lei rideva. Poi, negli ultimi minuti che li separavano dal rientro al negozio, gli altri restarono indietro di qualche metro per lasciarli soli. Lei era diventata seria, e stritolava la borsetta fra le dita pregando che la voce di Nevio intervenisse a coprire il chiasso che faceva il suo respiro. Lui si girò a guardarla.

«Ho sentito che lavorate.»

Il suo sterno esalò un «sì».

«E cosa fate?»

«Sono frangiaia.»

«Ah.»

«Non lo sapete, vero?, che è.»

«Mi dovete scusare.»

«Non vi preoccupate a noi non ci conosce nessuno... Faccio le frange per gli scialli e per le scarpe, i fiocchi per le tende, i cordoncini di tappezzeria... e pure i galloni e i passamani per le divise, e le trecce e le spighette per gli abiti eleganti. Lavoro dentro casa con mamma e due sorelle piccole.»

«Siete fortunate a non avere padrone.»

«Dite? Giorno e notte ci sciupiamo gli occhi sotto una candela smozzicata, e respiriamo tosse. E c'è un fiato, un'angoscia che ci soffia addosso pure mentre dormiamo. Se non è un padrone questo... allora che è?»

«È la paura di dire che tra passato e futuro non c'è differenza, e che siamo emigrati per niente. È la miseria, che c'insegue pure lontanissimo da casa.»

«Ma perché se la piglia solo con noialtri?»

«Perché gli italiani sono più tosti.»

«Non siamo più tosti, Nevio, siamo solamente più simpatici.»

Nevio la guardò con dolcezza.

«Magari il mese prossimo possiamo rived...»

La voce brusca di Tony li riportò alla realtà.

«Ma che niente niente vi devo prenotare un tavolo, Ne'?»

La frangiaia era una brava ragazza, e Nevio cominciò a pensarla e a pronunciare il suo nome a voce alta per sentire come suonava. Leda... Leda Montefosco... Nevio e Leda. E pur non sapendo esattamente come avrebbe dovuto suonare, gli pareva che funzionasse abbastanza bene. Però non aveva tutta questa fretta di frequentarla e lasciava scorrere il tempo senza programmare nulla.

Luigi invece non vedeva l'ora di far entrare una donna nella loro vita. Avrebbe portato ordine e profumo di pulito nella loro povera stanza, e bambini cui lasciare la ricchezza che avrebbero costruito. Perciò già preparava la lettera da spedire ai genitori per annunciare il primo sposalizio in terra di Scozia. Ma non era felice soltanto per questo. Gli era ben chiaro che avrebbe trovato moglie soltanto se il fratello si fosse sistemato. Lui svaniva, agli occhi delle ragazze, nell'istante in cui Nevio si palesava. Non aveva quell'allegria che mitigava le difficoltà e al tempo stesso esaltava l'inafferrabilità cui la donna non sa resistere. Così tentavano, ciascuna con le proprie armi, di sedurre Nevio per possederlo per sempre. E lui, che di rappresentare una sfida non era consapevole, le osservava incuriosito adottare strategie o offrirsi inermi, e procedeva oltre. Leda non era diversa dalle altre, ma incrociò la sua strada che era stanco, e stava rallentando. Luigi vide suo fratello adattarsi a camminarle a fianco per fatica e solitudine. Lo vide abituarsi a lei, ragazza seria nonostante i nastrini e il trucco esagerato, e all'idea di metter su famiglia. Anche se lenti, Luigi sapeva che quei passi li avrebbero portati all'altare. Non sapeva però che anche la sorte si annoia, e che li avrebbe fatti inciampare.

17

Tra i suoi vicoli non c'erano famiglie che si stringevano cantando *Auld Lang Syne*. Tra quei vicoli non c'erano finestre da poterci guardare dentro. E comunque, a parte qualche tardivo tegame sbattuto nell'acquaio per lo più si dormiva già.

Maria Pia si era assopita, ma balzò in piedi per prendere il piatto che aveva tenuto in caldo.

«Stasera abbiamo una prelibatezza.»

Giovanni annusò in direzione della stufa.

«Sembra buono.»

«Lo è.»

E intanto orgogliosa glielo porgeva.

«Su, assaggia. Si chiama lo *Stornoway black pudding*, me l'ha insegnato la signora di sotto. Be', non proprio... Devo averla guardata con tale avidità mentre lo impastava, che alla fine me l'ha regalato. Dice che qui si usa farlo col sangue di pecora.»

Giovanni inforcò un boccone sorridendo.

«E ti pareva.»

Avrebbe voluto raccontarle del canto struggente che l'aveva accompagnato lungo la strada... di quelle voci così delicate che pareva pregassero per la *Victoria*, per tutti i marinai, per suo padre. Invece le disse quanto era buona la minestra, rispondendole che sì, ne avrebbe gradita ancora.

Qualche giorno dopo, verso la fine del pomeriggio, ci fu di nuovo un anomalo movimento sulla strada, stavolta in direzione del porto. Con pettine e forbici in mano Giovanni si affacciò fuori.

«Che succede?»

Un ragazzo sorrise senza rallentare.

«È arrivata!»

Non c'era bisogno che dicesse altro. Per quanto affascinante, nessuna donna avrebbe suscitato un tale entusiasmo al suo arrivo a Greenock. La *lei* di cui si parlava era una nave, e per come se ne parlava doveva essere la *Victoria*. Giovanni rientrò cercando gli occhi di Mario, che al solito brusco, ma comprensivo, annuì.

«Prima finisci il cliente, però.»

Avuto l'assenso Giovanni si precipitò a terminare il lavoro, quindi si levò il grembiule e fece per correre fuori, ma Mario gli puntò contro il rasoio.

«Il tempo di vedere tuo padre e torni qui. Chiaro?»

Al porto una folla felice si sbracciava gridando nomi e alzando bambini sopra le teste. In prima fila sul molo, quasi a rischiare di cadere in acqua per la calca che spingeva da dietro, c'era la famiglia MacDalamy. La *Victoria* avanzava elegante e sicura di sé, senza fretta di concedersi a quegli esaltati abbracci. "Perché tanta agitazione," pareva dicesse "non lo sapete com'è il mare?" E attraccò, quasi poggiandosi su centinaia di mani.

Giovanni vide Gillian fremere davanti alla passerella. Ormai erano scesi tutti ma del comandante e di suo padre non c'era traccia. Solo dopo alcuni interminabili minuti sbucarono uno dietro l'altro. Prima MacDalamy, imponente nella giacca perfettamente abbottonata, il cappello bianco e blu schiacciato sulla fronte, gli occhi vispi puntati sulla banchina. La sua terra era a pochi passi, con tutta la sua famiglia schierata sopra, eppure pareva non volesse scendere. Gillian ruppe gli indugi, saltò sulla passerella e corse ad abbracciarlo. Lui la strinse e la spostò di lato, per far passare l'ultimo marinaio rimasto a bordo. Edoardo Datti, smagrito e senza cappello, coi capelli lunghi e la barba striata di giallo per via del tabacco e del sole, eppure, a giudicare dai commenti femminili, bellissimo.

Giovanni avanzò a spintoni fino a raggiungerlo e quando si ritrovarono di fronte si guardarono senza sapere cosa fare. Non si abbracciarono stretti come Gillian e il comandante, non si abbracciarono affatto, ma si sorrisero e tirandosi l'un l'altro si sfilarono dalla ressa. E poi dovettero separarsi di nuovo, Edoardo s'incamminò con passi stanchi verso casa e Giovanni volò al negozio, dove Mario l'aspettava con la sacca degli strumenti per spedirlo a dare una bella sistemata al comandante.

La strada ormai la conosceva ed era lunga, ma stavolta la casetta stagliata sulla costa gli apparve in un batter d'occhio. Neanche il tempo di pensare ed era già lì a suonare alla porta. Gli aprì la signora MacDalamy, che di fretta come se avesse accolto il dottore chiamato d'urgenza, lo accompagnò di sopra. Il comandante era a mollo in una tinozza fumante, non così desideroso di riprendere le sembianze civili che la moglie evidentemente gli imponeva. Fumava la sua pipa e sorrideva beato al tepore dell'acqua, mentre lunghe ciocche sbiondite cadevano una dopo l'altra sotto le forbici. Era la prima volta che i MacDalamy si servivano di un barbiere a domicilio. Tagliare i capelli a bordo portava sventura, d'accordo, ma una tale chioma era intollerabile, aveva strillato la signora alla vista del marito. E così si erano rivolti al vecchio Mario, che gli aveva subito procurato un fidato apprendista.

Un paio di colpi sulla porta e un braccio con su un asciugamano fece capolino. Il comandante grugnì un «sì» e il braccio s'infilò. Apparteneva a Gillian, che poggiò l'asciugamano e iniziò a trafficare nei cassetti del piccolo mobile vicino all'acquaio. Ma intanto lanciava occhiate a Giovanni, o meglio, alle sue mani che in velocissime sequenze scorciavano e pareggiavano, poi rallentavano, giravano il mento con delicatezza e rifinivano la barba. Mani affusolate, rare tra la gente di lì, strane per un emigrato. Giovanni sentiva su di sé quello sguardo e pensò che la ragazza fosse stata mandata dalla madre a controllare il suo lavoro. Non se ne preoccupò né si distrasse, perché non faceva ancora i salassi né toglieva i denti, ma il mestiere del barbiere ormai lo conosceva bene. Frugò nella sacca e tirò fuori un'altra lama. Il comandante posò la pipa e chiuse gli occhi, era il momento dei baffi. Approfittando per un attimo dell'occasione, Giovanni alzò gli occhi su Gillian, che imbarazzata si premette le guance rosse e scappò via.

Quella sera in molte case si tornò ad apparecchiare il posto vuoto e dopo cena si tirò tardi ad ascoltare la storia del viaggio davanti al camino.

Con un bicchiere di rum in una mano e la sigaretta nell'altra, Edoardo si era allungato sul materasso e li guardava. Eccola lì, la sua famiglia. Ogni sera prima di dormire li aveva baciati in foto, ma ora che li aveva davanti voleva solo fissare il vuoto e non sentire niente, nemmeno le loro voci. Con la testa era ancora per mare, e soprattutto era laggiù, in mezzo a quella natura strabiliante che ogni volta lo lasciava senza fiato.

Ma Maria Pia non aveva intenzione di ritrovarselo assente pure quando era lì e lo tirò via senza pietà dal suo stato.

«Dell'altro rum?»

Edoardo non rispose e lei lo prese per un sì. La fermò che la bottiglia era già inclinata.

«No. Vorrei le Barbados...»

Maria Pia lo guardò disorientata.

«Le Barbados?»

«Già, se solo si potessero distillare.»

E andò avanti per conto suo.

«Come posso raccontarvi di quei posti...»

Parlava senza distogliere lo sguardo da un punto indefinito sul muro di fronte, come se fosse solo nella stanza.

«...Della pioggia che piomba giù come se il mare si fosse rovesciato, del vento che urla tra le palme minacciando di spazzarle via.»

Maria Pia posò la bottiglia e iniziò a esaminarsi il vestito, si tastò le guance, si ravviò i capelli. Non disponeva di uno specchio né di un vetro, se non quello lassù della finestrella, ma si era agghindata meglio che poteva e lui non se n'era accorto. Si conficcò le unghie nei palmi diafani delle mani, e le parole del marito risuonavano sempre più lontane.

«Non resta che pregare, la notte, che le raffiche non abbattano gli alberi, non squarcino le vele. Poi a un tratto la furia si placa e concede ore di riposo. E al mattino le piante scintillano in infiniti verdi, e crescono rigogliose davanti agli occhi, mentre nell'aria si diffondono i canti delle piantagioni.»

Sembrava descrivesse un mondo fatato dove anche le canne da zucchero potevano cantare. Giovanni sospirò.

«Vorrei poter lavorare in queste piantagioni.»

Il padre sussultò, quasi sorpreso di scoprire delle presenze nella stanza. Giovanni insistette.

«Se è tanto bello non potremmo trasferirci lì?»

Lui si tirò su di scatto.

«No, niente affatto. Non è come immagini, i negri fanno un lavoro molto duro. Sono abituati alla fatica e pure ai sorveglianti che intervengono a rimettere a posto chi si lamenta. E ad ogni modo noi non ci mescoliamo con loro, tienilo bene a mente.»

Ritenne educativo presentare la questione in questi termini, eppure sentiva che c'era qualcosa di sbagliato. Gli tornò alla mente il signorotto inglese che aveva invitato il comandante per il tè, e lui l'aveva accompagnato. Se n'era restato in disparte, sulla veranda della villa che dominava la proprietà, ma l'aveva sentito vantarsi della qualità dei suoi lavoranti rispetto agli altri, e l'aveva visto puntare il bastone verso quelli maggiormente dotati e sulle donne più belle, ammiccando come se potesse decidere di offrirle su un vassoio al posto dei biscotti.

Al ricordo di quelle file di esseri umani cotti dal sole, senza alcuna speranza di vita dentro o fuori dalla piantagione, Edoardo rabbrividì.

«A dire il vero... da decenni, ormai, gli schiavi non hanno più catene, ma continuano a chinare la schiena e la testa agli ordini di avidi padroni. E affidano a un canto la struggente nostalgia per la loro terra, una terra che in molti non hanno nemmeno conosciuto, perché cantare è la sola libertà che gli è rimasta.»

Non aveva mai visto uno schiavo in vita sua Giovanni, nemmeno disegnato, e anche se era un qualcosa di troppo lontano dalle loro vite e perfino da quella misera stanza, si rattristò infinitamente. E poiché nello stesso stato era caduta sua madre, sebbene forse per motivi diversi, Edoardo cambiò immediatamente il tono e l'argomento.

«Be'? Non volete sapere perché ci abbiamo messo tanto?»

Si accontentò del loro stentato «sì» e continuò.

«Salpiamo da Barbados e tutto fila liscio finché non c'imbattiamo in una nave inglese appena assaltata dai pirati. Perciò carichiamo l'equipaggio e le poche cose sopravvissute alla razzia, e l'affondiamo. Avremmo proseguito per Greenock, se non fosse che a bordo ci ritroviamo il governatore di Barbados che rientrava da Londra. E così ci tocca tornare indietro. Scarichiamo tutti e MacDalamy dà di nuovo l'ordine di salpare per Greenock. Ma sapete che cosa gli rispondono i marinai? Roba da non credere... Che non si può perché la nave è stata colpita da sventura. "Santi numi," dice il comandante "e quando è successo?" "Quando un cormorano si è posato sulla prua e ha sbattuto le ali" gridano quelli. "Ma io di cormorani non ne ho visti," ribatte lui "né a poppa né a prua." Loro gli si stringono intorno e cominciano a urlare... "è un cattivo presagio! La partenza è fatale!"»

Finalmente il racconto si era fatto interessante. Giovanni lo incitò a proseguire.

«E lui?»

«Lui li spinge a turno giù dove sono stivate le canne da zucchero, e poi li raduna tutti sul ponte. "Se non salpiamo subito," spiega col suo timbro più potente "il carico marcirà prima della consegna, non verrete pagati e non metterete più piede sulla mia nave. Ecco il cattivo presagio. E chi istiga la rivolta sarà denunciato per ammutinamento, non salirà più non solo sulla mia, ma su nessuna nave, avrà difficoltà a trovare un altro lavoro e non sfamerà la sua famiglia. Ecco cos'è fatale."»

Loro parlottano, lo guardano male, e guardano male pure me che gli sto a fianco, però alla fine vanno ai loro posti. E la *Victoria* issa le vele.

Edoardo aspirò a lungo l'ultimo pezzetto di sigaretta e soffiò il fumo in direzione della moglie.

«Poco fa accennavo a Giovanni che in questo viaggio sono diventato una specie di vicecomandante e che qualcuno mi ha suggerito di passare dal trasporto merci a quello di persone su una grande nave. Confesso che a questo punto la tentazione di mollare la *Victoria* è forte. Ho chiesto a Gio di darmi il suo parere ma non si è sbilanciato. Tu che dici, amore mio, è ora di cambiare?»

Lei inspirò senza darlo a vedere il refolo di Black Cavendish che sapeva di spezie, ma soprattutto di suo marito, e si lasciò andare. E l'orgoglio di Giovanni per essere stato elevato per un attimo a confidente si smorzò di fronte a quella madre che all'improvviso era bella, e si predisponeva a rispondergli con inusuale sicurezza.

«Dico che devi presentarti subito alla Cunard Line.»

Giovanni sgranò gli occhi. Che diamine ne sapeva sua madre delle compagnie di navigazione?

Intanto suo padre annuiva, seppur perplesso.

«In realtà è la White Star Line che ha il vento in poppa adesso, con il *Cedric* e il prossimo varo del *Baltic*, la nave più grande del mondo. Venti tonnellate che filano sull'acqua. Pensate, farà Liverpool-New York in una settimana...»

Maria Pia rise.

«E allora corri alla White Star Line!»

Che bel sorriso aveva sua madre, tanto raro che non l'aveva notato. E perfino gli occhi gli parvero una novità, così grandi, così intensi.

Edoardo accelerò le boccate accorgendosi anche lui del bel viso che aveva messo su la moglie quella sera, con i capelli intrecciati per la notte e un vestitino che valorizzava le sue scarne forme. Preso da un'improvvisa fretta ordinò che ci si ritirasse subito per coricarsi. "Mah," mugugnò Giovanni fra sé e sé mentre si inerpicava sulla scaletta per la mansarda "come se disponessimo di camere in cui ritirarci e letti degni di questo nome."

Schiacciato dal soffitto e dal tanfo di legno marcio, pensò al parere che non aveva avuto il coraggio di dare a suo padre. "Certo che puoi cambiare. Se hai le competenze e se trovi l'opportunità, altrimenti ti tocca tenerti bella stretta la *Victoria*. Però se vuoi saperla tutta," avrebbe aggiunto "l'unico cambiamento da fare sarebbe quello di riportare giù i bauli mai aperti e ritornarcene a Roccasecca. Perché per quanto mi riguarda, tutto quello che potevo fare l'ho fatto, incluso proseguire gli studi di sera, dopo tredici ore fuori a lavorare, imparando praticamente a memoria i libri che mi ha dato il nonno." Già, il nonno. Il nonno campava in solitudine nella casa immensa grazie alle bugie che gli raccontava una volta al mese in una lettera, sulla scuola, il maestro severo, la lingua brusca che a sentirla bene era giocosa e dolce come sono loro, gli scozzesi, e i compagni che infatti erano simpatici. E poi la casa sul bordo del fiume, niente a che vedere con Villa Datti, ma sapessi che casa, nonno...

Poiché dell'arte di mistificare la realtà suo nonno era maestro, a volte si chiedeva se credesse davvero a tutto quello che gli rifilava, o se invece non l'avesse incastrato in un gioco delle parti il cui fine era distrarsi vicendevolmente da vite troppo vuote d'affetti. Se lo vedeva lì, seduto nello studio, a intingere il pennino per commentare punto per punto i suoi fasulli racconti e poi tentare di escogitare qualcosa che potesse rendere la Ciociaria più interessante della Scozia. Ma era un duello impari tra frottole e realtà. E allora si sarebbe legato ancora di più alla terra, che non l'avrebbe mai tradito né abbandonato. Al contrario di loro, ramo anomalo dei Datti innestato per tigna in un posto che iniziava a volergli bene, ma che della loro presenza non aveva poi un gran bisogno. E allora, per colpa di scelte che gli risultava ancora difficile comprendere e accettare avrebbero continuato a faticare ognun per sé inseguendo inutilmente un senso.

Si addormentò pensando che si meritava delle scarpe nuove e invece non le avrebbe avute, e prima ancora delle scarpe, un nuovo padre.

18

Una mattina presto Tony chiamò Nevio dall'angolo dei conti. Lui gli arrivò davanti e aspettò paziente che terminasse una serie di addizioni. Il risultato dovette piacergli molto visto che alzò la testa e gli rivolse un sorriso largo da parte a parte.

«Stamattina ti porto con me.»

«Dove signor Tony?»

«A vedere una nuova sorbettiera. È a motore. Tu devi guardarla e dirmi se è come la raccontano.»

Uscirono dal negozio, loro due soltanto, sotto gli sguardi un po' torvi degli altri lavoranti. Nevio procedeva con le mani in tasca, pronto a farsi una bella camminata, ma Tony lo distanziò frettoloso per fermarsi vicino a un'automobile verde.

«Ford. Model T. Bella, eh?»

«Da ammutolì...»

Tony si chinò davanti alla manovella per la messa in moto e cominciò a girarla.

Nevio si guardò intorno agitato.

«Ma che fate, signor Tony... Vi prego, venite via.»

Il motore partì e aveva un suono magnifico. Nevio si era ammutolito per davvero, mentre Tony ridendo saliva sul predellino del guidatore e dall'alto di un sedile imbottito che aveva l'aria di essere comodissimo, lo incitò a montare. Nevio balzò su prima che ci ripensasse e si sistemò facendosi piccolo piccolo per non intralciare i suoi movimenti.

«È arrivata ieri dall'America, fresca di fabbrica. Neanche mia moglie ci è salita ancora.»

«Sono onorato, signor Tony.»

«Magari un giorno te la faccio guidare.»

Nevio si irrigidì per la dimostrazione di fiducia ancor più che per l'emozione, e gli venne in mente la volta in cui suo padre l'aveva portato per la prima volta ad arare il campo. Lui minuscolo, ma con l'inebriante sensazione di essere potentissimo, l'altro accanto, grondante di sudore, che gli spiegava ogni cosa senza farsi vedere affaticato.

Si girò a guardare Tony. Da quando si era accorto che col passare del tempo quell'uomo colmava sempre più il suo vuoto di affetti si sentiva un traditore. Sapeva che il padre non avrebbe aspettato in eterno il loro ritorno in Italia, e si macerava all'idea che di lui non gli era rimasto niente, nemmeno una fotografia in cui riconoscere le sue radici.

Deglutì a fatica. La fronte scottava e la gola gli faceva male, e starnutì cinque volte una dietro l'altra, tale e quale a suo padre. Prese dalla tasca il pezzo di tela ripiegato in un quadrato perfetto come gli aveva visto fare dopo averci tagliato sopra le arance o aver abbassato una leva oliata, e si asciugò il naso. Così scoprì che pezzetti di suo padre erano sparsi dappertutto, nel suo modo di fare, nei principi e nelle fissazioni. Ricordi lontanissimi gli arrivarono senza preavviso e si ripresero lo spazio che in quella terra straniera si era perduto. Cementando il passato Nevio sentì che poteva ancorarsi al presente. Il senso di colpa si affievoliva mentre l'affetto per Tony si rafforzava, e di posto ce n'era ancora.

Un colpo di clacson lo risvegliò. Tony fischiettava con una mano sul volante e l'altra sulla pompetta. Sembrava che quel *popi popi* gli desse più soddisfazione dell'intera automobile. Nevio osservava tutto come se dovesse andarsi a cercare i singoli pezzi per costruirsela da solo, e intanto, guardando il padrone, imparava a guidare. Tony gli strizzò l'occhio.

«Be'? Che te ne pare?»

«Questo è il Paradiso... Signor Tony, sopra a 'sta creatura in cielo ci vado volentieri.»

Il desiderio di toccarla lo tormentava, ma le sue mani di contadino avevano imparato fin da subito a restare indietro. Anche se la terra non la lavorava più, l'istinto di sentirle sporche e raspose ce l'aveva ancora, e spesso doveva ricordarsi di porgere la mano invece dell'avambraccio. Sfiorò con i polpastrelli la carrozzeria perfetta e subito si ritrasse per paura di graffiarla. Tony rise.

«Tocca, tocca!»

Fece come gli aveva detto. Toccò tutto, la accarezzò come avrebbe accarezzato un giorno la sua donna e chiuse gli occhi per abbandonarsi solamente al tatto. Non lo disse, perché Tony non avrebbe capito, ma quell'essere gli pulsava nelle dita. Sotto il metallo freddo e levigato ne percepiva l'energia, la sequenza perfetta degli ingranaggi, sentiva l'albero motore ruotare sui cuscinetti, le valvole laterali, il gorgoglìo della benzina che dal serbatoio sotto al sedile scivolava giù, e la trazione e i freni a tamburo che si attivavano nella parte posteriore.

Tony lo spiava divertito, e pensò che volesse fargli un sacco di domande ma si vergognava.

«Vuoi sapere a quanto va? Quasi quarantacinque miglia all'ora. E quanti galloni consuma non te lo dico.»

Nevio realizzò che non sapeva nemmeno che faccia avesse un gallone, ma Tony continuava.

«Cambio apicicale a due velocità, più la retromarcia.»

«Con le api e le cicale ci fate poco, signor Tony! Cambio epicicloidale, e senza frizione.»

«Ma che ne sai tu?! Fai Ford di cognome?»

«Magari, signor Tony. È che quando sento certi discorsi appizzo l'orecchi, quando ci sta un'automobile di mezzo appizzo pure l'occhi, e piano piano qualcosa imparo.»

«Vedrai che un giorno te la compri pure tu. Anzi, te la costruisci, geniaccio che non sei altro.»

«Eh signor Tony, volesse Iddio.»

«Lascia a Dio le questioni più complesse e goditi la Scozia.»

Nevio obbedì. Si erano lasciati Glasgow alle spalle già da un po' e nemmeno si era accorto che stavano correndo nel nulla, circondati dal verde.

«Ma dove stiamo andando?»

L'altro assunse un'aria misteriosa.

«Alla fine del Clyde... e all'inizio dell'America.»

«Signor Tony, mi fate gli indovinelli e io non so rispondere. Però... perdonate, il serbatoio è pieno, sì?»

«Perché?»

«Perché sennò alla fine del Clyde tocca andarci a nuoto.»

Tony rise, ma Nevio restava preoccupato.

«E quanto ci vorrà?»

«Cos'è, hai paura di far tardi al lavoro? Dai che ce la metto io una parola buona col principale.»

«Mille grazie signor Tony, allora mi gusto la gita.»

E si rilassò. Era col padrone, sull'automobile del padrone per una mansione richiesta dal padrone. Non c'era proprio nulla che dovesse controllare. La Scozia si snodava sotto i suoi occhi e valeva la pena di scoprirla. Giusto in quel punto l'ansa del fiume cominciava ad allargarsi, e l'acqua procedeva placida come se sapesse che ormai il più era fatto e che mancava poco per congiungersi al mare. Nevio guardava senza fare domande. Veniva dalla terra, non aveva dimestichezza con tutto quel liquido, e la questione del dolce e del salato che nella foce si mischiavano complicava troppo le cose. Intanto sul bordo della strada si avvicinava un cartello.

«Che c'è scritto, signor Tony?»

«Greenock. Siamo arrivati.»

Guidava piano adesso, voltandosi a destra e a sinistra, incerto sulla direzione da prendere. Finì per scegliere la strada principale, ma procedeva a scatti suonando inutilmente il clacson. Nevio era a disagio.

«Cerchiamo una ditta?»

«Perché... se ti dico il nome lo sapresti leggere?»

Non si rispondeva al padrone, nemmeno quando se lo sarebbe meritato. E stavolta non si poteva dire che avesse torto. Perciò si girò dal suo lato a vedere com'era un paese di mare. Gli sembrò uguale a Glasgow, magari più piccolo, ma con gli stessi carri e calessi, la stessa confusione e i negozi lungo le strade. Una raffica di vento gli rovesciò un ciuffo sul viso proprio mentre notava il cilindro blu e rosso di un barbiere, e gli ricordò che doveva tagliarsi i capelli o non sarebbe stato ammesso in sala. Ma vide qualcos'altro, e si girò di scatto sul sedile per continuare a guardare. Tony sbottò.

«E stai attento con quelle scarpe, che mi sporchi il pannello!»

«Scusate, signor Tony.»

«Che è, hai visto un fantasma?»

«Sì...»

«Be', speriamo che non sia quello della persona che dobbiamo incontrare.»

Nevio era ancora carponi sul sedile a fissare il ragazzino che davanti alla porta del barbiere faceva gli esercizi respirando *grande* come Giovanni Datti, e gli assomigliava pure. Strani gli scherzi che poteva fare la nostalgia di casa. Non aveva notizie di lui né dei Datti. Le poche lettere arrivate in quegli anni raccontavano solo di Marietta, che si era sposata col più giovane degli spaccapietre e aveva partorito due figli, e di Primo che una mattina non si era alzato dal letto e poi era morto.

Tony gli diede una manata sulla coscia.

«Stai composto.»

Intanto faceva retromarcia e armeggiava col parcheggio proprio davanti al barbiere. Ma il ragazzino non c'era più.

Appena sceso dall'automobile Tony finì risucchiato nell'abbraccio di un tipo scuro scuro, e per un po' si menarono pacche sulla schiena sorridendo da parte a parte. Nevio li osservava con una vaga invidia rimanendo in disparte. Quel compaesano che si era messo a fare il rivenditore di novità americane gli stava facendo recuperare le radici e pure il buonumore.

«Ti avverto che se questa sorbettiera non è un portento dovrai pagarmi la benzina.»

Entrarono in una specie di locale pieno di cianfrusaglie e seguirono l'uomo verso la sorbettiera. Quando se la trovò davanti, Nevio pensò che avrebbe potuto inventarla lui se solo gli fosse venuto in mente di prendere un motore e una cinghia di trasmissione e combinarli insieme. Le girò intorno scomponendola nella sua testa. Muoveva le dita come se stesse studiando come disporre le varie parti, poi appoggiò le mani sui fianchi scuotendo la testa. Tony sospirò deluso.

«D'accordo, ci potevamo risparmiare il viaggio.»

«No... è che...»

«E di', mica m'offendo.»

«Non capisco perché hanno agganciato 'sta cinghia alla manovella... Il motore si poteva attaccare direttamente sulla sorbettiera.»

«E allora?»

«E allora funziona. Ma soprattutto, signor Tony, vi libera un sacco di braccia.»

Tony lo fissò con un guizzo di interesse negli occhi.

«Bisogna che ci facciamo un discorso, io e te. C'ho una mezza idea.»

«Signor Tony, già è mezza, ditemene almeno un pezzetto...»

Ma Tony rise, e nel mentre faceva cenno al compaesano che gliene comprava sei.

Usciti in strada, i due ripresero a scambiarsi pacche e

promesse di rivedersi presto, e Nevio ne approfittò per allungarsi verso il negozio del barbiere. Sapeva che non poteva trattarsi di Giovanni, ma sarebbe stato bello incontrare qualcuno che gli assomigliava. A dire il vero... sarebbe stato bello incontrare qualcuno che gli voleva bene. Era quasi alla vetrina quando Tony lo reclamò. Era già al volante e indicava la manovella.

19

Nipote mio carissimo,

qui l'estate è scoppiata tutta insieme, ma del resto le estati lo fanno quasi sempre. Mi domando come sia lassù da voi, se avendo sperimentato quella italiana la vostra non sembri piuttosto una tardiva primavera, e se quindi non finiate per avere tre stagioni invece di quattro. Ma si sa che in Italia siamo un po' viziati, tutto è più grande, più numeroso, e in ogni suo aspetto, in primis il suo popolo, più caldo.

Tuttavia confesso che la canicola di questi giorni si sta rivelando difficile da sopportare. Ritengo sia la frustrazione di non poter godere di queste infinite ore che ho improvvisamente a disposizione. Per tutta la vita non ho fatto che chiedere più tempo, e nel momento in cui mi è stato concesso mi sono scoperto privo delle energie per viverlo com'ero abituato. Non ho mai amato l'estate, con la sua natura abbagliante che per proteggerti ti respinge verso casa, ma da quando mi confina nello studio a redigere bilanci non della terra ma della mia vita, la considero un rendez-vous che ha dello spietato. Inoltre questa ostinata arsura che zittisce gli uccelli mi rimanda indietro alla prima estate senza Flaminia, a quelle giornate già allungate, da continuare a oltranza al tavolo del pergolato chiacchierando di un qualche fatto o del vino che sarà, alle quali tua nonna e io ci ritrovammo impreparati. Dopo aver piluccato la cena lei si ritirava di nuovo in camera, svuotando di un altro tassello una famiglia di cui non restava niente, se non l'ombra dell'uomo che ero stato e il ragazzino incolpevole e smarrito che diventò tuo padre.

Sotto quelle rose ringraziavo Dio, della cui esistenza a dire il vero non ero più così certo, per aver inventato le cicale, altrimenti il silenzio avrebbe acuito il pulsare dei nostri pensieri, gonfiandoli oltre la capienza del cervello e sigillandoli affinché non potessimo spartirli. Inconcepibile d'altronde l'idea di combinare i pensieri di un genitore con quelli di un fratello. Due maschi per giunta, per struttura inabili alla trattazione dello stato d'animo e del sentimento, talvolta perfino con se stessi. Dunque mi lasciai stordire da quegli asfissianti insetti, rievocando quanto di già sfocato mi rimaneva di lei. Le corse sul prato, lo sguardo improvvisamente fisso su qualcosa di invisibile a noialtri, l'inafferrabile suono della voce, perché la voce è la prima a scomparire dal ricordo... e pure l'inutile ansia per il futuro che avrebbe avuto, solitario, nonostante l'eclatante bellezza e quel talento. Ascoltai le cicale invece di Edoardo, che di tanto in tanto mi sbirciava da sotto le ciglia in cerca di una parola, magari di una carezza assolvitrice. Ma allora non sapevo. Chiuso in un dolore che credevo esclusivo non serbavo energie per accorgermi di chi era sopravvissuto a lei. Così sera dopo sera divenni inconsapevole cultore della distanza, tanto da non percepire la presenza del mio unico figlio, né la sua via via più frequente e poi definitiva assenza. Fino al giorno in cui arrivò la lettera col timbro inglese e la grafia imperfetta e impaziente di mia madre.

Alla tua bisnonna non piacevano i ruoli e le regole e quindi l'aveva indirizzata direttamente al nipote. Donna anomala mia madre, libera, curiosa, capace di mollare tutti a colazione per correre a riempirsi la valigia e farsi portare al treno. Vado al nord, ci comunicava con semplicità. Un nord che in genere era Parigi o Londra, con sosta fissa a Seaford, a sud dell'Inghilterra. Si vociferava che lì avesse una seconda famiglia, chissà, lei raccontava solo di una casa con le finestre sulle scogliere bianche.

Per il tuo bisnonno era una nomade che aveva sperato invano di trattenere, per me una simpatica signora su cui non poter contare, per mio fratello ancora meno. Proprio così, mio fratello.

Un po' me lo ricordi, sai? Sarà che aveva la tua età quando svanì nel nulla e in questo modo l'ho sempre voluto rammentare. Tanto più che ci fu restituito con una faccia adulta che non era l'evoluzione della sua, e così indurita poi, dalla cattiveria e dalla morte, con due occhi socchiusi che ci sfidavano dal fondo della fossa.

Quattro primule e una lapide al confine col bosco, ecco dove lo confinammo per la vergogna di dedicargli un pezzo di giardino, non sia mai dovessimo ricordarci ogni giorno di aver dato estremo asilo a chi venne rifiutato dal parroco e pure dal camposanto. Troppo bene si era accomodato mio fratello nella sua nuova condizione, incurante del male che generava alla sua famiglia e a chi aveva la sventura di incontrarlo.

Chiedo venia nipote mio, non è questo lo strumento per cedere a confidenze di una tale portata. Se adesso fossi qui ce ne andremmo a controllare i vitigni e allora lungo la strada ti racconterei tutta la storia. Però non ci sei.

Resta il fatto che la tua bisnonna era malvista, nonostante quello che successe, o forse proprio per quello. Però essendo mia madre non ero in grado di giudicarla.

Lei giudicò me, invece. Dal buen retiro *dove si trasferì rimasta vedova, da quelle maledette scogliere che mai mi invitò ad ammirare, valutò che nel mio stato di prostrazione ero incapace di aver cura di mio figlio, e nel suo pragmatismo scrisse al mio: "Vieni qui, per ritrovare l'orizzonte ti basterà il mare".*

È davvero così, Giovanni? Ha questo potere il mare?
Con il nostro abbraccio, ti saluto caramente e attendo tue

Nonno

Giovanni ripiegò la lettera e la ripose nel sacchetto di stoffa insieme alle altre. Sua madre gli rivolse un'occhiata solo apparentemente distratta.

«Che notizie ci sono dal nonno?»

Lui non riuscì a risponderle. *Mio fratello? Come mio fratello...* Poi le sorrise, distaccato.

«Fa molto caldo.»

Edoardo Datti non era riuscito a diventare vicecomandante del *Cedric*, e nemmeno del *Baltic*, ma non mollava e puntava al *Celtic*. Tutte navi della White Star Line, e tutte costruite nei cantieri Harland and Wolff, cresciuti a Belfast, sull'altro lato del mare, che intanto si preparavano a sfornare il *Titanic*.

«Bisogna capirlo» rispondeva Maria Pia le rare volte che Giovanni cedeva allo sfogo. Non sempre riusciva ad accettare di aver abbandonato gli studi per assecondare un padre che dell'età adulta non ne voleva sapere. In quel suo ultimo rientro peraltro aveva varcato la soglia più ubriaco del solito e aveva deposto sul palmo di Giovanni un gruzzolo esiguo assai di monete, adducendo scuse di prestiti a non si capiva chi e nemmeno per cosa. E non contento aveva pensato bene di mostrare tanto affetto alla moglie da rimetterla incinta, esponendola al rischio di un nuovo aborto e di una nuova depressione.

Esasperato dal ritrovarsela buttata sulla sedia o sul materasso a fissare il nulla sfiorandosi la pancia, una sera Giovanni la provocò, e non vedendola reagire le urlò contro.

«Una derelitta, ecco quello sei! Succube di un uomo che ti usa come un posto caldo in cui crollare dopo aver soddisfatto una voglia.»

Lei si voltò stordita.

«Tuo padre ha sempre desiderato una famiglia numerosa. È questo che sto cercando di dargli. E lo faccio anche per te, perché tu non sia mai solo.»

«Io non vi ho chiesto niente! La famiglia felice... ma che bel progetto. E magari ti illudi che sia amore. Non capisci che prende te solo perché non ci sono più le domestiche di Villa Datti a scodinzolargli dietro? E nemmeno le incaute ragazzette pronte a tuffarsi nel suo bel sorriso per uscirne con la pancia piena. Dove sono i miei fratelli? Sparsi per la Valle del Liri? Rispondi! O infilzati dalle mammane per non infangare il nostro nome?»

Aveva sputato fuori una memoria che non sapeva di avere. Quegli sguardi ambigui alle cameriere colti nel buio dei corridoi, le gonne arruffate e le guance rosse, le dicerie in paese... E poi, quel cavallo al galoppo con suo padre stretto a quello che gli sembrava un fagotto e invece era Marietta. Era giusto il giorno in cui Nevio l'aveva trovato nel bosco, e caricandoselo in spalla l'aveva sottratto a una polmonite che se lo sarebbe portato via.

«Chi ti ha chiesto di salvarmi, eh?... Maledetto!»

E lo picchiava nell'aria per essersi impicciato della sua vita correggendole il percorso.

La madre lo guardava con gli occhi sgranati di bambina cui hanno svelato il vero finale di una storia. Un finale così brutto da dover trovare per forza, e in fretta, una ragione che lo giustificasse. Si agitò per un attimo e subito si tranquillizzò, perché la ragione era lì bella pronta, con tanto di nome e cognome. Flaminia Datti, ecco qual era. Allora si era tirata su e l'aveva guardato fisso.

«È vero.»

Era in imbarazzo, ma determinata.

«Tuo padre è un uomo affascinante e non si può negare che qualunque donna lo incontri ne resti ammaliata. Tuttavia lui stesso ha cercato, e chissà, forse cerca ancora, dei momenti di... consolazione all'esterno della famiglia.»

«E da che cosa si doveva consolare, mamma?»

«Avvicinarsi alle ragazze giovani per lui è come ritrovare Flaminia. Ma non è esattamente questo a muoverlo, quanto l'esigenza inconscia e incontenibile di fermare il tempo per impedire il compimento della tragedia. Tuo padre si tormenta da quel disgraziato giorno, e noi dovremmo soltanto cercare di comprendere, rispettando in silenzio il suo supplizio.»

Giovanni la ascoltava frastornato. Proprio lei, che a Villa Datti scaricava il dolore suonando funeree arie al pianoforte, gli spiegava che quei contatti effimeri erano un eroico viaggio nel passato. Avrebbe voluto ironizzare sulla sofferenza del padre mentre fermava il tempo su una procace ragazzetta, ma non fiatò. Sua madre si era faticosamente costruita una granitica convinzione che nessuno avrebbe dovuto smontare, a meno di non voler deliberatamente distruggere quel poco che restava di lei.

La signora MacDalamy aveva tanto insistito con Mario perché gli rimandasse con regolarità quell'apprendista che aveva restituito al marito l'aspetto che si conveniva a un comandante. E così, a ogni rientro della *Victoria* Giovanni partiva per Eldon Street senza chiedersi più quanto fosse strano vedere prima MacDalamy di suo padre, e tornare a casa sapendo tutto ciò che era successo.

Quella mattina la nave arrivò in porto durante un violento temporale, ma Mario non volle sentire ragioni e ordinò a Giovanni di avviarsi in ogni caso.

Arrivò fradicio e l'acqua continuava a gocciolargli dalle maniche e dai calzoni inzuppando il tappeto dell'ingresso. La premurosa Ann gli aveva aperto ancora prima che suonasse e l'aveva accompagnato di sopra, lasciandolo ad ascoltare le voci dal salotto. Giovanni sfilò dalla sacca uno dei due panni che aveva portato e se lo strofinò sui capelli. Era bello sentire in anteprima gli episodi più succulenti del viaggio direttamente dalla baritonale voce del comandante. O forse no...

«Ah, sentite questa. Siamo quasi pronti a salpare quando il signor Datti mi chiede di scendere a terra per sbrigare una commissione.»

Il panno si fermò e scivolò sul collo, mentre lui allungava la testa fuori dalla porta per sentire meglio.

«Gli concedo il permesso sottolineando che per me *sbrigare* significa tornare immediatamente a bordo. E quello che fa? Sparisce. Lo cerchiamo dappertutto per due giorni e niente, *puff*, volatilizzato. Capite che non potevo partire col pensiero di lasciar lì un padre di famiglia forse ferito, magari morto. Cos'avrei detto a sua moglie e a...»

Gillian rispose d'impulso.

«Giovanni!»

Il comandante doveva averla guardata strana perché lei arrangiò una spiegazione.

«È il barbiere che è venuto qui, ti ricordi... si chiama Giovanni.»

MacDalamy grugnì qualcosa e riprese a parlare.

«Be', il signor Datti si ripresenta la mattina del terzo giorno. Ma mica lindo e pinto come Gesù Cristo... È tutto scapigliato e puzza come uno che si è vomitato addosso un barile di rum.»

«Mio caro, astieniti da certi nauseabondi dettagli!»

La signora MacDalamy era sbottata e lui se la rideva.

«Un rum da intenditori, però!»

Con le lacrime agli occhi Giovanni iniziò a rimettere gli strumenti nella sacca quando Ann pensò bene di annunciare la sua presenza.

«Comandante... se gradite... il barbiere vi attende nella vostra stanza.»

Di sotto calò un silenzio tanto pesante da fargli immaginare com'erano le loro facce. Giovanni strinse più forte il rasoio che stava per riporre. "Lo so io che sistemata ti darei... comandante." E invece ingoiò il disprezzo e tagliò, rasò e rifinì alla perfezione, e ripose la sua protesta nel ticchettio più veloce delle forbici.

Una volta spazzolate la nuca e le spalle uscì sul corridoio sovrappensiero e impaziente di andar via. E fu per questo forse che si scontrò con lei, sbucata fuori dalla sua camera neanche si fossero accordati. «Buonasera» le disse, al posto di "buongiorno", con voce affannata per di più, e saltando maldestramente di lato per farle spazio. Lei gli scivolò accanto e lo precedette sulla scala fino al penultimo gradino. Lì si fermò, voltandosi appena per farlo passare. Mentre la superava i loro mignoli si sfiorarono e una scarica gli pervase tutto il corpo. Arrivato alla porta si girò e alzò la mano, sicuro che stavolta l'avrebbe salutato, e infatti lei ricambiò, e sorrise perfino. E dopo corse sul vialetto e sulla strada col suo viso piantato nel cervello, che tanto non c'era verso di mandarlo via, ripensando alla storia di quei mignoli potentissimi. Entrato nel negozio fu accolto dalla faccia seccata di Mario, e tutte le emozioni furono declassate a ridicole fantasie.

20

La mattina del trentun dicembre del 1908 da Tony's si apparecchiavano i tavoli e si rimpinguavano le riserve di vino. Era un giorno di lavoro come gli altri ma l'eccitazione era diffusa e le battute rimbalzavano dalla sala alla cucina, zittite di tanto in tanto da uno strillo bonario del padrone. Finché all'ingresso non si presentò un uomo.

«Cerco il signor Antonio, detto Tony.»

Due camerieri gli fecero strada scambiandosi occhiate preoccupate e li lasciarono soli.

Poco dopo un urlo straziante investì il silenzio che era calato nel ristorante ancora vuoto. La figlia si precipitò da Tony, mentre lo sconosciuto usciva a testa bassa accennando un saluto sulla punta del cappello. Tutti gli altri stavano pressati e attoniti in un angolo buio ad ascoltare i loro pianti disperati.

Poco dopo la figlia emerse dall'oscurità e attraversò la piccola folla senza che nessuno avesse il coraggio di chiederle niente. E poi apparve Tony, che invece si fermò in mezzo alla sua famiglia fatta di camerieri, cuochi e garzoni, e diede la notizia.

«Sono morti.»

Decine di occhi chiedevano chi.

«Tutti.»

Non ci fu modo di scoprire altro, perché si era fatta ora

di pranzo e i clienti che uscivano dalla messa cominciavano a entrare per accomodarsi ai tavoli.

Tony aiutò sua madre e la figlia a mettersi i cappotti e uscì con loro dal retro per riportarle a casa. Era la prima volta in dieci anni che il padrone se ne andava prima dei lavoranti, e tutti si voltarono a guardarlo disorientati. Nevio faticava a riconoscerlo sotto quelle spalle incurvate e i suoi singhiozzi gli martellavano ancora le orecchie. Quel pianto era annodato nei singulti scomposti di chi non sa come si fa, e nella sua maldestra corsa raccoglieva i pianti di una vita per liberarli tutti insieme. Nevio ricordò il pianto di suo padre per il grande male di Marietta e quello di Luigi per Attilio, e pensò che i pianti degli uomini erano diversi nei suoni ma simili nel rivelare la disfatta. Perciò suscitavano sgomento, anziché comprensione.

La gente entrava e usciva dal locale e solo sul tardi, cogliendo le parole di una coppia italiana, si scoprì che poco prima di Capodanno un terremoto aveva raso al suolo un pezzo di Sicilia e di Calabria. Meno di un minuto era bastato a disintegrare le case e quelli che ci dormivano dentro. E a chi era scampato all'apocalisse ci aveva pensato l'acqua. Pareva infatti che il mare si fosse improvvisamente ritirato come impaurito di fronte a quella furia. Ma aveva finto. In un attimo aveva chiamato a sé tutte le onde, perfino quelle piccole che si arricciano a riva, per formarne una soltanto. E quando era diventata alta abbastanza da nascondere l'alba, l'aveva scagliata sulla costa.

Tony non parlava mai dei fatti suoi ma nei periodi di festa veniva colto da struggente sentimentalismo, e allora si metteva a raccontare di una punta che taglia due mari, di colori e profumi che gli tornavano in sogno, dell'adorata figlia debole di petto e degli altri che aveva lasciato lì. Le sorelle con i mariti e i figli, e tutta la famiglia di sua moglie.

Tony tornò al ristorante mentre i camerieri accatastavano le sedie e spazzavano per terra. Non si tolse il cappotto né le mani dalle tasche, e a testa bassa se ne andò in cucina. Il pentolone del ragù gocciolava sopra al tavolo, strigliato e mondato da ogni traccia che avrebbe potuto ricordargli lei. Lo sfiorò con un dito, chiuse gli occhi. «Tony... vorrei passare questo Natale con nostra figlia.» Lui aveva borbottato che le feste erano un pessimo momento per lasciare il ristorante e che avrebbe potuto partire a gennaio, dopo la Burns Night. Lei si era incurvata sul ragù, e con una mano mescolava, con l'altra si asciugava gli occhi. Tony aveva sbuffato. «E va bene! Ma non ci vai da sola, portati nostro figlio.» Lei l'aveva guardato come quel giorno di tanti anni prima, quando le aveva detto: «Ma certo che ti sposo, e di figli ne faremo altri dieci». Ne avevano avuti solo tre e lei si era sciupata più di lui tra i vapori del cibo e le faccende, ma i suoi occhi pieni di amore e di gratitudine erano sempre lì. L'aveva stretta forte. «Sai che ti dico? Che a gennaio ti raggiungo e ci passiamo qualche giorno insieme alla famiglia. E magari di figlio ce ne scappa un altro...» E adesso invece la famiglia non c'era più, lei e suo figlio non c'erano più. E Messina era abbandonata ai pochi vivi che vagavano braccati dall'orrore della morte, maledicendo l'onda che non li aveva trascinati via con sé. Si batteva un pugno sulla testa, Tony. A nulla erano valse le sue rimesse per costruire quella casa grande e robusta che si stagliava sul mare affinché la piccola potesse respirare iodio ogni istante della sua fragile vita.

Rientrò in sala e attese in silenzio che si radunassero tutti. Osservò senza espressione l'ultimo garzone infilarsi di corsa nel semicerchio e iniziò a parlare.

«Parto domani per sistemare le cose. Lascio gli ordini e i conti a mia figlia e la gestione delle attività a chi credo potrà farlo meglio. Vi chiedo di rispettarlo come fossi io.»

Li scrutò uno a uno per rimarcare il messaggio, poi tornò con gli occhi su un punto in mezzo a loro.

«Nevio.»

Sguardi bassi, ma nessuno fece un fiato.

Tony lo chiamò, insieme andarono alla porta.
«Signor Tony, ma siete sicuro...»
«Sicurissimo.»
«Va bene, allora ci devo credere pure io.»
Tony gli strinse la spalla, poi guardò il gruppo che era rimasto a fissarli e uscì lasciando che se la sbrigassero da soli.

21

Mario l'aveva capito che qualcosa doveva essere andata storta a casa MacDalamy, ma non tanto storta da annullare l'accordo preso. E così, alle prime voci che annunciavano la *Victoria* approssimarsi al porto, aveva accennato col mento alla sacchetta degli strumenti per ordinare a Giovanni di filare a Eldon Street. Lui l'afferrò insieme alla nuova lettera appena ricevuta dal nonno e corse fuori.

Cosciente di quanto l'arrivo del comandante avesse creato quel giorno un particolare stato di agitazione, Giovanni si appiattì accanto alla consolle dell'ingresso per non intralciare la signora MacDalamy nel suo frenetico controllare che Ann non bruciasse i biscotti, che l'acqua per il tè fosse prossima a bollire e che accanto alla poltrona fossero posizionati curapipa, pigino, posacenere e fiammiferi.

Stavolta la *Victoria* si era prestata a un servizio di sostituzione e aveva operato in un'altra area, ritardando di ben due mesi il rientro a Greenock. Perciò il comandante si presentò con una capigliatura deplorevole e per nulla intenzionato a farsela sistemare, anzi, schivò Giovanni per andarsene dritto alla finestra del salotto, e lì restò, con le mani incrociate dietro la schiena a godersi il mare come se ne avesse sofferto la mancanza. Poi con malcelata insofferenza richiamò all'ordine la famiglia.

«Ci siamo tutti?»

Non considerandosi tra i tutti, Giovanni rimase inchiodato nell'ingresso. Strana sorte, la sua. Prima con i Montefosco e adesso con i MacDalamy, si era specializzato nell'infiltrarsi nelle famiglie per presenziare alle loro vite nel ruolo di spettatore e di inserviente occasionale.

L'annuncio del comandante lo distrasse.

«A breve lascerò la *Victoria* per imbarcarmi sullo *Ionic*, destinazione Nuova Zelanda.»

Lo specchio sopra la consolle rifletteva le reazioni. Angoscia per Ann e la signora e curiosità per i figli, sebbene fosse chiaro che nessuno di loro aveva mai letto quel nome sulle carte geografiche.

L'interesse di Giovanni era tutto per Gillian. La osservava annuire alle spiegazioni del padre senza rendersi conto della distanza né di quanto fosse complicata la rotta. Sembrava piuttosto impaziente che terminasse per poter finalmente parlare. Ma Ewan l'anticipò balzando al centro della stanza.

«Mamma, papà!»

La voce eccitata e l'espressione un po' famelica dicevano che intendeva giocarsi il tutto per tutto.

«Sapete quanto l'Università di Glasgow sia prestigiosa. La facoltà di medicina, in particolare...»

La signora MacDalamy strinse gli occhi, diventò grigia.

«Stai dicendo che non sarai ministro della Kirk?»

«Mi prenderei comunque cura degli altri, non ti pare?»

La signora MacDalamy sorrise con indulgenza.

«Niente affatto, Ewan. Un pastore si prende cura delle anime, un dottore se ne va in giro con la sua borsa sgualcita a esaminare pustole e a farsi tossire in faccia.»

Gillian non trattenne il disappunto.

«E la mia Accademia di musica? Non è giusto, l'avevo chiesto prima io di studiare a Glasgow!»

La signora MacDalamy si premeva le mani sul petto come a reprimere un imminente attacco di cuore, mentre il comandante ricaricava la pipa sogghignando.

«Accidenti Ewan, mi sento sollevato. Avevi già preso quell'aria accorata di chi è in missione permanente. Bene! Per il momento utilizzeremo i risparmi per l'Accademia di Gillian, e poi si valuterà. Così è deciso.»

Si alzò e prese il suo bastone con la testina d'aquila.

«Vi anticipo che non tollererò discussioni in merito all'argomento. Il viaggio è stato piuttosto difficile a causa della persona di cui già vi parlai, e dunque oltre a questa massa informe di capelli ho ben altri pensieri per la testa.»

Senza aspettarsi repliche uscì dal salotto e si accorse che Giovanni era ancora impalato nell'ingresso con la sua sacchetta appesa a un dito. Lo squadrò per qualche secondo e con un brusco movimento del bastone gli comunicò che il servizio non occorreva più. E, pur non fiatando, il bastone riuscì a rimarcare molto bene il *più*.

Giovanni si rimise la sacchetta a tracolla e infilò la porta. Anche se il colpevole delle sue grane fosse stato suo padre giurò che per quanto lo riguardava quel *più* equivaleva a un *mai più*. E per recidere ogni rapporto non si girò neanche a guardare se Gillian era alla finestra. Poi, lungo la strada ripetè ossessivamente una promessa.

«*Mai più* avrò a che fare con i MacDalamy, *mai più* mi aspetterò qualcosa, *mai più* tornerò a Villa Datti, *mai più* suonerò il violino, *mai più* sognerò.»

Recitava la sua litania senza far caso a nient'altro.

«Ehi! Insomma, vuoi fermarti o no?»

Si girò. Aveva la treccia scompigliata, il fiatone e fretta di parlare.

«Mi dispiace per come ti ha liquidato mio padre.»

Giovanni scrollò le spalle.

«Non importa.»

«Volevo dirti che ho deciso di andarmene da Greenock.»

«La tua Accademia di musica...»

«Sì, dovrò prendermela da me.»

Era rossa come se fiammate le salissero su dal petto.

«Ti avevo visto correre sul vialetto, il giorno in cui si temeva il naufragio, e poi mi ero seduta in cima alla scala a studiarti. Eri diverso da tutti gli altri, così elegante nonostante gli abiti malmessi, con le dita troppo sottili per essere destinate al mare, e una paura che ti divorava.»

Giovanni incrociò le braccia, curioso di capire dove andasse a parare. Ora era meno rossa ma ancora piuttosto agitata.

«Avevo subito notato che i nostri nomi iniziano per G.»

«Ah.»

Non erano cose cui i maschi facevano caso né davano peso.

«Penserai che sono matta.»

«No, affatto.»

«Non mi vergogno, perché tanto non ci vedremo più.»

Avrebbe voluto prenderle la mano, accarezzare la perfezione del suo viso e stringerla a sé per controllare che fosse vera. Immaginava quei gesti mentre le mani si rifugiavano in tasca e la gola ingoiava una dopo l'altra le emozioni.

Gillian era tornata seria.

«Non vuoi sapere perché ho deciso di trasferirmi?»

«Sì, naturalmente.»

«Ascolta cosa accadrà e mi capirai. Quando mio fratello partirà per Glasgow mia madre impazzirà. All'assenza di mio padre è abituata, ma senza il figlio prediletto si trascinerà dal letto alla poltrona lamentandosi dei suoi malanni e sfinendo me e la povera Ann. Ewan un po' si dispiacerà, ma lontano da lei starà benone. Ecco, io non ho alcuna intenzione di farmi carico di questo fardello. Ma, soprattutto, non accetto di rinunciare al mio futuro solo perché sono nata femmina.»

Giovanni ammirava il suo coraggio. Di più, glielo invidiava. E ora sentiva addosso il suo sguardo di attesa per la sua approvazione, bastava una qualsiasi reazione, e no, era bloccato. Avrebbe voluto gridare "vengo via con te!"

perché la prospettiva di Glasgow, con un nuovo lavoro e la vicinanza di Nevio gli pareva il Paradiso. Avrebbe potuto dirle: "Ci scriveremo e magari un giorno ti riaggiungerò". Invece abbassò lo sguardo.

Aveva ben chiaro che a quella chance stava rispondendo: "Aspetto la prossima, grazie". Però non poteva farci niente. Così, rassegnandosi a un incomprensibile mutismo accettava pure il destino di sforbiciare i marinai di Greenock mentre Gillian diventava concertista a Glasgow.

Stavolta fu lei ad annuire, delusa, triste, ma con i pensieri già proiettati altrove. La conversazione dunque era chiusa, poteva tornarsene a casa a fare le valigie, ma esitava.

Di colpo alzò gli occhi su di lui.

Imbambolato dentro quello strano azzurro, inesistente in natura se non in venature proprie forse dell'Antartide, pensava che di lei avrebbe ricordato soltanto quello sguardo arrendevole e trasparente. Ma il tempo della contemplazione era finito, poiché lei schiudeva le labbra per prepararle all'addio.

«A Greenock lascio tutto, ma non m'importa. Però volevo dirti che tu...»

La voce le si affievoliva, Giovanni la incoraggiò.

«Io?»

«Ecco, avremmo potuto...»

Stavolta non stette lì a immaginarsi i gesti, la baciò.

Non sapeva come dovesse essere un bacio. Una fusione, probabilmente, sebbene umida e di dubbio sapore.... una tenera promiscuità di carne e di anime, con cuori danzanti che pulsano insieme, e particelle intorpidite dentro un incantesimo che ferma il tempo.

Cos'erano allora quelle nocchie sul petto, quelle labbra serrate e dure peggio dei denti, e quei *no* che uno dopo l'altro allontanavano i loro corpi?

Gillian lo spinse via e col dorso della mano si pulì la bocca. Guardavano entrambi a terra adesso, confusi e umiliati.

«Scusami. Ho frainteso.»

Intravide il suo sconforto e poco dopo sentì ronzare nell'aria la sua voce, fredda, distante, che parlava di quell'altra cosa che a volte si scambia per amore, «intendevo amici» diceva. L'ascoltava a testa bassa in attesa che la mente producesse una risposta. Gli uscì solo un saluto.

«Buona fortuna per la tua musica, Gillian.»

Arrivò a casa un passo dopo l'altro, ondeggiando come i cipressi di Roccasecca quando tirava la tramontana, tramortito dalla vergogna per quella che sarebbe rimasta la più grande botta della sua vita. Si era pulita la bocca. Il suo bacio le aveva fatto così schifo che si era pulita la bocca.

Salutò la madre prendendo la solita scodella in caldo sulla stufa e iniziò a inzupparci dentro il pane. Lo inzuppò finché non fu molle e impregnato e lo lasciò lì. Maria Pia si preoccupò.

«Non è buono?»

Lui scosse la testa.

«Non ho fame.»

Si girò verso la porta, pur sapendo che suo padre non rientrava perché ancora impegnato a farsi il cicchetto di bentornato in una bettola del porto, o magari non rientrava perché MacDalamy l'aveva licenziato. Arrovellarsi però non serviva a niente, e quindi si mise a cavalcioni sulla sedia di fronte alla madre, quella sera intenta a esplorare i suoi calzoni in cerca di buchi da rammendare. Le sussurrò «grazie», e con l'ago stretto tra le labbra lei gli chiese se era stata una buona giornata. Avrebbe potuto confessarle che gli era successa una cosa terribile, ma avvampò solo a ripensarla, e dunque le rispose che sì, lo era stata. Lei annuì sollevata e, poggiato il cavallo dei pantaloni su una pancia che non smetteva più di crescere, cominciò a cucire.

Giovanni restò lì a crogiolarsi, lasciandosi investire da un silenzio che rivelava il vuoto in cui era precipitata la sua vita. Un silenzio che fingendosi quiete si nutriva di innumerevoli assenze, e gli elencava tutto ciò che mancava a quella stanza per essere casa. Il ticchettio della pendola, il campanello del pranzo, il cigolio degli armadi, le risate di Marietta, il rastrello sull'erba, gli zoccoli al trotto e gli stivali di suo padre sulla ghiaia. E su tutto, più di tutto, l'assenza lacerante del nonno. Si ricordò della lettera, l'aprì svogliato.

Nipote carissimo,

non ho ricevuto tue, ma comprendo. È giusto che lo studio e la compagnia degli amici finisca per occupare tutto il tuo tempo. O non sarà forse colpa del servizio postale?

Ma va giusto bene questa pausa, perché ti devo il seguito del racconto, l'arrivo della lettera della tua bisnonna, ricordi?

...Era domenica ed ero nello studio quando Edoardo bussò alla porta, solo un tocco, come facevi tu.

Posò la busta sul tavolo, già aperta ovviamente, aperta e richiusa molte volte.

«Mi ha scritto la nonna.»

Aveva risposto tutto d'un fiato, con un'aria di sfida che diceva "lei si ricorda che esisto, che non sono morto insieme a mia sorella".

Mentre leggevo mi fissava, stropicciava le mani, le allacciava, le appendeva alle tasche.

"Vieni qui, per ritrovare l'orizzonte ti basterà il mare".

Quell'ultima riga buttata lì come un verso di poetessa stanca, segnava il destino di mio figlio e io di nuovo non capivo niente.

Me la immaginavo mia madre, con quel sorriso che negava il diritto di calarsi nel dolore e di soccombere il tempo necessario a saggiare il fondo. E la odiai. Per aver invaso la mia vita da un rifugio incrostato di salsedine come lei, ostentando un affetto che saltava una generazione, risultandomi perciò offensivo, stonato.

La odiai per com'era, per le sue mille colpe e pure per

quelle imputabili ad altri, perché non seppe proteggerci. Presa dall'euforia dei viaggi aveva delegato le premure materne a una brava servetta che per disgrazia s'invaghì di mio fratello e pure di un brigante. Così, quando da druda infine se ne scappò sui monti, si portò dietro un bambino che non era suo, ma per quanto se l'era cresciuto, ormai le somigliava.

Ancora non me ne capacito... In uno schiocco di dita un fratello è brigante e l'altro no.

L'hai sentita mai la tarantella della druda?

Spina che infilza gliu core,
sang che cola senza fa' rumore.
Na nova luce ncanta
e spazza via la storia della druda
e della criatura sia.

Parla di lei e di mio fratello... e di un'altra donna, tanto luminosa da cancellare il passato, ripulire il sangue e ricucire le crepe scavate tra le famiglie, e ricominciare da capo.

È giusto informarti che la servetta era una zia di Nevio, sorella maggiore di Ida Montefosco. Mentre Ida... ecco, Ida è la luce.

Che bello, vero? Se la vita fosse una canzone.

Con infinito amore e infinite scuse per aver ceduto a dolorose reminiscenze,

tuo,

Nonno

Giovanni strattonò il foglio sbuffando. Il nonno aveva scelto un pessimo momento per cedere.

Valutò con interesse la stufa e si preparò ad accartocciare la lettera, ma poi allentò la stretta e la infilò in un libro.

Si guardò intorno. Da qualche settimana le pareti straripavano di *trompe l'oeil* dipinti dalla madre con i materiali di fortuna che si era procurata. Spesso le aveva fatto compagnia esercitandosi al violino, e lei, di spalle, sospendeva la pittura per seguire col pennello i passaggi più complessi. Una volta, proprio su un passaggio che non riusciva a eseguire, aveva brandito il violino per scagliarlo a terra e saltarci sopra con le scarpe infangate. In un attimo si era ritrovato le sue dita magre sul braccio. «Perché accanirti su di lui se è te stesso che vuoi punire?» gli aveva detto. Aveva ragione. «E poi... di cosa dovresti punirti?» aveva aggiunto.

Adesso provava infinita tenerezza per il loro maldestro tentativo di riprodurre gli scorci e le atmosfere di Villa Datti, e d'istinto decise che doveva restituirle la casa che meritava, magari non bella come Villa Datti, ma grande abbastanza per starci bene tutti quanti.

Ecco, aveva già disobbedito alla promessa. "*Mai più* sognerò" ribadì per ficcarselo in testa, e in quel momento si spalancò la porta.

Era Edoardo, che però non entrava, se ne stava lì a ridacchiare con la blusa e i capelli bagnati della solita pioggia e le guance rosse di vino e d'imbarazzo. Era impaziente come un bambino che vuole rivelare qualcosa e si voltava continuamente indietro. Ma poi lo sguardo gli cadde sulla pancia della moglie e impallidì.

Maria Pia aveva vissuto gli ultimi due mesi per quel momento. Infilzò l'ago nei calzoni e li buttò di lato per mostrargli il prodigio che dopo tanti fallimenti si era finalmente compiuto.

«Questa volta ce l'ho fatta, amore mio.»

Edoardo balbettò parole tentando di esternare gioia, incapace però di nascondere che quella sorpresa aveva distrutto la sua.

Sospirò.

«Credevo che fosse giusto e non m'importava di pagarne le conseguenze. Ma non lo era. E adesso... le prime conseguenze le ho pagate già, e con voi mi preparo a saldare il resto... perché è troppo tardi per tornare indietro.»

Allungò una mano nel buio dietro di sé, il dono la prese e mosse i suoi primi passi nella stanza.

Aveva i capelli lunghi ed era vestita di colori, quindici anni o giù di lì, occhi spalancati e voglia di scappare.

Edoardo la guardò con tenerezza.

«Lei è Lucita.»

E la luce era solo nel nome, perché la sua pelle ambrata si amalgamava bene col buio della stanza.

22

Da Tony's c'era il solito pienone e Nevio si muoveva rapido dando disposizioni alla ragazza che gli trottava dietro.

«Da domani aggiungiamo al menu stracciatella, minestra fronne e patane, revotata, tagliareglie e fasure e sfogliatelle. E pure i fini fini e pecora al sugo. E togliamo l'orzo.»

La figlia di Tony si ribellò.

«Come l'orzo! E la nostra minestra di orzo e porri?»

«Hai visto quanto ce l'hanno messo all'ultima consegna? Vedrai che bastano un paio di settimane per convicerli a farci un prezzo decente.»

«Comunque gli altri piatti no. Non possiamo cambiare il menu.»

«E perché?»

«Perché i clienti vengono per le nostre specialità.»

Nevio si bloccò e lei gli finì addosso, il suo seno morbido attutì il colpo e già gli dilagava sul torace. La trattenne per un attimo e poi la scostò con fermezza.

«I clienti veng...»

Ma lei a testa bassa arrossiva e respirava forte, e allora Nevio si girò e riprese a spiegare camminando.

«I clienti vengono per le nostre specialità, ma altri locali stanno aprendo su Argyle Street e qualcuno farà meglio di noi, oppure offrirà cose diverse. E allora stai tranquilla che i clienti ci abbandoneranno senza tanti complimenti.»

«Non è vero, tu vuoi solo mettere i piatti del tuo paese.»

«Sono buoni e si possono preparare pure qui. Non ce l'abbiamo i polli, le uova, le patate, il cavolo, i fagioli e il pane raffermo?»

Lei fece una smorfia.

«E allora perché non i piatti della Sicilia?»

«Già, perché? Li hai mai proposti?»

Lei incrociò le braccia.

«Decide mio padre.»

Nevio allargò le sue.

«E allora...»

Poi indicò col mento due camerieri in attesa davanti alla cucina.

«Bisogna ordinare due divise nuove, perché personale conciato in quel modo in sala non ce lo mando.»

«Papà voleva fare l'ordine a fine stagione.»

«Il signor Tony non poteva sapere come si sarebbero ridotti quei due. Ma d'accordo, facciamo come dici tu, aspettiamo. Nel frattempo almeno ordinagli un paio di mogli che sappiano rammendare.»

La ragazza sorrise.

«E va bene, devo darti ragione.»

Nevio rallentò per darle un buffetto sulla guancia.

«Quanto lo gestiamo bene sto locale io e te?»

Lei gli trattenne la mano.

«Pensa che so pure rammendare...»

«E chi le batte le donne italiane.»

Nessuna tenerezza nella sua voce, solo nostalgia per mamma Ida, l'unica italiana che finora si era meritata il suo amore. Ma lei interpretò diversamente, e volle indagare.

«Ma quella ragazzetta che ogni tanto ti aspettava fuori? La frangiaia... È un po' che non si vede.»

Lui le rispose secco.

«Povera Leda... la madre è morta. Bisognerà prendere qualche decisione.»

Erano vicino all'angolo dei conti, l'unico punto un po' protetto del locale. Lei lo spinse verso la scrivania del padre.

«Anche mia madre è morta.»

«Sì...»

«Perciò anche io dovrò prendere qualche decisione.»

Nevio ripetè «sì» ma non capiva.

«Perché non mi chiami mai per nome, Ne'? Te lo sei dimenticato? Oppure per te sono soltanto la figlia del signor Tony?»

Lui si spostò più volte i capelli dalla fronte.

«Quante domande... Sì, sei la figlia del signor Tony e ti porto rispetto. E no, come potrei dimenticare il tuo nome, Maria... Sei la preghiera su cui crollo ogni notte.»

Poiché la vide trattenere il fiato si premurò di precisare. E lo fece canticchiando *Ave Maria... Gratia plena...* Era arrivata senza preavviso, trascinandosi dietro l'odore dell'incenso e dei ceri della chiesa di Castrocielo, con le sparute teste per lo più ossute, che ornate di fazzoletti merlettati si chinavano devote. Era la sua precedente vita o forse era soltanto una melodia ascoltata molto tempo fa.

Maria si era risvegliata dall'illusione ma era restata inchiodata alla sua figura che si allontanava, e che sapendo di essere osservata continuava a parlarle.

«Metti un piatto siciliano nel menu! Osa Maria, osa! Che tuo padre apprezzerà.»

Intanto una ragazza esitava dietro alla porta di vetro, poi la spinse facendola tintinnare. Un cameriere le si avvicinò.

«Prego, miss.»

Si incamminava già per mostrarle l'unico tavolo libero, ma lei rimase dov'era.

«Vorrei parlare con il signor Tony.»

«Il signor Tony è partito, miss, ma se è urgente posso chiamarle il signor Nevio.»

«Sì, per favore.»

Il cameriere scovò Nevio in cucina, impegnato a dare disposizioni sulle nuove pietanze, e gli picchiettò un dito sulla spalla.

«Di là ci sta una specie di apparizione che ti vuole parlare.»

«Accidenti e adesso che le dico... Mica l'avevo invocata.»

«Ma chi.»

«La Madonna.»

Si avviò ridendo verso l'ingresso, e quasi subito si bloccò.

«Oh sant'Iddio e Gesù e pure tutti i santi.»

Anche gli altri camerieri guardavano e molti clienti in sala masticavano con la testa girata.

Nevio recuperò l'aria da vice titolare di un ristorante e raggiunse la visione.

«Salve miss, cosa posso fare per voi?»

«Mi hanno detto che qui si trova il miglior gelato della città, e che per il pranzo della domenica c'è la fila.»

«Vi hanno detto bene, miss. Cosa vi piacerebbe assaggiare?»

«Nulla per adesso, grazie.»

Si guardava intorno come se stesse valutando il locale. Nevio non stette lì a domandarsi cosa volesse allora, e ne approfittò per fissarla. Non aveva mai incontrato un essere così perfetto.

Una coppia gli passò in mezzo.

«A domani, Nevio.»

«Grazie signori.»

Richiusa la porta sui loro cappotti, a Nevio rimase sul viso un sorriso sincero. La ragazza invece era tesa.

«Non c'è un posto più tranquillo dove parlare?»

«È l'ora di punta, miss. Non ho molto tempo, ma prego, per di qua.»

Le fece strada fino all'angolo dei conti e restando in piedi la invitò a parlare.

«Mi chiamo Gillian MacDalamy, suono il pianoforte. Credo che a un locale di successo come il vostro farebbe bene un po' di musica.»

Nevio si passò le dita fra i capelli, un po' spiazzato.

«Musica.»

«Sì.»

«E come funziona?»

«Arrivo, mi siedo e suono il pianoforte.»

«Ah. E cantate anche?»

«No.»

Non era pratico, e mantenne un'aria perplessa.

«Che musica?»

Lei gli squadrò le dita ruvide, le unghie scure, poi lo guardò sfrontata negli occhi.

«Mozart, Chopin, Vivaldi, Haydn, Bach, Beethoven... Ditemi quale preferite e io la suonerò.»

Nevio le sorrise freddo.

«D'accordo... come avete notato la musica non è il mio mestiere, dunque non saprei scegliere.»

La figlia di Tony intanto si palesava dietro, sfiorandogli una spalla.

«Devi venire di là.»

Nevio annuì come se fosse in procinto di salutare l'ospite, e Gillian si morse un labbro, era andata male. Però lui la guardava e non la liquidava, anzi, a un tratto congiunse le mani come se avesse trovato la quadra.

«Bene, miss, ci sono tre aspetti da affrontare. Primo: non ho dubbi che la musica che avete citato sia bellissima, ma io non so come la suonate. Dovremmo sentirvi. Secondo: qui non abbiamo un pianoforte. Però a questo si può rimediare. Terzo: noi serviamo dalla colazione al dopocena, e la clientela varia a seconda dell'orario. Escludendo che qualcuno sia interessato ad ascoltarvi durante il giorno, si può tentare dalle diciassette in poi, di venerdì, sabato e domenica. Due settimane di prova, due scellini al giorno.»

Le tese la mano senza nascondere la strafottenza.

«Sempre che mi piaccia come suonate Vivaldi.»

Lei incassò e gliela strinse. Era forte e leale, era da pari a pari.

L'istituto è un po' triste, le avevano detto trovandole la sistemazione, ma state tranquilla che è proprio dietro Argyle Street. Là ci trovate il miglior gelato della città, e pure i migliori *stovies* alla pancetta. Adesso, immobile di fronte al palazzo decadente con i ferri alle finestre, Gillian soffocò l'angoscia. L'istituto non era un po' triste, era orribile. Battè tre volte la maniglia sul portone e accennò un inchino alla suora che le aprì. Gillian aveva capito subito quanto fosse inutile battibeccare con chi non era lì per scelta, né le suore né le compagne della camerata in cui l'avevano piazzata. Quinto letto della fila di sinistra, nel bel mezzo, così che per un po' fosse la bella novità da curiosare, e per qualcuna magari da sfiorare.

Alcune erano novizie, altre erano ragazze abbandonate prima dell'altare con l'erede già impiantato nella pancia. Via via che partorivano liberavano sia il letto che il bambino e salutavano speranzose di ricominciare. Capitava anche che dopo il parto si finisse per restare e mutarsi in novizie, per poi ritrovarsi chissà come di nuovo gravide a far felice un'altra coppia sterile. Solo in tre erano lì senza l'evidenza del peccato, col conto saldato da qualche senso di colpa che teneva all'anonimato.

Il giorno stesso dell'arrivo, sbrigata la pratica dell'accoglienza, Gillian era uscita a cercare lavoro e aveva percorso Argyle Street studiando le vetrine dei locali in cui provare a proporsi come pianista. Aveva camminato avanti e indietro senza trovare il coraggio di entrare, e quando si era sbloccata aveva ricevuto in cambio sguardi burberi o lascivi che le indicavano la postazione del lavapiatti. La sua ultima speranza l'aveva riposta in quel Tony's del gelato e degli *stovies* alla pancetta di cui le avevano tanto parlato. E adesso le toccava riporla tutta in un grezzo straniero che non era nemmeno il titolare.

23

Lucita aveva viaggiato stipata fra le canne da zucchero per un cumulo di scellini versato nelle tasche di chi sulla *Victoria* contava più del comandante, ed era sbarcata a Greenock col compito di amare una madre più abbiente della sua.

Per aver imbarcato di nascosto la ragazzina Edoardo era stato licenziato in tronco. Aveva messo in conto la possibilità che ciò accadesse, ma era una possibilità remota, come gli aveva assicurato il marinaio che gli aveva fatto da compare, poiché avrebbero tirato fuori la ragazzina solo quando MacDalamy sarebbe svanito oltre il molo. E invece proprio quella volta ad attenderli all'arrivo c'era un ispettore inviato dalla fabbrica che aveva ordinato il carico per verificare sul posto la qualità e la congruità della merce. Così il comandante era risalito sulla *Victoria* e l'aveva personalmente accompagnato nella stiva, dove il tipo verificò quanto la merce fosse variegata e di ottima qualità, ma certamente non congrua. MacDalamy era risalito trascinando la ragazzina per i capelli e gli ci vollero due secondi a far confessare il nome del colpevole. E altri due secondi per scacciarlo insieme alla clandestina.

Edoardo se n'era andato verso il vicolo con la convinzione di aver fatto una buona cosa. Offriva a Maria Pia una compagnia che avrebbe in parte compensato la sua vana ricerca di un figlio, e prometteva alla ragazzina un futuro diverso da quello cui era destinata. Camminava sperando che queste giustificazioni lo sorreggessero al cospetto delle conseguenze. Rimuginando e chiedendo scusa, a lei e alla madre, che in quel momento si stava di certo vendendo a qualche uomo.

Qualche giorno dopo trovò miracolosamente un impiego perfino migliore sul *Lusitania*, trenta tonnellate, duecentoquaranta metri di lunghezza, circa duemiladuecento persone a bordo tra passeggeri ed equipaggio e ventisette nodi per collegare Liverpool a New York in meno di una settimana. Il che non avrebbe cambiato troppo le loro abitudini. Sicuramente non quelle di Giovanni, che continuava a fare l'apprendista nelle arti del barbiere e del violino senza significativi avanzamenti.

Un pomeriggio rimase solo in negozio senza l'ombra di un cliente all'orizzonte. Aveva già sistemato tutto, perfino spazzato, forse poteva godersi una buona lettura. Sfilò un libretto che teneva nella tasca del cappotto e ci trovò dentro una lettera del nonno che non aveva finito di leggere. La riaprì più per senso di colpa che per la voglia di reimmergersi nelle dolenti dinamiche familiari.

...Ci speravo, che alla notizia della morte di Flaminia mia madre si sarebbe precipitata qui. Invece proprio lei, che a una forma di disperazione era stata condannata, non aveva afferrato valigie né treni per darmi conforto.

Quale genitore, cui viene tolto un figlio, può mai reagire liberandosi dell'altro che gli rimane, proprio nel momento in cui ha più bisogno del suo amore?

Per quanto ne sappia ne sono esistiti due. Io e mia madre.

Edoardo mi osservò ripiegare la lettera. Fremeva in attesa di un sì. Ma io mi voltai verso la finestra. Un rametto di bouganvillea faceva capolino dondolandosi appena. Era fine giugno, avrebbe potuto partire, perché no? Un mese, anche due. Allora capitò che realizzando il distacco da lui fui preso dal terrore che a quel viaggio non fosse pronto. Troppa distanza, troppe insidie, rimuginavo, e di colpo sobbalzai... Non sa nuotare!

Nessuno di noi del resto ne era capace, non c'era occasione e non ne sentivamo il bisogno. Il mare era l'orizzonte dei terreni a Fondi, una striscia più o meno nitida dietro all'aranceto, invitante d'estate e impenetrabile d'inverno, e mai ci veniva in mente di spingerci fin là per andarla a perlustrare. L'ansia che lui potesse affrontare il mare da solo e impreparato mi travolse e rispose per me.

«No, non andrai.»

Lo liquidai asciutto, scortese, senza manifestargli le mie perplessità, senza spiegare niente.

Lui chiese indietro la lettera e uscì dallo studio richiudendo piano la porta.

Il campanellino tintinnò e Giovanni cacciò libro e lettera sotto al mobile, e intanto salutava con un «prego, accomodatevi» che suonasse naturale. Ma era Antonia, passata per conto di Mario a lasciare alcuni panni da smacchiare a casa.

L'aveva incontrata altre volte dopo quell'alba in cui Mario l'aveva chiamato per prendersi la chiave del negozio, ma sempre di sfuggita. Adesso, dentro alla cornice della porta, gli sembrava improvvisamente cresciuta, e strana, con quegli occhi neri che diventavano più neri mentre lo guardava. Dopo quell'attimo di sospensione posò la pila di panni che strigliati con la cenere avevano ripreso il candore e se ne andò via.

Mancava ancora un po' all'orario di chiusura, perciò riprese la lettera.

...Non ne parlammo più. Restai da solo sotto al pergolato fino alla fine dell'estate, ma di fatto ero solo sempre, ognuno di noi lo era. Tre solitudini scatenate dalla stessa ragione eppure incanalate su nuove vite che non si sarebbero più incrociate.

Tornò l'autunno e tuo padre ricominciò la scuola. Io invece iniziai a pianificare la sua preparazione. Cose semplici finalizzate ad avviarlo a una certa indipendenza. Lo mandai in treno a Frosinone per sbrigare una commissione, e poi a Roma, dove dormì una notte, e a Milano, dove ne dormì due.

Alla prima avvisaglia di primavera gli imposi la gita domenicale a Formia, dove lo affidai a un ufficiale della Real Marina del Regno delle Due Sicilie andato a riposo giusto prima di confluire nella Marina Regia. Un tipetto sportivo che avrebbe voluto creare una squadra atletica militare e invece si mise a tirare su pesci nel paese natale. Così, di domenica in domenica, protestando per l'alzataccia e per l'acqua gelata e infestata di onde che gli finivano in gola, tuo padre imparò a nuotare.

Il tipo se lo portò al largo sul barchino già dal primo giorno e gli ordinò di buttarsi. Dalla riva scorgevo soltanto un groviglio di braccia che annaspavano col solo obiettivo di non annegare, altro che seguire le istruzioni impartite con piglio militare. Infine, stremato e livido si accasciò sulla sabbia e si sentì male.

Fu per orgoglio se imparò tanto in fretta da superare ogni più rosea previsione. Già alla quinta domenica, infatti, lo vidi galleggiare per intero, sbracciando alla maniera del Front Crawl, e poi stendersi sul dorso neanche l'acqua fosse diventata un materasso. Era ancora aprile ma potei annunciargli che sì, quell'estate sarebbe andato in Inghilterra.

È un testone orgoglioso tuo padre, non dubito che lo sia ancora, dunque non mi ringraziò. Sgranò gli occhi e mi rifilò un ghigno che considerai un abbraccio.

Fu il primo dei molti sì che gli accordai, e la novità mi produsse un'inebriante, sproporzionata, sensazione di libertà. Avevo appena scoperto il mio sacrosanto diritto di valutare ciò che era meglio, anche a costo di pormi fuori dalle regole. Il che produsse qualche beneficio a tuo padre, ma soprattutto a me. A ogni sì mi affrancavo da mia madre, che sebbene assente nell'educazione, e dunque anche nei permessi come nei dinieghi, era riuscita con un unico no a proibirmi la felicità.

A Seaford Edoardo restò due mesi, e nuotava, accidenti se nuotava, e tutti i giorni correva in cima alla scogliera a guadagnarsi il suo orizzonte.

E tu nuoti, non è vero? Raccontami di quando ti ha insegnato. Non vi avventurerete mica nel tratto di fiume sotto casa! Con quel traffico di navi che vanno a prendersi il carbone non è proprio il caso di arrischiarsi.

Ecco, adesso vorrei proprio mettermi sulla vostra sedia a dondolo in giardino a guardare il Clyde, l'acqua placida e mai ferma usata come una strada. Vorrei anche passeggiare fino alla tua scuola e ascoltare le lodi del tuo maestro, e poi aspettare il ritorno di tuo padre, ammirarlo nella sua divisa di vicecomandante, e riuscire a dirgli quanto mi ha reso orgoglioso e quanto male mi fa la sua assenza.

Per non parlare della tua.

A questo proposito... è qualche giorno che rifletto, anzi, ci fantastico su. Ebbene... mi piacerebbe immensamente venirvi a trovare. Solo l'idea, seppur ancora remota, m'inonda di energia.

Non vi disturberei a lungo, sai? Me ne starei nella dépendance, che dev'essere un vero lusso da quel che descrivi, praticamente la vostra villa in miniatura! Mi fermerei meno di un mese, il tempo di godervi tutti quanti.

Terrei a dirvi a voce che la Scozia è stata la giusta scelta, che tuo padre aveva ragione e io torto, e quando si sbaglia si chiede scusa. Ora che l'ho capito devo agire presto, poiché altro tempo potrebbe non essermi concesso.

Con il nostro abbraccio e l'emozione di ricevere il vostro pensiero sulla mia proposta, ti saluto con infinito affetto,

Nonno

«Oddio. Oddio oddio. Oddio!»

Giovanni si stringeva la testa tra le mani. Un groppo s'impossessò del suo stomaco e una sterminata angoscia gli provocò tremore e convulsi singhiozzi che non diventavano pianto. E buio, totale impasse su ciò che avrebbe dovuto fare.

Si alzò di scatto, battè pugni sulle poltrone, tirò calci, lanciò a terra i panni puliti. In un vicolo cieco, ecco dove l'aveva cacciato il nonno, una trappola che avrebbe scoperchiato in un colpo solo tutte le fandonie che gli aveva raccontato. Non esistevano opzioni, qualsiasi mossa l'avrebbe ucciso. Se gli avesse scritto di non venire... sarebbe sbiancato, stramazzando sulla scrivania con gli occhiali storti e rotti da ferirgli il viso. Se invece fosse venuto... sarebbe morto lì. Se non gli avesse mai più risposto... avrebbe atteso elettrizzato, poi incredulo e preoccupato, e infine, logorato dalla rassegnazione, si sarebbe spento.

Non esistevano opzioni accettabili eppure ne scelse ugualmente una. O meglio, delegò la decisione al tempo, e il tempo fece l'unica cosa che sapeva fare. Passare.

E alla coscienza che di tanto in tanto gli riaccendeva la colpa rispondeva con un piglio acido che gli veniva da chissà dove. *Oh bè, gli spiegherò tutto in Paradiso. Che tanto l'Aldilà ce lo siamo inventato per avere la tranquillità di sanare i contrasti e i rimpianti, sapendo, nel caso, di poter rinviare ancora e ancora, per l'eternità.*

E dopo successe che Giovanni e Antonia si incontrarono di nuovo per via del fabbro che aveva cambiato la serratura e di Mario che era rimasto inchiodato a letto per i reumatismi.

Così a Giovanni toccò ripresentarsi a casa loro per prendere la nuova chiave. Gli aprì Antonia e gliela mise sulla mano, e bastò quel contatto per appiccicarli come due calamite e scatenare baci inesperti e violenti da scorticare le labbra. Finché Mario non urlò dal letto.

«Chi è? Sei tu, Giova'? Prendi sta chiave e fila al negozio!»

Si erano staccati tenendo gli occhi bassi e si erano allisciati i capelli e le camicie ciancicate, poi Antonia era sparita dietro la porta e lui era sceso in strada sorridendo. Da allora lei gli tornò in mente ogni sera prima di addormentarsi, e su quel ricordo si procurava l'unico piacere della giornata.

Il lunedì successivo prese la custodia del violino e bussò di nuovo a quella porta per chiedere a Mario il permesso di portare Antonia a fare una passeggiata. Mario annuì sospettoso e si allontanò per tornare poco dopo con lo scialle della moglie. Lo poggiò sulla testa di Antonia con la delicatezza di chi sta vestendo una sposa, e così confezionata gliela consegnò. Uscendo lei si girò radiosa verso il padre, che fece cenno di andare, e di colpo era tanto contento che ci mancava ammiccasse, da maschio che invidia l'altro maschio per ciò che sta per fare.

L'idea di Giovanni era quella di cercare un angolo riparato lungo il Clyde dove le avrebbe suonato qualcosa. Era sicuro che lei sarebbe rimasta stupefatta e, commossa fino alle lacrime, l'avrebbe pregato di continuare. Dopo un po' il violino sarebbe stato di troppo. Tra un bacio e un altro lei si sarebbe fatta accarezzare sotto la blusa, e più tardi avrebbero parlato delle loro vite, la testa di lei sulla sua spalla, le dita intrecciate. Le avrebbe raccontato della zia Flaminia, del parente brigante, dell'incontro con il professore nel negozio, dei genitori che avevano ballato su un brano di Johann Sebastian Bach prendendolo in giro quando gli aveva spiegato che si componeva di un preludio, una loure, una gavotta en rondò, un doppio minuetto, una bourrée e una gigue. E forse, ma solo nell'ultimo spicchio di sole prima di andare via, avrebbe trovato il coraggio di parlare di suo nonno e di suo padre.

Dopo mezz'ora di camminata erano finalmente arrivati a un capanno isolato piuttosto vicino al fiume. Tutto procedeva secondo lo schema che aveva immaginato. Prese il violino e annunciando la sua prima serenata attaccò il *Gloria Patri* di Vivaldi. La guardava e lei ricambiava sorridendo. Ma la musica non gli permetteva di ancorarsi ad alcunchè, nemmeno a una donna adorante, e si perse nelle note con gli occhi chiusi. Quando li riaprì si aspettava che lei gli battesse le mani come una bambina, e invece no, se ne stava immobile rivolta al calore del sole. Osservò la sua bellezza rozza e genuina senza spiegarsi come potesse attrarlo così tanto, poi si girò verso il fiume lanciandosi in uno sfrenato virtuosismo fino a quando un gemito lo distrasse. Antonia lo fissava con occhi placidi e assonnati, mentre la bocca le si allargava in uno sbadiglio sgraziato. Al culmine dell'apertura un dente scintillò nella cavità buia e dopo aver svelato quell'unico tesoro la mandibola si richiuse cigolando.

«Giova'... m'hai portato qua pe' sonà?»

«Non ti piace, vero?»

«Si' accussì bravo, anima mia... Però io nun so istruita comm'a te. Chista è na bella musica, davero, però me fa addurmì.»

Giovanni fece un mezzo sorriso e ripose il violino nella custodia constatando che il piano non stava dando buoni risultati, ma lei lo afferrò per un braccio e lo tirò sopra di sè.

«Me voi?»

Si vollero abbastanza da far sparire il gelo e Giovanni scoprì un paradiso smisurato, un'esplosione di piacere che si propagò come un'onda in tutto il corpo inibendo qualsiasi forma di pensiero, annebbiando tutto ciò che non era quell'istante, cancellando la cognizione di ogni spazio che non fosse lei.

Dopo, rovesciandosi al suo fianco le accarezzò il viso, e leggendovi ancora desiderio sentì di volerla ancora e ancora. «Ti amo Antonia,» le sussurrava «ti amerò per sempre.»

Ma poi, ritrovandosela sottobraccio a camminare come una coppia di fidanzati che chiacchiera a fatica di cose inutili, maledisse quel paradiso e la delirante promessa che gli aveva strappato.

Rientrati in casa con le guance accese, Mario non gli staccava gli occhi di dosso. Buttò la domanda lì, come se non avesse importanza, perché era scontata.

«Avete deciso il mese?»

Per Giovanni fu come un pugno nello stomaco. Il mese? Come sarebbe il mese? Una passeggiata e già si parlava di matrimonio? Non riuscì a rispondere perché Antonia lo anticipò sovraeccitata.

«Voglio lu sole, mentre torno dalla chiesa co' mio marito, e voaltri dietro. Tutti quanti devono vedé che simme sposati.»

Mario sorrise come se il piano procedesse come avevano stabilito e insieme alla bocca allargava le braccia.

«Giova'!»

Se lo stringeva dondolando, e nel movimento esalava fetori che si appiccicavano al naso, mentre Antonia stappava qualcosa e ci riempiva fino all'orlo tre bicchieri per un brindisi che pareva tra ubriachi, tanto era sgangherato. Giovanni si scolò il rum tutto d'un fiato e se ne versò subito un altro incassando vigorose pacche dal futuro suocero. Ingoiato anche quello, restituì il bicchiere a Mario e guadagnò l'uscita. Era già fuori quando si sentì chiamare.

«Giova'!»

Si era scordato di salutare Antonia. Con le gambe piantate fuori dalla porta allungò un dito che però era restìo perfino a sfiorarle i capelli, e fuggì via. L'angoscia se lo mangiava vivo e gli parlava ad alta voce. E lui le rispondeva: "Non ce la faccio...".

Imboccato il vicolo seguì un profumo che si intensificava man mano che si avvicinava a casa e che gli sgomberò il naso dal tanfo di Mario, e pure la testa.

Lucita aveva preparato una cena con tutto ciò che era

riuscita a rimediare tra l'emporio di Greenock e una portentosa sacca di provviste caraibiche riportata da un giovane marinaio che aveva preso a corteggiarla. Era così ansiosa di fargli assaggiare il piatto che lo tirò fino alla sedia, gli sfilò la giacca e lo servì senza aspettare che si sedesse. Poi si mise tra Edoardo e Maria Pia per aspettare insieme a loro la reazione. Già al primo boccone Giovanni diventò paonazzo e si strozzò. Buttata giù mezza brocca d'acqua chiese cosa diamine ci fosse dentro, e tutta fiera lei scandì, come fosse un'interrogazione di italiano e di cucina, l'elenco infinito di ingredienti con cui aveva stravolto un anonimo riso. Seduta lontano dal baule apparecchiato per via della pancia ormai troppo ingombrante, Maria Pia assentiva con dolcezza a ogni nome, correggendole la pronuncia di tanto in tanto. Cipolle, scalogno, timo, coriandolo, barbabietole, patate, avocado, peperoncino, cannella, pepe rosso, bianco e nero, noce moscata e lime. Edoardo si complimentò per la velocità con cui imparava l'italiano e augurando la buonanotte si avviò verso il materasso. Era rientrato per ventiquattro ore solo per vedere come andavano le cose, e non aveva bevuto neanche un goccio.

Maria Pia sussultò, poi toccandosi la pancia sorrise.

«Il peperoncino dev'essere arrivato pure a lui... o lei.»

Lucita le si accucciò a fianco per vedere da vicino i calci del bambino, e provò a spiegare che sua sorella era nata proprio dopo essersi mossa così tanto.

Giovanni non riusciva a inquadrare la sua presenza nella famiglia Datti, e a dire il vero non gli importava granchè. Lucita si era inserita fin da subito con straordinaria discrezione, e oltre a essere di grande aiuto a sua madre, pareva proprio che le volesse bene. Per dimostrarle, se non affetto, almeno non ancora, ma riconoscenza, cercò di interagire un po' di più con lei.

«Ah, sì? E quanti anni ha tua sorella?»

Lei drizzò due dita, Giovanni annuì e tradusse.

«Due anni.»

Non era portato per le conversazioni e non sapeva cos'altro chiederle.

«Ti assomiglia?»

Lucita si irrigidì, scosse la testa e corse a rigovernare.

Chissà che passato e che situazione si era lasciata alle spalle, e chissà quanto dolore per un distacco così netto. Probabilmente si era confidata già con sua madre, e lei custodiva il suo segreto.

Ora che erano rimasti soli, con Edoardo che dormiva e Lucita all'acquaio, Maria Pia si fece seria.

«Se ti dicessi che abbiamo la possibilità di spostarci a Glasgow? In una vera casa che costa come questa, vicino a certi zii che ci aiuterebbero pure a trovare lavoro... Che ne pensi?»

«Dici davvero? E che lavoro sarebbe?»

«Barbiere a parte, ti piacerebbe una distilleria? O un ristorante... e c'è anche la miniera, ma ne ho paura. Insomma, avresti ampia scelta, Glasgow è una città.»

La guardava incredulo visualizzando in un lampo le ragioni per cui doveva andarsene da Greenock. Antonia, Mario, l'orribile stanza, la partenza di Gillian. E quelle per cui doveva trasferirsi a Glasgow. Nevio, una casa decente, un nuovo lavoro, e di nuovo Gillian.

«E papà?»

«Per lui sarà anche più pratico raggiungerci.»

«Allora domani scrivi a questi zii che arriviamo.»

«Va bene. Adesso devo stendermi, stasera sono molto stanca.»

L'aiutò a sollevarsi dalla sedia per accompagnarla a letto, ma fatti due passi gli scivolò tra le braccia. Il suo viso iniziò a scolorirsi e profondi cerchi violacei si disegnavano intorno agli occhi, le labbra si crepavano, e la fronte e il collo colavano sudore, mentre la bocca si torceva e le mani si tendevano sulla pancia.

«Mamma!»

Edoardo era volato dalla levatrice, ma adesso un rivolo di sangue le scorreva fino ai piedi, e Lucita si affannava ad asciugarlo perché se non si vedeva allora non era vero, e la sua nuova mamma non sarebbe morta. Intanto Giovanni le tastava il polso e il collo rievocando i gesti dei dottori di Roccasecca, ma le mani gli tremavano e non sentiva niente. A vent'anni passati ci si deve dominare, la levatrice sarà qui fra poco e tutto s'aggiusterà. Però quando il pavimento si fece rosso, un rosso scuro che si allargava come se sgorgasse dalle assi di legno, si buttò in ginocchio.

Maria Pia girò appena la testa. Il viso era grigio come il cielo prima della neve, e lui aveva ancora tutti quei «grazie» e «ti voglio bene» rinviati perché non c'era tempo oppure era stanco, o perché pensando di avere tanta vita davanti avrebbe trovato un momento migliore per dirle il suo amore.

«Salva il bambino...»

L'aveva bisbigliato che pareva un testamento.

Cosa si doveva fare? Guardò Lucita, che intanto già le sollevava la gonna e gli faceva cenno di sbrigarsi. Insieme le allargarono le gambe e spinsero la pancia verso il basso. Ma quell'essere sembrava essersi aggrappato all'utero come la gramigna, e loro spinsero e spinsero finché la levatrice non si precipitò nella stanza e li scansò via, e in un gelido silenzio la bambina sguisciò fuori. La donna la fece piangere e l'affidò a Edoardo senza sorridere, perché intanto la puerpera moriva.

Lucita corse singhiozzando ad abbracciare Giovanni, mentre Edoardo si inginocchiava accanto a Maria Pia per mostrarle la figlia che aveva tanto voluto, parlandole come mai prima, e chiedendole perdono per il poco amore che le aveva dato.

Dopo averla seppellita, padre e figlio stabilirono che vivere a Greenock non era più possibile. Non c'era nessuno lì, sul quale potessero contare, mentre a Glasgow c'erano quegli zii che li aspettavano. E soprattutto c'era una vita nuova da tentare. Edoardo si trovò a delegare al figlio ogni decisione.

«Sei tu il capofamiglia adesso.»

Giovanni fece una smorfia.

«Adesso?»

«No...»

Lucita li interruppe, teneva la bambina in braccio e la cullava.

«Come si chiama?»

Edoardo sfiorò il viso della piccola.

«Pia... perché il nome è la sola cosa che può avvicinarla alla sua mamma.»

Il *Lusitania* era salpato senza di lui, ma Edoardo partì ugualmente per Liverpool per il timore di essere sostituito. Due mesi dopo Giovanni caricava i bauli e le due sorelle, una nera e una bionda, su un carro per Glasgow.

Dall'angolo dove si era sistemato osservava la tenerezza con cui Lucita stringeva a sé la neonata. Dormiva sazia del latte appena preso dalla balia che si era offerta per quelle settimane, mentre a Glasgow si sarebbe tuffata sul seno gonfio e dolente di una zia che aveva partorito un figlio morto.

Venticinque miglia a passo di trotto furono più che sufficienti a Giovanni per rendersi conto che abbandonava a Greenock la tomba di sua madre e una ragazza che non avrebbe mai sposato ma che non aveva avuto il coraggio di lasciare. Antonia aveva preso male quel trasferimento. «Ma quando ci vediamo?» gli aveva chiesto fra le lacrime. «Presto» le aveva risposto. «Il tempo di organizzare le cose e ti vengo a trovare.» E mentre glielo diceva sentiva che gli si erano azzeccate addosso, e per restarci a lungo, la menzogna e la vigliaccheria.

24

Nevio e Gillian andarono insieme dal rigattiere in Wellington Street. Lo seguirono scavalcando ferraglie, casse e cumuli di argenteria fino al retrobottega dove custodiva un pianoforte.

«È più vecchio di me ma sa il fatto suo.»

Nevio fece un cenno a Gillian e lei si avvicinò per provare qualche nota.

«Deve essere accordato.»

«Certo. Cosa credevate che ci facevo i concerti qua dentro?»

Lei sorrise sarcastica.

«No di certo.»

«Su, con cento sterline e ve lo portate via.»

Nevio scosse la testa.

«Tu fallo accordare, la signorina lo prova e se funziona lo affittiamo per un paio di settimane.»

«Io non affitto, vendo.»

«Ti conviene tenerlo qui a marcire o guadagnarci qualcosa recuperando pure un po' di spazio?»

Il rigattiere richiuse il coperchio del piano sospirando, poi si girò rassegnato verso Nevio.

«Digli a quel disgraziato di Tony che se si stufa di averti tra i piedi ti prendo io.»

«Tony è ancora a Messina e non se la passa tanto bene. È disgraziato per davvero.»

L'altro gli diede due colpetti sulla schiena spingendolo verso l'uscita.

«Lo so, è un brav'uomo e mi dispiace. Ripassate fra tre giorni.»

Chiudendo la porta fece un goffo inchino a Gillian.

«Miss...»

Ripercorrendo a ritroso Wellington Street Nevio imitava l'inchino.

«Miss...»

Chiacchierarono di musica e sorbettiere fino all'angolo con Argyle Street.

«Ci si rivede fra tre giorni, miss.»

Si erano fatte le sei e sarebbe arrivata in ritardo per la cena, la suora l'avrebbe ripresa davanti a tutte e non le avrebbero servito la minestra, il che sarebbe stata un'ottima prospettiva, visto che non aveva fame. Entrò di corsa nel refettorio disturbando la preghiera e si sistemò vicino alla ragazza di Rosebank, con cui almeno aveva in comune il whisky che di tanto in tanto beveva suo padre.

«Un ragazzo, eh?»

«Sssst... macchè, un lavoro. Forse.»

«Niente ragazzo, peccato.»

«Be', un ragazzo c'era, ma non come intendi tu.»

L'altra si illuminò.

«E chi è?»

«Si chiama Nevio, mi pare. È italiano, mi pare.»

«Sei una che nota tutto, mi pare.»

«Per ora ho notato che è uno zotico, ma è sveglio.»

La voce della suora risuonava fastidiosa nel vuoto della sala e loro continuavano a chiacchierare.

«E che lavoro ti offre questo Nevio?»

«Pianista nel ristorante. Però mi sono proposta io.»

La suora gridò stridula.

«...e poiché in una comunità gli uni sono partecipi del dolore degli altri, invito le due pensionanti là in fondo a condividere il dialogo con tutti noi.»

La ragazza di Rosebank alzò gli occhi al cielo.

«La gioia, madre, per una volta la gioia!»

Tutte ridevano mentre la suora batteva la mano piatta sul tavolo. La ragazza di Rosebank alzò il braccio per parlare.

«Gillian è una pianista. Se le permetteste di suonare l'organo a St. Patrick Church sarebbe una gioiosa condivisione, non crede?»

La suora inspirò estenuata.

«La chiameremo per una prova.»

Gillian sbuffò.

«Un'altra...»

L'amica alzò gli occhi al cielo.

«E Dio mise alla prova Abramo, e pure Gillian.»

Tre giorni dopo Gillian confermò che il pianoforte sapeva il fatto suo, come aveva dichiarato il rigattiere, e a Nevio non dispiacque sentirla suonare, perciò per venti scellini fu caricato su un carro e noleggiato per quindici giorni, trascorsi i quali sarebbe stato acquistato o restituito.

Anche la prova con l'organo nella chiesa di St. Patrick andò bene e si pattuì che Gillian avrebbe suonato alle funzioni della domenica e nelle occasioni speciali.

Da Tony's intanto c'era fermento. Il pianoforte era una novità assoluta per il ristorante e creava nel personale una certa agitazione. Un po' perché la musica non la capivano granchè, un po' perché la pianista era così bella che per far felici i clienti si sarebbe potuto noleggiare solo lei.

Gillian si accomodò sul panchetto alle diciassette, come stabilito, e suonò di tutto cercando di interpretare gli umori della sala. Ma andò molto male. La gente sovrastava la musica alzando la voce, i camerieri non capivano gli ordini dei tavoli vicini al pianoforte, la figlia di Tony denigrava l'esecuzione con plateali occhiate, e a fine serata le fece consegnare il conto per un bicchiere d'acqua peraltro nemmeno consumato.

Gillian abbassò il coperchio sui tasti con gli occhi appannati da lacrime di rabbia pensando già con angoscia al giorno dopo. Mentre riponeva gli spartiti nella borsa le si avvicinò una donna.

«Le persone non amano i cambiamenti e se ne difendono ignorandoli oppure criticandoli. Mi sono già complimentata per questa iniziativa con il signor Nevio, e ora lo faccio con lei, perché ha dimostrato coraggio ma soprattutto perché è molto brava. Resista, la prego, alla tentazione di abbandonare.»

«Chissà cosa mi aspettavo da Glasgow.»

Sospirò appena, poi sorrise sarcastica.

«Di sicuro non un pubblico di somari incapace di comprendere questo genere di musica.»

La donna la scrutò per qualche istante.

«Se mi posso permettere... si regali un po' di tolleranza verso questa umanità tanto indegna della sua arte.»

Gillian la guardò. Era così serena che non sembrava la stesse giudicando. Le tirò su il mento con un dito.

«E porti con allegria la sua bellezza. Farà bene a se stessa ancora prima che agli altri, e tramuterà l'invidia in ammirazione.»

Uscito l'ultimo cliente, Nevio mandò a casa tutti tranne Gillian, Luigi e la figlia di Tony.

«Non considererò fallito l'esperimento finché non ne avremo perfezionato ogni dettaglio. La prova di questa sera ci suggerisce già alcuni miglioramenti. Innanzitutto ripristiniamo la sala com'era, ma stringendo un po' i tavoli.»

La figlia di Tony annuì e porse il cappotto a Gillian per accelerarle l'uscita, ma Nevio glielo sottrasse.

«Non ho finito. Vi dico cosa faremo: il pianoforte e i divanetti li sistemiamo lì e ci aggiungiamo un paio di tavoli da due e da quattro per creare una zona riservata. La musica deve entrare discretamente nelle abitudini dei nostri clienti, altrimenti la vivono come un'imposizione.»

Gillian alzò la testa, sfrontata.

«Mi ero sbagliata, signor Nevio, il vostro locale non ha

bisogno di musica. A questo genere di clienti basterà intingere il muso in una bella scodella di... come si chiamano... tagliareglie e fasure. Vi saluto.»

La guardarono tutti e tre esterrefatti, Maria pronta a venire alle mani, Nevio invece gelido, in silenzio. Poi, profondamente calmo, le rispose.

«È un peccato che non voglia assaggiare le tagliareglie e fasure, miss Gillian, ma ce ne faremo una ragione. Tuttavia ci siamo accordati per due settimane, non per un giorno. Dunque l'aspetto domani per una nuova prova.»

Le appoggiò il cappotto sopra le spalle e con cortese insistenza la indirizzò verso la porta, mentre Maria, e un po' anche Luigi, non si capacitavano quel rimbambimento improvviso per il pianoforte e per un'odiosa bionda che dai e dai rischiava di diventare la vera prelibatezza del locale.

Il giorno dopo Nevio comunicò che si sarebbe preso il pomeriggio libero. Maria entrò in apprensione.

«E perché?»

«Sir Paul vuole comprare una nuova automobile, è indeciso fra due e mi ha chiesto se l'accompagno a provarne una.»

«Ah, s'è sparsa la voce che ci capisci di macchine e i clienti se ne approfittano... Guarda che papà non ti lascia mica cambiare lavoro, diglielo a sir Paul.»

Le sorrise.

«Di me non si approfitta nessuno, e nessuno mi trattiene.»

Si allontanò da lei lanciando il grembiule su uno sgabello.

Sir Paul gli aveva dato appuntamento alla fine di Argyle Street, verso Kelvingrove Park, e lo aspettava allungato sul sedile a fumare la pipa, chiuso in un cappotto scuro e con un cappello di traverso sulla fronte. Gli occhi semichiusi per il fumo, non degnava di uno sguardo le persone che gironzolavano intorno alla macchina. Nevio si fermò qualche metro indietro per vederla tutta intera prima di salirci sopra. Era una Ford, ancora una Ford, stavolta una strepitosa Model S rossa fiammante, cerchi in legno come le ruote delle carrozze, rossi anche loro, interni in pelle nera, volante e rifiniture dorate, senza capote. Era più aggressiva di quella di Tony, e avrebbe dato qualunque cosa per guidarla. Si avvicinò allo sportello e sir Paul subito si tirò su, svuotò la pipa nel posacenere e gli chiese di occuparsi lui della manovella. Poi lo invitò ad accomodarsi.

Ora che gli stava accanto, Nevio si accorse che, spenta la pipa, gli occhi erano rimasti mezzi chiusi, il che significava molto alcol o molto sonno, o tutte e due le cose, e il desiderio di guidare si trasformò in istinto di sopravvivenza.

Sir Paul era partito spedito senza dare segni di cedimento. Chiacchierava parecchio e ogni tanto indicava le sue proprietà sparse sulle colline, il palazzetto, più centrale, con l'ingresso per le persone e quello per la servitù, e pure il portone del garage per le automobili, e poi altre case di cui non teneva il conto, con gli scuri chiusi, locali vuoti o affittati, basse cascine abbandonate.

Attraversato il Clyde sir Paul si era messo a raccontare di un tale Hugh Locke King che viveva a sud, nel Surrey, e che un bel giorno aveva disteso sul tavolo la pianta dei suoi possedimenti e ci aveva disegnato sopra un grande cerchio sformato, poi, con gli occhiali a metà del naso aveva alzato gli occhi sulle persone che si accalcavano alla scrivania.

«Ecco a voi Brooklands. Qui ci correranno le automobili.»

Ma quelli lo fissavano sorridendo compiacenti senza capire niente, e allora lui si era chinato sulla pianta, e con il lapis la illustrava.

«Ci correranno pure le motociclette. Cercheranno di stabilire record di velocità nella miglior sicurezza possibile. Il tracciato sarà largo cento piedi e si snoderà per oltre tre miglia. Farò due grandi rettilinei, qui e qui, e due sezioni alte almeno trenta piedi. E i paddock, naturalmente, per allestire le automobili e cambiare i pezzi.»

A Nevio sembrò una delle idee più geniali mai partorite dall'uomo dopo il piroscafo, la sorbettiera a motore e l'automobile, che poi erano anche le uniche che conosceva, e chiese a sir Paul di continuare la storia. Ma lui era concentrato su una strada pochi metri più avanti, sull'altro lato. Era la strada che aveva fatto col signor Tony, e la scritta sul cartello non la sapeva leggere, ma si ricordava che era Greenock. Sir Paul sterzò all'improvviso e Nevio vide allungarsi su di loro l'ombra di un'automobile che arrivava sulla corsia opposta. L'uomo che ci stava sopra spinse sui freni con tutta la forza che aveva mentre la Ford accelerava al massimo tagliandogli la strada, e per un soffio, ancora sbilanciata sulle ruote esterne, imboccò la strada secondaria. Nevio si voltò tremante verso l'automobile rimasta ferma in mezzo alla carreggiata e vide l'uomo inveire contro la nuvola di polvere che si erano lasciati dietro. Sir Paul lo guardò e scoppiò a ridere. Era ancora aggrappato alla portiera e aveva una faccia terrea che pareva morto.

«Rilassati!»

«Brutte figlie de 'na mignotte.»

«Ahahahah... Scommetto che Tony non guida così.»

Nevio scosse la testa scrutando un'automobile che si delineava all'orizzonte, pronto a saltare giù. Ma intanto ascoltava il cliente pazzoide, che con naturalezza aveva ripreso il racconto da dove l'aveva lasciato. Diceva che sir Locke King aveva avuto una visione che in tanti, invece, considerarono follia. Poiché però i trecentotrenta acri di terra che servivano ce li metteva lui e i soldi pure, tutti si mostrarono entusiasti, e nel 1907 il circuito era già finito.

«Vado a vedere una gara il prossimo mese. Vuoi venire?»

«Grazie sir Paul, ma devo lavorare per il signor Tony.»

«Be', portiamolo con noi!»

«Lavora anche lui, sir.»

«Ah. Che seccatura questa cosa di dover lavorare... Mi sa che sono fortunato!»

«Credo proprio di sì, sir.»

Nevio sapeva che era ricco di famiglia e dunque era ovvio che fosse fortunato ma, poiché riconosceva la sua privilegiata sorte, si ritrovò a osservarlo con maggiore simpatia.

Considerò poi che non si sarebbe mai permesso di rispondere in quel modo a un cliente, un nobile, per di più, se non si fosse stabilita subito fra loro una confidenza tanto spontanea da portare in sé il seme di una possibile amicizia. Sempre che fossero sopravvissuti a quella gita, sospirò.

Intanto avevano passato da un po' Greenock, dove si erano fermati a fare rifornimento di carburante, e si godevano il fantastico paesaggio della costa. Da un lato un'acqua buia che si arricciava in superficie, dall'altro prati morbidi alla vista come muschio, increspati d'erica e felci, dove caprioli sparsi brucavano agitando i loro ciuffetti bianchi. Quel vento poi, che saltava oltre il parabrezza e arrivava sulla faccia, e che sapeva di tutto, di erbe e di fiori, di pesce e di sale. Nevio non era mai stato in un posto così, e gli sembrò più bello della Valle del Liri. E correndo con sir Paul verso sud, a guardare l'oceano, la sagoma offuscata dell'Irlanda e quella invisibile dell'America, venne colto dalla frenesia di esplorare il mondo.

Tra lui e il mare c'era il profilo del fortunato sir Paul che poteva andare a Brooklands per assistere a una gara, e che ora aveva il problema di decidere se comprarsi una Auburn o una Ford. Guidava assorto adesso, e non si accorgeva di essere osservato. Poi, resosi conto che iniziava a far buio accese i fari, si drizzò in piedi reggendosi al volante e gridò alla strada, ai campi, agli uccelli che sfrecciavano bassi e al cielo rosato senza pioggia.

«Ciao mondoooooooo!»

A Nevio piacque da morire, quella cosa. Doveva essere così liberatoria che se ci fosse stato un aggeggio a cui tenersi l'avrebbe fatta anche lui. Invece restò immobile, anzi, gli tirò un lembo del cappotto per rimetterlo giù. Sir Paul adesso era di nuovo seduto, ma gli occhi gli brillavano per l'eccitazione. Chissà cos'aveva in mente. Infatti accostò sul bordo della strada e si lanciò fuori, corse intorno alla macchina e risalì dal lato di Nevio. Lo spinse di lato finché non fu davanti al volante, quindi incrociò le mani dietro la nuca e si mise comodo.

«Torniamo a Glasgow.»

Un'ora dopo, ancora con la sensazione del volante fra le mani e il rombo del motore nella testa, Nevio accolse personalmente i clienti sulla porta indirizzandoli verso la sala e invitando due coppie di cui conosceva l'amore per la musica verso l'area del pianoforte, e poi attese dietro al bancone che Gillian cominciasse. E sorprendentemente ogni cosa girò bene.

La domenica pomeriggio i divanetti si riempirono e i camerieri dovettero aggiungere dei tavoli vicino al pianoforte, e alla fine di ogni brano scattava un battito di mani. Quando suonava, Gillian si trasformava, e in certi passaggi pareva raggiungere un'estasi che si spandeva sui presenti. Una coppia pensò addirittura di prenotarla per dare lezioni di piano alle figlie, e non una coppia qualsiasi. Si trattava dell'avvocato Andrew Anderson e della moglie Caroline, scienziata al seguito di un famoso professore. I due erano clienti abituali e si fermarono fino alla fine a godersi la musica e a chiacchierare con Nevio. Di tanto in tanto parlavano e la guardavano, e dalle espressioni, ancora meglio che dalle loro labbra, si capiva quanto l'apprezzassero. Terminata l'ultima sonata le arrivò un piccolo applauso da quel tavolo ormai solitario, poi gli Anderson uscirono e nel locale rimasero solo loro due. Lei si era già messa il cappotto quando Nevio la raggiunse con una bottiglia e due bicchieri.

«Alle serate importanti bisogna brindare.»
Gillian accettò cauta.
«Forse dovremmo festeggiare la prossima volta, così saremo più sicuri... »
Nevio fece tintinnare il suo bicchiere contro il suo.
«Io sono per brindare alla prima. Anche perché se la pensassero tutti come te, miss Gillian, di bottiglie ne venderemmo la metà.»
Lei buttò giù il rum in un solo sorso e iniziò ad allacciarsi il cappotto, ma un bottone pareva essersi ingrandito, o l'asola ristretta, e a riappacificarli proprio non riusciva. Nevio la osservava.
«Posso?»
Lei ritirò le mani per lasciare spazio alle sue, robuste e spellate sulle nocche, con le unghie più pulite almeno, ma sempre inadatte a intendersi con un'asola rifinita in seta. E però già al primo tentativo costrinse il bottone a passare. Si allontanò da lei soddisfatto e dispiaciuto al tempo stesso. Adesso non doveva che spegnere i lumi e chiudere la porta, però in effetti restavano fermi tutti e due, non sapendo cosa dirsi, sebbene non ci fosse molto da dire, se non augurarsi la buonanotte e darsi appuntamento per il venerdì successivo. Forse era quel silenzio anomalo, per un locale chiassoso e affollato, e quella sensazione di condividere il buon risultato di un'idea che avevano costruito insieme, se si guardavano negli occhi, un po' abbassandoli un po' facendoli girare per i tavoli già apparecchiati per il giorno dopo, dondolando appena sulle scarpe e accennando gesti impacciati che preludevano a qualcosa. E invece niente. Nevio le tese la mano.
«Allora ci si vede.»
Poi si ricordò che era un uomo e lei una ragazza sola.
«È buio, ti accompagno.»
Ma lei scosse la testa.
«Sono giusto qui dietro, e mi hanno prestato una bicicletta.»

Alla scadenza dei quindici giorni di affitto concordato con il rigattiere, valutato il maggior afflusso di clienti e le prospettive di ulteriore crescita, Nevio decise che il pianoforte si sarebbe acquistato e che miss Gillian sarebbe stata regolarmente stipendiata.

Per festeggiare il cambio di passo riunì tutto il personale in sala comunicando che il giorno dopo i tavoli sarebbero stati riservati alle sole famiglie di chi lavorava nel ristorante. «Inclusa miss Gillian» aveva sottolineato, definendola come la perla rara che avevano avuto la fortuna di aggiudicarsi.

Su queste parole la figlia di Tony sbiancò e iniziò a contare le ore che mancavano al rientro, ormai imminente, del padre.

25

Arrivati a Glasgow, Giovanni e Lucita dovettero arrangiarsi con la piccola Pia dai quegli zii mai visti, perché la casa prospettata a Maria Pia nel frattempo era stata occupata. Posarono le loro cose su una branda a ridosso del muro, con la culletta che fungeva da séparé con gli altri letti. In quello più vicino ci dormiva uno che, mostrandosi affranto per la perdita della povera Maria Pia, chiedeva una bella cifra per il latte della moglie che aveva partorito un figlio morto. La contrattazione si era svolta rapidamente a causa delle urla di Pia, che subito si tuffò sui nuovi capezzoli che le avevano rimediato. La povera donna invece piagnucolava dondolandosi avanti e indietro.

«Come me poi chiede de strigne tra le braccia n'altra criatura?»

Il marito le rispose brusco.

«Cu stu latte ce compr la lana per ste criature che te restene. O te le si dimenticate?»

Giovanni e Lucita si erano guardati atterriti, e solo il buon senso li aveva trattenuti dallo scappare via per cercare ospitalità da un'altra parte. Giovanni aveva concordato con gli zii una permanenza breve, per sdebitarsi della quale si sarebbe occupato *sine die* delle loro capigliature, mentre Lucita avrebbe sbrigato le faccende e badato ai bambini piccoli. Per un po' la osservarono, incuriositi da quella pelle colorata, e poi smisero di farci caso. Tra gli accordi era rientrata anche la cessione degli ultimi due bauli rimasti.

La prima notte nello stanzone gremito e infestato da tosse, peti e movimenti sospetti fu da dimenticare. Lucita fissava il soffitto e le lacrime le rigavano gli zigomi fino a lambire le orecchie, e Giovanni si stipava nella sua angusta metà chiedendosi cosa mai avesse fatto per meritarsi un destino tanto storto. Pia si lamentava nella culla e Lucita piangeva, e lui era solo e con un lavoro tutto da avviare. Dov'era Nevio? E che avrebbe detto di un Giovanni's Barber Shop? Chissà se avrebbe pensato pure lui che era un'idiozia totale. Si girò verso Lucita.

«Ce ne andremo presto, te lo prometto.»

«Mi manca la mamma.»

«La tua mamma non avrebbe potuto desiderare una figlia migliore... e una sorella migliore per me e per Pia.»

Glielo disse convinto, perché quella notte sentì che Lucita, così diversa in tutto da loro, era diventata sua sorella.

Dopo infinite ore intravide finalmente l'alba. Si vestì in silenzio e uscì con un cugino che si offerto di aiutarlo a cercare un locale per aprire il suo negozio. Glasgow era grandissima, affollata come doveva essere una vera città, e il fermento spiegava bene in che modo era entrata nel Novecento. Cresceva e pompava a pieno ritmo, e trovava pure le risorse per farsi bella. Impazzavano artisti e architetti, e l'art nouveau si diffondeva a macchia d'olio. Pareva che il mondo si fosse trasferito lì, tra irlandesi, ebrei dell'Europa dell'Est, e i cinquemila italiani annotati nei registri della polizia. Il cugino gli spiegò che di lavoro duro e mal pagato ce n'era in abbondanza, e che gli emigranti erano sfruttati nell'industria meccanica e navale o nei locali commerciali. Ma siccome di parenti e conoscenti ne continuavano ad arrivare, voleva dire che era sempre meglio del nulla che offriva l'Italia.

Giovanni si rese conto che in realtà non sapeva niente del suo paese, se non di quel cerchio tracciato intorno a Roccasecca e Castrocielo, e si accorgeva che la lingua iniziava a mischiarsi con quella del posto. Ma anche se non apriva bocca, i suoi tratti non lasciavano dubbi sulle sue origini, e purtroppo c'era sempre qualcuno che si premurava di ricordargliele, senza brillare per fantasia. Tempo prima aveva chiesto alla madre perché mai non si potesse vivere ciascuno nella propria terra, e lei aveva compensato l'avvilente risposta con un sorriso. «Vedi tesoro, l'Italia è ancora troppo giovane per potersi occupare del suo popolo.» Lui era rimasto perplesso. «Ma è nata nel 1861, no? Ora ha cinquant'anni... Quanti gliene servono ancora per diventare grande?»

Giovanni scoprì che da quelle parti a dire il vero di italiani ne arrivavano pochi, il che non significava che l'Italia stava diventando adulta, perché si raccontava che a decine di migliaia si imbarcavano per tentare la fortuna in Nord America, Brasile, Argentina e Australia.

Per un po' Lucita rimase a casa con Pia, mentre lui girava alla ricerca di un locale da affittare. Passando per le vie del centro si fermava davanti alle vetrine dei ristoranti per ammirare le pareti rivestite di legno e di specchi, le sedie in pelle imbottita, i tavoli elegantemente apparecchiati. Pullulavano di gente che pranzava o chiacchierava nelle sale da tè. E poi i gelati. Ovunque c'erano gelaterie, si diceva fossero oltre trecento, e carretti che giravano per la città.

«Dove sei Nevio?» si chiese.

Tutta opera degli italiani, come aveva capito passeggiando con le sorelle a Kelvingrove Park, quando si era messo in fila davanti a un carro colorato. I ragazzi che servivano erano velocissimi e non spiccicavano parola, ma sentendo la sua ordinazione avevano sorriso.

«Nu belle gelate a chistu vuaglione!»

«Siete italiani!»

«Sissignore. Cassino!»

«Pure io! Conoscete Roccasecca?»

«No. Tenete, compa'.»

Aveva raggiunto Lucita e insieme si erano gustati un gelato magnifico. Le ultime gocce le avevano fatte colare sulla lingua di Pia, che dopo aver sbarrato gli occhi per la sorpresa ne voleva ancora e ancora. Due settimane dopo trascinava le sorelle in Argyle Street. La percorsero avanti e indietro perché Lucita voleva guardare e riguardare, ma verso l'ora di pranzo Giovanni la bloccò di fronte a Tony's. Era una mattina stranamente assolata per essere dicembre, ma l'aria era ghiacciata ed erano affamati. Si accomodarono vicino alla vetrina sulla strada, attirando l'attenzione di Nevio, che dal bancone li osservava e fermava il cameriere che si stava avviando a prendere l'ordine.

«Lascia, li servo io.»

Si avvicinò fissando il profilo della ragazza, constatando quanta esotica bellezza si concentrasse in un solo tavolo. "Così giovane e già madre" pensò invidiando il ragazzo di spalle che se l'era sposata.

«Buongiorno signori. Desiderate pranzare o gradite un gelato?»

Giovanni non riconobbe la sua voce adulta, e nemmeno il suo accento, piuttosto diffuso da quelle parti, eppure capì che era lui. Si voltò col desiderio e il timore di travolgerlo con la sua incontenibile gioia.

«Nevio... Sono io... sono Giovanni.»

Si alzò. Avrebbe voluto abbracciarlo, ma erano così diversi adesso, irriconoscibili, lontanissimi. Però se Nevio avesse fatto trapelare l'emozione di rivederlo, gli si sarebbe gettato addosso, e l'avrebbe stretto per risentire l'odore dell'unica vita che aveva davvero vissuto, e la sensazione di una felicità fatta di certezze che paiono semplici e invece regolano ogni cosa, riservando a ciascuno un ruolo e un posto, in un calendario di stagioni replicato all'infinito, dove basta alzarsi che la luna è ancora alta e coricarsi quando nel camino resta la brace per essere a posto con la coscienza e con Dio. E l'ignoto non si doveva esplorare perché si palesava da sé, nelle inquietanti comparsate di Zelinda e negli altri matti nati col compito di rivelare agli umani gli spiriti segreti dei boschi.

Nevio lo fissava disorientato.

«Giova'! Ma davvero sei tu... Cosa diavolo ci fai qui! Sant'Iddio non riesco proprio a combinare il ricordo col ragazzo che ho davanti...»

E si girò verso Lucita e la piccola come a dire: "Sei un uomo adesso, e guarda come ti sei sistemato".

«Sei di passaggio? Dove alloggiate? Non ci posso credere che stai qua... Devo chiamare Luigi! Vi prego, non vi muovete!»

Corse per la sala chiamando a grandi gesti il fratello, che lo raggiunse angosciato che fosse accaduto qualcosa di grave. Ma per fortuna Nevio lo afferrò ridendo per un braccio e lo trascinò davanti a Giovanni.

«Lui'! Vedi se lo riconosci?»

Luigi lo osservava grattandosi il capo in cerca di indizi, e ben presto rivolse a Nevio uno sguardo impotente. Nevio lo strattonò.

«È Giovanni! Giovanni Datti! L'*erede*, Lui'. Capito sì che sorpresa?»

Luigi spalancò la bocca stupefatto e fece per abbracciarlo, ma una mano lo trattenne.

«Vi ricordo che siamo da Tony's, non all'osteria di Castrocielo. Sempre che ce ne sia una.»

Maria si era rivolta a entrambi con durezza, poi si era voltata verso Giovanni e Lucita con un sorriso formale.

«Se i signori gradiscono ordinare sarà nostro piacere di servirvi.»

Giovanni si rimise seduto come se fosse stato redarguito dal maestro di scuola, e tentò di rimediare.

«Certamente desideriamo ordinare. Vi prego di perdonarci se ci siamo lasciati andare disturbando i clienti ma la sorpresa è stata così grande. Vedete, con Nevio e Luigi ci si conosce da...»

Maria lo interruppe con gelida cortesia.

«Non dubito.»

E si allontanò a passo veloce.

Per non ritrovarsi Maria fra i piedi, Nevio rientrò nel ruolo di cameriere e recitò la parte come faceva con gli altri.

«Buongiorno signori, se non conoscete il menu permettetemi di consigliare.»

Giovanni provò ad adeguarsi.

«Buongiorno a voi. Non conoscendo il menu volentieri ci affidiamo, facendovi presente però che essendo oggi un giorno infinitamente importante desideriamo innanzitutto brindare. Ai bei ricordi, agli amici, e... a due sogni che anni fa non avrei mai considerato tali, e che invece adesso mi sembra meraviglioso realizzare.»

Lucita lo guardò stupita, e lui le strizzò l'occhio.

«Vedrai, è una sorpresa.»

Nevio si schiarì la voce.

«Molto bene signori, saremo felici di offrirvi il nostro vino migliore. Per mangiare invece, oltre ai nostri tradizionali *stovies* alla pancetta e alla crema di piselli, abbiamo la stracciatella, la minestra fronne e patate, la revotata, i fini fini, tagliareglie e fasure, pecora al sugo e sfogliatelle.»

Giovanni si emozionò.

«Ma sono le cose che mangiavo a casa vostra! Mamma Ida le cucinava benissimo... Come sta? E Marietta?»

«Se la cavano bene. E il signor Datti... tuo nonno?»

Ogni volta che lo ricordava gli arrivava una stilettata al cuore. Non gli aveva mai risposto e lui non aveva più scritto. Nessuna notizia, né buona né cattiva. Non era il momento di intristirsi, però.

Si rivolse a Lucita.

«Tu non hai mai assaggiato la revotata!»

E poi a Nevio.

«Per favore, revotata e due enormi coppe di gelato.»

«Ottima scelta. Vi porterei anche un poco di stracciatella per la bambina.»

Quando Lucita alzò il viso su di lui e gli sorrise con gratitudine, le ginocchia gli cedettero.

Volò alla mensola delle comande, scansò il fratello e gli parlò all'orecchio.

«Mi devi aiutare, Lui'. Il destino mi ha mandato la donna sbagliata.»

Luigi gli strinse la spalla.

«Sì Ne', è tanto tanto sbagliata.»

Lucita intanto si godeva la vista su Argyle Street, e Giovanni s'inteneriva a vederla così felice.

«Ti piace qui?»

«Mi piace? È fantastico!»

«Lo vedi quel locale all'angolo della strada?»

«Quello vuoto?»

«Sì, apre tra sei giorni. E indovina chi ci andrà.»

«Non lo so.»

«Un negozio di barbiere.»

Sentendo un tono strano, Lucita si girò di scatto a guardarlo. Gli brillavano gli occhi.

«Dicono che si chiamerà Giovanni's Barber Shop.»

Lei si portò le mani sul viso, lo ascoltava elettrizzata.

«L'ho preso per sessantadue sterline, a rate, s'intende. E appena usciamo da qui ti faccio vedere un'altra cosa.»

Si gustarono il pranzo e brindarono da soli e poi con Nevio, perché lui era la prima ragione per cui si doveva festeggiare. Alzando il bicchiere Giovanni divenne improvvisamente serio.

«A un nuovo inizio! Che non ci riservi un'altra separazione.»

Mentre si abbracciavano, Nevio incrociò lo sguardo intenso e incuriosito di Lucita, che subito lo abbassò. Finalmente uscirono e corsero a vedere il locale. Più piccolo di quello di Mario, ma discretamente tenuto e in una buona posizione. Poi lasciarono Argyle Street per imboccare Blithswood Street, svoltarono in alcune vie più strette e Giovanni si fermò di nuovo, stavolta davanti a un palazzo in St Vincent Lane.

«La vedi quella finestra chiusa al secondo piano? Tra due giorni ci affacceremo da lì. Il negozio e una stanza solo per noi sono i nostri regali di Natale.»

Lei gli strinse le mani, Pia li guardava sorridendo, e a lui parve che ogni sacrificio fosse già stato ripagato.

Rimasero così, senza accorgersi della gente che passava accanto, dei carri che sfrecciavano schizzando fango, né del freddo che penetrava i cappotti.

Lucita era così felice che, appena arrivati a casa degli zii, cominciò a raccogliere tutte le cose da portare via. La notte dormì come non le capitava da mesi e la mattina si mise a spicciare le faccende di casa canticchiando. Pia si era riaddormentata e in casa regnava un silenzio irreale. Erano usciti tutti tranne il marito della balia, perché il giorno prima si era tagliato un piede e non poteva lavorare.

«Così allegra non ti sei fatta vedere mai, e pure 'sta vocina che tieni è una sorpresa. Vieni qua, fammi sentire questa canzone, che è una lingua strana.»

«Devo finire le pulizie.»

«Solo cinque minuti... Cantamela come ninna nanna, che mi devo riposare... Fatti conto che so' tua sorella.»

Lucita si irrigidì.

«Non sei mia sorella.»

«E sorridi, mica ti mangio.»

A Lucita si era annodato lo stomaco. Quell'uomo le aveva fatto ribrezzo dal primo momento in cui l'aveva visto, per il modo in cui trattava la moglie e per le occhiate viscide che le lanciava. Ora si sentiva osservata, anche se di spalle, e aveva la sensazione che stesse pregustando il sapore della preda. Continuava a passare la scopa convincendosi che non le avrebbe fatto nulla di male. Pregava, comunque, che qualcuno dell'esercito che popolava quella casa rientrasse al più presto.

Non era figlia di Edoardo Datti, eppure con lui aveva in comune un certo canone di bellezza. Entrambi erano dotati di quell'avvenenza raffinata che attira in un'inconsapevole rete, e continua ad aleggiare nella stanza anche dopo che sono andati via.

E che ne poteva sapere lo zio di quella purezza? In lei vedeva solo un bocconcino di carne fresca con addosso il profumo dei Caraibi. Roba da stordire e far perdere il senno.

«E vieni...»

Lucita lo ignorò.

«E vieni!»

Sussultò senza guardarlo.

«Se non ti muovi, vengo io.»

Strinse il manico della scopa fino a che le dita diventarono bianche, poi si girò per mostrargli tutto il disprezzo che provava. Ritenne di averlo convinto e gli voltò le spalle perché il messaggio fosse ancora più chiaro. Sentì le assi di legno della sua branda scricchiolare e pensò: "Bene, si sistema per dormire". Poi non scricchiolarono più. "Bene, si è già assopito." Invece si era alzato. Si era piantato in mezzo bloccandole il passaggio verso la porta e sorridendo in un modo che la fece sentire sporca. Poi cominciò a zoppicare sempre più veloce per raggiungerla e a lei non restò che saltare su un letto e poi un altro e un altro, per arrivare alla porta e gridare aiuto. Sì, ce l'avrebbe fatta. Ma con un gesto improvviso lui separò due brande facendole perdere l'equilibrio. Cadde per metà su un materasso, ed era giusto la metà che gli interessava.

Cinque minuti dopo era tutto finito e, inebetito dalla pace dei sensi, lui tornò a stendersi. Lei invece scivolò in uno stato di torpore, e senza sentire Pia né il dolore fra le gambe si mise a riporre le cose in valigia, piegando e ripiegando finché non le vedeva perfette. Se non fosse stato per lo zigomo un po' gonfio e arrossato non si sarebbe detto che era diversa. Ma quegli occhi vuoti, e l'indifferenza per la sorellina... A guardarla meglio sì che era diversa, e faceva paura.

La zia balia intanto era rientrata e si aggirava per la stanza senza curarsi di nessuno. Aveva ancora il suo lutto da gestire, e se il marito violentava le ragazzine non era affare suo. Afferrò Pia e se la schiacciò sul seno per porre fine al suo pianto insopportabile, e prese a dondolarsi osservando Lucita che chiudeva la valigia e si rannicchiava sul letto. Più tardi, a chi chiedeva cos'era successo, lo zio rispondeva che la poverina era inciampata e aveva battuto il viso, normale che fosse un po' intontita. Lei teneva gli occhi aperti e non ribatteva.

Giovanni tornò che era già buio e la trovò sulla branda, catatonica fra le lenzuola sfatte, con un braccio steso a dondolare meccanicamente la culla. Rimase a fissarla senza sapere cosa fare, poi si rassegnò a spostarsi nell'altro lato della stanza per rasare le teste assalite dai pidocchi.

Quando si girava a guardarla si sentiva a disagio, ma travestì da rispetto la sua incapacità di comprendere e non le chiese niente. Poi, in piena notte, Lucita cercò freneticamente la sua mano, e stritolandola giurò che di uomini non ne avrebbe avuti mai. Ma Giovanni dormiva sfinito e non si accorse di niente.

La mattina salirono sul carro che li avrebbe portati nel nuovo alloggio. Giovanni le sistemò alla meglio nella stanza e scappò a lavorare alla preparazione del negozio.

Arrivò mentre un uomo in cima alla scala stava dipingendo l'insegna, e rimase a fissarla impietrito. L'uomo si allarmò.

«C'è qualcosa di sbagliato?»

«No... è che non mi rendo ancora conto.»

26

Alle sei e trenta Tony si presentò al locale e andò dritto al suo tavolo chiedendo che gli fosse portata lì la colazione. Era partito solo per Messina, lì si era ammalato, e solo era tornato in Scozia. Quasi un anno prima ormai, aveva fatto la conta dei parenti e nessuno aveva risposto, aveva seppellito i morti e infilato in un baule le poche cose che il terremoto, il maremoto, e gli sciacalli avevano risparmiato. Così, quel baule era diventato reliquiario e tomba di famiglia, e la sua sola vista annientava il sogno di tornare un giorno in quella terra, perché né la terra né la famiglia esistevano più.

Nevio preparò il tè e un piattino di *shortbreads* e glielo appoggiò sull'unico spazio libero dai fogli. Lui prese un biscotto ma non riuscì a mangiarlo.

«La puzza di morte mi si è appiccicata addosso. Mi sfrego con spazzola e sapone, mi scuoto che sembro indemoniato, spalanco finestre, scappo per i campi, ma non se ne va. La senti anche tu?»

La figlia gli si avvicinò con gli occhi gonfi ma austeri e gli poggiò una mano sulla spalla. Forse Tony percepiva per la prima volta in quel tocco il nuovo ruolo che lei aveva assunto.

«È Maria, adesso, l'unica ragione della vita mia.»

Lei guardò Nevio come a dirgli: "Questa è roba mia,

Tony's siamo noi, e tu non avrai più niente da comandare. Poi si abbassò appena sul padre".

«C'è un raduno a Glasgow Green, ma il ragazzo è malato. Dobbiamo trovare qualcuno che lo sostituisca.»

Tony balbettò qualcosa stordito, non sembrava più lui. Nevio provò una pena infinita, e incrociando gli occhi di Maria lesse lo stesso sentimento. Si ritrovarono uniti dall'amore per lui e per Tony's, com'era stato all'inizio, finché lei non prese l'aria di chi non ha più intenzione di spartire con lui le sue emozioni. Come una che ha fretta di prendere finalmente da sola ogni decisione.

«Andrai tu, Nevio.»

«Certo. Non ho dimenticato come si sta dietro a un carretto.»

Corse a caricare i secchi di gelato e dopo mezz'ora era già sistemato nel punto di maggior passaggio di Glasgow Green.

Mentre lui tirava il carretto per poco più di un miglio e mezzo lungo Argyle Street fino a Greendyke Street, Lucita si affacciava alla finestra della stanza pensando che restare chiusi in casa in una mattina di sole come quella era un peccato da confessare a Dio, e così sbrigò le ultime faccende e preparò Pia chiedendole se preferiva Kelvingrove Park o Glasgow Green. La piccola aveva risposto senza esitazione.

«Gasgo ghiin.»

«Ma è più lontano...»

«Gasgo ghiin!»

Entrarono dall'ingresso di Templeton Street, e il parco era così affollato che stentarono a trovare un angolo tranquillo dove stendere la loro coperta. Si sistemarono in uno spiazzo a ridosso della Doulton Fountain e Pia si mise a strapazzare la bambola di pezza che Maria Pia aveva cucito molti anni prima, e quando sentiva gli uccellini cinguettare alzava di scatto la testa e restava immobile a osservarli. Lucita avrebbe voluto godere di quell'incanto, ma la vergogna e il ribrezzo avevano attecchito nelle viscere e nel cervello rendendo insopportabile assistere, e men che meno partecipare, alla vita. L'unico sollievo era spegnerla. Si addormentò per davvero, e fu risvegliata da una voce di donna che non smetteva di arringare nemmeno quando gli applausi la sovrastavano. Scoprì che ora erano ai margini di un ritrovo di suffragette che reclamavano il diritto al voto per le donne, e realizzò sgomenta di non aver badato a Pia. Ma lei non aveva varcato la coperta di un millimetro, si era solo stesa a pancia sotto e parlava con un trifoglio nel prato. Si voltò verso di lei ricordandosi all'improvviso che doveva aver fame. Infatti reclamò.

«Pappa.»

«Perdonami, come ho potuto... andiamo subito a casa.»

Ma a Pia non importava niente delle scuse e delle procedure.

«Pappaaaaa!»

Lucita le allacciò le scarpe e ripiegò la coperta mentre la piccola strillava infierierendo sulla sua inadeguatezza al ruolo di madre, e più piangeva più lei diventava brusca e insofferente. Le afferrò un braccino e lo cacciò nella manica del cappotto col desiderio di slogarglielo, poi si accanì sui bottoni e sul cappello che un colpo di vento aveva fatto volare. Quando, dopo pochi passi, Pia prese a saltellarle davanti sulle punte implorando di essere presa in braccio lei abbassò le sue manine tese.

Pia l'aveva guardata senza riconoscere la sorella premurosa e si era chiusa in un singhiozzo sconsolato. Nemmeno lei si riconosceva più, e si ritrovò a parlare a se stessa perché non c'era nessun altro con cui potesse sfogarsi. Non aveva chiesto lei di lasciare la sua famiglia per andare in Scozia, né tanto meno aveva chiesto di dover fare le veci di una madre così presto. Pensò che alla fine, delle quattro vite che Maria Pia aveva abbandonato sulla terra, l'unica a essere stata stravolta era la sua. Edoardo Datti aveva soltanto cambiato una rotta, Giovanni ne aveva tracciata una tutta sua, e Pia, be', era nata e basta. Nel giro di una notte invece lei era diventata orfana per una seconda volta, mamma e donna, perché non c'era altro che potesse fare, e come donna il mondo aveva iniziato a trattarla. Si domandò quante altre cose aveva perso in quella corsa sfrenata verso l'età adulta, oltre alla verginità. E insieme alla sorellina piangeva pure lei.

«Ehi!»

Lucita si girò verso la voce e vide un carro di Tony's con delle persone intorno. Tirò dritto.

«Mrs. Datti!»

Il ragazzo del carretto agitava un braccio dalla sua postazione e Pia tese l'indice verso di lui.

«Geato!»

La bambina guardò incredula il suo desiderio materializzarsi e procedere nella sua direzione.

Nevio si avvicinò e si chinò a posarle una cialda sulla manina.

«Questo gelato è magico... fa sparire le lacrime dagli occhi delle bambine buone...»

E si alzò per offrirne un'altra a Lucita.

«...e da quelli delle loro mamme.»

Si ritrasse subito, imbarazzato, fece un accenno di inchino e tornò al carro.

In attesa del voto le suffragette si consolarono col gelato, poi il sole risalì veloce sopra gli alberi spogli e il parco si impregnò dell'umido del Clyde che gli scorreva accanto. Nevio spinse su Monteith Row, London Road e Argyle Street un carretto leggero come si sentiva lui, e arrivato al ristorante corse a cercare il fratello. Lo trovò che spazzava la sala.

«Lui'! Aiutami, Lui'.»

Luigi si appoggiò alla scopa sospirando.

«Che hai fatto?»

«Niente ho fatto. È il destino che me l'ha rimessa sulla strada.»

«Ma chi, la moglie di Giovanni?»

«Sì.»

«No dico, ti sei scimunito o cosa?»

«Lui', io là non ci dovevo stare. Si è ammalato il ragazzo e l'ho sostituito. E se quello non si ammalava? E se Maria invece ci mandava te? E se lei al parco non ci andava?»

«Senti... Se davvero il destino vi voleva accoppiare si doveva organizzare prima. E un'altra cosa. Coi *se* si campa male. Metti via 'sta brocca, va.»

Nevio andò a riporre la brocca pensando che forse il fratello aveva ragione. I *se* potevano distruggerti la vita. Se quella domenica avesse indagato sulla puzza di bruciato, Attilio non sarebbe morto. Era insopportabile, quel *se*. D'altra parte, se l'incendio non ci fosse stato, loro sarebbero ancora là sotto a fare gli schiavi per Gastone e non i camerieri di sala da Tony's. Ma chiuso nel buco almeno la moglie di Giovanni non l'avrebbe incontrata. A un tratto si sentì stanco. Per fortuna le comande erano terminate, in cucina si puliva e si chiudeva tutto. Raggiunse Luigi, che lo aspettava su un panchetto e non resistette a stuzzicarlo.

«Lui'.»

«Eh.»

«Secondo me questo cervello che tieni lavora troppo. Molla per una volta i pensieri saggi e vedi che ti succede.»

«Succede che divento come te, e mi piacerebbe assai... Ma io Ne', non sono capace.»

Un cameriere si avvicinò con aria timorosa a Nevio.

«Il signor Tony ti chiede se quando hai finito di chiacchierare, disturbando peraltro chi sta lavorando, puoi andare da lui. Sempre se non ti dispiace. Pari pari riferisco.»

Tony aveva un piglio diverso rispetto a quando l'aveva lasciato poche ore prima. Le dita incrociate su fogli fitti di numeri e la figlia seduta a fianco come se l'avessero chiamato per esaminarlo insieme. Gli indicò con un cenno della testa uno sgabello.

Nevio lo sistemò di fronte, guardando l'uno e l'altra senza capire niente. Tony si tolse gli occhiali e spinse gli indici forte sulle tempie.

«Il locale è andato bene...»

Nevio sorrise orgoglioso, ma Tony continuava a spingere sulle tempie senza esternare soddisfazione.

«...nelle prime settimane. Ma poi è successo che ti sei montato la testa.»

«Come?»

«Hai stravolto un menu che ha fatto la storia di questo posto per metterci la roba che mangiavi da ragazzino su quel mucchio di sassi del tuo paesello. Hai richiesto due divise fuori dall'ordine che dovevo fare a inizio anno. Hai scocciato i clienti obbligandoli ad ascoltare una musica che non volevano. Non contento, hai addirittura acquistato il pianoforte e assunto la biondina che ci strimpella sopra senza degnarti di condividere una tale decisione con me, pur sapendo che mancava poco al mio ritorno.»

«Ma il rigattiere ci aveva concesso solo due settimane...»

Maria sibilò un commento.

«*Ci* aveva concesso... questo *ci*... siete tu e la miss. Io no di certo.»

Tony li zittì entrambi con un gesto.

«Con questo comportamento hai mancato di rispetto a mia figlia, alla memoria di mio figlio e di mia moglie, e a tutto il personale che mostra al nostro locale dedizione incondizionata. E a me, perché ti ho dato la fiducia che si riserva a un erede, e ne hai fatto scempio.»

Nevio ascoltò allibito senza riuscire a replicare, poi dal nodo in gola cercò di tirar su un filo di voce.

«I clienti sono aumentati, la cucina è diventata più efficiente e ci ha permesso di aggiungere un turno, abbiamo spuntato prezzi più bassi con alcuni fornitori, già dal secondo giorno la musica è piaciuta, gli Anderson hanno assunto la pianista per le figlie. E, soprattutto, i conti sono migliorati. Sapevo che modernizzandosi un po' questo locale sarebbe diventato ancora più importante. Pensavo di farle una sorpresa signor Tony, perché volevo che fosse felice di come l'avevo... scusate, l'avevamo... gestito.»

Le ultime parole le aveva sussurrate come se fosse scosso, ma in realtà non gli erano uscite convinte. Forse non l'aveva fatto per Tony, l'aveva fatto per dimostrare a se stesso e agli altri quanto valeva. E poi sì, a vedere che le cose funzionavano, a comportarsi da padrone ci aveva preso gusto, gli piaceva decidere, constatare che i suoi ordini venivano eseguiti, scherzare senza mai fiaccare l'autorevolezza. Si compiaceva del rispetto, dei clienti che chiedevano di lui e delle innovazioni che aveva portato.

Tony intanto si era irrigidito.

«I conti andavano benissimo com'erano, e così il menu e tutto il resto. La modernità lasciamola ai piroscafi e alle automobili, un ristorante deve solo far mangiare bene le persone e offrire loro ciò che si aspettano.»

Nevio cercò conferma negli occhi di Maria, che però li teneva bassi, e allora ritrovò la voce.

«Dunque farà ritornare tutto com'era prima, signor Tony.»

«Esatto, tutto com'era prima.»

L'aveva caricato un po' tanto quel *prima*, e allora Nevio azzardò.

«Prima quando...»

«Sì, hai capito bene, prima della tua gestione.»

Nevio spinse indietro lo sgabello e si alzò sovrastando entrambi.

«Non v'incomodate sprecando altre parole, Luigi e io ce ne andiamo adesso. E visto che voi e vostra figlia siete così bravi coi conti scoprirete che ci vorrà un minuto a chiuderli con i fratelli Montefosco. Il tempo di toglierci i grembiuli e salutare quei ragazzi che si ammazzano di fatica per pochi scellini di paga e mezza giornata libera una volta al mese.»

Tony deglutì, Maria invece non faceva una piega.

«Ricorderò comunque questi anni con lei, signor Tony, come i più belli della mia vita. L'ho ammirata e le ho voluto bene forse più che a mio padre, e dio sa quanto mi costa confessare questo pensiero. Mi ha insegnato tutto ciò che mi servirà per ricominciare meglio questa volta. E sa cosa? Pure adesso che non capisco e non la riconosco... imparo.»

La pressione che aveva messo sulle tempie ora Tony la trasferiva sul lapis. Lo spingeva in un punto sul foglio, come se volesse fermare l'istinto di cancellare tutti i numeri che aveva scritto, numeri che tradivano la verità, che parlavano di gelosia e di vendetta consumata mentre l'avevano spedito fuori col carretto. Gli erano venuti pure gli occhi lucidi, ma nulla mutava nel suo atteggiamento e perciò Nevio non prolungò oltre l'agonia della separazione, girò le spalle e si mise a cercare suo fratello chiedendosi come avrebbe potuto dirgli che era finita.

Lo scovò vicino alla stufa a rammendare una giacca, e per qualche secondo osservò incantato il movimento che tante volte aveva visto fare a sua madre. Luigi ridacchiò.

«Che dici Ne', glielo scriviamo a mamma Ida che ci siamo imparati pure a cucire?»

Lo sguardo di Nevio si offuscava sempre più e un paio di lacrime gli cascarono sul grembiule. Prese fiato e gli sfilò l'ago dalle dita.

«No, a mamma Ida scriviamo un'altra cosa.»

Gli avvicinò un tavolino e gli piantò davanti un foglio e il lapis che teneva nel taschino.

«Carissima mamma e caro padre...»

«Ma adesso la dobbiamo fare?»

«T'ho detto scrivi... Carissima mamma e caro padre, vi volevamo dire che finalmente...»

«E un attimo...»

«...che finalmente, dopo dieci anni che stiamo faticando in Scozia...»

«Fati...cando in Sco...zia...»

«Apriamo un locale nostro.»

«Apriamo un loca... e vabbuò Ne', sempre a scherzare... Ma quando cresci, sant'iddio!»

«Facciamo le sfogliatelle della ricetta tua e pure altre cose, e appena possiamo ci mettiamo pure una miss con il pianoforte. Ma purtroppo questa bella notizia non la saprete mai perché Luigi mi fissa con due occhi di mucca e non scrive niente.»

Poi lo abbracciò stretto.

«Mi dispiace tanto Lui', mi dispiace... non te lo meriti, Lui'... Io volevo solo fare bene...»

Luigi se lo staccò di dosso e lo guardò in faccia, e ancora non ci credeva che suo fratello stesse piangendo per davvero.

«Che è successo, Né?»

«Saluta i ragazzi, te lo spiego fuori.»

Luigi non salutò nessuno e lo aspettò sulla porta, e quando sbucò dall'angolo del signor Tony con il viso truce e una busta in mano capì che qualcosa di irrimediabile era accaduto, e per strada si infuriò.

«Te la devi piantare di decidere per gli altri!»

«Ma io l'ho fatto per il locale, per il signor Tony...»

«Ma che me ne importa del locale, io parlo di me! Che hai fatto a me! Io non ho più il lavoro perché l'hai deciso te. Ma chi ti pensi di essere!»

«Non potevamo restare, Lui'.»

«Questo plurale che usi, Ne'... non funziona più.»

Nevio camminava a testa bassa.

«Risolvo tutto Lui', e vedrai che quella lettera gliela scriviamo per davvero.»

27

Durante la frugale cena di vigilia dell'apertura del negozio, Giovanni confessò a Lucita che avrebbe contemplato l'insegna ogni giorno.

«Osservo il simbolo di questa conquista traendo la forza per custodirla e per arricchirla.»

Ma lei era persa in cupi pensieri, e lui troppo preso dai suoi, di ben altro tenore, per dedicarle attenzione.

Seduto a una tavola spoglia, in una stanza arredata solo di tre fratelli, pensò che la frase appena pronunciata sarebbe piaciuta al nonno, e che gli anni vissuti così inconsapevolmente a Roccasecca erano in realtà un patrimonio ricchissimo, soprattutto erano un patrimonio solo suo, al quale avrebbe potuto attingere in qualsiasi momento.

Il negozio aprì, ma i giorni a ridosso del Natale portarono più curiosi che clienti. Giovanni si sentiva osservato dalla strada come un animale sottovetro da monitorare perché si è scommesso sulla sua sopravvivenza. A complicare le cose c'erano i risparmi che svanivano nonostante la vendita dell'ultimo baule, e Edoardo che aveva rinviato il suo arrivo a Glasgow a dopo Capodanno. Così, alle otto della mattina del trenta dicembre Giovanni attaccò un cartello sulla porta: 1 TAGLIO GRATIS OGNI 3 – BAMBINI SEMPRE GRATIS. Nel pomeriggio entrò una signora con i due figli e a mezz'ora della chiusura tornò col marito. Gli scellini che quel primo cliente gli fece scivolare in tasca gli sembrarono infiniti, ma bastarono appena per assicurarsi una pagnotta e due pasti per Pia.

L'anno nuovo invece cominciò alla grande. Nel giro di tre mesi Giovanni prese un aiutante e comprò un cavallino di legno per distrarre i bambini più impazienti. Lucita lo aiutava di tanto in tanto occupandosi della cassa e tenendo a bada i piccoli, e spesso andava ad aprire lei di mattina presto per dipingere i *trompe l'oeil* che Maria Pia aveva fatto in tempo a insegnarle quando erano a Greenock.

Una domenica mattina un gruppetto di ragazze si fermò davanti alla vetrina. Lucita notò l'interesse con cui una di loro scrutava Giovanni, e poi lei e Pia, come se non fosse convinta dell'abbinamento. Poi si dileguò con le altre nella strada affollata.

«Che strano...»

Giovanni era ancora impegnato ad aggiustare l'insegna che qualcuno aveva tirato giù scolorendo la scritta e parlò senza voltarsi.

«Cosa?»

«La ragazza che era qui davanti un momento fa... Non l'hai vista?»

«No, perché?»

«Non lo so. È strano.»

Lei prese in braccio Pia e iniziò a cullarla canticchiandole l'*Ave Maria* di Bach. Accadeva spesso che si rinchiudesse all'improvviso cercando riparo nel calore della piccola. Giovanni le guardava provando un sentimento di amore che doveva essere molto vicino a quello di un padre per le figlie. Le sue bambine si muovevano dolci nella melodia struggente che aveva suonato tante volte a Greenock per addolcire i loro sogni.

Da quando era arrivato a Glasgow non era riuscito a riprendere in mano il violino. Una sera aveva provato a suonare a casa degli zii ma dopo due minuti di Schubert avevano cominciato a pestare i piedi reclamando qualcosa di allegro, canzoni ciociare, possibilmente. E lui, che non ne conosceva nemmeno una, aveva allargato le braccia e richiuso tutto.

Nel nuovo alloggio aveva ritentato, e subito erano partite le proteste dei vicini, perciò decise di lasciare il violino al negozio per i rari momenti tranquilli che sarebbero capitati. Ogni tanto qualcuno si fermava a scrutare quel barbiere bizzarro che si destreggiava fra forbici e archetti, e un giorno un ometto glabro s'incuriosì più degli altri e s'infilò dentro. Giovanni ripose subito lo strumento scusandosi e pregandolo di accomodarsi, pur chiedendosi per quale ragione fosse entrato lì. Ma l'ometto restò in piedi a esaminarlo, poi parlò.

«Lei è cerusico?»

«Come?»

«Chirurgo, cavadenti. Evidentemente no, visto che non ha capito nemmeno la domanda.»

«No, infatti.»

Pensò di recuperare dicendogli che sapeva fare i salassi, anche con le sanguisughe volendo, ma evitò di assegnarsi da solo un'attività così sgradevole. L'ometto continuava a fissarlo.

«Può fare qualcosa per i miei capelli?»

«Purtroppo no, signore.»

«Peccato. Poteva essere uno scambio vantaggioso, un'estrazione o un rimedio alla calvizie per una lezione di musica.»

Giovanni era spiazzato.

«Lei è un musicista?»

L'ometto si avvicinò alla finestra con le mani incrociate dietro la schiena per guardare una foglia svolazzare sui cumuli di neve sporca.

«Insegno tecniche contrappuntistiche e analisi compositiva all'Accademia di musica. Che lei non ha frequentato.»

«No.»

«Be', ora è adulto per fare della musica il suo progetto di vita, e del resto un mestiere ce l'ha già.»

Giovanni sentì di doversi giustificare più che rimetterlo a posto, e rispose con gentilezza.

«Non ho mai pensato che il violino potesse rappresentare qualcosa di diverso. Suonare mi emoziona e questo mi basta.»

«Oh no, non è vero. Come ognuno di noi anche lei cerca la condivisione, tanto che nei passanti là fuori vorrebbe suscitare apprezzamento, non semplice curiosità.»

A questa affermazione Giovanni si innervosì.

«Mi scusi, non posso estrarle il dente e nemmeno tagliarle i capelli, può dirmi cosa vuole da me?»

L'ometto abbandonò la foglia danzante e si girò a guardare le pareti decorate.

«In realtà non lo so. Questo negozio ha in sé una bellezza che va al di là dei paesaggi che ci ha dipinto, vive di un'armonia propria che nonostante la mia sensibilità in materia non so descrivere. Ma al tempo stesso è un guscio che la protegge ancorandola al passato. La terrazza sul lago, le colline assolate... sono scorci su orizzonti che qui non esistono. E non esistono perché semplicemente ce ne sono altri, posso garantirle altrettanto mozzafiato. Prenda il suo violino e vada a cercarli. La costa, per esempio, forse non sa che anche la Scozia ne è contornata.»

La costa, Greenock. A Giovanni mancò il respiro. Si era appena ricordato che non si era più fatto vivo con Antonia, non le aveva fatto avere una lettera né era andato a trovarla come promesso. Aveva rinviato e poi l'aveva rimossa, ecco. Recuperò una momentanea sicurezza soltanto per rispondere al tipo e liberarsene al più presto.

«Sono uscito e ho sperimentato uno splendido orizzonte che però non ha funzionato, ed eccomi qui.»

No, non aveva funzionato. Il ricordo di lei sfuggiva e la sua mano non trovava più nessuna voglia da soddisfare. Tutto ciò che gli restava era il rozzo sbadiglio e il vuoto che era seguito all'amore, o di quel che aveva creduto fosse amore.

«Ha fatto fin troppo allora per essere uno di quelli che si arrende ai fatti della vita.»

Giovanni tirò un pugno alla poltrona che aveva vicino.

«Io mi arrendo? Ma cosa ne sa lei di me? Pensi a cosa manca alla sua, piuttosto, se per riempirla va in giro propinando giudizi agli sconosciuti.»

L'ometto sorrise debolmente.

«Ha ragione. Sa, per quelli come me le feste sono una brutta bestia... E io mi difendo cercando polvere nella purezza.»

Si avviò alla porta e l'aprì, ma tentennava, poi si girò, e aveva di nuovo quella saccente severità.

«Cerchi una chiesa e si proponga per un duetto con organo. Buona fortuna.»

Si allontanò calpestando la foglia che prima aveva guardato volare e a Giovanni parve che non fosse mai esistito.

Poco dopo eccolo a insaponare teste senza ascoltare una parola di quello che dicevano. In fondo gli argomenti erano più o meno gli stessi, lamentele contro i politici, commenti sulle donne e, sempre, sempre, gli immigrati. Così tanti, dicevano, che nel resto dell'Europa non doveva esserci rimasto più nessuno. Arrivano qui e figliano come i maiali diffondendo le loro depravate abitudini, protestavano. Gli italiani i peggiori di tutti. Con la loro smania di lavorare e guadagnare infestano la città di locali che attirano la brava gente, gli ingenui ragazzi scozzesi, vendendogli gelati e bibite da leccarsi i baffi. E non accontentandosi dei negozi pieni fino al pomeriggio si inventano l'assurda idea di restare aperti anche di sera. E allora maschi e femmine vi oziano bevendo e fumando, e stuzzicati dalla notte cedono alla promiscuità.

Adesso aveva tra le mani proprio il cliente presbiteriano e conservatore che più si angosciava per le sorti della gioventù sana della città.

«Questi locali sono serpenti che si moltiplicano per attirare tutte le Eve di Glasgow e spingerle alla perversione.»

Giovanni gli pennellò un bel po' di schiuma intorno alla bocca resistendo alla tentazione di ficcargliela giù per la gola, ma quello continuava.

«Il reverendo Wilson l'ha detto chiaro e tondo. La gente dedita a questo commercio è straniera, e delle nostre regole e della nostra moralità non sa un bel niente, né se ne interessa. Vendono sigarette a ragazzine di tredici anni, tollerano comportamenti aggressivi e sconvenienti. Date retta a me, le gelaterie italiane sono l'inferno sulla terra, e tra le loro fiamme sono già bruciati troppi giovani innocenti.»

Gli rispose un liberista.

«Ma che c'entrano le gelaterie! Non vi accorgete che Glasgow è cambiata? Centinaia di persone escono di sera per andare a teatro e nei locali. È solo una città che si diverte. E sapete che vi dico? Dovreste farlo anche voi.»

Giovanni gioiva in silenzio, mentre il cliente irrigidiva il collo angustiato.

«E no! Divertimento e lussuria non si equivalgono. Il gelato ha il gusto del proibito che i ragazzi per bene non conoscono, ed è così squisitamente effimero da creare una dipendenza che non esito a definire torbida. Il gelato è subdolo e maligno, ma agli italiani non importa, purché gli porti soldi.»

Il liberista rise.

«Il gelato è una tale delizia che mi auguro ci venga servita in Paradiso. Gli italiani lo sanno fare molto bene, per questo hanno aperto così tanti negozi. Ma sentite, vi propongo un armistizio: quando Giovanni ci avrà sistemato ce ne andiamo tutti da Tony's. Scommetto che discutere davanti a una coppa sarà difficile. Offro io.»

Ma la proposta cadde nel vuoto.

Giovanni era addolorato e arrabbiato e spesso non poteva fare a meno di intervenire, guardandosi bene tuttavia dal rischio di trasformare il negozio in un luogo dove sfogare la rabbia e magari arrivare alle mani. Chiunque entrasse lì doveva sentirsi accudito e godersi il servizio in santa pace.

Ma quel giorno aveva altro a cui pensare. *Cerchi una chiesa e si proponga per un duetto con organo.* "Ma quale chiesa... chi cerco... cosa dico... E anche fosse, quando la gente la domenica va a messa io sono qui dentro a lavorare. Una sola cosa devo fare adesso," si intimò "scrivere la lettera di addio ad Antonia."

Mentre lui vagheggiava di duetti, di chiese e della lettera, Antonia era seduta sotto la stentata luce di una finestra a ricamare le loro iniziali su una federa del corredo. Aveva già finito le due paia di lenzuola, la tovaglia e tre centrini all'uncinetto, e pensando alla camicia da notte sorrise all'idea di quanto poco l'avrebbe utilizzata. Immaginava una vita colma di passione e di tenerezze ed era sicura che così come si erano presi avrebbero vissuto ogni giorno del loro matrimonio. Mario si affacciò sulla porta, la guardò senza dire niente, poi facendo cenno al corredo si passò di netto il pollice sul gozzo e uscì di casa. E allora senza preavviso, attirate da una fragilità di cui non si era accorta, le crollarono addosso tutte le umiliazioni che aveva accumulato. Giovanni che suona il violino e lei non lo sa apprezzare, Giovanni che si imbarazza che sia analfabeta, Giovanni che si dimentica di salutarla, e ora abita in città e non dà più notizie, e chissà quanta bella gente vede e conosce... mentre lei se ne sta a cucire su una sedia in una stanza puzzolente di un paese di mare. Si accanì sulla federa tirandola e cercando di strapparla, ma quella resisteva. Allora la lanciò rabbiosa sopra alla camicia da notte e scoppiò a piangere.

28

La mattina dopo aver lasciato il lavoro da Tony's, Nevio andò a suonare a uno degli ingressi del palazzo di sir Paul, e mentre un domestico gli diceva che il signore era fuori ecco un'automobile sbucare da una traversa e rombare verso di loro. Il guidatore lo vide e prese a gridare fuori dal finestrino: «Buongiorno mondoooooooooooo!».

Inchiodò accanto a lui, sorridente ed elegantissimo, addirittura in tight, e con una splendida giovane intirizzita sul sedile accanto. Chissà da dove arrivavano. Sir Paul saltò giù ed educatamente Nevio aprì la portiera alla donna.

«Allora ti piace?»

Per un istante Nevio pensò sbigottito che si riferisse alla ragazza, ma sir Paul stava rimuovendo con delicatezza uno schizzo di fango sulla fiancata, e perciò potè rispondere con tranquillità.

«Alla fine avete deciso per la Auburn... Ottima scelta comunque.»

Sir Paul si avvicinò alla giovane e le porse il braccio.

«Il fatto è che il giorno in cui ho provato la Auburn ho conosciuto miss Aubry, e l'ho preso come un segno.»

Nevio si chiese se cambiando fidanzata sir Paul avrebbe cambiato anche l'automobile, o se di fidanzate ne aveva tante quante le auto nel garage che si stava spalancando in quel momento.

Sir Paul prese sottobraccio anche Nevio e si rivolse al domestico.

«Accompagna miss Aubry di sopra e preparale un bagno caldo. Noi prenderemo un tè nello studio.»

Poi lasciò andare la giovane con un malizioso baciamano e proseguì con Nevio verso lo studio che dava sul giardino.

Seduto al di là della scrivania sir Paul non sorrideva più e Nevio si pentì all'istante di essersi presentato a casa sua.

«Che succede Nevio?»

Lui si asciugava le mani sudate sui calzoni prendendo fiato.

«Ecco... mio fratello e io abbiamo lasciato Tony's per aprire un locale nostro. L'esperienza ce l'abbiamo e di voglia di lavorare ne abbiamo ancora di più.»

Sir Paul lo ascoltava serio con gli indici pigiati sul mento.

«Però non abbiamo abbastanza soldi per riscattare o affittare un locale, e mi chiedevo se...»

L'altro cambiò impercettibilmente lo sguardo.

«...se voi foste disposto a prestarmi una cifra che vi renderei a rate garantite nei primi tempi... per esempio da un lavoro qualsiasi che potrei svolgere per voi, e poi dai guadagni del locale quando sarà avviato.»

Sir Paul sorrise ma senza tornare a essere bonario.

«Se aveste lasciato Tony's per aprire un'attività in proprio senza aver accantonato i fondi necessari sareste due pazzi. Ritengo pertanto che siate stati licenziati, e dunque... prima di concedere un eventuale prestito devo chiedertene la ragione.»

«È giusto. Dovrei raccontare come sono andate le cose, se ha un po' di tempo.»

«No, Nevio, in due parole. Ho un'ospite che mi aspetta.»

Nevio sviò lo sguardo cercando la concentrazione tra i cespugli rigogliosi del giardino.

«Direi... l'audacia.»

«Be', se ben dosata è una dote essenziale in un imprenditore.»

In Nevio si riaccese una speranza, ma sir Paul sembrava improvvisamente distratto, distante dalla loro conversazione. Poi di colpo si sporse verso di lui.

«Sì, penso di possedere questa dote.»

Nevio era disorientato.

«No, dicevo che io ne ho mostrata trop...»

Ma sir Paul gli parlava sopra infervorato.

«Sono ricco, ma non sono un signorotto che si trastulla tra automobili e belle donne senza avere contezza del denaro che spende. Sono anche un imprenditore, per la precisione da questa mattina. Ecco dunque la mia proposta.»

Nevio pendeva dalle sue labbra e non ci capiva niente.

«Voglio aprire dei Café. Gelati e bibite nei mesi estivi, dolci e bevande calde d'inverno, oltre ad alcolici e sigarette, s'intende. Io fornisco locali, arredi, attrezzature e merce. La responsabilità della gestione è in capo a un altro da me selezionato cui andrà un terzo dei ricavi. Se il tale non funziona lo sostituisco. Allora, ti interessa aprire il primo Café?»

Nevio sarebbe scattato in piedi per l'eccitazione ma tentò di restare calmo come se di offerte come quella ne ricevesse un paio al giorno. Doveva ragionare veloce. Non avrebbero mai racimolato abbastanza soldi per aprire un locale tutto loro, un ristorante Mamma Ida dove si cucinavano i piatti della Ciociaria. Questa era l'occasione della vita, sì, lo era senza dubbio alcuno. Si cominciava così e poi un bel giorno Dio e la Fatica si sarebbero scambiati un'occhiata indulgente e avrebbero provveduto.

«Mi interessa.»

Però era dura mollare il sogno di Mamma Ida.

«Se permettete, sir Paul, ho due domande. Luigi e io pensavamo a un ristorante in cui cucinare anche piatti della nostra terra. Li abbiamo provati da Tony's e hanno funzionato. La seconda cosa che vorrei chiederle è... perché la merce la dovete comprare voi?»

«Con tutto il rispetto trovo il ristorante meno raffinato di un Café, e ti sarà facile comprendere che sceglierò lo stile più affine al mio. Riguardo alla merce, invece, più ne compro più significativo è il prezzo che posso negoziare. A te non cambia nulla e a me conviene il doppio, perché estendo il risparmio anche sugli altri locali. Sei ancora interessato?»

«Certamente, sir Paul.»

Si diedero appuntamento la sera stessa davanti a uno dei vari locali sfitti per il quale Nevio aveva potuto esprimere una preferenza, e correndo verso casa cercava parole allettanti per un fratello risentito e spaventato.

Lo vide camminare nel vicolo dove avevano la stanza e poi svoltare in direzione di Argyle Street, e lo seguì notando per la prima volta che aveva la stessa andatura del mulo di Castrocielo, quell'incedere sempre uguale, che tirasse il carro vuoto o lo riportasse traboccante di arance. Quel passo addomesticato Luigi lo riproduceva tale e quale sui tratturi battuti negli anni a Glasgow, e come il mulo non aveva nessun bivio sul quale alzare la testa e nessuna meta che non fosse il campo dove caricare le arance e il fondo dove scaricarle. E al fratello che di tanto in tanto si divertiva a bloccargli il passaggio riservava un torvo malumore finché il nuovo tratturo non diventava abbastanza familiare da permettergli di tenere gli occhi bassi sul percorso senza più vederlo.

A cento metri da Tony's Luigi si fermò, poi girò su se stesso e tornò indietro. Argyle Street era invasa dal passeggio della domenica mattina ma nel trambusto esistevano solo loro, due fratelli in cerca l'uno dell'altro e di una nuova ragione per voler bene a una terra forestiera. Più tardi Nevio lo trovò seduto sulla branda col cappotto ancora addosso a tagliare un pezzo di formaggio alla maniera del padre. Si sedette accanto.

«Un Café, io e te in società con sir Paul.»
Luigi alzò le spalle.
«E che me lo racconti a fare, tanto hai già deciso.»
«Soltanto il modo ho deciso, il resto lo dobbiamo ancora organizzare.»
Sir Paul li caricò in automobile all'incrocio con Cadogan Street prima che facesse buio e dopo una decina di minuti accostava di fronte al locale. Nevio si guardava intorno e ripeteva fra sé e sé i punti di riferimento da memorizzare... Barbiere Giovanni's all'angolo... e poi dritti per un centinaio di metri.
Era dismesso da chissà quanto e molto più piccolo di Tony's ma a Nevio sembrava perfetto. Luigi invece era rimasto sull'uscio a scrutare le colate di umidità dal soffitto e il pavimento tutto da rifare. Nevio gli si avvicinò.
«Che ne pensi?»
«Che c'è parecchio da lavorà.»
«Quindi sì?»
«Se rispondo "no" significa che me ne torno a Castrocielo e Mamma Ida me la vedo tutti i giorni a casa nostra. Ma come faccio a lasciarti quassù da solo, sant'Iddio...»
«Ti voglio bene Lui'.»
Gli stringeva un braccio cercando di trasmettergli l'affetto, perché invece il pensiero di restare da solo in Scozia non lo pativa per niente. Se suo fratello era un mulo da tratturi, be', lui si sentiva una Ford Model S lanciata in velocità sui tornanti a picco sull'oceano. Un bolide a cui non servono freni ma benzina per un viaggio che non finirà mai.
La voce di sir Paul rimbombò nel vuoto.
«Non so voi ma io domani ho una battuta di caccia cui terrei parecchio, anche perché le prede ce le metto io. E soprattutto mi sto congelando.»
Nevio gli andò incontro tirandosi dietro il fratello.
«È che il sangue blu si raffredda prima, sir Paul. Volete mettere la praticità di quello rosso... È come il vino, si adatta a tutte le stagioni.»

«Già, sangue economico e abbondante che grazie al cielo non passerà mai di moda!»

Nevio abbozzò un sorriso stringendo più forte il braccio a Luigi. Non capiva se sir Paul esagerasse con il sarcasmo o se cominciava a tirar fuori la sua vera natura. Ma gli affari erano affari perciò gli tese la mano, e resosi conto di non avergli dato l'avambraccio si sentì più forte.

«Se permettete sir Paul, vorremmo chiamarlo Café Ida.»

«La mamma, eh?»

«Sì.»

«Magari Yda? Con la ypsilon.»

Lo fissarono perplessi.

«Cos'è la ypsilon?»

«Niente, e Café Ida sia.»

Si rimise il cappello e li lasciò lì a organizzare i lavori nel locale.

Nevio corse a prendere un moncherino di scopa abbandonato a terra e fece una piroetta.

«A Lui', ma ti rendi conto che questo posto è nostro?»

«Non proprio, Ne'.»

«Un giorno lo sarà.»

Dopo una settimana di lavoro notte e giorno il locale aveva cambiato faccia, e mentre si asciugava la vernice loro ammassavano al centro i tavolini, le sedie, gli specchi da attaccare alle pareti e l'ultimo modello di sorbettiera. Sir Paul continuava a ordinare e la roba veniva stipata via via nel negozio. Stock di sigarette, cioccolata, zucchero, tovaglioli, bicchieri, e tutti gli ingredienti che occorrevano per la preparazione delle bibite.

La notte dopo l'apertura Nevio era troppo eccitato per prendere sonno e sciorinava numeri uno dietro l'altro fino a farsi seccare la bocca. Quanti gelati avrebbero venduto, quante sigarette, quante once di ginger ale, quanti mesi sarebbero serviti per fare pure il ristorante, quanti anni per rilevare tutto e mettersi in proprio. Luigi non gli rispondeva.

«Che dormi? Pssst... Lui'...»

«Se ti stai zitto magari ci riesco.»

«Senti, domani bisogna che lasciamo un biglietto per miss Gillian all'istituto delle suore, perché il signor Tony di sicuro non l'ha pagata, ma quella, poveretta, ha lavorato. Scrivile di passare al Café Ida che la paghiamo noi.»

Luigi si risentì.

«Io non l'ho voluta e non la pago.»

«Lui', addebita a me, ma scrivi 'sto biglietto a miss Gillian, per cortesia.»

Luigi si rigirò sull'altro fianco tirandosi la coperta sopra l'orecchio.

«Un'altra cosa Lui'. O', ci sei?»

«Gesù santissimo me lo fai addurmì 'sto cristiano o ci devo pensare io?»

«Ti volevo dire che ogni tanto mi dovrò pigliare una giornata libera.»

«Ma proprio mo' che abbiamo aperto? E per fare che?»

«Per andare a Brooklands con sir Paul quando ci sono le gare d'automobili.»

«Ti ripeto la domanda. E per fare che?»

«Per guardarle.»

«Quel mondo non ci appartiene, Ne'. Ricordati che pure se ci sei socio e ci fai i viaggi, sir o lord, o come si chiamano questi, non ci diventi.»

«Non mi interessano i sir, mi interessano le automobili.»

Teneva le mani incrociate dietro la testa e guardava il soffitto scrostato.

«È vero, il nostro mondo è piccolo Lui', ma si può allargare. Buonanotte.»

29

Gillian si presentò da Tony's con i suoi spartiti alle sedici e quarantacinque del venerdì, e non vedendo il pianoforte pensò che Nevio avesse nuovamente deciso di spostarlo. Le venne incontro la figlia di Tony e la trattenne sulla porta.

«Oh, mi dispiace... Nevio non ti ha detto nulla.»

«Cosa?»

«Che non sei più gradita, ma del resto nemmeno lui. Buona fortuna.»

Maria era già oltre la sala e Gillian stava ancora raccapezzandosi quando un cameriere le balzò davanti.

«Ehi miss, per voi.»

Assicuratosi che la titolare non stesse guardando le allungò due biglietti, uno macchiato e ciancicato, l'altro era in una busta di cartoncino color avorio con le iniziali in rilievo sul retro. Il cameriere era sparito dentro senza darle il tempo di chiedergli chi li aveva lasciati, dunque non le restava che aprirli. Nel primo si imbattè in una calligrafia incerta che diceva *Miss Gillian, la paga del lavoro da Tony's si trova in Wellington Street al Café Ida. Sentiti saluti, Nevio Montefosco.* Lo ripiegò pensando che rimanendo senza prospettive di guadagno che le avrebbero consentito prima o poi di iscriversi all'Accademia di musica, così si chiudevano i suoi conti con Glasgow. Nella bustina c'era invece un messaggio che cambiava tutto. *Cara miss*

Gillian, la cercavo per proporle un lavoro. Se questa mia le sarà recapitata e fosse interessata a un colloquio, l'aspetto in Castle Street, alla villa bianca. Sua, Caroline Anderson. Era felice e triste al tempo stesso, perché avrebbe voluto condividere ogni cosa con qualcuno, e invece non aveva nessuno con cui potersi confidare. E quella Glasgow che l'aveva illusa sul successo adesso le apparve solo come un groviglio di strade sporche che non le facevano mettere un piede davanti all'altro.

«Schiusmi... Miss...»

Una voce le risuonava insistente nelle orecchie. Doveva essere una mendicante, una collega, commentò senza voltarsi.

«Schiusmi... plis.»

Era una ragazza scura, forse italiana, di sicuro più angosciata di lei. Le concesse un'occhiata interrogativa e quella gliene fu grata.

«Barber... Italiano...»

Gillian alzò gli occhi al cielo.

«Qui è pieno di italiani... Ma se cerchi lavoro, lasciali stare.»

La mollò lì per continuare la ricerca, e Antonia riprese la sua. Era partita da Greenock senza dire nulla al padre, con la lettera di addio ricevuta da Giovanni e l'idea di presentarsi al negozio per obbligarlo a strapparla, perché qualunque cosa avesse da dirle, doveva dirgliela in faccia. Durante il viaggio aveva analizzato quella bella calligrafia senza capirci niente, si era bruciata gli occhi a comporre le lettere, ma nulla di comprensibile era venuto fuori. Che fosse di addio gliel'aveva detto una comare che l'aveva mostrata a qualcuno che sapeva leggere. Adesso era tardi, era gelata e affamata, e sebbene non avesse uno scellino in tasca si decise a entrare in un Café.

Luigi le andò incontro.

«Gudivining miss.»

«Plis... tè, biscuit.»

«Yes, miss.»

La fece accomodare al bancone. Lei si sfilò il cappotto e gli ripetè stancamente la solita domanda.

«Barber shop italiano... Barber shop, andestend?»

«No, no barber shop. Tis is Café Ida.»

Nevio arrivò in soccorso.

«A Lui' mannaggia, l'ha visto che è un Café, sta domandando dov'è questo barbiere.»

Antonia si illuminò.

«Siete italiani!»

Luigi sorrise orgoglioso.

«Sì, miss.»

«Pur'io! Vengo da Greenock per cercare il barbiere. È bello e bravo, è il fidanzato mio e a giugno ci sposiamo.»

Luigi le mise davanti una tazza e un piattino di biscotti.

«Auguri, signurì!»

Antonia prese la tazza con una mano tremolante che faceva oscillare pericolosamente il tè.

«Signurì...»

Luigi la fissava preoccupato.

«Vi sentite male?»

Lei scosse la testa ma Nevio aveva già trascinato lì una poltroncina e lei ci cascò dentro. Piangeva. Non aveva più voglia di ascoltare dalla voce di Giovanni le parole d'addio, e allora si frugò dentro al cappotto e tirò fuori la lettera stropicciata.

«Sapete legge?»

Nevio studiava ma non era ancora pronto, perciò arretrò lasciando Luigi in prima linea.

Prese la lettera come una reliquia e l'aprì.

«Mia carissima Antonia...»

Antonia ascoltò senza battere ciglio quelle poche righe buttate giù con evidente sforzo, poi si riprese la lettera e si alzò.

Non era più la ragazza sofferente di prima, aveva anzi l'aria di chi ha già voltato pagina e sta pianificando la vendetta. Impressionato dalla fulminea trasformazione, Luigi risentiva le parole del barbiere scorrazzargli nella testa e provò l'assurda sensazione di essere ormai parte della storia.

Mentre l'aiutava a mettere il cappotto le chiese cosa avesse intenzione di fare.

«Torno a casa.»

«Se ripassate da Glasgow vi aspettiamo qua, signurì. Café Ida ci chiamiamo, ricordate.»

La guardò rimpicciolirsi in lontananza e quando rientrò pareva che gli occhi avessero cambiato colore.

Per una volta Nevio si era fatto da parte ma non si era distratto un momento.

«Mi sa che sta vuagliona t'è piaciuta assai.»

«Ne', vorrei trovare 'sto disgraziato. Magari siamo fortunati ed è quello che sta all'angolo.»

Verso le undici della mattina dopo, Nevio raggiunse Luigi davanti al Giovanni's Barber Shop. Veniva direttamente dalla residenza di sir Paul, per la precisione dal garage, dove si occupava delle sue automobili dall'alba fino a quell'ora per racimolare denaro destinato a ripagare il suo prestito.

Si affacciarono alla vetrina e videro che nel negozio c'era Giovanni Datti. Nevio era stupefatto.

«Alla fine barbiere ci è diventato per davvero...»

Poi diede una pacca sulla spalla al fratello.

«Be', è sposato e con una figlia, quindi non è lui. Entriamo a salutarlo.»

Giovanni stava facendo la barba a un cliente e gli sorrise dallo specchio pregandoli di accomodarsi sul divanetto. Nevio scosse la testa.

«Non sapevamo che Giovanni's fossi tu. Noi siamo poco più giù con Café Ida, abbiamo aperto da poco. Ci si vede.»

Giovanni accolse con gioia quella notizia soprattutto per la vicinanza.

«Vengo a trovarvi di sicuro.»
«Ah Giova', per caso conosci un altro barbiere italiano? C'è una certa Antonia che lo cerca.»
Dentro allo specchio Giovanni sbiancò, si tirò su e iniziò a sciacquare e risciacquare nervosamente la lama.
Nevio lo guardava perplesso.
«Giova'?»
Il cliente si mostrò insofferente a quella pantomima.
«Giovanni, ti ricordo che tra cinque minuti ho un appuntamento.»
Lui si riprese.
«Certamente signore, terminiamo subito.»
Nevio e Luigi uscirono e percorsero un bel po' di metri prima di riuscire a dire una parola. Erano allibiti. Nevio soprattutto.
«Giovanni... non posso crederci.»
«È un Datti, Ne'. Gente che figlia briganti e se li seppellisce in giardino.»
«E no Lui', questo proprio no. Se c'è qualcuno che c'ha colpa in quella storia siamo noi. O non te lo ricordi che la criatura se l'era rapita nostra zia?»
«Vabbuò, allora rammentati di Zelinda... del signore bell'assai che aveva ingravidato la serva e se n'era infischiato. Era il *principe* 'sto signore, se non l'avevi capito.»
«Che c'entra, Antonia mica è gravida.»
«Embe'? Vale come si è comportato. Le ha promesso il matrimonio quando era già sposato.»
«Con una ragazza bellissima, fra l'altro.»
«Sì, Ne', il punto è l'onestà.»
«E allora in effetti tale padre tale figlio.»
«Già... infami tutti e due. Sai che ti dico? Che adesso mi siedo su una di quelle poltrone e lo faccio vergognare davanti a tutti, così il negozio gli va fallito.»
Luigi aveva già fatto dietrofront e Nevio dovette corrergli dietro. Lo tirò per una manica per calmarlo ma poi

entrò con lui. Giovanni era occupato con un nuovo cliente e sollevò su di loro uno sguardo ansioso e implorante al tempo stesso.

«Se avete la cortesia di aspettare vi servirò al più presto, grazie.»

Si accomodarono come richiesto sul divanetto, Luigi torvo e Nevio incuriosito dal posto. Scopriva che un comune negozio di barbiere poteva esibire una raffinata armonia. Dai paesaggi alle pareti, all'ordine meticoloso con cui erano riposti i panni e gli strumenti, ai saponi immacolati, ai disegni di capigliature e favoriti, fino al cavallino a dondolo colorato... Ogni cosa era lì per fondersi col ticchettìo delle forbici e il raspare del rasoio sulle gole protese all'indietro. Uomini grandi e grossi si affidavano alle dita affusolate di Giovanni, ragazzo così perbene nei modi e nell'aspetto da risultare del tutto estraneo all'indegno promesso sposo della signorina Antonia.

Nevio adesso lo scrutava ricercando i segni di un'indole dedita all'inganno e alla codardia, ma non ne ravvedeva alcuno. Adesso rifiniva le basette a un cliente adattando la mano alle sue mandibole indisciplinate. Il tipo non aveva smesso un momento di cianciare e Giovanni l'aveva ascoltato senza far mai trapelare l'insofferenza. Nevio non fu così paziente.

«Io gli avrei messo un bavaglio bello stretto sulla bocca, altro che.»

Non poteva aver sentito, eppure il cliente lo scrutò dallo specchio indugiando sulla sua giacca lisa e sulle scarpe, per poi riprendere con un guizzo acuto le fila del suo discorso.

«...e quindi dovrai arrivare prima dell'orario d'inizio, altrimenti resterai in piedi.»

Giovanni gli spazzolava la giacca invitandolo ad alzarsi, e quello continuava.

«Allora ci si vede lì.»

«Dove?»

«A St. Patrick Church, dove se no... Sono dieci minuti che te ne parlo!»

«Certamente, vi ringrazio, signore.»

Quello gli fece scivolare in tasca un gruzzolo di monete e ricominciò a chiacchierare. Nevio sbottò col fratello.

«Senti Lui', mica siamo i fratelli della signorina Antonia. Non abbiamo tempo da perdere, andiamo a lavorare, va. Ci torniamo dopo.»

Ma il cliente finalmente usciva, Giovanni aveva già girato la poltrona e stava aprendo un panno pulito.

«Servizio gratis se mi riferite cos'ha detto il signore, perché si aspetta che ci incontriamo da qualche parte, ma io non ho sentito niente e non vorrei fare una figuraccia.»

Nevio sospirò.

«Ha detto che domani voleva tirare tardi con gli amici e invece a St. Patrick Church c'è una funzione serale per una qualche celebrazione, e sua moglie gli ha imposto di accompagnarla. Ah, ci sarà l'organista della domenica. Celestiale. Ha detto così. Però Giova'... una figuraccia l'hai fatta già. Che hai combinato con Antonia?»

Luigi scattò in piedi.

«E lo so io che ha combinato questo qua!»

Nevio lo fermò.

«Aspetta, fallo parlare.»

Giovanni faceva avanti e indietro per il negozio spostando le cose e rimettendole dov'erano, spazzava per terra e poi lasciava lì, e sbuffava.

«Vi ha detto perché mi cerca?»

Luigi si liberò dalla stretta del fratello.

«Te lo dico io perché. Le hai scritto una lettera e lei non sa leggere, e non hai avuto il coraggio di parlarle e di spiegarle come mai non la puoi sposare, eh Giova'?»

Lui annuiva tormentato, e angosciato.

«Dov'è ora?»

Gli risposero insieme.

«A Greenock.»

«Già, certo. E come vi è sembrata... insomma... grossa? Sulla pancia intendo...»

Nevio scosse la testa, Luigi sogghignò sprezzante.

«Ti senti meglio adesso? Ma sempre un mezzo uomo rimani. Sei ancora il bambino viziato che se ne va in giro a fare le esperienze a casa dei poveri e delle brave ragazze.»

Giovanni lo fulminò.

«E che ne sai tu di quello che ho passato da quando ci siamo visti?»

Gli andò sotto.

«Non ti permettere mai più una sola parola sulla mia vita.»

Era furioso adesso, e gli puntava contro l'indice.

«E nemmeno su Antonia. Di che ti impicci, che vuoi?»

Poi si allontanò.

«Sarà meglio che andiate.»

Luigi non se lo fece ripetere due volte, Nevio invece esitava.

«Giova'...»

Ma lui spolverava e restava di spalle.

Non gli rimase che uscire anche lui. Esitò solo un attimo, aprendo la porta.

«Be', sai dove sto.»

Rientrando a casa, Giovanni tentò di scacciare il diverbio con Luigi, e soprattutto lo sguardo sconcertato e di biasimo di Nevio, decidendo che quella messa serale a St. Patrick Church era un'opportunità da non lasciarsi scappare. Una messa fuori dall'orario di lavoro, l'unica possibilità per lui di incontrare l'organista, celestiale, l'aveva definito il cliente, e di proporre un duetto. Che peccato non potersi godere la prospettiva di una cosa bella. Il pensiero di Antonia lo agitava, e quella sera non avrebbe potuto pensare a nient'altro. Magari poteva provare a confidarsi con Lucita, ma era così cambiata. Aveva perso la sua dolcezza ed espletava le faccende, considerando tra queste perfino Pia, con innaturale indifferenza. Troppi cambiamenti, troppi distacchi in poco tempo... Ma la sua indole si sarebbe fatta strada e le avrebbe fatto recuperare il sorriso, ne era certo. A tavola tentò una conversazione.

«Com'è andata la tua giornata? Sei uscita con Pia?»

Lei rimescolava la minestra compiendo cerchi sempre più grandi col cucchiaio, e solo quando arrivò al bordo del piatto gli rispose.

«Normale. Sì.»

«Domani sera vi porto fuori. Andiamo a St. Patrich Church per una celebrazione speciale, ti va?»

«D'accordo.»

Nel silenzio che seguì, gli unici esasperanti rumori erano prodotti dai cerchi del cucchiaio e dal tarlo che gli rosicchiava il cervello ricordandogli di Antonia.

L'indomani, stemperate le ansie notturne, decise che sarebbe comunque andato a St. Patrick Church. Perciò la sera chiuse con mezz'ora d'anticipo il negozio, e col violino e Lucita sottobraccio, e Pia un po' in braccio un po' per mano si avviò verso la chiesa.

C'erano molte persone già sedute e l'organista si scaldava in qualche passaggio, perciò sistemò Lucita e Pia e sparì oltre la porta della sagrestia per raggiungerlo prima che cominciasse la funzione. Era molto motivato ma al tempo stesso preparato alla risposta che avrebbe ricevuto. "Grazie ma sono un solista." Oppure: "Si è diplomato all'Accademia di musica?".

Salita la scala a chiocciola proseguì verso la balconata, costeggiò le imponenti canne ora silenziose senza sbirciare chi ci fosse seduto dietro. Anche a questo era preparato, avrebbe trovato un uomo dall'età indefinita aggredito dalla calvizie e dalla pinguedine di chi consuma la sua vita sopra uno sgabello, pelle bianchiccia e alito stantio con retrogusto di incenso benedetto. Nel superare l'ultima canna si accinse a salutare, ma dalla bocca non gli uscì una parola ed esordì con la figura da idiota più perfetta della sua vita.

Gillian stava impostando i bottoni, le leve e i tiranti per inserire la combinazione di registri per il pezzo di apertura. Ascoltava il brusio giù in basso senza alcuna voglia di affacciarsi a guardare quanta gente ci fosse. Le piaceva sentire scemare quel rumore sordo fino a quando si riduceva a pochi bisbigli tra le ultime file, per poi cessare del tutto e mutare in scricchiolii di panche e vecchie ginocchia tirate su per l'ingresso del prete. Allora inspirava a fondo e azionava le tastiere e la pedaliera con i registri e le altezze dei suoni scelti, e continuava le manovre perché l'aria soffiasse fuori le note nel modo in cui il compositore e poi lei le avevano pensate. E improvvisamente non c'era più nessuno in chiesa se non loro due, l'organo, austero asceta che si celava ai fedeli, e lei, la ragazza che amava la musica più del suo mare.

Giovanni le era sbucato davanti e la fissava stupefatto, colto alla sprovvista perché davanti all'organo non c'era l'orrido uomo che si aspettava bensì una donna. E non una navigata insegnante di musica prestata alle messe, ma una giovanissima senza quelle lenti che ingigantiscono gli occhi né l'aria impacciata di chi non sa parlare una lingua diversa dalle note. Così perfetta, quasi fosse scivolata giù da un quadro ma con le sembianze di qualcuno che aveva già incontrato. Eccome se l'aveva incontrata.

«Gillian...»

Lei vide prima il violino stretto fra due mani affusolate e poi risalì su fino al viso.

«Giovanni!»

Era passato così poco tempo, eppure si erano trasformati. Lui non era più il ragazzo schivo di Greenock e lei non era più la ragazza un po' altezzosa che si era ripulita dal suo bacio. Si guardavano senza dire nulla, mentre giù di sotto il prete dava inizio alla messa, e l'apertura dell'organo era saltata.

Adesso Giovanni non le offriva amore ma musica, chiedendole l'opportunità di suonarla insieme. E Gillian sentì che quell'opportunità era invece data a lei, un amico perduto e ritrovato nella solitudine, perciò sorrise e disse sì.

Restò per un po' a osservarla affascinato, attento a spostare gli occhi sull'organo prima che lei se ne accorgesse, e una volta che si furono accordati per fare le prove la settimana dopo Giovanni tornò giù e si aggiustò nello striminzito spazio che Lucita era riuscita a difendere. Accarezzava distratto Pia e col fiato corto sorrideva a vuoto. E ogni volta che nella chiesa si diffondeva la musica gli era impossibile non pensare alle sue mani sui tasti e al suo viso teso verso lo spartito e, ben conscio di non essere ricambiato, capì che era perduto.

Al termine della funzione Gillian svicolò giù e si mischiò alla folla. I banchi si svuotavano rapidamente e la gente si accalcava a ridosso del portone, ma qualcuno ancora si attardava nella navata centrale. Tra questi una giovane coppia con una bambina piccola. Stretta al braccio del marito, la donna cercava di tirare per mano la figlia, che però di camminare non ne voleva sapere. Sentendosi osservata, Lucita si girò, e si fissarono come quando a separarle c'era la vetrina del negozio. Gillian abbassò lo sguardo sulla bambina che piagnucolava stropicciandosi gli occhi pensando che se da grande avrebbe odiato la musica sarebbe stato a causa sua. Vide la ragazza parlare al marito e lui girarsi con un inchino verso l'altare per segnarsi la croce, e poi tirarsi su. Gillian restò di sasso. Giovanni... com'era possibile... eppure eccolo lì, che con la sua bella famiglia usciva dalla chiesa. Non avrebbe mai avuto tempo da dedicare a un'amicizia, e tanto meno avrebbe potuto giustificare un'amica donna.

La settimana successiva Gillian arrivò a St. Patrick in anticipo per godersi la chiesa deserta e sbizzarrirsi con quello strumento per i suoi gusti un po' troppo compassato. Gli diede due pacche sul fianco come un fantino al suo cavallo.

«Ora ci facciamo una corsa spericolata.»

E mentre lei si scatenava nella *Toccata e fuga in Re minore* di Johann Sebastian Bach, Giovanni spingeva gentilmente fuori l'ultimo cliente, gettava il grembiule su una poltrona e saltava sulla bicicletta. Benedetto il giorno in cui quel cliente collezionista gliel'aveva ceduta in cambio dei guanti di merletto di sua madre. Quando spinse il portone della chiesa era in ritardo di dieci minuti, e l'organo pareva in preda a un delirio. Corse su nella balconata e quando sbucò dalle canne felice e col fiato sospeso lei non si voltò né fece cenno di interrompere, e una volta terminato il brano si mise a trafficare tra le partiture in cerca di qualcos'altro, tenendo comunque un accordo di settima maggiore sulla tastiera, come se non volesse far calare il silenzio. Giovanni restò in attesa, confuso e deluso, finché lei non sfilò le mani dai tasti, e lo gelò.

«Sei in ritardo.»

«Scusami, ti dimostrerò la mia ossessione per la puntualità.»

«Prima dovresti dimostrarmi la tua competenza musicale, non ti pare? Cominciamo con l'*Aria sulla quarta corda* di Bach, sempre che tu la conosca.»

Ma che diamine le era preso? C'era da girare i tacchi e andarsene senza salutarla. Però non voleva darle la soddisfazione di abbandonare il campo perché non era preparato. Certo che la conosceva, e si sentiva come uno studente baciato dalla buona sorte che pregusta il momento della risposta.

L'aria era meravigliosa e cresceva senza increspature sebbene l'insofferenza di Gillian si riverberasse minacciando di attaccare perfino la cassa del violino. Pensò che tutta quella bellezza era sprecata. A che scopo, si chiese sbirciandola, addobbare un essere umano come un magnifico paesaggio e poi consentirgli di farne un tale cattivo uso?

Per fortuna, invece di corromperla, la sua tensione correva sulla quarta corda di Bach migliorandone l'interpretazione. Perciò, mentre lui rinvigoriva recuperando sicurezza, lei si smorzava e iniziava a mostrarsi vulnerabile. Per un attimo si abbandonò all'indietro, quasi si aspettasse di trovare le sue braccia a tenerla stretta. Poi sbagliò un accordo, e dopo un altro, e un altro. Spinse i tiranti, lasciò scivolare i piedi dalla pedaliera e si voltò, pronta ad accettare la sua ironia. Ma lui stava mettendo via il violino.

«Che fai?»

«Credo che il duetto non ti si addica, e francamente nemmeno la compagnia. Perciò me ne torno a casa.»

Lei balzò in piedi.

«No, per favore.»

Giovanni sospirò stanco.

«Meglio così Gillian, davvero.»

Lei cercò freneticamente uno spartito, lo trovò e glielo mostrò, all'improvviso in soggezione.

«Ancora Bach? *Ave Maria*...?»

Giovanni amava infinitamente quell'*Ave Maria*, tanto struggente da placare anche le anime più inquiete e sospingerle verso la purezza che genera l'estasi. Capiva che proporgli di suonarla insieme era stato per Gillian come confessare una resa, e salendo sulle sublimi note del violino la percepì sola e fragile, e provò l'irresistibile istinto di proteggerla.

Terminato l'eco dell'ultima nota lei si rilassò.

«Direi che la prova è superata. Possiamo suonare insieme alla prossima messa serale... se ti va.»

«E se la novità dell'abbinamento col violino non venisse apprezzata?»

Lei rise.

«Avresti più tempo libero!»

Intanto sistemava le partiture nella borsa dandogli le spalle. Infilato il cappotto gli tese rapida la mano, ma lui non la prese.

«Esco con te. Anzi, sarebbe il caso che ti accompagnassi, è tardi per girare sola.»

Scuoteva la testa ma si vedeva che era contenta.

«Be', non ti conosco così bene... Il pericolo potresti essere tu.»

«È vero, non mi conosci affatto. Un italiano aspirante musicista che per di più di professione fa il barbiere... Una combinazione inquietante, sai? Potrei cavarti un dente o addirittura operarti, oppure curarti con le sanguisughe. Di me non dovresti mai fidarti ciecamente.»

«Le sanguisughe? Che ribrezzo!»

«Ma no, una decina applicate alla base del collo, appena sopra la forcella sternale, e dormi come un angioletto.»

«Davvero fai queste cose terribili?»

«No, tiro solo il sangue. Se costretto.»

«Comunque sono in bicicletta. Ed è tardi anche per te, la tua famiglia si chiederà che fine hai fatto.»

«Ho la bicicletta anch'io, e se tardo non è un problema. Dove abiti?»

«In una villa in Castle Street.»

«Ah, però.»

«Sono dagli Anderson.»

«L'avvocato Andrew Anderson?»

Gillian era sovraeccitata.

«Sì proprio lui! È un tuo cliente? Persona meravigliosa, come la moglie... sai che è una scienziata?»

Gli raccontò che adesso era la tata delle loro figlie, due gemelle cui insegnava anche il pianoforte, e che quindi aveva finalmente lasciato l'istituto delle suore. Fin troppo tempo ci aveva passato in quel posto triste, tra doglie e saluti speranzosi di non rivedersi più. Le ragazze si alternavano nei letti intorno, mentre lei si abituava ai canti dell'alba e agli effluvi di cipolla in ogni anfratto. Nessuna suora si era dispiaciuta a vederla uscire con la valigia, abituate com'erano all'andirivieni, e nessuna compagna di stanza l'aveva stretta augurandole ogni bene, perché quel giorno erano tutte nuove e tutte incinte, nemmeno lo Spirito Santo fosse sceso a ingravidare le vergini di Scozia. Mancava solo lei.

Gli diceva tutto Gillian, mai sazia di essere ascoltata e felice di fidarsi di lui e del suo affetto. Voleva che sapesse della vista della sua finestra, che non dava più sui campi di erica ma su una bellissima magnolia, e soprattutto teneva a parlargli di Caroline, che bella, e che gran donna, era al seguito di uno stimatissimo professore di Patologia e ricercatore all'università di Glasgow, e viaggiava spesso tra Londra e altre città. Gli disse anche del padre in navigazione chissà dove, del fratello in un'isola sperduta alle Seychelles, e della madre che viveva in apprensione per lui soltanto. E continuando a pedalare nelle strade ormai deserte, si raccontarono delle loro vite e di come erano finiti a fare quello che facevano a Glasgow. Ed entrambi godevano, ciascuno dal suo punto di vista, del magico momento che si era creato. Quello in cui nasce un'amicizia e quello in cui nasce un'amicizia, che però, hai visto mai, un giorno potrebbe diventare amore.

30

Un paio di mesi dopo Edoardo Datti si affacciò alla vetrina del Giovanni's Barber Shop e restò a godersi lo spettacolo di suo figlio diventato a tutti gli effetti adulto, di Pia che non riconosceva per quanto era cresciuta e Lucita, che della famiglia non era, ma dal momento in cui ci era entrata aveva fatto di tutto per esserlo. Giovanni lo salutò con un cenno continuando a trafficare con i ricci di un cliente. Lo sbirciava però, orgoglioso che constatasse l'eleganza del locale. Aveva preso qualche chilo ma era ancora il gran bell'uomo che le donne si giravano a guardare ridacchiando. E non soltanto le donne, anche il cliente era lì che se lo rimirava dallo specchio mentre si avvicinava.

«Pensa che potrà servirmi prima di pranzo?»

Gli si era rivolto con quella sua aria seduttiva e infantile, e Giovanni gli rispose come fosse un cliente qualsiasi, rassicurandolo sui tempi e pregandolo di attendere sul divanetto. Poco dopo gli metteva un telo al collo come nella stanza di Greenock, cercando di non notare quanto fossero radi i suoi capelli, perché suo padre in fondo non era granchè cambiato. Su qualsiasi mutamento avrebbe sempre prevalso quel suo dichiararsi com'era, che spiazzava e induceva a perdonargli ogni cosa. Ciò valeva per tutti tranne che per suo padre evidentemente, Niccolò Datti, e per suo figlio.

Edoardo sfogliava rilassato un giornale commentando le notizie, poi di colpo si annoiò e lo posò sulla mensola.

«Venendo qui mi sono fermato al Café Ida. Ne hanno fatta di strada i fratelli Montefosco, dalle pecore ai cocktail... Che te ne pare?»

L'aveva detto senza cattiveria, constatando quella che per lui era una bizzarra realtà, un segno di quanto fosse rivoluzionario quel Novecento, se un paio di contadini incapaci di valicare l'altura di Roccasecca se n'erano andati in Scozia a fare gli imprenditori, mentre il padrone, il *principe,* nella sua bella uniforme blu coi bottoni d'oro, non era altro che un maggiordomo d'alto bordo su un transatlantico.

Sorrise alla smorfia di Giovanni.

«Stai tranquillo che i cocktail li ho solo visti passare sul vassoio. Non bevo da un bel po', nemmeno un goccio. E per risparmiare soldi ho anche smesso di fumare, non vedi quanto sono ingrassato?»

Non c'erano clienti nel negozio, ed era come stare a casa tutti insieme in vista del Natale, con Pia impegnata a pettinare la sua bambola e Lucita a rifinire i *trompe l'oeil* qua e là, con un papà incredibilmente sobrio che per di più aveva voglia di parlare. Giovanni osservava la scena nello specchio. E adesso che sembravano una famiglia vera aveva il terrore che si dissolvesse.

«Davvero niente rum e niente whisky?»

«Davvero.»

«Finalmente... papà.»

Edoardo ricambiò lo sguardo nello specchio cercando di nascondere il tremito delle labbra.

«Meglio tardi che mai, no?»

E senza far caso al rasoio, d'impulso gli fermò la mano.

«Non meritavo nulla, e invece ho avuto te.»

Il primo gesto d'amore tra loro passava attraverso due mani strette intorno a una lama, senza che vi si leggesse però alcuna memoria delle ferite inferte. Che importava dove si erano parcheggiati i torti, le domande, i rancori.

Giovanni non era solo emozionato, era spaesato. Cosa poteva rispondere a quelle parole bellissime e tardive... Quanto tempo avrebbe dovuto aggrapparsi a quella mano che iniziava a macularsi sul dorso ma era ancora affusolata, identica alla sua... Come si dimostra l'amore a chi non te l'ha mai dimostrato?

Non lo so fare, avrebbe voluto confessare, impariamolo insieme. E intanto si sganciava lentamente dalla presa, mentre Edoardo incassava la reazione frugando nella tasca della giacca per tirarne fuori una bustina con un nastro rosso.

«Ho una sorpresa per voi.»

Pia accorse per sfilargliela e lui gliela sventolò sul nasino.

«Ma ve la mostro dopo.»

E poi si rivolse distrattamente al figlio.

«Ah, dimenticavo, al Café Ida mi ha servito una tale Antonia che mi ha pregato di salutarti.»

Giovanni trasalì.

«Chi?»

«Non ti ricordi di questa procace signorina? Mi ha servito lei il tè. Che hai, Gio? Sei tutto rosso.»

Ascoltava quella voce sentendosi minuscolo. Gio... Quanto tempo era che suo padre non lo chiamava così? E continuava, preoccupato, quasi dolce.

«Che succede?»

Proprio così, che diavolo succedeva, dopo anni di inerzia, adesso tutti i sentimenti del mondo gli si riversavano addosso. Ci mancava che sua madre e la zia Flaminia, e forse pure il nonno, facessero capolino da Lassù. Che lo aiutassero almeno, a ricacciare in fondo il senso di colpa e il nome che glielo risvegliava.

«È che a Greenock mi ero impegnato con...»

«...Antonia.»

«Non lo sa nessuno, e veramente nemmeno io l'avevo capito che mi ero fidanzato... Insomma, non pensavo... ecco... che per una passeggiata potessimo finire all'altare.»

Edoardo si era alzato, era alto uguale, lo scrutava serio ma senza giudicare.

«Per una passeggiata.»

«Più o meno...»

«E poi?»

«E poi quando ci siamo trasferiti a Glasgow l'ho lasciata. Peccato che non gliel'ho detto, o meglio, gliel'ho scritto dopo, pur sapendo che non sa leggere. E ora me la ritrovo dappertutto e non so cosa vuole da me.»

Edoardo gli posò una mano sulla spalla.

«Non vuole proprio niente da te. E non mi è sembrata per nulla affranta, anzi, per quanto ho potuto vedere si è presto consolata con un Montefosco.»

«Con Nevio?»

«Con Luigi. Il tuo Nevio è troppo sveglio per farsi accalappiare da una così.»

"Così ora è tutto a posto," pensò Giovanni "con Antonia, Luigi... E con Nevio", che era l'unico di cui gli importava per davvero.

Sbirciò l'orologio nel taschino.

«Manca un'ora al mio treno e non vorrei riportarmi via il regalo. Non credo che sul *Lusitania* mi sarebbe utile.»

Si avvicinò a Lucita e le accarezzò la testa come aveva fatto a Greenock quando l'aveva portata in casa, e dopo si accucciò accanto a Pia. «Ci copriamo bene che fuori nevica» le diceva allacciandole il cappottino e i nastri della cuffietta sotto al mento.

Finalmente all'aria aperta Giovanni ricominciò a respirare. Col viso in su si godeva i fiocchi leggeri sulle ciglia e sulle labbra, li sentiva infittirsi e diventare più grandi, e freschi e puri entrargli dal naso per mondarlo della sua acclarata codardia.

Aveva ancora gli occhi chiusi quando Edoardo gli mise in mano la bustina col fiocco rosso. Dentro c'era una chiave e un biglietto con l'indirizzo del portoncino accanto. Giovanni girò la chiave nella serratura ed entrarono in un grande appartamento che odorava di vernice e di pulito, con i mobili e una stufa in funzione che pareva estate. Edoardo lo illustrava felice.

«Acquaio, tavolo, sedie, la panca, due poltrone, un tappeto, pennelli e colori, bambole, giocattoli e un leggìo. Due camere da letto, perché prima o poi voi due vi sposerete, e un bagno piccolo, ma tutto vostro.»

Giovanni era sconvolto.

«L'hai comprato!»

«È il minimo che potessi fare per te, dopo averti tolto tutto.»

Si girò verso Pia e Lucita.

«E per voi due, che col passato dei Datti non c'entrate niente.»

Tornati in strada si fermarono davanti al portone per i saluti. Edoardo partiva per Liverpool per imbarcarsi di nuovo sul *Lusitania* e altre settimane sarebbero passate senza vedersi.

Dietro di loro dei tacchetti pestavano veloci il terreno già scivoloso di neve.

«Permesso.»

Con tono impaziente una ragazza cercava un varco in mezzo al capannello. Edoardo si spostò di lato senza nascondere l'ammirazione, e restò di stucco vedendo che Giovanni le si piantava davanti bloccandole il passaggio, e lei tutta contenta lo salutava.

«Giovanni...»

«Gillian, che fai da queste parti?»

«Vado a riscuotere la paga per quei pochi giorni in cui ho lavorato da Tony's.»

Intanto abbozzava un saluto a Lucita e a Edoardo, che subito le si avvicinò accennando un baciamano: «Se i miei figli sono tanto villani da non presentarci me ne prendo la colpa».

Gillian non potè fare a meno di voltarsi verso Lucita.

«I suoi figli?»

«Scambiarmi per il fratello maggiore è un pensiero squisito, la ringrazio dal profondo del cuore.»

Lei lanciò un'occhiata finalmente amichevole a Lucita, e poi, ricordato a Giovanni il loro appuntamento a St. Patrick Church e salutato suo padre, proseguì verso il Café Ida.

Edoardo osservava suo figlio, ancora girato verso di lei sebbene fosse già lontana.

«È molto bella, ed è una musicista. Per togliertela dalla testa dovrai trovarle qualche difetto.»

Giovanni sospirò.

«Oh, se è per questo ne ha. È volubile e presuntuosa, e soprattutto è convinta che un ragazzo e una ragazza possano essere amici.»

Edoardo allargò le braccia.

«E allora tutto dipenderà da te. Da quanto riuscirai a tenerti in equilibrio tra pazienza e speranza.»

Poco più giù, lungo la strada, Nevio era uscito a fumarsi una sigaretta. Ripensava alla bizzarria del destino di Edoardo Datti, il *principe* che aveva tutto, terre fino all'orizzonte e donne bellissime, e invece era finito a bersi un tè dai figli del fattore. Lanciò la cicca a terra e fece per rientrare, ma intravide Gillian tra i passanti e decise di aspettarla fuori.

Mamma santa, quel viso che sbucava dalla cuffia e dal collo rialzato del cappotto... Non potè che restare a guardarla imbambolato mentre camminava verso di lui. La immaginò spogliata tra le sue braccia. Chissà come doveva essere ritrovarsi appiccicato a tutta quella bellezza, aprire gli occhi dopo un bacio e avere la conferma che era vera, ed era sua.

«Buongiorno Nevio.»

Lui richiuse di scatto la bocca e prese il biglietto che gli agitava davanti.

«Davvero vuoi pagarmi?»

«Sicuro, il lavoro si paga.»

Rimase sospettosa.
«Non lo so, mi sembri troppo onesto.»
«Farò di peggio, ti offrirò qualcosa. Prego, dopo di te.»
Distese il braccio invitandola a entrare e lei ubbidì, le indicò un tavolino e le scostò la poltroncina.
«Più comoda del panchetto del pianoforte, vero?»
Lei alzò le spalle.
«Quando suono potrei essere seduta su un cuscino di spilli e non li sentirei.»
«Vedi, miss Gillian, non è che devi puntualizzare sempre tutto. Se qualche volta sorridi e stai zitta a noialtri esseri normali ci fai contenti.»
Si affrettò verso il bancone e le preparò un vassoio con un piattino di revotata, uno di *shortbreads*, un ginger ale e la sua paga in un foglio ripiegato. Lei divorò tutto e se non fosse che doveva andare a prendere le gemelle a scuola avrebbe chiesto il bis di revotata.
«Mi trasferirei in Italia solo per il vostro cibo. Oltre che per il sole che mi hanno raccontato e su cui non riesco neanche a fantasticare.»
Si alzò di colpo e s'infilò il cappotto.
«Ecco, mi hai fatto fare tardi e devo scappare.»
Nevio si schiarì la voce porgendole il foglio rimasto sul vassoio.
«Miss.»
Lei lo aprì con rabbia.
«Ah mi pareva, invece di pagarmi mi porti il conto.»
I soldi che c'erano dentro caddero a terra, e Nevio la lasciò da sola a raccoglierli. Voltò le spalle al suo imbarazzato «grazie» e riprese a lavorare. L'aspettava un pomeriggio di ordini e fatture, e gli sembrò impossibile aver passato tanti anni della sua vita senza saper leggere né far di conto.

Per un po' agitò il lapis fra le dita in cerca di concentrazione. Non era tanto colpa di Gillian, che ormai se n'era andata, quanto di Antonia, che dietro al bancone a fianco a lui assaggiava la nuova crema da servire coi biscotti. La gustava a occhi chiusi, muovendo piano le labbra per far perdurare il sapore. Si risvegliò dall'estasi con un mugolio. La prese in giro.

«Mi sa che non t'è piaciuta per niente.»

«È la cosa più buona che abbia mai mangiato. Devi dire alla cuoca di sir Paul di passare più spesso a insegnarci le ricette.»

E intanto intingeva di nuovo il cucchiaio nel tegame e lo avvicinava alla bocca di Nevio.

«Senti qua.»

Lui si scansò infastidito e le fece cenno di andare a pulire i tavoli sparecchiati. Afferrato il panno, che per quanto era lercio i tavoli li avrebbe sporcati, gli passò dietro senza preoccuparsi di mantenere la distanza, e gli soffiò nell'orecchio.

«Sicuro di non voler scoprire che sapore ha?»

Nevio la guardò allontanarsi, chiedendosi chi diavolo fosse veramente quella donna, e se da lì in avanti avrebbe dovuto temerla. Era successo tutto così in fretta che della sua presenza nelle loro vite ancora non si capacitava.

Non si era fatta pregare più di tanto Antonia, e ben presto era tornata al Café Ida per farsi offrire un'altra tazza di tè e pure un bel gelato. Dal tavolo dove il premurosissimo Luigi l'aveva fatta accomodare li aveva osservati, i due fratelli, con l'aria di chi sta decidendo per il proprio futuro e pure per il loro, e nel giro di qualche settimana era diventata sua cognata. La sera in cui era entrata al Café Ida per la prima volta, spaurita e infreddolita, aveva accennato al suo sogno di un matrimonio d'estate, ma poi se n'era infischiata del sole e aveva portato Luigi all'altare in una piovosa giornata d'inverno. Sposa bagnata sposa fortunata, avevano augurato i pochi invitati. Ma che non fosse innamorata del marito si vedeva lontano un miglio e, amareggiato per il fratello, Nevio sperò che il tempo e i figli avrebbero fabbricato l'amore. Il sesso invece funzionava magnificamente. Alla vigilia delle nozze lui e Luigi avevano fissato una tenda tra le brande per assicurare l'intimità degli sposi, ma una pezza di stoffa ben poco nascondeva all'udito e alla vista. Perciò per quanto tentasse di voltarsi dall'altra parte con le orecchie tappate, Nevio scoprì che si infilava nuda dentro al letto, e che se la notte fosse durata il doppio non si sarebbe fatta spaventare.

Luigi non dormiva più ma scoppiava di energia. Non si accorgeva di niente, si godeva soltanto il colpaccio di essersi sposato prima del fratello e per giunta con una femmina infuocata. Non sentiva altre ragioni che non fossero quelle della moglie e non notava l'allegria che lei sprigionava quando c'era Nevio. E gli era presa la mania di comporre dei goffi versi che le recitava, tutti ispirati ai suoi occhi, ai capelli, al viso e alle mani e, trascinato dalla creatività, perfino ai piedi. I primi li aveva pensati durante la prima e unica passeggiata da soli lungo il Clyde. Prossimo all'estasi, aveva giudicato Glasgow un reticolo di strade dove si cammina dimenticandosi di guardare il cielo, che all'improvviso si trasforma nell'angolo del Paradiso dove Dio si ritira a dipingere i suoi quadri. E allora si era seduto su una pietra prendendosi Antonia sulle ginocchia, aveva strappato un rametto d'erica dal prato e gliel'aveva infilato tra i ricci sussurrandole in versi la sua dichiarazione di eterno amore.

Erica che pitturi le valli e li monti, si' rosa come gliu vise
de l'amata mia.
'Sta tua bellezza me fa ladre
e te rubo a la terra, pe' fatte brillà dentr'ai suoi ricci scure.
T'ammire, e prego che nun te sfiorisce,
accussì, eternamente, posso contemplà pur'isse.

Lei si era portata le mani sul viso, e a immaginarla commossa si era commosso pure lui. Ma se avesse spiato tra le dita avrebbe avuto la stessa visione di Giovanni mesi prima su un prato di Greenock. Una grande cavità buia in cui splendeva un dente d'oro. Stavolta Antonia aveva tappato lo sbadiglio in tempo, uno sbadiglio così intenso da farle lacrimare gli occhi. Poté quindi esibire due lucciconi di tutto rispetto senza dover spiegare che quella forma d'arte era più alla sua portata del violino, eppure l'innervosiva, assai più che emozionarla.

A compensare la sua assenza d'amore per fortuna il sesso produsse subito i suoi effetti. Antonia partorì un maschietto di quattro chili e mezzo al quale fu dato il nome di Attilio. Ma per quanto robusta, la creatura si spense per una polmonite confermando che Attilio era un nome tanto gradito a Dio da richiamarlo subito a sé. Andato via il bambino se ne andò pure il latte, e poco dopo Antonia era di nuovo incinta. Pietro nacque che Nevio, Antonia e Luigi erano sfiancati da una gastroenterite che li costrinse a chiudere il Café per quasi un mese. Pesava due chili, ma sopravvisse al virus succhiando ogni residua energia alla madre. E guardandolo dall'alto dormire placido nella culletta di legno mentre tutti loro si trascinavano smagriti per la stanza, Nevio ebbe la netta impressione che sarebbe stato quello il suo modo di affrontare la vita, anche quando gli avrebbe presentato delle avversità.

31

Alle diciotto e trenta Giovanni entrò a St. Patrick e come al solito l'organo suonava già. Camminò sul lato sotto la balconata per non farsi vedere, e sulle punte per non farsi sentire, e si fermò appena prima per spiarla senza la preoccupazione di esternare i propri sentimenti. Non sapeva se stesse tenendo in equilibrio la pazienza e la speranza, come gli aveva detto suo padre. Sapeva solo che ormai era incastrato in una relazione di profondissima amicizia che di tanto in tanto sconfinava in qualche abbraccio dall'indecifrabile significato.

Si incontravano ogni martedì in chiesa per provare pezzi che avrebbero eseguito durante le rare messe serali. E più bello ancora di suonare insieme c'era il ritorno in bicicletta, appaiati nelle strade vuote a scambiarsi le confidenze della settimana. O meglio, Gillian a raccontare e Giovanni ad ascoltare e se del caso commentare, guardandosi bene dall'esprimere giudizi che potessero infastidirla e causare il suo risentito mutismo, e il passaggio d'ufficio da partner di passeggiata a semplice guardia di scorta.

Smise di pensare e uscì dal nascondiglio mentre lei chiudeva l'ultimo accordo indicando col mento la partitura.

«Alessandro Scarlatti, *Toccata in La maggiore*. Solo per organo, per questo ti non ho aspettato.»

Le sorrise aggiustando il violino sotto al mento e porgendole un mucchietto di fogli.

«Benedetto Marcello, *Sonata in fa maggiore* per violino e organo. Ci sarebbe anche il violoncello, ma dobbiamo farne a meno. Cominciamo?»

Come se non avesse capito lei rimase voltata verso di lui, pur senza guardarlo.

«Secondo te un uomo felicemente sposato può essere innamorato di un'altra?»

«Certo, se elimini *felicemente*.»

«Nemmeno se l'altra è più giovane? E... insomma... bella... e ti vive in casa?»

Giovanni scostò il violino dal viso, deglutì, non rispose, ma lei non voleva una risposta.

«Gio, se dovessi valutarmi da uomo e non da amico, come mi giudicheresti? »

Chiedergli un parere su quanto potesse piacere a un altro uomo era crudele, ma non ne sembrava consapevole, perciò glielo concesse.

«Be', ecco, sei la ragazza con la più bella treccia bionda che abbia mai visto. Sei a tratti indisponente e insofferente, e... poco incline al sentimento. Ma non si nega a nessuno, e quindi neanche a te, un potenziale di miglioramento.»

Gillian lo minacciò divertita con uno spartito.

«D'accordo, e poi?»

Lui si arrese.

«Tu sei un sogno Gillian.»

Gli sorrise soddisfatta, ma subito si fece pensierosa.

«Forse dovrei dirtelo.»

Di colpo lasciò i tiranti e staccò i piedi dalla pedaliera, e si girò completamente verso di lui.

«È iniziata quando lei è partita per l'America con il professore.»

Giovanni lasciò andare il violino lungo il fianco, il respiro già corto come se un'infida polmonite l'avesse colpito a tradimento. Lei era seria, gli occhi erano diventati di colpo adulti.

«Dopo aver messo a letto le gemelle ero scesa in cucina a prendere l'acqua. Andrew era lì, al buio, a guardare la pioggia colare sul vetro. "Per le bambine la vita è semplice," mi aveva detto senza voltarsi "come questa goccia." Non capivo cosa intendesse. Seguivo il suo dito scivolare accanto a una goccia che scendeva giù dritta fino alla base della finestra. Poi il dito di Andrew si era spostato su un'altra goccia. "Guarda questa poveretta invece quanta fatica deve fare." In effetti quella goccia percorreva solo brevi tratti, bloccandosi sempre sulle gocce ferme. Ogni volta ripartiva per guadagnare un altro pezzetto ma di nuovo veniva fermata, e via così da un blocco a un altro, fino a una goccia troppo grande che le impediva di proseguire il viaggio. Gli avevo risposto che forse quella goccia viveva molte più emozioni di quella che va giù dritta. La sua vita era movimentata e piena di incontri che la spronavano a superare gli ostacoli e a cercare la sua strada. Andrew mi aveva dato dell'ottimista. Allora avevo scelto un riquadro della finestra con la condensa intatta e ci avevo disegnato col dito cinque righe parallele, una chiave di violino e una sequenza fitta di tre note in tre quarti, senza accento forte sulla prima, così da trasformare una possibile danza in una noiosissima processione. Su un altro riquadro avevo ripetuto il pentagramma scrivendoci l'attacco della *Toccata e fuga in Re minore* di Johann Sebastian Bach. E avevo staccato il dito puntandolo verso di lui. "Su quale traccia vorresti vivere?" Mi aveva rivolto un sorriso disilluso. "Non le capisco. Cantale." E io le avevo cantate, a bassa voce, battendo il tempo con la mano. Mi aveva fermato subito. "Vorrei la seconda, con tutto il cuore. Ma non riesco a smettere di suonare la prima." All'improvviso era così disorientato che non riconoscevo l'avvocato con la fila di clienti ossequiosi al seguito. E di colpo mi chiese se ero felice.»

Giovanni la guardava sentendosi un idiota. In piedi, col violino inerte in mano, intrappolato in una chiesa che aveva preso la forma di un immenso confessionale, ad ascoltare una storia che per lui era iniziata male e sarebbe finita peggio. Avrebbe potuto svestirsi dell'abito da prete e mollarla lì, lei e il suo bell'avvocato, e invece subiva attendendo il momento dell'assoluzione.

«"Stasera sì." Ecco come gli ho risposto. Bastava dirgli "sì" o "no", e invece aggiungendo quello stupido *stasera* mi sono messa nei guai, Gio.»

Cercava in lui un aiuto tardivo e non troppo convinto, perché ormai ciò che doveva accadere era accaduto, e sebbene dei fatti si assumesse la colpa, non mostrava pentimento. Giovanni considerò che in assenza di pentimento decadeva il suo ruolo di confessore, e dunque il solo motivo per cui da quel momento doveva restare, era l'amicizia. E restò.

«Eravamo soli, di colpo consapevoli che in quel buio e quel silenzio, con Caroline lontana e le gemelle e la domestica tranquille nei loro letti, ogni cosa era possibile. Il mio "stasera sì" lo autorizzò a baciarmi. Ma era così dolce... e aveva gli occhi chiusi, mentre io li tenevo aperti sulle sue rughe in mezzo alla fronte... sulle basette già un po' bianche. E tutto insieme mi arrivava un odore di pelle e sigaretta, un odore di uomo adulto, che sapeva di sbagliato... e però... però non mi sono staccata.»

Giovanni cominciò a riporre il violino. Amen. Definitivamente amen. Nonostante i capelli bianchi e l'odore di sbagliato non si era pulita la bocca, anzi, l'aveva appassionatamente ricambiato. Fece scattare il gancio della custodia, lei non se ne accorse.

«Da allora ci incontriamo in cucina dopo il rintocco delle undici della pendola, e parliamo, per lo più. Andrew mi racconta tutto. Lo sai che il suo sogno era allevare cavalli nella tenuta che avevano a Balquhidder? Dice che un giorno mi ci porterà, sulle alture deserte sopra Loch Katrine, e a Loch Voil, il lago che sembra un fiume. Avevano un grande cottage e un Highland grigio e un Welsh Cob morello con cui partire per fantastiche passeggiate, lui e il nonno. Proprio come te, Gio.»

A sentire quel paragone si innervosì. "Abbi almeno il buon gusto di lasciare me e mio nonno fuori dalla vostra storia." Ma lo pensò soltanto.

«Andremo anche alla tomba di Rob Roy MacGregor, che storia, Andrew ne è sempre stato affascinato. Addirittura da bambino piantava il suo treppiedi lì accanto e dipingeva acquerelli delle sue avventure, senza sapere di essere predestinato alla carriera di avvocato.»

«Eh già, te ne vivi nella natura e non desideri per la sua vita orizzonti diversi, e poi all'improvviso ti ritrovi da un'altra parte. Ho provato anch'io qualcosa del genere.»

«È vero, tu a Rocaseca e And...»

«Roccasecca.»

«Sì scusa, Rocaseca... e Andrew a Balquhidder.»

"Le cose cambiano caro Andrew," ghignò tra i denti "e pure tu, visto che dalle orme di Rob Roy sei finito a batterti contro i deboli per difendere chi può permettersi le tue parcelle."

Le rispose acido.

«E tu Gillian? La tua Accademia di musica... il sogno di diventare concertista. Quali sono i tuoi orizzonti adesso?»

Lei spalancò gli occhi.

«Sono diversi! Non capisci che si sta compiendo un disegno perfetto? Di punto in bianco non sento più le bambine come un lavoro, ma sono mie, le amo perché sono figlie di Andrew. La sera giochiamo tutti insieme e facciamo progetti. E sappi che non ho affatto abbandonato la musica. Caroline mi ha regalato un meraviglioso pianoforte che teniamo in salotto.»

«*Teniamo*... E sei sicura che ti abbia regalato anche il marito?»

«Non è mica colpa mia se sta sempre in giro per l'Inghilterra e pure per il mondo. Andrew era triste e solo, e con me ha ritrovato la felicità.»

Giovanni era frastornato. Lei adesso stava zitta ma le sue parole continuavano a rimbalzargli tra i rivoli interni che collegano un orecchio all'altro, come se per eccesso di zelo il cervello volesse accertarsi che non gli fossero sfuggite. Oppure era proprio la sua testa che aveva preso a strillargli: "Vattene finché sei in tempo!". E avrebbe dovuto sforzarsi di ascoltarla, però non ci riusciva. Ascoltava Gillian invece, che serafica ricominciava a raccontare.

«Mi ha perfino chiesto di spostare i mobili come voglio. E lo farò, visto che il sofà sta molto meglio sotto la finestra d'angolo e il tavolino con gli intarsi è perfetto in ingresso.»

Giovanni lanciò un'occhiata alla custodia e immaginò il violino fremere impaziente all'interno. Recuperò anche la giacca e si rivolse a Gillian ostentando strafottenza.

«Chissà la contentezza della moglie per queste novità. E il pianoforte glielo renderai? Così, per decenza.»

«Non lo so... ho in testa solo quello che mi ha detto lui.»

Di fronte a quell'improvvisa remissività la strafottenza gli svanì nello sconforto, e però lei, tutta intenta a ricordare le parole usate dal suo Andrew, non notò né l'una né l'altro.

«Ecco: se renderai questa casa bella un centesimo di quanto lo sei tu, allora vivremo in una reggia.»

Giacca e violino gli pendevano esanimi dalle mani, nessun movimento nel corpo, se non quello degli occhi che si ostinavano a bearsi del suo viso, del collo sottile, delle mani e di ogni altra sua parte visibile e nascosta. Impossibile andare via. Guardala lì, poggiata su uno sgabello spelacchiato, a splendere pure nella luce scostante della chiesa, e adesso ad azzardare un sorriso di pace o di amicizia, o chi lo sa.

Lo vide spostare il peso da una gamba all'altra, e cogliendo il suo incauto temporeggiare, ci si infilò.

«È già buio. Mi accompagni a casa?»

32

«Psssst! Pssssssst!»

Giovanni lo vedeva lì fuori, appoggiato alla porta del Café Ida a fumarsi una sigaretta, e tra i rumori della strada tentava di attirare la sua attenzione. La sua giornata di lavoro era finita mentre quella del Café viveva le sue ore più frenetiche. E Nevio era stanco, si capiva, e sovrappensiero. Ma finalmente si voltò, girò qua e là gli occhi e quando lo individuò gettò la cicca. "E vieni" gli faceva, e lui, abbassandosi la coppola sulla fronte rispondeva con lo stesso gesto: "Vieni tu!". E allontanandosi aggiungeva sempre a gesti: "Per di qua". Nevio gli andò dietro fino a un vicolo poco più giù, e una volta faccia a faccia, Giovanni si tirò su il cappello.

«Volevo evitare Antonia.»

Nevio alzò le spalle.

«Guarda che quella non ti pensa proprio.»

«Davvero dici?»

«Uh, di uomini ne ha già due, Luigi e Pietro. È vero che ne vorrebbe un terzo, ma non sei tu.»

«E chi è?»

«Lascia stare.»

Giovanni lo fissò stupito.

«Tu?»

Nevio allungò un braccio verso un tipo che passava con un carretto.

«Ehi, di' al padrone tuo che me lo mandasse oggi il sacco di zucchero. Possibilmente sano, che di strisciate da pulire non ne voglio sapere.»

L'altro annuì.

«Vabbuono Ne', riferisco.»

Nevio era distratto adesso, di nuovo preso dalle cose del Café.

«È successo qualcosa Giova'? Che mi volevi dire?»

Di fronte a quella fretta si ammutolì. Di colpo avvertiva il viavai di persone, la puzza del vicolo e soprattutto l'errore di avercelo trascinato per il bisogno estemporaneo di confidarsi col suo unico amico.

«Niente... era tanto che non ci incontravamo. Ti volevo salutare.»

«Allora facciamo che vengo a farmi i capelli lunedì mattina, così siamo chiusi tutti e due e non ci scoccia nessuno. Statti buono, Giova'.»

«Pure tu.»

E s'incamminò dalla parte opposta contando i giorni che mancavano al lunedì, rassegnato a porsi più volte lo stesso dilemma. È possibile amare una ragazza innamorata di un uomo che si dichiara pronto a gettare alle ortiche la sua vita perfetta? È mancanza di dignità continuare a frequentarla, aggrappandosi alla remotissima ipotesi che cambi idea? Rimettendosi la coppola sospirò che non c'era da aspettare lunedì per sentire da qualcun altro le risposte.

La domenica pomeriggio invece arrivò di corsa, a placare il suo bisogno di rivederla, e perdersi nell'eco delle loro voci nella chiesa vuota e nelle partiture da sfogliare insieme alla ricerca di nuove composizioni. Un'altra domenica in cui lei avrebbe nuovamente magnificato Andrew, e che quindi sarebbe stato assai più saggio saltare. E invece, neanche i giorni della settimana provassero dei sentimenti, lo stupì regalandogli una sorpresa che sbaragliava tutto il resto.

«Mi accompagneresti a Greenock per la Burns Supper?»

Giovanni si girò di scatto. Lei era tranquilla e raddrizzava il leggìo.

«Vorrei vedere mio padre. È di passaggio e chissà quando ritornerà... Pare che questa nuova rotta sia più pericolosa.»

Parlava senza entusiasmo, pianificando e pretendendo una conferma immediata.

«Partiamo il pomeriggio quando chiudi il negozio, ti sistemi nella camera di mio fratello e la mattina presto ritorniamo a Glasgow.»

«Ma perché?»

Non era riuscito ad articolare altro.

«Ti prego...»

Adesso lo supplicava con quel paio d'occhi che al di là dell'azzurro trasparente sembravano sinceri. E però comprendere quella proposta non gli era proprio possibile. Ridacchiò.

«Cos'è, devi far ingelosire il tuo fidanzato?»

Lei si piegò di colpo in avanti, sconfitta. Inspirò a fondo.

«Sono partiti per Balquhidder tutti e quattro. Dice che hanno trovato un piccolo cottage da rimettere a posto, e che gli farà bene stare insieme, solo loro, lontano dalla città, dai problemi.»

Si passò nervosamente una mano sugli occhi.

«Ho scoperto di essere un problema mentre tutto allegro caricava l'automobile. Era più eccitato delle bambine. Ha scelto Caroline e non ha sprecato due parole per confessarmelo. Forse avrei capito, o perlomeno ci avrei provato.»

Giovanni annuì. Non provava dispiacere nel vederla soffrire, anzi sentiva crescere un certo godimento. Il mito di Andrew si era autodisintegrato e aveva disintegrato lei. Nessuna strategia avrebbe potuto fare meglio.

E infischiandosene delle questioni di dignità, una settimana dopo girava il cartello CLOSED sulla porta e correva in stazione. Gillian lo aspettava con un piede sul predellino della carrozza e gli faceva fretta.

Un'ora dopo si presentavano alla casa in Eldon Street, lei emozionata all'idea di quella cena, lui pregando di essere ospite più gradito dell'ultima volta.

Poiché Gillian lo abbandonò per correre di sopra, si ritrovò di nuovo solo nell'ingresso. Gli aveva gridato un *pussy* qualcosa dalle scale e al suo sguardo interrogativo rispose il comandante, che usciva in quel momento dalla cucina sgrullando qualche briciola dalla barba.

«Quest'anno Gillian sarà la nostra Pussy Nancy. Pare che le canzoni e le poesie più belle Robert Burns le abbia scritte per una certa Nancy, e quindi noi scozzesi pensiamo sia giusto invitare pure lei.»

Al suo cospetto Giovanni si sentiva a disagio. Nemmeno il kilt riusciva a smorzare l'aura di comandante, e tanto meno la sua forza, per come gli aveva strizzato la mano restituendogliela esangue. Ora proseguiva verso il salotto dando per scontato che lo seguisse, e infatti Giovanni gli andò dietro respirando l'ottima scia che rilasciava la sua pipa. Quindi attese che si accomodasse sulla sua poltrona e si sedette sulla sedia che ritenne alla più giusta distanza. Era diffidente e provava una certa freddezza nei suoi confronti, ma non gli serbava rancore per ciò che aveva detto di suo padre e per come l'aveva liquidato quel giorno, puntandogli il bastone come si fa per scacciare un cane.

Intanto il comandante lo osservava con curiosità dietro alle nuvolette di fumo.

«Datty...»

«Sì, signore. Con la *i*, non la *y*, ma non importa. Comunque Datti di Lanza sarebbe il cognome completo.»

«Ho sentito che tuo padre lavora stabilmente sul *Lusitania*. Del resto lui è uomo del suo tempo e questo è il tempo dei transatlantici. E soprattutto è uomo di relazioni, molte relazioni... come ho avuto modo di constat...»

Lo schiocco di un ventaglio lo zittì. La signora MacDalamy aveva fatto il suo ingresso, elegantissima, e Giovanni scattò in piedi per eseguire il baciamano imparato da piccolo a Villa Datti. Il comandante riprese a parlare.

«I transatlantici sono meravigliosi ma non fanno per me. Se devo piegarmi a manovre che di marinaro non hanno nulla, allora preferisco di gran lunga trasportare canne da zucchero per tutta la vita.»

Suo padre non gli aveva mai raccontato granchè della vita sul *Lusitania*, perciò Giovanni non sapeva come trasformare il monologo in una conversazione.

«E comunque stanno diventando troppo grandi. Città galleggianti così ben organizzate da riuscire a distribuire i viaggiatori per strati sociali. No, proprio non mi ci sentivo nei panni del comandante-ambasciatore cui tocca dedicarsi ai passeggeri famosi e influenti, cenando al loro tavolo e danzando con le signore tutte addobbate. Ti sembrerà strano, ma rimpiangevo i bei tempi passati in coperta con la mia ciurma davanti a un bel fiasco di rum, o a leggermi un libro alla luce dondolante di una lanterna.»

Giovanni capì che la miglior conversazione che poteva sostenere con MacDalamy era assecondare la sua parlantina, e quindi lo incoraggiò.

«E ora di quale nave siete al comando?»

Ci aveva visto giusto, MacDalamy non aspettava altro.

«Ah be', mi sono appena sistemato su un magnifico brigantino rimasto senza guida. Il poveretto se ne stava tornando da Mauritius col suo carico di tè e di zucchero, quando al largo del Kenya è stato attaccato dai pirati. Si sono presi tutto quello che potevano, compresa la figlia del comandante, una naturalista seguace di Linneo, conosci?»

«Sì, signore.»

«Ecco, pensava di scovare qualche nuova specie e magari pure uno scheletro di dodo, e invece di fronte ai suoi capelli dritti e scoloriti ai pirati doveva essere venuta una gran voglia di classificare lei. Perciò, dopo aver legato il comandante e buttato agli squali due marinai che avevano provato a difenderla, se l'erano trascinata via. Non gli era rimasto che inseguirli, ancorarsi vicino alla costa e tentare una trattativa. Alla fine la ragazza, rinsecchita e senza più capelli, è risalita a bordo e il brigantino ha ripreso la sua rotta. Ma un parassita invisibile si era imbarcato con loro e covava nello sventurato comandante. E dopo una decina di giorni, stremato da febbri intermittenti che resistevano al chinino, il suo corpo è stato calato nel golfo di Aqaba.»

Giovanni non sapeva bene come funzionavano le leggi del mare, cioè se quando succedeva qualcosa di brutto nella cerchia dei comandanti fossero opportune le condoglianze o se era severamente vietato.

A risolvere il dilemma fu lo stesso MacDalamy, che imperterrito proseguì.

«E così insieme al brigantino ho ereditato anche la rotta. Mauritius. Vedi Giovanni, i mari sono assai diversi fra loro. Dopo una vita passata sull'Atlantico credevo di conoscerne ogni aspetto, e invece mi sono trovato in un mondo nuovo. Il primo viaggio è stato una continua scoperta. Attraversare La Manica, costeggiare la Francia, il Portogallo, e poi... affacciarsi su quell'immenso, splendido lago che è il Mediterraneo.»

Nella mente di Giovanni si dipanarono le mappe riportate nei libri di geografia che il nonno aveva riposto nel baule, e di nuovo gliene fu infinitamente grato. Se ora poteva visualizzare il brigantino lungo la nuova rotta, e in generale interloquire senza rischiare di dire stupidaggini, era solo merito suo.

«Siete entrati da Gibilterra e usciti dal canale di Suez...»

«Esattamente. Confesso l'emozione che ho provato sbucando fuori da quel canale. Nel cannocchiale mi appariva l'Oceano Indiano, e gli alisei soffiavano sulle vele quadre spingendole verso i tropici. Non ti aspetti di correre su quel mare, perché sai già che i venti ti accompagneranno regolari, tra i tredici e i diciotto nodi, come se gli avessi detto: "Su, portatemi all'Equatore".»

Avrebbe ascoltato i racconti di MacDalamy per ore. Si era messo comodo accavallando le gambe, era a suo agio, e prendeva sicurezza.

«Ho saputo che vostro figlio è in missione in un'isola delle Seychelles, di cosa si occupa?» La signora MacDalamy iniziò a sventolarsi freneticamente.

«Purtroppo il mio adorato Ewan è sperduto nell'oceano.»

Giovanni tornò composto in un lampo.

«Mi dispiace signora, non volevo...»

Il comandante minimizzò.

«Oh, non darle retta, da quando è partito ne parla come se fosse morto.»

La signora gli puntò contro il ventaglio.

«Sappiamo soltanto che era nell'isola di Curieuse, senza prove che sia vivo... e dunque potrebbe essere morto, oppure in balìa di un manipolo di selvaggi!»

Che disastro, la sua osservazione inopportuna aveva scatenato una lite. Un ottimo esordio davvero. Bisognava che rimediasse subito con qualcosa di molto intelligente o molto utile. La testa gli propose di nuovo la mappa dell'Oceano Indiano. "Mi serve un'uscita brillante," reagì fra sé e sé "non questa maledetta mappa." Poi di colpo realizzò. Ma certo! Seychelles... Mauritius... E tutto fiero si rivolse al comandante.

«Le isole Seychelles si trovano proprio sulla stessa rotta di Mauritius, addirittura più a nord. Se vi faceste tappa all'andata, così da non guastare il carico, potreste vedere vostro figlio.»

MacDalamy lo fissava impassibile controllando con la coda dell'occhio i movimenti della moglie, che era scattata in piedi in preda all'eccitazione, e gli si avvicinava impugnando quel dannato ventaglio a mo' di baionetta.

«Tu lo sapevi che era vicino, e non ci sei passato... Razza di uomo senza cuore...»

Ed ecco il disastro trasformarsi in tragedia. Il comandante aveva afferrato il bastone e lo tendeva per tenerla a distanza.

«E tu, donna che di rotte ne conosce un paio, e complicate assai, una per la chiesa e l'altra per arrivare al porto, cosa credi, che navigare per gli oceani sia la stessa cosa?»

In quel momento riapparve Gillian, radiosa e bellissima nel suo abito scozzese, e il sorriso le si spense sulle labbra.

«Che succede?»

MacDalamy reclamò i calici per il primo dei brindisi.

«Succede che brindiamo alla nostra splendida e adorata Pussy Nancy e ai suoi amici. E al nostro Ewan, che di certo sta brindando a Burns, insieme ai suoi selvaggi. Tìoraidh!»

E dopo si cambiò discorso, e piovvero domande sul violino, sull'Italia, su Lucita e su Pia, finché Ann annunciò che era pronto in tavola. Toccò a Gillian portare l'*haggis*, com'era tradizione, ma senza cornamusa al seguito perché nessuno la sapeva suonare. Poi il comandante si alzò in piedi e calò il silenzio.

«*Some hae meat and cannot eat. Some cannot eat that want it. But we hae meat and we can eat. Sae the Lord be thankit.*»

Dopo il ringraziamento rivolse un breve discorso allo stomaco della sventurata pecora, estrasse il coltello dal calzettone e cominciò a tagliare. La cena proseguì in un clima sempre più allegro per via delle bottiglie di whisky e sherry che continuavano a circolare. Ogni gesto e ogni piatto apparteneva alla tradizione, e Giovanni partecipava divertito.

Il comandante levò ancora il calice, stavolta solo per Ewan.

«È la prima Burns Supper senza di lui.»

Era serio adesso, e guardava la moglie.

«Ti prometto che questa volta passerò per le Seychelles. Ci metterò un po' di più, quindi dovrai convincere delle nostre ragioni le famiglie dei marinai.»

Giovanni non resistette alla tentazione.

«Sarà il nome dell'isola, ma sono veramente curioso di sapere perché ci è andato.»

Gli rispose Gillian.

«Quando Ewan ci accennò a quest'idea credevamo fosse un'esaltazione passeggera. Aveva esordito chiedendoci se conoscevamo sir William MacGregor, e noi no, non lo conoscevamo. È un dottore scozzese, ci aveva spiegato, che un giorno è salito su una nave con la moglie ed è sbarcato a Curieuse. Un'isola delle Seychelles che era paradiso e inferno al tempo stesso, perché è un miracolo della natura ma... ci vivevano i lebbrosi. La mamma era inorridita, io invece confesso che iniziavo a divertirmi. Ewan doveva diventare pastore della Kirk, ed era già serioso e impostato... uff, così noioso! In quel momento percepii in lui l'avvisaglia di un cambiamento, e ne fui sollevata.»

La signora MacDalamy alzò gli occhi al cielo e riprese il ventaglio, ma per fortuna sorrideva.

«Ewan avrebbe fatto convertire Lucifero, ve lo garantisco.»

Il comandante soffiò una boccata nella sua direzione.

«Oh sì, a Lucifero sarebbe piaciuta moltissimo la sua bontà, ci avrebbe giocato a scacchi. Il punto è, mia cara, che nostro figlio non era per nulla convinto che diventare un pastore fosse la sua via per la felicità. Per questo ha sposato la missione di curare i lebbrosi piuttosto che quella di radunare pecorelle.»

La signora MacDalamy lo fulminò risentita, ma non replicò. E Giovanni tornò a guardare Gillian pregandola, stavolta solo con gli occhi, di continuare.

«Nelle isole Seychelles vivono i lebbrosi in virtù di un patto tra i governatori di Seychelles e di Mauritius. Fatti due conti si sono detti: "Io ti do i miei malati di mente e tu mi dai i tuoi lebbrosi, così badiamo a loro senza disperdere le forze".»

Giovanni l'anticipò.

«E Seychelles ha vinto i lebbrosi. Ma non erano meglio i matti?»

«La stessa osservazione che avevo fatto io. Però Ewan dice che la pazzia sa essere più agghiacciante di un corpo devastato dalla lebbra.»

«E i selvaggi che pericolo possono rappresentare?»

«I *selvaggi*, tanto per dire, hanno costruito una bellissima villa per ospitare il dottor MacGregor con la sua famiglia. Un grandissimo uomo, che poi se n'è andato a curare il morbillo alle Fiji e la malaria a Lagos.»

Il comandante propose un brindisi a MacGregor e un altro alle donne capaci di stare al fianco di uomini straordinari, includendosi evidentemente in quest'ultima categoria. E dopo invitò Gillian a recitare un verso di Burns.

«*Ye banks and braes o' bonie Doon, how can ye bloom sae fresh and fair? How can ye chant, ye little birds, and I sae wary fu' o' care!*»

Subito si alzarono tutti in piedi e le facce improvvisamente serie dissero che era arrivato il momento più struggente. Si presero per mano e Ann attaccò *Auld Lang Syne*. Pur non conoscendo le parole Giovanni sentiva che a quella canzone apparteneva ormai anche lui, e lasciò oscillare le braccia avanti e indietro insieme agli altri, le intrecciò, e stringendo la mano di Gillian chiese silenziosamente al poeta di convincerla a ricambiare il suo amore. Ma giusto in quel momento, quasi per sdrammatizzare la commozione troppo intensa, il ritmo della musica accelerò, per rallentare di nuovo poco dopo, fino a portarli a sciogliere le braccia.

La Burns Supper dunque era finita, con le sue poesie, la sua canzone, e un ultimo goccio di whisky buttato giù davanti al camino. Il comandante offrì una sigaretta a Giovanni.

«Allora, cosa apprezzi del nostro Burns?»

«L'intera cena che ha ispirato, ma soprattutto la magnifica canzone... forse perché la musica è italiana.»

Gillian reagì come se l'autrice fosse lei.

«Mi spiace contraddirti, ma *Auld lang syne* fa parte della tradizione scozzese da secoli.»

Giovanni annuì.

«Dalla metà del Cinquecento, per la precisione da quando il musicista italiano Davide Riccio la propose alla corte di Maria Stuarda.»

Gillian scuoteva la testa.

«È una ballata di Robert Burns.»

«Burns l'ha rielaborata, questo sì.»

«E te l'ha detto lui apparendoti in sogno?»

«Con tutto il rispetto per Burns... ultimamente ricevo visite assai più gradevoli nei miei sogni.»

Gillian abbassò la guardia e i signori MacDalamy sospirarono il loro "grazie al cielo". Era chiaro che qualcosa nella vita della loro bizzosa figliola era cambiato.

La signora MacDalamy si alzò e andò a posare una mano sulla spalla del marito.

«Sarai stanco tesoro, vuoi ritirarti in camera?»

Gliel'aveva detto guardandolo fisso, come se al piano di sopra custodisse il Santo Graal. Col ventaglio chiuso in tasca era finalmente disarmata, e il comandante le indicò la poltrona con dolcezza.

«Resta, il camino è ancora acceso.»

Il comandante le allungò un whisky e le loro dita si toccarono per un secondo intorno al bicchiere. Giovanni si sentì un intruso in un momento di intimità e distolse lo sguardo. Perlustrò di nuovo con gli occhi quel salotto notando dettagli che prima gli erano sfuggiti. Per esempio la foto sul comò che ritraeva un ragazzo e una ragazza davanti a quella casa, lui in uniforme, lei con gli occhi brillanti e labbra che dovevano aver riso fino a un istante prima dello scatto. Erano i MacDalamy, irriconoscibili nell'aspetto e nella distanza che avevano lasciato scavare fra loro. Guardò Gillian. Chissà se Burns ci avrebbe messo una parola buona con lei, se sarebbero mai stati una coppia e, nel caso, se si sarebbero inesorabilmente allontanati.

Realizzò che a parti invertite era lì a reiterare l'infelicità dei suoi genitori, Maria Pia e Edoardo, lei innamorata e lui no. Scosse la testa. *No, l'amore va con l'amore e l'amicizia con l'amicizia. Amore e amicizia non devono sposarsi perché invece di nutrirsi l'uno dell'altro si divorerebbero.* E d'altronde sua madre gliel'aveva detto talmente chiaro da ricordarsi perfino il tono della sua voce. *Non puoi amare davvero, se ami qualcuno che non ti ama.*

«Perché no?»

Gillian lo stava fissando con aria interrogativa e lui era sbigottito. Aveva forse parlato a voce alta? Eppure era certo di averlo soltanto pensato. Lei fece spallucce.

«Facevi no con la testa. Non importa, quando ti andrà me lo dirai.»

Il comandante MacDalamy continuava ad aspirare con gusto la pipa, stavolta osservando la moglie. Magari era il riflesso del camino che gli accendeva negli occhi una fiammella strana, oppure no, ma qualunque cosa fosse lo spinse ad alzarsi e a porgere il braccio alla sua signora per condurla di sopra.

I gradini iniziarono a scricchiolare sotto il loro peso lentamente, uno dopo l'altro, e poco dopo si sentì il rumore della porta che si richiudeva alle loro spalle.

Gillian si avvicinò al ciocco che ardeva come se fosse esentato dal tramutarsi in polvere.

«D'accordo, ti aiuterò io.»

Impugnò le pinze e si apprestò ad abbatterle sulla legna, ma le mani di Giovanni si posarono sulle sue. Rimasero immobili, vicinissimi alla fiamma, respirando l'odore di camino nei loro capelli e cedendo quel tanto che bastava a far sfiorare le guance. Ma lei era distante, ipnotizzata dal fuoco come se dovesse cercare là in mezzo una passione che non provava. Giovanni si staccò mantenendo la presa sulle pinze.

«Lascia fare a me.»

L'allontanò per proteggerla dalle scintille e si accanì sul ciocco fino a ridurlo in minuscoli tocchetti di brace, e poi in fioche lucine sotto la cenere. Quindi, rosso per il caldo e per lo sforzo, rimise le pinze al loro posto. Nell'attesa lei si era messa a sfogliare un vecchio quaderno.

«Uh, guarda... non me n'ero accorta...»

«Di cosa?»

«Frank mi aveva scritto una dichiarazione, e la scopro ora.»

«Vedo che Andrew è già dimenticato.»

«Di lui non parleremo mai più.»

L'aveva annunciato senza smettere di leggere, e se ne andava indietro negli anni.

«Frank... o lo adoravi o era tuo nemico. Eravamo partiti bene, figlio di comandante e figlia di comandante, siamo stati amici fino a quando lui ha cominciato a piantarmi addosso quegli occhi fastidiosi. Hai capito quali?»

Lui riordinava i cuscini sul divano rimuginando che se non si era fortunati a incontrare una donna con la quale combinare l'amore con l'amore allora non rimaneva nulla, poiché gli amici, quelli veri, scarseggiavano.

E quel suo silenzio così fitto di pensieri lei lo ignorava.

«Dai, quegli occhi di preda che sta per essere sbranata ed è radiosa. Ecco, la sciocca docilità dell'innamorato, mi annoia a morte.»

«Sei spietata, dovresti rispettare chi ti ama.»

«È vero, forse dovrei. Ma il punto è che non mi fido delle prede. Se si arrabbiano possono trasformarsi da gazzella a leone in un attimo.»

«Mah.»

«Be', con Frank è successo, però alla fine a uscire malconcio dal combattimento è stato lui.»

Giovanni lo prese come un monito.

«L'hai picchiato?»

«Di più, gli ho sbrindellato la guancia con un compasso.»

«Cosa?»

«Mi stava soffocando, mi sono ritrovata fra le mani quell'affare e l'ho colpito.»

Si avviarono verso le scale e lui la invitò a precederlo.

«Non si sa mai, potresti nascondere un compasso nella tasca.»

Salirono ridendo insieme, per la prima volta dopo tanto tempo, e poi le due porte si richiusero alle loro spalle.

Nella sua cameretta Gillian ritrovò le bambole e l'armadio coi vestiti che aveva lasciato. Ne sfilò uno verde smeraldo. Una cugina gliel'aveva passato «per quando sarai grande» e fin troppo lo era diventata. Non riconosceva la sua sagoma sul vetro della finestra, fasciata così stretta e coi capelli sciolti. Non era più la bambina con la treccia eppure era lì, nella sua casa, nella sua Greenock. E sotto le coperte con ancora il vestito addosso crollava verso il primo sonno sentendo la leggerezza delle corse nei campi con le braccia spalancate, tra i gabbiani e i cardi che graffiavano i polpacci. Il respiro accelerò come se stesse correndo per davvero, ingoiando il vento bagnato e pestando fiori d'erica fino all'ultimo muretto a secco, il confine proibito sopra la scogliera. Da lì c'era un metro di prato e poi null'altro che acqua, un gigantesco mare che ondeggiava tra l'America e la Scozia, che un giorno a caso aveva ingurgitato una ragazza. L'avevano ritrovata supina in balia della risacca, con l'abito guarnito di riccioli di schiuma e i capelli mescolati con le alghe. E nel pallore rilucente del viso, gli occhi erano rimasti spalancati sul cielo senza chiedere aiuto. Si diceva che quando l'oceano si agitava minacciando di risalire il Clyde, il suo spirito mutava in raffiche di vento alle finestre per avvisare della mareggiata. In quell'istante, come se fosse stata evocata dall'aldilà, l'ombra della sventurata si stagliò sulla parete e iniziò a dimenarsi cercando di staccarsi e tornare per una notte nella vita vera. Mentre intanto in lontananza un cavaliere solcava al galoppo le acque ferme di Loch Voil. Incitava il cavallo ad andare più veloce per salvarla dallo spirito della sventurata ed era bellissimo, era Andrew... che però ora rideva, malefico e sguaiato, e in uno scompiglio di urla e zoccoli si avventava su di lei. Gillian saltò fuori e si precipitò nella stanza del fratello. Il lume era acceso e il letto era vuoto, e tra i boccoli scarmigliati non vide Ewan, come si aspettava, ma Giovanni, e tremando gli volò tra le braccia.

E lui, colto alla sprovvista, esitò prima di stringerla. «Va tutto bene» le sussurrava, senza chiederle cosa l'avesse spaventata. Percepì il suo respiro rallentare e il corpo prendere la forma del suo, adagiandosi sul petto, penetrando nelle costole, annullando spigoli e durezze. E il vento si placò, o forse non si era mai alzato, le ombre rientrarono nelle pareti e i pensieri smisero di formularsi. Rimasero abbracciati e basta, a lungo, finché lei non allungò il viso verso il suo. Giovanni si chiese se stesse cercando in lui l'odore di Andrew, le guance ispide di chi ha già vissuto, l'esperienza dell'uomo adulto. Lei si tirò più su, vicinissima al suo viso senza rughe né memorie di un altro amore, e gli sembrò che lo guardasse per la prima volta.

«Tu ci sei sempre.»

Non la baciò, non avrebbe osato, ma non impedì ai suoi occhi di rivelare ciò che provava. Fu lei, allora, ad avvicinarsi ancora, e ancora, per posare le sue labbra sulle sue, per allontanarle subito, però, improvvisamente titubante. Le prese di slancio il viso tra le mani, ed eccola la fusione di corpi e di anime che aveva immaginato, umida e buona di sapore, con i cuori che se ne andavano sgangherati eppure insieme. Battiti che correvano in un tempo sospeso forse per l'eternità, unico pulsare nel silenzio che aveva avvolto la terra per volere di Dio, che della perfezione del suo creato si compiaceva, ma per discrezione, e ricordandosi del libero arbitrio, distoglieva lo sguardo e tirava anche le tende.

Ripartirono di mattina presto, uscendo già vestiti dalle rispettive stanze, lui senza aver chiuso occhio, a rievocare all'infinito il loro bacio, lei fresca come se non avesse mai dormito meglio in vita sua.

Arrivati alla stazione di Glasgow, Giovanni si precipitò al negozio con un sorriso che di chiudersi non ne voleva sapere, e anzi, assaporava il nevischio gelido sui denti. Lasciò il cartello CLOSED sulla porta e accese il lume, preparò gli strumenti e spolverò la poltrona, per Nevio. Il dilemma per il quale lo aveva cercato, nel frattempo era superato, ma di cose da raccontare e su cui confrontarsi ne aveva in quantità. Lo aspettò finché l'entusiasmo non si scemò del tutto, e richiuse decidendo di passare al Café Ida con l'auspicio che gli fosse accaduto qualcosa, nulla di grave, per carità, ma qualcosa che gli evitasse di appurare che del loro appuntamento si era dimenticato.

Sperava di trovarlo di nuovo fuori a fumare e invece non c'era, così gli toccò avvicinarsi e prendersi il rischio di incontrare Antonia, che anche se non lo pensava proprio, l'imbarazzo non si sarebbe cancellato. Sbirciò dall'angolo della vetrina e nel locale gremito riuscì a intravedere Luigi e una ragazza, o meglio, una donna che... possibile fosse lei? Così fascinosa e sicura di sé, si muoveva tra i tavoli e il bancone rimproverando il cameriere, e poi perfino il marito, come se il Café fosse suo. La gravidanza non aveva lasciato traccia, anzi, l'aveva resa più bella. Ormai guardava lei senza più curarsi di Nevio, incuriosito dalla sua trasformazione e pure da quell'aria che non sapeva di felicità materna ma di soddisfazione. Sì, Antonia doveva sentirsi del tutto appagata, per essersi riscattata in un colpo solo dalla vita da reclusa a Greenock e dall'abbandono del promesso sposo. Chissà come avrebbe reagito se l'avesse visto entrare. Se si sarebbe arrabbiata, stupita, o se l'avrebbe semplicemente ignorato.

«Co sto bel calduccio ti metto un tavolino fuori, Giova'?»

La sua voce allegra lo sorprese alle spalle.

«Pensa che c'avevo appuntamento dal barbiere e invece quello s'è scordato. E ora guarda con che capelli mi tocca andare in giro.»

«Ma se ho aperto apposta per te!»

«E che hai da fare adesso?»

«Io niente, tu piuttosto!»

«Io devo sempre tagliarmi i capelli.»

E intanto infilava la porta del Café.

«Fronne e patate o i fini fini?»

Lo stomaco Giovanni ce l'aveva chiuso ma gli occhi gli brillavano.

«Fai tu, come scegli scegli bene!»

Tornarono al negozio con una scodella di fini fini coperta e annodata in un canovaccio alla maniera di mamma Ida, lasciandosi dietro un irresistibile profumo di ragu di frattaglie di pollo. Protetti dal cartello CLOSED li divorarono rievocando i pranzi nell'aia o intorno al camino, e una a una tutte le persone di cui sentivano la mancanza. Poi, riannodato di nuovo il canovaccio, Nevio si abbandonò alle sapienti mani di Giovanni, che munite di pettine e forbici iniziarono a sfoltire. Ma un po' per la malinconia, un po' per quegli improvvisi ruoli di barbiere e cliente, tra loro era calato il silenzio. Fu Giovanni a romperlo e, calcolando che i tempi del taglio sarebbero stati troppo veloci rispetto alla conversazione, ritenne di aggiungere la barba.

«Ti faccio un trattamento completo, va bene? Così te ne esci pure liscio liscio.»

E prima che potesse rispondergli gli aveva già steso un bel po' di sapone schiumoso sulla faccia. Nevio sorrideva.

«Sono a casa tua Giova', decidi tu.»

A quel punto Giovanni non stette a tergiversare.

«Mi è successa una cosa meravigliosa.»

Nevio lo incitò dallo specchio.
«E di'!»
«Gillian.»
«Come no, miss Gillian. Fate un concerto insieme? E dove, che vi mando un sacco di clie...»
«Sono innamorato Nevio... anzi la amo proprio. Tantissimo.»
Nevio era basito.
«Ti sei scimunito del tutto, Giova'?»
Lui lo guardò di rimando nello specchio, inebetito e col rasoio per aria.
«Perché... che ho fatto?»
«Giuro che non ti riconosco. Hai una famiglia che fa invidia... Non ti è bastata Antonia? Che vai cercando?»
Lo fissava sprezzante adesso, con quel sapone che gli nascondeva metà viso e che l'avrebbe reso ridicolo, se non fosse che qualcosa di molto grave, di cui però Giovanni non si era proprio accorto, doveva essere successo.
Aveva preso un panno e si ripuliva neanche volesse levarsi via pure le guance.
«Luigi l'aveva detto che eri tale e quale a tuo padre, ma io non ci volevo credere. Sei un mezzo uomo, Giova'.»
A queste parole Giovanni lanciò il rasoio nella scodella sulla mensola.
«Adesso basta!»
E gli indicò la porta.
«Vattene allora! Ma prima dimmi di quale crimine mi stai accusando.»
Nevio si era infilato il cappotto e gli si era avvicinato. Parlava piano ora, era triste e amareggiato.
«E che cosa dovrei dirti... Non ce l'abbiamo il rapporto che pensi Giova', non siamo amici che si confrontano sulle loro scelte. A noi ci uniscono quei quattro ricordi di un tempo che non esiste più. Siamo cresciuti Giova', i ragazzini che eravamo se li è divorati la Scozia. Ci siamo adattati, e rimboccandoci le maniche siamo diventati uomini,

ci siamo costruiti da soli impiantando le nostre nuove esistenze su valori che adesso scopriamo diversi. Migliori, peggiori, chi lo sa... A malapena riesco a giudicare me stesso, figurati se posso valutare te. Fai la tua vita Giova', e io farò la mia, e va bene così. E se ci incontreremo per strada ci faremo un cenno senza rallentare.»

Gli passò accanto fermandosi a guardarlo per un momento negli occhi, e nel dolore che ci vide dentro Giovanni percepì un legame che andava ben oltre quei quattro ricordi in croce. Loro due non erano amici, erano come fratelli, erano famiglia.

Però non lo cercò più, né gli capitò di incrociarlo. Tuttavia, poiché la sua vita era andata parecchio avanti nel frattempo, e si approssimava velocissima a una svolta, decise di interrompere quell'ostinato silenzio.

Caro Nevio,

tra le chiacchiere dei clienti qui al negozio di tanto in tanto ci scappa qualche accenno al Café Ida e alle cose buone che fate. Qualcuno fa il tuo nome, altri citano un giovane coi capelli chiari che sorride sempre. Allora so che sei rimasto uguale e ne sono felice.

Non credo che la Scozia ci abbia divorati, ci ha soltanto fatto crescere più in fretta. Posso dirti infatti che in questi due adulti che siamo diventati riconosco ancora noi. Così come ritrovo i valori che ci portiamo dentro da quei quattro ricordi in croce, come li chiami tu, perché quel tempo che non esiste più siamo io e te.

Nevio, amico mio, fratello mio, ti scrivo spinto dal bisogno e dal desiderio di averti accanto in un momento che la tua assenza renderebbe non completamente felice.

Se vorrai, ti aspetto nel solstizio d'estate a St. Patrick Church, alla mia destra, affinché nel giorno più importante tu possa essere testimone del sì alla mia amatissima Gillian.

Se non vorrai, sappi che non comprenderò, poiché mai mi

hai spiegato le tue ragioni, ma accetterò e manterrò acceso il mio bene per quando ci ripenserai.

Con affetto, tuo

Giovanni

Un paio di giorni dopo, la mattina del ventuno giugno, Gillian varcò incantevole più che mai il portone di St. Patrick Church al braccio di Ewan, che in quel frangente rappresentava tutta la sua famiglia. Un fratello ritrovato, poiché era rientrato dalle isole Seychelles per farle da testimone, e sarebbe presto ripartito per un altro angolo remoto bisognoso della sua abnegazione.

Il velo e la commozione le offuscavano il vuoto del comandante in alta uniforme a onorare la prima panca, e quello della madre, che sfiancata nello spirito ancor più che nel fisico, aveva inviato agli sposi una cartolina di auguri. A riempire il lato MacDalamy c'era dunque soltanto la ragazza di Rosebank conosciuta all'istituto delle suore.

Dalla parte di Giovanni sedevano invece Edoardo con Pia, Lucita e una decina di clienti affezionati.

Lo sposo aveva guardato Gillian camminare verso di lui provando un'emozione che a tratti si pervadeva di incredulità. Ricevendo la sua mano da quella di Ewan l'accolse accanto a lui, e di colpo realizzò che la sedia del suo testimone era vuota.

Nevio non si era presentato. Si girò indietro verso Edoardo e Lucita, che confermarono di non averlo visto, e quindi si rivolse al prete chiedendo che il nome fosse sostituito da qualcuno dei presenti.

«Aspettate!»

Correva dal fondo della chiesa inchinandosi e segnandosi la croce per compensare l'ingresso poco convenzionale. Prima di prendere posto sulla sedia vuota si fermò accanto allo sposo.

«A Giova', per carità, bellissimo quel *ti aspetto nel sol-*

stizio d'estate... Ma già qui l'estate non si capisce quando comincia... E scrivicela la data, no?»

Il sacerdote lo fissava con dichiarato e sprezzante disappunto, e Nevio abbassò la testa.

«Perdonate, padre.»

Il prete lo zittì indicandogli la postazione e decise che non si doveva perdere altro tempo.

Dalla seggiola del testimone Nevio sorrise con sollievo agli sposi e salutò Edoardo Datti, e Lucita, grazie a Dio la sorella, o quel che diavolo era, ma non di certo la moglie, di Giovanni. E da quel momento tutto filò alla perfezione. Nella chiesa iniziò a spandersi un'armonia tanto potente da contagiare anche il prete, che tutto contento si avviò con loro verso la casa dove l'aspettava un piccolo rinfresco.

Edoardo non gli aveva potuto offrire un ricevimento degno di Villa Datti, ma ci aveva tenuto a far sistemare l'appartamento di nascosto dagli sposi proprio durante la cerimonia. Perciò si mise di lato per godersi le facce di Giovanni e Gillian quando aprirono la porta. Il tavolo e tutti i ripiani erano addobbati con lumi e candele e apparecchiati con ogni ben di dio, e file di calici e bottiglie li attendevano per brindare. Ma, soprattutto, un pianoforte chiuso in un gigantesco fiocco troneggiava vicino alla finestra. Sopraffatta dall'emozione, Gillian lesse in silenzio il biglietto.

Carissima Gillian,
su questo pianoforte continuerai a esercitarti e a studiare. Il maestro che domani mattina suonerà alla porta non avrà un fiocco sulla testa, ma fa parte del regalo.
Tanti auguri e felicità da Pia, Lucita e Edoardo

Alzò gli occhi su Edoardo, che commosso la osservava, e senza curarsi della forma volò ad abbracciarlo. Aveva perso la sua famiglia e ora la vita le porgeva l'amore di un'altra. Edoardo fece un cenno ai figli, che in un attimo finirono stretti nello stesso abbraccio.

Nevio li guardava asciugandosi qualche lacrima. Lacrime di felicità per quella nuova famiglia che nonostante tutto era riuscita a ritrovare unione e amore... per Giovanni, che era solo all'inizio di ciò che meritava, e per la straordinaria bellezza del bene. Solo quando l'abbraccio si sciolse prese coraggio e raggiunse Lucita per brindare con lei al futuro degli sposi e possibilmente anche al loro. E bevendo e assaggiando qua e là, giravano per casa. Sorridevano alle storielle che la ragazza di Rosebank si era messa a raccontare facendo a gara con un altro, e poi al coro che reclamava un concerto degli sposi. Così il pianoforte rilasciò le sue prime note e il violino gli andò dietro, e tutti, radunandosi intorno a loro, si immobilizzarono incantati.

La musica aveva sorpreso Nevio e Lucita lontano dagli altri, e allora lui le sfilò il calice ormai vuoto dalle dita e le cinse delicatamente la vita. Non le chiese se voleva ballare, non ce n'era bisogno. Muovevano già insieme dei passi che non erano valzer, né polka o saltarello, ma una danza lenta che apparteneva a loro e basta, che della festa non facevano più parte, se non per quella musica che gli arrivava un po' smorzata, distante. Il solo contatto cancellò in Nevio i ricordi della francese, di Lena e delle poche altre che aveva avuto. Non sapeva esattamente cosa l'avesse da subito attirato in lei. Forse la percezione di un istinto semplice, quasi animale, che mischiato alla dolcezza lo ubriacava. Cercò la sua bocca, ma lei lo evitava, gli restava allacciata eppure lo evitava. E quando finalmente si lasciò tirare su il mento Nevio non riuscì a baciarla. Avvertì in lei una diffidenza nuova, una paura che nemmeno un'innocua carezza avrebbe annullato. La percepiva vigile e pronta ad attaccare prima di essere attaccata. Però gli piaceva così tanto. La strinse più forte e vide i suoi occhi saettare rapidi come a cercare vie di fuga, mentre il corpo invece se ne stava ancora accucciato contro il suo, a dondolare all'unisono nella musica di là. Allora attese paziente l'attimo in cui l'avrebbe colta la stanchezza e le difese si sarebbero abbassate. Quell'attimo arrivò, e lei gli concesse la bocca perché ci affondasse, come se avesse risvegliato un impulso antico che le diceva cosa fare. Gli morse le labbra e gli prese la testa fra le mani, e continuando a baciarlo lo tirò versò la camera, gli sussurrò di chiudere la porta. Un'ultima nota echeggiò prima del battito di mani, e la casa ricominciò a vibrare di passi e di voci che si sparpagliavano. Ma Nevio non sentiva altro che lei, il seno caldo sotto la blusa leggera, i fianchi morbidi che lo incitavano a prenderla. «Lucita, luce mia» ansimò, e lei sorrise avvinghiandosi più forte, pronta a varcare l'inimmaginabile. Ma nel momento in cui caddero sul letto lei perse consistenza e restò inerme a fissarlo con gli occhi sbarrati di una bambola. Nevio saltò su girandosi verso la porta. Qualcuno doveva essersi affacciato, «che vergogna, chi sarà stato» ripeteva agitato. «Ma stai tranquilla che io ti sposo amore mio» le mormorava. E intanto le si avvicinava e le porgeva una mano che lei scansò. Si rimise in piedi da sola e andò alla porta, e prima di aprirla gli rivolse uno sguardo indifferente.

«Non possiamo.»

Lui non capiva.

«Perché? Anche tu mi ami, lo sai. »

Lucita tirò su il chiavistello, adesso aveva gli occhi lucidi.

«Io... non posso.»

Si riavviò i capelli, si aggiustò la blusa e uscì.

Nevio la seguì come un automa, uno cui hanno fatto assaggiare il Paradiso per poi svelargli che l'accesso non gli era consentito. Appoggiato a una parete la osservava. Era frastornata anche lei ma non lo dava a vedere, parlava e offriva tartine, salutava e raccoglieva i bicchieri in giro senza tradire emozioni, e senza guardare mai dalla sua parte. Raccolse anche lui qualche calice e le si affiancò all'acquaio.

«Ti chiedo perdono. Non ho mai provato niente di simile... Se è lo stesso anche per te, ti prego, sposami.»

Lei lavava scrupolosamente un bicchiere nemmeno fosse contaminato di scrofola. E pure dai suoi occhi, vitrei come ciò che maneggiava, gocciava l'acqua. Nevio si allontanò dopo aver atteso invano una risposta, o almeno un cenno della testa. Si congratulò con gli sposi e con il signor Datti e si affrettò all'uscita senza salutarla.

Poco dopo anche gli altri invitati via via salutarono e se ne tornarono al lavoro o a casa, mentre Edoardo se ne ripartiva per Liverpool e Ewan per un posto sconosciuto in Oriente. E improvvisamente soli, nella casa ancora addobbata e piena di luci, i fratelli Datti davano inizio a una convivenza molto ravvicinata con la nuova arrivata. La sera, con un gesto a sorpresa Giovanni prese in braccio Gillian e la portò in camera. I loro ritratti facevano bella mostra sul comò, e la scritta sul passepartout, fresca di stampa, gli avrebbe ricordato per sempre quel magnifico giorno che ora si caricava di ansiosa e trepidante attesa della notte.

La vita appena iniziata era finalmente perfetta. Il negozio andava a gonfie vele, Gillian studiava e veniva chiamata per concerti che varcavano i confini delle funzioni religiose, mentre Lucita continuava a occuparsi di Pia e prendeva lezioni di pittura. Aveva cominciato per gioco insieme a Maria Pia, per passare le lunghe giornate e tramutare in una casa quell'orribile stanza. Non la si poteva definire un talento, ma essendo precisa e piuttosto dotata nella tecnica del ritratto, lo stesso maestro l'aveva introdotta nel giro della gente bene che poteva permettersi di commissionare un quadro. Il lavoro la portò a conoscere persone colte e stimolanti e a ricevere un paio di proposte di fidanzamento, ma fedele al giuramento fatto rifiutò la vicinanza di qualsiasi uomo che non fosse il suo adorato fratello acquisito. E a chi le magnificava le gioie dell'amore rispondeva che non esisteva niente al mondo che potesse renderla più felice di com'era già.

La vita era perfetta anche grazie all'invisibilità di Antonia. Café Ida e il negozio di barbiere erano nella stessa strada, eppure non si incontravano mai. Di quella storia troppo recente per appartenere al passato, Giovanni non aveva mai parlato con Gillian, e mai l'avrebbe fatto.

In una tale armonia non potevano che concepire un figlio. Gillian si addolcì infinitamente, Giovanni volò al settimo cielo, ed entrambi pensarono che quello stato di grazia sarebbe durato per sempre.

La loro bambina nacque in pochi minuti in una tiepida sera di giugno. Aveva gli occhi blu cobalto del nonno MacDalamy e i capelli neri del padre, ed era una bellezza. Per un'ora si chiamò Lucia in omaggio a Lucia di Lammermoor e a *The Bride of Lammermoor* dello scozzese Walter Scott cui Donizetti si era ispirato. Prima che nascesse erano fierissimi di aver trovato una congiunzione tra l'Italia, la musica e la Scozia, ma poi non se la sentirono di affibbiarle un nome tanto sfortunato. Tuttavia, anche rinunciando al connubio Italia-Scozia non scovarono nessuna opera in cui la protagonista con un nome gradito uscisse indenne dall'ultimo atto, e così si misero a cercare fuori dal crudele mondo della lirica. E si incantarono imbattendosi in Emma, indifferenti al destino che Flaubert le aveva riservato. *Madame Bovary* era solo un romanzo, e ambientato in Francia, per di più.

Ora c'era da andare a presentare ai nonni MacDalamy la loro prima nipote, ma si sapeva che il brigantino si sarebbe fermato alle isole Seychelles per imbarcare Ewan, che forse terminava la sua missione. Ma le settimane passavano e la notizia del naufragio arrivò che Gillian era già in attesa del secondo figlio. Senza pensarci due volte salì sul primo treno per Greenock insieme a Giovanni e alla piccola Emma, sperando che anche questa volta le voci fossero sbagliate.

Arrivarono trafelati al porto, dove un altro brigantino aveva da poco sbarcato un gruppo di naufraghi tra i quali non c'era suo padre. Gillian si avvicinò col cuore in gola al giovane comandante. Lo riconobbe dallo sfregio.

«Frank...?»

«Gillian...»

«Dove hai raccolto quei naufraghi?»

«Gillian... lui non si è salvato, mi dispiace.»

Si portò la mano alla visiera e tornò a bordo.

Gillian e Giovanni attesero pazienti che i naufraghi si stringessero alle famiglie, e poi si fecero avanti per chiedere i dettagli. Nei viaggi precedenti non era mai capitato che un ciclone decidesse di farsi un giro fuori stagione nel golfo d'Arabia. In pochi minuti il brigantino era diventato un fuscello che le onde e il vento si palleggiavano. Poi, come un giocattolo che non interessa più, l'avevano mollato in prossimità degli scogli. Con una manovra disperata il comandante era riuscito a calare una scialuppa in mare. Metà equipaggio ci era salito sopra e l'altra metà si era buttata in acqua. Lui invece, immobile a poppa sopra la polena, aveva pregato per quelli che annaspavano in cerca di salvezza, ed era sparito tra i flutti insieme alla sua nave.

Si fermarono per una notte a casa e la mattina presto ripartirono per Glasgow. Giovanni non sapeva come stare vicino a sua moglie. In treno tormentava tra le mani la medaglia che le aveva dato sua madre come ricordo. Pensava all'adorazione che aveva sempre avuto per quel padre così carismatico e alla passione con cui lo aveva difeso da chi si faceva beffe della sua bravura, per poi prendere consapevolezza che allo stesso modo lui aveva adorato il mare, e aveva scelto il mare invece di tentare di sopravvivere alle onde. Restò in silenzio per un po', affacciata al finestrino, inebriata dall'aria e dallo sferragliare del treno che correva controcorrente lungo il Clyde. Ma il fischio prima di un tornante la scosse da quell'apparente calma. Giovanni la vide stringere la medaglia fino a farsi diventare bianche le dita, alzarsi e tirare giù la maniglia della porta. Fu un attimo. La porta si spalancò sul precipizio e andò a sbattere sulla fiancata del vagone. Tutti gridavano, qualcuno si copriva la faccia per non guardare, mentre Giovanni scaraventava Emma in grembo alla vicina. Afferrò Gillian nel momento in cui lanciava la medaglia.

«Chi ha tanto amato il mare, al mare deve ritornare!»

La sua piccola reliquia luccicò in aria e volteggiò rapida verso le acque del Clyde. Gillian era in salvo all'interno del vagone, stretta tra le braccia di Giovanni, e insieme agli altri aspettava che una curva interna richiudesse la porta del vagone.

Da allora il suo umore cambiò, era spesso silenziosa, assente. E il dottore disse che era quel suo stato ad aver provocato le doglie prima del tempo. La sera del dodici aprile 1914 Giovanni andò a dormire con un brutto presentimento. Si svegliò più volte di soprassalto per monitorare Gillian, e quando la trovò sofferente sentì che la tragedia si sarebbe ripetuta. Ma stavolta la levatrice sorrise comunicando che il parto era aperto e che sarebbe andato tutto bene.

La mattina dopo Giovanni scoprì che il suo presentimento era legittimo, sebbene non riguardasse Gillian e nemmeno Eilidh, la nuova arrivata. Riguardava il *Titanic*. In casa, al negozio, e in giro per la città non si parlò più d'altro. Dei passeggeri ricchi e dei poveri disgraziati, dei dispacci trascurati, e anche delle compagnie di navigazione che usavano le navi per sfidarsi tra di loro, inconsapevoli di sfidare, invece, il mare. Dissero che il disastro si sarebbe potuto evitare, che molte vite si sarebbero potute salvare, ma scoprire gli errori non portò sollievo. Qualcosa, nell'incondizionata fiducia che avevano riposto nelle macchine si era fatalmente spezzato. E a Giovanni non restò che pregare per il *Lusitania*, e per suo padre.

Eilidh Datti di Lanza era nata prematura ma stava bene. C'era solo una cosa che turbava Giovanni, una sciocchezza, anzi un'assurdità per una mente assennata come la sua. Dopo il parto aveva tenuto Eilidh per un po' e sfiorandole il bel visetto si aspettava di essere colto dalla potente sensazione di avere tra le braccia sua figlia. Non che nutrisse dubbi al riguardo, perché sulla fedeltà di Gillian avrebbe messo entrambe le mani sul fuoco, e in effetti non era il legame di sangue che cercava, ma la coscienza che da quel momento, e per il tempo che il Signore avrebbe concesso, lui e quella creatura si sarebbero appartenuti. Questa conferma non arrivò, e depositandola nella culla la sentì inconsistente come se pur essendo nata non dovesse far parte di questo mondo.

Quella notte sognò una donna che era sua sorella, sebbene non fosse Pia e nemmeno Lucita, e che lo raggiungeva mentre camminava tra case in pietra e stalle aperte sulla strada. Cullava una bimba e voleva parlargli, ma lui aveva fretta e la distanziava. Lei si era fermata, ma la sua voce continuava a inseguirlo soffiandogli calda nelle orecchie...

criatura doce
che si la guard t'encanta
e si nun la guard more.

Spalancò gli occhi, era già mattina e Gillian era alzata.

«Ho sognato una specie di poesia, ma era terribile.»

Lei gli sorrise.

«Non sei Burns, tesoro.»

33

«Il tempo vola quando le cose vanno bene, e quando non vanno bene se ne viene a piedi insieme a noi» diceva Nevio, ed era già qualche anno che volava, e quasi non gli si stava dietro.

Café Ida era un tale successo che erano riusciti a saldare in anticipo tutte le rate di sir Paul, e non solo, avevano pure comprato un appartamento di due stanze. La gioia per il locale e per l'arrivo di un altro bambino dopo Pietro fu tuttavia turbata da un accadimento al di là della Manica che pareva trascurabile e distante e invece non lo era affatto. Una sera d'inizio agosto del 1914 Nevio tentò di spiegare a Luigi e Antonia che un tale Gavrilo Princip aveva ucciso poco più di un mese prima a Sarajevo l'arciduca Francesco Ferdinando d'Austria e la moglie Sophie, e che le dichiarazioni di guerra avevano cominciato a fioccare ovunque, perciò non c'era da stare per niente tranquilli. Si diceva perfino che avrebbero chiamato alle armi pure gli emigrati che avevano preso la cittadinanza. L'ipotesi di combattere per una patria che non era la sua a Nevio parve impossibile da accettare e quindi non l'approfondì. Da allora però ne parlarono ogni giorno, leggendo e rileggendo la lettera arrivata da Castrocielo, che li rassicurava perché in Italia si faceva un gran dibattere della guerra, ma per fortuna la si lasciava sfogare oltre confine. Tutti speravano che l'unica guerra rimanesse quella tra interventisti e neutralisti, perché nel tempo di soldati ciociari ne avevano sacrificati già troppi. Non avrebbero saputo dire quando era cominciata la pesca dei fanti nelle campagne, ma chi aveva studiato si spingeva parecchio indietro, e faceva nomi dimenticati. Stato Pontificio, Regno di Napoli... E adesso ci si metteva pure lo Stato italiano.

Una sera Nevio tentò di sdrammatizzare.

«Pensavo che per le campagne di guerra per forza pigliano i soldati in campagna. E dove se no?»

Luigi fece una smorfia di disapprovazione e raggiunse Antonia al lavatoio. L'abbracciò da dietro e provò un'improvvisa vertigine nel sentirla dopo tanti mesi senza pancia. L'ultimo nato aveva tre settimane e il seno strabordava. Tutti quei brutti discorsi sulla guerra gli avevano fatto venire una gran voglia di vita, e pazienza che Nevio fosse lì dietro, erano marito e moglie e non facevano niente di male. Le mise le mani sul petto e strinse, e intanto le ansimava nell'orecchio.

«Quanto si' bella, Anto'...»

Lei gli sferrò una gomitata e si divincolò.

«Che t'è preso Lui'?»

Luigi si allontanò a testa bassa, mentre Antonia invece buttava un'occhiata a Nevio poggiando due dita al posto dei bottoni che erano saltati dalla camicia. Lui ricambiò con disprezzo. Luigi nella stanza e un seno che gocciolava latte non erano l'esca giusta per acchiapparlo. Si cacciò in testa il cappello e uscì in strada.

Era la cosa migliore, anche se era sera e come al solito piovigginava. Con una buona camminata l'insofferenza avrebbe smesso di pompargli le arterie e la testa più leggera sarebbe tornata a decidere il da farsi. Si spinse oltre i soliti percorsi senza curiosità per quelle zone mai attraversate, né paura dei balordi che spuntavano dal fango impastato di carbone e si impadronivano della città. "In fin dei conti non sono un balordo pure io?" rifletteva. "Vecchio di quasi trent'anni e ancora solitario."

Gli tornò in mente la ragazza che più di altre l'aveva fatto avvicinare all'idea del matrimonio. Leda, coi suoi fronzoli fra i capelli e il trucco pesante per nascondere il faccino sciupato di frangiaia. Forse era proprio quella giusta e invece l'aveva lasciata lì, inventando scuse e prendendo tempo, e lei se n'era andata col cameriere che gliel'aveva presentata. Che un cameriere, si vede, se lo doveva sposare per forza. E poi pensò a Lucita, che nei suoi sogni ci si era piantata una mattina da Tony's e non si era più spostata. E quindi? Dopo un po' che ci ragionava stabilì che il destino ti butta lì qualcosa e poi te la devi vedere da solo. Luigi aveva detto che pure se era adottata Lucita era comunque una Datti, e non si poteva annullare la distanza sociale che li separava. Ma non era quello. Adesso che era proprietario di un locale le cose erano cambiate, si ritrovava soldi, dignità e potere, che però non servivano per avere lei. Emise una specie di lamento, un verso stridulo di animale ferito da una vita sfiancante che tuttavia per lui non aveva in serbo niente. E, inaspettatamente, quel buio imbevuto d'acqua gli indicò qualcosa. Sentendosi osservato si voltò di scatto alla sua sinistra, anche se da quel lato c'era il muro. Si sbagliava, non c'era solo il muro, c'era un tipo con dei baffoni e un berretto militare che lo fissava puntandogli l'indice addosso, anzi, sembrava pronto a uscire dal manifesto e prenderlo per il collo. Nevio fece un balzo indietro, e qualcuno cacciò un urlo.

«*Damn!*»

Nevio roteò su se stesso pronto a sferrare un pugno ma subito lasciò cadere le braccia. Era un poveraccio cui aveva pestato un piede, e che adesso, oscillando come una trottola che ha esaurito la carica, si avvicinava al manifesto.

«Il tuo paese ha bisogno di te!»

Si girò a guardarlo e Nevio gli restituì un'occhiata perplessa.

Quello gli mise una bottiglia di vino rancido sotto il naso.

«Brindiamo alla patria!»

E intanto barcollava verso un altro manifesto con una truppa di soldati in marcia tra una bandiera inglese e un gruppo di uomini in borghese. Biascicò il testo.

«Entra nei ranghi e combatti per il tuo re e per la patria. Non restare immobile fra la folla. Tu servi al fronte. Arruolati oggi stesso.»

Adesso Nevio pendeva dalle labbra di quello straccione, le uniche che quella notte solitaria potesse offrirgli. L'uomo però si prese la testa fra le mani e si abbandonò a un singhiozzo.

«Io non ce la faccio...»

Buttò giù un sorso facendo un saluto militare al ministro Kitchener che lo chiamava alle armi dai manifesti, scagliò la bottiglia contro il muro e scappò urlando in mezzo alla strada.

«Combatti per me, ragazzo! Combatti per me!»

Nevio lo guardò allontanarsi fino a che divenne in un fantasma nella pioggia.

Dunque sarebbe andato in guerra, ecco la novità. Ci sarebbe andato, sissignore, anche se quella non era la sua patria. "O forse sì," sussurrò "mi hai dato una possibilità di vita, Scozia mia, e ora che mi chiedi aiuto non mi tiro indietro." Tornò a casa a testa alta parlando a voce alta nella quiete della notte.

«Vado in guerra perché non l'hanno ancora inventata una situazione che mi fa scappare!»

Però giurò a se stesso che il giorno prima di partire, con la spavalderia di chi non ha niente da perdere, si sarebbe preso qualcosa di Lucita e l'avrebbe portato via con sé.

Così un venerdì di buon'ora Nevio si mise in fila fuori dall'ufficio reclutamento mischiato a decine di giovani scozzesi e a un esiguo numero di emigrati come lui. Il ragazzo a fianco era eccitatissimo.

«In quale reggimento ti arruoli?»

«Non lo so.»

«Io sarò un Black Watch.»

«E che significa?»

Il ragazzo gli spiegò che l'Highland Black Watch era il reggimento più antico dell'esercito britannico ed era famoso, questo glielo disse gonfiando il petto, per la potenza dei suoi uomini e per la loro resistenza. E intanto srotolava un manifesto con la scritta YOUR KING & COUNTRY NEED YOU, con sotto l'immagine di un soldato col kilt in tartan verde e blu, e poi TO MAINTAIN THE HONOUR AND GLORY OF THE BRITISH EMPIRE. Nevio non si era ancora abituato a vedere gli uomini in gonna e, seppur colpito dall'entusiasmo del ragazzo, non ambiva a diventare uno di loro, uno di quelle *Die Damen aus der Hölle*, come li avrebbero chiamati, e con terrore, i soldati tedeschi... I *Ladies from hell* erano incitati alla battaglia dalle cornamuse che suonavano in prima linea, e che venivano falcidiate e subito sostituite affinché la musica non cessasse mai.

Next! Toccava a Nevio. Lo assegnarono al primo battaglione del reggimento fanteria leggera Highland City of Glasgow, e sospirò di sollievo.

Il sollievo sparì per un attimo quando seppe che il lunedì successivo sarebbe partito per il fronte, ma poiché l'attesa era per lui la più stupida manifestazione del tempo in questo mondo, ne fu contento.

La domenica si svegliò che sembrava estate. Il cielo era terso e nel tepore svolazzavano i primi insetti. Nevio si lavò da capo a piedi, si fece la barba con particolare cura e si mise addosso gli abiti più in ordine che aveva, e sotto lo sguardo stupefatto di Antonia annunciò che si prendeva una giornata libera.

Uscì a passo spedito fino a Glasgow Green e bighellonò davanti all'ingresso principale sperando che Lucita per qualche ragione avesse sentito il richiamo di quell'appuntamento.

Quella domenica Gillian era più insofferente del solito verso la piccola Eilidh, che le gattonava dietro aggrappandosi alla gonna e piagnucolando per essere presa in braccio. Emma si era fatta invisibile in un angolo a vestire la sua bambola, Pia riempiva un quaderno e Lucita osservava la scena senza dire nulla. Gillian inveì agitando nell'aria il mestolo della minestra e ostentando il pancione.

«Che fai lì impalata? Portami via questo impiastro prima che trovi l'unico modo per farla smettere!»

Nel giro di cinque minuti erano tutte fuori. Lucita spingeva il passeggino e Pia teneva per mano Emma. Arrivate a Glasgow Green stesero il telo sul prato e ci misero seduta Eilidh, mentre le altre due bambine si sistemavano ansiose di giocare. La gente le guardava e Lucita si sentiva una chioccia felice anche se i pulcini non erano suoi.

Non avendola vista arrivare, Nevio si rassegnò all'idea di non riuscire a salutarla prima della partenza. Ma con quel sole non aveva nessuna voglia di chiudersi dentro Café Ida, e perciò s'incamminò nel parco come un signore qualunque che fa una passeggiata. E anche se signore non era, nessuno poteva impedirgli di godere del verde come gli altri, quindi proseguì con un'aria di soddisfazione stampata sulla faccia.

Quando la vide su quel telo steso vicino alla fontana, appoggiata a un tronco a giocare con le bambine, il cuore gli cadde giù dallo sterno con un tonfo. Non ci fu bisogno di studiare una manovra di avvicinamento perché lei l'aveva già notato e per grazia di dio gli aveva sorriso. La raggiunse e restò in piedi a fare il buffone per le bambine finché non divenne strano e faticoso continuare in quel modo, così si sistemò vicino a lei, lasciando andare la schiena indietro sul tronco con l'abbandono di chi è molto stanco, ma calcolando invece di andarle a toccarle la spalla. Entrambi finsero sorpresa ma non si spostarono di un millimetro. Tra un gioco e l'altro le piccole presero confidenza e gli chiesero se poteva dondolare la bambola per farla addormentare. Emma gli restò accanto per qualche istante per controllare che fosse all'altezza e poi si mise a raccogliere fiori e trifogli. «Per la mia mamma,» gli spiegò «che è triste.» «Le piacerà tanto» le aveva risposto, e Lucita aveva annuito per incoraggiarla, ma era chiaro che dell'effetto su Gillian fosse assai poco convinta.

Adesso che parevano una famiglia lui si azzardò a sfiorarle la mano, e poiché lei non la muoveva, la chiuse nella sua. Sentivano in lontananza le chiacchiere di Emma e Pia, e i versi di Eilidh che gattonava intorno lamentandosi un po'. C'era pure la voce concitata del comizio che arringava la folla, ma nemmeno di questo capivano niente, perché Nevio le stringeva le dita più forte e le porgeva un foglietto.

«Domani me ne parto per la guerra.»

Lucita lo guardò incredula, e sconvolta gli appoggiò la testa sulla spalla. Lui restò lì a contemplarla finché un alito di vento non le fece scivolare una ciocca di capelli sulla fronte. D'istinto soffiò per farla tornare a posto e bastò quella confidenza per farli sgusciare fuori dal telo per ritrovarsi dall'altra parte del tronco. Alle bambine sembrò che volessero giocare a nascondino e aspettarono che iniziassero a contare, Eilidh invece continuava a chiedere qualcosa ma senza piangere, e perciò per darle attenzione si poteva attendere ancora un po'. Nella precaria intimità che erano riusciti a rimediare, Nevio la baciò e continuò a baciarla con gli occhi aperti perché doveva poterla ricordare alla perfezione. Poi si staccò tenendole il viso stretto tra le mani.

«Te lo chiederò per tutta la vita. Mi vuoi sposare?»

Lei si commosse, e un improvviso frastuono di grida e di zoccoli di cavalli cancellò la sua risposta. La gente vagava senza capire dove andare, imprigionata com'era tra i gendarmi che arrivavano al galoppo e la folla, nel frattempo cresciuta a dismisura, che si agitava davanti al palco. Emma piangeva e Pia era spaventata, e Lucita si precipitò ad abbracciarle. E mentre le copriva di baci si accorse con terrore che della terza bambina non c'era traccia.

«Eilidh!»

Stritolando il suo mazzolino tra le dita Emma si girò verso il telo vuoto.

«Voleva l'acqua.»

Lucita sollevò lo sguardo sulla nuvola di polvere alzata dai cavalli, sgomenta all'idea di scorgervi un corpicino calpestato. Corse ovunque urlando il suo nome e chiedendo aiuto, ma gli sguardi che incrociava erano impotenti e vuoti. Nevio la trovò prima di lei, a faccia in giù nella fontana.

L'inverno la chiuse lì col sole, e pianse ogni giorno insieme a Giovanni e Gillian, buttando le sue lacrime sulle strade e sui vetri delle finestre perché a nessuno, da un angolo all'altro della città, venisse in mente di passeggiare al parco. Rovesciò rabbioso tutta l'acqua che aveva risparmiato, perché per cercare l'acqua era morta una bambina, e dopo si divorò la primavera.

Con la dolcezza che le era propria, la primavera se ne rimase invisibile lasciandolo sfuriare, ma sotto la terra e le cortecce si muoveva silenziosa per essere pronta a scalzarlo via. E quando all'alba di Pasqua l'inverno si appisolò sfinito, in un attimo la vita esplose ovunque e in ogni forma, assai più forte delle lacrime e del buio.

Giovanni e Gillian però non si accorsero di nulla. Al dolore per la perdita di Eilidh si era aggiunta l'angoscia per la salute di Elena, che per la fretta di uscire dalla pancia sembrava ci avesse lasciato dentro un pezzo di polmone. Infiniti giorni di febbre alta e tosse da farle strabuzzare gli occhi, e pentoloni di fumenti. Chiusa in casa dal dolore e dalla fragilità della figlia, senza più musica da camera né tanto meno concerti o altre prospettive, Gillian si spegneva, e Giovanni arrancava.

Con l'estate i fumenti terminarono, Elena potè uscire di casa e Gillian fu obbligata ad accorgersi del sole. Il senso di colpa per aver scacciato sua figlia di casa solo perché voleva starle in braccio era vivo come quel giorno maledetto e nessun istinto di sopravvivenza l'avrebbe mai cancellato. Se la piccola era morta era colpa sua più che di Lucita. Come la colpa di non essere riuscita a trattenere Elena quel mese necessario a riuscire a respirare come tutti gli altri. E su tutto, l'incapacità di accettare che non sarebbe stata una madre appagata in famiglia e nel lavoro come aveva sempre pensato.

Lucita era devastata. Aveva infranto il giuramento di non lasciar avvicinare nessun uomo, a parte il fratello, per cedere a un impulso. Continuava a occuparsi di Pia, della casa e dei ritratti, rendendosi però trasparente agli occhi della sua famiglia, che poi famiglia non era, e del mondo. Visto che le toccava vivere, mormorò una volta a Giovanni, allora l'avrebbe fatto da fantasma, poiché se di un essere umano degno non conservava più nulla, non ne meritava nemmeno le sembianze. Talvolta tuttavia, quando era sola in casa, tirava fuori il foglietto spiegazzato che Nevio le aveva dato quel giorno maledetto, e leggeva recitandola a memoria la poesia che c'era scritta sopra.

All'inizio si era chiesta come ci fosse arrivato Nevio a Robert Burns, poi l'aveva semplicemente conservata come unica traccia di quell'insensato amore.

E addio addio mio unico amore
addio per un momento
io tornerò, sai, amore
anche da lontano
cento e centomila miglia.

Pareva che Burns avesse scritto la poesia appena prima di partire per una guerra, per questo Nevio doveva averla scelta.

Il 1915 andò avanti costringendo ciascuno a rimboccarsi le maniche quanto riusciva. Ma per i Datti non era ancora finita.

Il primo maggio il *Lusitania* era ormeggiato al molo 54 di Manhattan, e l'equipaggio preparava il viaggio di ritorno. Ogni cosa procedeva regolarmente finché cominciò a diffondersi una certa agitazione e Edoardo si ritrovò a dover rassicurare decine di passeggeri che all'improvviso avevano paura di partire. Quel giorno infatti i giornali avevano pubblicato un messaggio strano.

Ai viaggiatori che intendono intraprendere la traversata atlantica si ricorda che tra la Germania e la Gran Bretagna esiste uno stato di guerra [...]. La zona di guerra comprende le acque adiacenti alla Gran Bretagna [...]. Le imbarcazioni battenti la bandiera della Gran Bretagna [...] sono passibili di distruzione una volta entrate in quelle stesse acque. Ambasciata imperiale di Germania – 22 aprile 1915.

Alcuni avevano notato che l'annuncio portava la data del ventidue aprile ma era stato pubblicato il giorno della partenza, e quindi l'avevano interpretato come un riferimento preciso alla nave. Il panico cominciò a dilagare e il direttore della filiale americana della Cunard Line arrivò di corsa per convincere i passeggeri a salire a bordo. Edoardo non riteneva possibile che il *Lusitania* potesse essere considerato un obiettivo e si adoperò in tutti i modi per trasmettere la sua tranquillità a quella moltitudine in preda all'ansia. Alla fine contribuì a farne imbarcare tanti, troppi, il *Lusitania* recuperò le cime e salpò per la sua duecentoduesima traversata. Destinazione Liverpool, Gran Bretagna.

Edoardo si mostrava sorridente e continuava a convincere se stesso e gli altri che quella era una nave passeggeri, faceva ventisette nodi e aveva l'incrociatore *Juno* a farle da scorta. Almeno così aveva sentito riferire dalla Cunard al comandante. E in effetti le ore passavano, il mare era buono, e la tensione a bordo si era allentata. Non c'era dunque proprio niente da temere.

Alle quattordici e dieci del sette maggio Edoardo aveva appena accompagnato una coppia anziana a riposare nella suite di prima classe ed era tornato ad accudire i passeggeri che dopo pranzo si erano spostati nelle altre sale a leggere o giocare a carte, senza immaginare che un U-boot tedesco stava scivolando in acqua e osservava la sua preda avanzare.

Il *Lusitania* era una nave passeggeri, ma chissà, forse trasportava armi e munizioni... e aveva ridotto la velocità a diciotto nodi per via della nebbia... e da due giorni navigava senza scorta perché Churchill e il suo ministro avevano ordinato all'incrociatore *Juno* di tornare alla base... e il comandante non ne sapeva niente. Così proseguivano ignari, i ponti si riempivano di gente che usciva a salutare l'Irlanda, e si sentiva aria di casa.

L'U-20 lanciò un siluro, forse due. Un gran botto, e subito dopo un altro. Ma la nave continuò imperterrita la sua corsa e non ci fu modo di calare le scialuppe in mare. In diciotto minuti quel gigante di duecentoquaranta metri e trentadue tonnellate andò giù trascinando con sé oltre milleduecento persone. Tra i sopravvissuti non fu rinvenuto Edoardo. I suoi diciotto minuti li aveva impiegati aiutando i passeggeri a rincorrere ogni minuscola possibilità di salvezza. Non c'erano testimoni che potessero confermare la visione di Giovanni, ma lui era certo che negli ultimi secondi, precipitando nel buio fra oggetti e corpi che annaspavano, suo padre si fosse incantato davanti a un neonato. Il bimbo fluttuava nella sua vestina gonfia d'acqua come una medusa, con il distacco e la leggerezza di chi è già oltre questo mondo. Edoardo tentò di afferrarlo finché le bolle d'aria smisero di uscirgli dalla bocca e i suoi occhi sbarrati non videro più la vita già vissuta ma un'abbagliante luce da seguire. E in quel bagliore Flaminia gli sorrideva e gli tendeva le mani.

A Gillian parve odioso ammetterlo ma quella perdita aveva pareggiato un tantino i conti. Lei aveva perso il padre e una figlia, e adesso anche Giovanni pativa lo stesso suo lutto. Ma era per colpa di una Datti, una falsa Datti per di più, se la sua bambina era morta, e questo non gliel'avrebbe mai perdonato.

Concesse a Giovanni un compassionevole appoggio, ne raccolse gli sfoghi di pianto e i racconti sul trapasso di quell'anima fascinosa di fatto assente già da molto tempo. Non credeva a una parola di quello che le confidava, tutte quelle sciocchezze sul neonato svolazzante e la gemella in missione dall'aldilà. Solo una cosa la colpì fra le storie che le raccontava, la maledizione di una tale Antonia che recitava: «Chistu posto ce condanna tutti ad affogà. Dentre o fori da lu mare». In effetti... suo padre era affogato nell'Oceano Indiano, Edoardo nel mare d'Irlanda, Eilidh in una fontana di Glasgow Green. Erano tutti morti affogati. E allora, nella notte rimuginò sul loro destino cercando di capire a chi sarebbe toccata ancora quella fine.

Si girò verso Giovanni che le russava accanto.

«Chi sarà il prossimo? Emma che per inseguire un aquilone scivola nel Clyde? O Elena che affoga nel suo catarro? Oppure tu o io, chissà dove. Scappiamo via da qui, andiamo in Italia.»

Giovanni si era zittito all'improvviso, aveva schioccato un po' la lingua e aveva richiuso la bocca senza dare segno di aver sentito.

E poi tornò l'autunno, e subito con i primi freddi, pure le febbri e i fumenti, e per Gillian la casa si trasformò di nuovo in una prigione. I davanzali delle finestre si erano affollati di vasetti di eriche e sparuti fiori che Emma si ostinava a innaffiare per regalare alla mamma colori che piano piano avrebbero alleviato la sua prostrazione. Giovanni invece confidava nell'atmosfera di gioia che si sarebbe creata a Natale, ma con sgomento constatò che più le feste si avvicinavano più l'umore di Gillian peggiorava.

Quando riusciva a portarla fuori insieme a Emma per una passeggiata, la guardava camminare per le strade addobbate senza accorgersi di nulla, sforzandosi di rispondere all'eccitazione di Emma con sorrisi così tirati da stroncarla. Faceva quasi paura quel suo sguardo vitreo, fisso su un mondo invisibile a chi si ostinava a vivere, e la bocca cucita affinché non esalasse le parole della morte, l'unico pensiero che l'attraeva e di cui riusciva solo a scrivere, come Giovanni scoprì violando il suo taccuino segreto.

Se devo morire, allora sia adesso
che le foglie a terra mi paiono immondizia
i cinguettii stridulo rumore
l'alba la morte della luna
il tramonto quella del sole.
E la gente
corpi senza cuore
volti senza occhi.
Luci di Natale
non siete nulla.
Sotto le vostre scie dorate
la mia strada resta buia.

34

L'angoscia per il giorno maledetto a Glasgow Green non gli sarebbe mai passata, nemmeno al fronte.

Il corpicino floscio tra le sue braccia, la devastazione di lei, e dei genitori, che l'avevano guardato senza capire niente, e anzi l'avevano pure ringraziato per aver accompagnato a casa Lucita e le bambine. Non sapevano ancora com'erano andate le cose, e di sicuro ormai gli era stato detto che ad aver distratto Lucita era stato lui, che il vero colpevole della disgrazia era lui, l'amico da odiare, per sempre.

Però perfino in guerra la sua natura non riuscì a soccombere e venne fuori. Nevio si distinse da subito per l'energia e lo spirito con cui teneva alto il morale dei compagni. E anche per l'abilità di aggiustare qualunque cosa, tanto che fu ben presto trasferito al genio militare. Già dopo due mesi era in Francia, vicino al crinale di Aubers, a rimontare le sospensioni della Rolls Royce utilizzata dal comandante in capo. Un gioiellino corazzato di ottanta cavalli con torretta armata di mitragliatrice.

Le mani si muovevano sicure come quella prima volta sulla sorbettiera di Tony, e mentre l'Italia dichiarava guerra all'Austria lui rimetteva in moto l'auto inglese. La consegnò all'ufficiale e si mise sull'attenti, e quando la Rolls Royce ripartì pensò che era valsa la pena andare in guerra solo per vivere quel momento. Capì allora che era quella l'unica vera passione della sua vita e che non l'avrebbe mai abbandonata. Promise a se stesso che se fosse tornato dalla guerra avrebbe avuto una macchina tutta sua per correre sulle strade fuori città e andare a strombazzare davanti al ragazzo di Gastone che lo aveva preso in giro quando erano appena arrivati a Glasgow. Ma soprattutto per farci salire sopra Lucita. Benedisse il destino, per l'incontro con la Rolls, senza immaginare quanto un'auto, in fondo, somigliasse a una donna nel far uscire di senno e di strada.

Di lettere ne scriveva tre al mese. Una per Giovanni, una per Luigi e una per Castrocielo. E insieme a un polacco che come lui conosceva l'inglese e pure l'italiano, aiutava gli analfabeti a mandare notizie a casa e a leggere le risposte che arrivavano.

Giovanni cercava di intercettare le lettere prima che Gillian le gettasse ancora chiuse nella stufa. Le leggeva al negozio, soffermandosi ogni volta sulla parola *perdono*, implorato a lui e a Gillian. Ogni volta ci si struggeva e poi le ripiegava per conservarle in un cassetto. Della morte di sua figlia incolpava nella stessa misura lui e Lucita, eppure sapeva che con entrambi avrebbe continuato in qualche modo a mantenere una relazione.

Luigi invece leggeva di nascosto quelle lettere perché Antonia si annoiava a sentire sempre le stesse storie di guerra. E invece lui rispondeva a Nevio di scriverne di più di quelle lettere, anche poche righe, se non aveva tempo, perché la sua assenza gli era diventata insopportabile. Non voleva angustiarlo raccontandogli tutto ciò che accadeva. Della faida che si era creata dentro la sua stessa famiglia, di sua moglie e i figli da una parte e lui, come un reietto, dall'altra. Né tantomeno voleva dirgli del locale, della nuova insegna che stavano per montare. Antonia gliel'aveva spiegato una notte, accarezzandolo per solleticargli la voglia, che non si poteva restare legati al passato. «Visto che ormai il Café Ida lo gestisco io,» aveva sussurrato «dovrebbe chiamarsi Café Antonia, non ti pare?» E lui le aveva farfugliato un sì. La mattina dopo però ci aveva ripensato, avevano discusso in cucina, e lei si era permessa di sbuffare quando le aveva nominato Nevio. «A tuo fratello non gli importa di nessuno... sennò non sarebbe andato a farsi ammazzare.» Luigi l'aveva afferrata per il collo soffiandole una rabbia che gli saliva su da chissà dove. E si eccitava a vedere la sua faccia tronfia gonfiarsi e sputare fuori occhi impotenti e terrorizzati, mentre il corpo si afflosciava e capitolava a terra. I figli accorsero che era scura ma respirava, e si scagliarono su di lui come un branco di randagi, dandogli addosso con calci e pugni che gli fecero schizzare gli ultimi denti. Da quella zuffa uscì pesto nell'anima più che nel corpo. Arrancò fino al cappotto e poi fino alla porta, e camminò per ore, scansato dai passanti per l'andatura storta e i coaguli di sangue appiccicati al mento. Mise un piede dietro l'altro fino a un pezzo di corda buttato sul ciglio della strada, e d'istinto, perché tutto può servire, lo raccolse. Tirandosi su si rese conto che era arrivato davanti a un parco, quel Glasgow Green dove in un'estate lontanissima avevano venduto così tanti gelati... S'infilò dentro. Il profumo di prato e di verde lo stordì, e contornato da tutti quegli alberi, dalle fronde che si dischiudevano per accoglierlo nel loro abbraccio, capì che era lì che finiva il suo tratturo. Gli mancavano giusto pochi passi, il tempo di scegliere un ramo e sfilare la corda dalla tasca.

Nevio non ricevette più nulla per diversi mesi. Poi finalmente gli consegnarono una busta che conteneva un laconico messaggio.

Caro Nevio,

il nostro Luigi, il mio amatissimo marito e padre dei miei figli, per sua sciaguratissima scelta non è più. Tutti noi lo piangiamo inconsolabili.

Ti aspettiamo.

Tua,

Antonia

«Per sua scelta? Maledetta! Cosa gli hai fatto!»

«Io non l'ho più protetto,» ripeteva singhiozzando «e tu l'hai ammazzato.»

Luigi era un debole ma c'era sempre stato, e di colpo si rese conto di essere in prima linea anche nella vita. *Ti aspettiamo*, gli aveva scritto. E per cosa? Per rifarsi una vita insieme a lui? Mai e poi mai avrebbe ceduto alle sue avances. Il ricordo di Lucita non lo consolava, anzi, lo tormentava con le immagini di lei fidanzata e presto sposa di qualcun altro. Si chiuse nel silenzio chiedendo di poter barattare la sua inutile vita con la morte.

Ad Antonia non era arrivato nulla delle sue maledizioni e di tutto quel dolore. Era la padrona ora, e con il primogenito Pietro, ancora piccolo ma già autoritario, gestiva finalmente a modo suo il locale. Di quello che avrebbe detto Nevio non le importava niente. E poi... trovandosi nel bel mezzo di una guerra, c'era il caso che il suo parere non l'avrebbe dato mai.

Invece Nevio tornò. Smagrito, con diverse cicatrici sulle braccia e un dente in meno, lo sguardo distaccato e la bocca stretta.

Prima di andare al Café passò al negozio di Giovanni. Si affacciò alla vetrina e lo vide incurvato a pareggiare un taglio, con un paio di occhiali che gli davano un'aria da professore e una sciarpa sul petto che invece rimandava al cagionevole bambino che aveva salvato nel bosco. Le forbici andavano più lente e il pettine sembrava tremare un po', e forse per questo la fila di clienti in attesa si era allungata. Gesticolò per attirare la sua attenzione e dopo un po' finalmente Giovanni sollevò lo sguardo. Rimase immobile per qualche secondo, indifferente alla mano di Nevio che si poggiava sul vetro. Poi, come se nulla fosse stato, si ripiegò e ricominciò a tagliare.

Nevio proseguì verso Café Ida pensando che non doveva aspettarsi nulla di diverso. Avrebbe provato a riavvicinarsi chiedendo ancora perdono e rispettando il suo dolore.

Alla nuova insegna del Café non fece caso. Solo la sera tardi, mentre chiudeva la porta l'avvertì più lunga e scoprì che era cambiata. Non se ne stupiva né si rattristava, anzi, attraversò la strada e con le mani in tasca restò lì a studiarla. Café Antonia suonava proprio male rispetto a Café Ida, che oltre a rappresentare un omaggio a sua madre, era anche più raffinato e appropriato alla Scozia. E mentre rifletteva, si palesava accanto a lui l'ombra di Luigi, che prostrandosi in scuse lo rassicurava che la vecchia scritta era nello scantinato pronta a tornare al posto suo. Non appena ad Antonia fosse passato il capriccio, naturalmente. Nevio aveva fatto spallucce.

«Senza di te Lui', questo Café può chiamarsi come gli pare.»

Dal giorno dopo continuò a spendere per il locale la totalità del suo tempo, e nei pochi minuti liberi dal lavoro soltanto tre pensieri gli ronzavano in testa. In ordine di importanza Giovanni, l'automobile che si sarebbe comprato, e Lucita.

Lucita l'aspettò nei dintorni di casa, la cercò a Glasgow Green nelle domeniche senza pioggia e, non trovandola, si spinse fino a Kelvingrove Park e in tutti i giardini grandi e piccoli della città dove si portavano i bambini.

Un giorno, finalmente, il portoncino cigolò e ne uscì una donna esile che le somigliava vagamente. Si mise a seguirla faticando subito a starle dietro poiché sguisciava lungo le pareti come una biscia, curva e rigida nelle spalle, nascosta da un cappotto informe e da un fazzolettone sulla testa. A un tratto si bloccò e rimase qualche istante ferma prima di voltarsi indietro. Era lei. Invecchiata di vent'anni, gli occhi opachi contornati da rughe, le labbra assottigliate e piegate all'ingiù. Si guardarono senza riuscire a fare niente. Poi la sua bocca articolò qualcosa, forse «Nevio». Lui avanzò di un passo e lei scappò via.

Non la vide più. E diceva in giro che era vedovo, pur non avendo mai avuto una moglie, perché da quella perdita non poteva riprendersi.

Nell'estate del 1922 comprò la sua prima macchina, un'Aston Martin A3 nera e grigio chiaro, sedile a due posti e volante in pelle marrone. Nel 1924, esaltato dalla vittoria della Bentley alla 24 ore di Les Mans, tentò di cambiarla con una 3 Litre blu e argento che faceva ottanta miglia all'ora, e che costava troppo. Qualche anno dopo avrebbe voluto passare alla Chevrolet, ma si rese conto da solo che non era il caso. Il più delle volte montava in automobile e se ne andava da solo in giro per le Lowlands, però quando gli capitava di avere una ragazza, andava a suonarle il clacson sotto casa e si godeva le occhiate della gente.

Antonia aveva spesso da ridire su quella fissazione pericolosa che gli faceva sperperare denaro, e vedendolo uscire di casa vestito a puntino e profumato gli augurava che se ne andasse a sbattere da qualche parte.

Appena fuori, Nevio si liberava della pesantezza che da quando Luigi non c'era più ricadeva solo su di lui. Antonia si lamentava della stanchezza ma voleva aprire e chiudere il locale nonostante lui si ammazzasse per sollevarla da tutte le incombenze, e pretendeva un ruolo più importante di quello che si era presa già. Voleva e aveva sempre voluto, senza dare mai niente in cambio, se non accogliere il marito dentro di sé per governarlo di giorno con la frusta e di notte con un'effimera felicità. E chissà che gli aveva fatto mentre lui era in guerra, quanto doveva averlo vessato e umiliato per spingerlo a mettersi in tasca una corda e appendersi all'albero di un parco. Si era aggrappato alle radici, alle storie dei contadini, uomini e donne disperati che si erano dileguati dal mondo in quel modo. In mancanza di boschi aveva puntato su Glasgow Green e ora l'aveva lasciato con una megera e dei miserabili ragazzini che di Montefosco non avevano niente. Il primogenito era il peggiore e gli altri gli andavano dietro. Perditempo e indisponente, Pietro era più di intralcio che di aiuto, e spesso doveva appellarsi al ricordo che era figlio di Luigi, per trattenersi dall'appiccicarlo al muro. C'era solo da sperare che un giorno le cose sarebbero cambiate. E non dovette aspettare molto, perché all'improvviso arrivò il 1929, e ai brutti caratteri e alle automobili non si poteva più pensare.

La Grande Depressione investì il pianeta come un meteorite e dopo lo gelò. Da almeno un secolo ci si era abituati a correre, e adesso di colpo si stava fermi. Chi produceva non produceva quasi più, chi aveva le materie prime non sapeva che farsene. Il lavoro si perdeva, oppure se si conservava veniva pagato male, perciò non si compravano case, vestiti, ginger ale e gelati. Non si usciva la sera, non ci si divertiva più, le cose superflue e pure quelle necessarie si svendevano, l'ansia si contagiava come in una pandemia, e nessuno capiva perché tutto questo fosse cominciato. Soprattutto, non si capiva quando e come si sarebbe superato.

35

La notte in cui Gillian gli aveva sussurrato quel pensiero Giovanni aveva sentito, eccome se aveva sentito. *Chi sarà il prossimo? Emma che per inseguire un aquilone scivola nel Clyde? O Elena che affoga nel suo catarro? Oppure tu o io, chissà dove. Scappiamo via da qui, andiamo in Italia.* Era morta Eilidh, ed entrambi i padri, e la piccola Elena stava sempre male. Gillian aveva ragione, ma allora erano nel 1915 e l'Italia era ancora troppo lontana per poterla avvicinare. Il desiderio di tornare se l'era infilato lui stesso, nel bagaglio, il giorno in cui l'avevano strappato via da Villa Datti. Ma lo sapeva che non era un tornare a qualunque costo. A che erano serviti, altrimenti, tutti i sacrifici... La fatica di ricominciare da zero, e da solo, in un posto sconosciuto, la cui lingua stringe le vocali per non disperdere il calore, e un sole che quando si affaccia pensa di aver sbagliato strada e se ne va. E mentre ricordava queste cose realizzava che non le pensava più, o meglio, le relegava a un passato che aveva superato. Perché la Scozia nel frattempo si era riscattata eccome. L'aveva accolto e accudito, a modo suo gli aveva trasmesso affetto, gli aveva permesso di guadagnarsi la dignità, e gli aveva regalato la felicità più intensa che potesse immaginare. E dopo, certo, il tempo aveva fatto il mestiere suo. Mica è una sorpresa che il tempo sminuisce, opacizza, talvolta distrugge. Infatti l'amore con Gillian aveva brillato, e poi, strapazzato dalle vicissitudini si era lentamente spento. L'amicizia con Nevio aveva avuto alti e bassi, e proprio entrando nella maturità si era spezzata in un colpo solo. Sarebbe bastato che rispondesse soltanto a una, di tutte quelle lettere che iniziavano e terminavano con *Perdono*. Eppure non l'aveva fatto. Anche se arrivavano dal fronte, anche se ognuna poteva essere l'ultima, anche se in certi punti la carta era crespa per essersi bagnata di lacrime. O avrebbe potuto scrivergli che non era pronto a perdonare, o che l'odio che Gillian nutriva per lui glielo impediva, e dunque per rispetto, o forse per paura, di sua moglie, non era in condizione di mandargli un cenno. E poi, se pure l'amicizia si fosse ricomposta, quella crepa avrebbe bruciato a vita, dominando i loro comportamenti e influenzando i sentimenti.

E tra una cosa e l'altra questo tempo se n'era passato veloce. A metà degli anni Venti le bambine si stavano facendo ragazze, e Pia si era sposata con un maestro di scuola molto roscio e molto strampalato. Raccontava che da fidanzati, a cena, le aveva chiesto se era proprio sicura di generare un figlio che rischiava di essere uguale a lui, e mentre le parlava si era messo a sgrullare la tovaglia dalle lentiggini che ci erano cadute sopra. Era uno di quegli uomini buffi che alcune donne trovano irresistibili, e Pia ci fece un maschietto maculato come lui e una femmina candida come la neve. E proseguì, in barba alla Grande Depressione, alternando le due modalità fino al numero di sei. Dopo si fermò, sfinita, impoverita, ma felice.

Nel 1931 il contesto generale non era per niente migliorato, anzi. Ma alla gente che lavorava sedici ore al giorno non interessava se era colpa di Wall Street, della sterlina svalutata, del Gold Standard che era andato a farsi fottere, o del protezionismo. La gente sapeva solo che chi non era ancora disoccupato di lì a poco lo sarebbe diventato, e pensava che di Grande, di enorme, c'era già stata la guerra, eppure non si era depressa, anzi si era rimboccata le maniche per ricominciare. E adesso, cosa doveva ancora passare?

Giovanni aveva molto tempo libero e nessuna voglia di usarlo per suonare il violino. Non c'erano più di due clienti al giorno da servire, e per quanto si fosse industriato a lavorare a domicilio la mattina presto e la sera dopo la chiusura, la situazione si faceva difficile. Ormai era l'unico a portare comunque qualcosa a casa, e sulle sue forze erano in quattro a dover contare. Nemmeno Gillian riusciva più a contribuire alle finanze. Continuava a esercitarsi ore al pianoforte ma nessuno era più disposto a chiederle lezioni o pagare per ascoltarla. Lucita aveva terminato l'ultimo ritratto parecchi mesi prima e non aveva ricevuto altre prenotazioni. Perciò i mobili si erano via via svuotati dell'argenteria e gli ultimi gioielli di Maria Pia erano passati di mano in cambio di poche monete. Resistevano solo le piantine e le talee che Emma insisteva ad allineare sui davanzali. Primule ed erica continuavano a crescere gratis per fortuna, e lei sapeva sistemarle in nuvole di colori che sfumavano dal viola al lilla, illuminandosi qua e là di bianco. Per il resto si industriava a cucinare per le famiglie che non potevano più permettersi una domestica. Aveva iniziato da piccola coi biscotti, poi le torte, e aveva imparato in fretta tutte le portate. Giovanni e Gillian in realtà sospettavano che a quel suo successo di cuoca contribuisse alquanto la bellezza. Sembrava, infatti, che i nove mesi nella pancia Emma li avesse passati a studiare i membri della sua famiglia per prendersi da ciascuno il particolare migliore. Dai nonni MacDalamy il blu brillante dell'iride di lui e la bocca a cuore di lei, da Maria Pia i capelli neri, da Edoardo il taglio degli occhi e il nasino dritto, dal padre l'eleganza e la mitezza, dalla madre l'ovale perfetto del viso e in generale l'avvenenza. Il tutto era condensato in un corpicino formoso e proporzionato, producendo un tale effetto che perfino i suoi si incantavano a guardarla. Se si doveva trovare un difetto, questo era nell'ingenuità che la rendeva troppo vulnerabile. Addirittura Elena, che del mondo là fuori conosceva ben poco, le raccomandava di non fidarsi troppo. Le parlava senza gelosia per il suo essere tanto migliore di lei, che non era né bella né sana. "Povera Elena", sarebbe venuto da mormorare di fronte alle occhiaie violacee che distraevano dagli occhi chiari e al pallore che sviliva i lineamenti. E di fronte a quella tosse. La sua tosse non era un malanno che prima o poi passa, era una condizione permanente. Anche quando si placava un po' la lasciava ingobbita e affaticata, perché a inspirare l'aria fino in fondo i suoi polmoni non erano abituati, e davano l'impressione che un banale respiro avrebbe potuto esserle fatale. E invece "povera Elena" non lo mormorava nessuno perché era lei la persona più allegra e vitale della casa. E non si poteva dire che quando non c'era se ne sentiva la mancanza, visto che c'era sempre, ma bastava che fosse in camera con la febbre alta per averne nostalgia.

Era orribile anche solo pensarlo, ma Elena costava cara. Gran parte del denaro si destinava a tutto ciò che poteva mitigare la malattia. E quando alla sua tosse si unì quella persistente di Giovanni, con tanto di febbre alta e conseguente impossibilità di aprire il negozio, il *ménage* divenne decisamente complicato.

Tutto quel *respirare grande* che aveva sempre praticato come un'abitudine della quale non si conosce più la ragione, non gli servì a niente. Non c'erano fumenti né sciroppi, intrugli di erbe, semi di lino o balsami sul petto che potessero alleviare lo sconquasso dei suoi polmoni. E dopo tre settimane di chiusura del negozio diventò difficile riempire la borsa della spesa. Perciò Gillian e Lucita si divisero Glasgow e bussarono a tutte le porte per chiedere un lavoro, ricevendo smorfie sconfortate e qualche alzata di spalle. E allora una sera, portando a Giovanni una scodella di brodo che somigliava sempre di più all'acqua, Gillian si sedette sul letto impettita come quando stava davanti all'organo di St. Patrick Church.

«Resta un'ultima persona cui chiedere aiuto prima di vendere la casa.»

Sul viso smagrito di Giovanni dominavano gli occhi, che la fissavano intuendo il nome che sua moglie ancora non riusciva a pronunciare. Le prese la mano e lei annuì, poi si alzò e lo lasciò finire l'insulsa cena da solo nella stanza.

36

In un pomeriggio di dicembre il Café avrebbe dovuto essere affollato di clienti seduti a fumare davanti a bibite e dolci, e invece era vuoto. Un uomo a un tavolo sorseggiava un tè offerto dalla casa, e Nevio sospirava, mentre l'ombra di Luigi prendeva forma accanto a lui scuotendo sconsolata la testa.

«Non reggiamo un altro anno come questo.»

Nevio serrò le labbra e lasciò uscire il fumo della sigaretta dalle narici.

«Stai dicendo che l'avventura è finita? Che non vedi altre possibilità? Io sì, invece! Questo è proprio il momento di inventarsi qualche cosa Lui', perché la vita continua, sant'iddio!»

L'ombra non fece una piega, e Nevio si spazientì.

«Scusa Lui', non so lassù, ma qua la vita continua, te lo garantisco.»

E al tintinnare del campanello sorrise soddisfatto.

«Lo vedi? Suona pure alla porta.»

Si girò. Gillian l'aveva richiusa alle sue spalle ed era rimasta ferma, disarmata, quasi gli stesse chiedendo il permesso di entrare. Lui si alzò, non disse niente. Si sentiva addosso lo sguardo incuriosito dell'uomo che beveva il tè e il crescendo di un'attesa che non sapeva governare.

«Ciao Nevio.»

Era ancora lì, ma aveva fatto il primo passo, perciò ora toccava a lui. Le fece cenno di accomodarsi. Era a disagio, consapevole che anche se dalla tragedia era passato tanto tempo, e la sua vita era cambiata, e il mondo stesso si era trasformato, il dolore di una madre non poteva essere mutato.

Gillian avanzava lentamente nella sua direzione, scrutando l'estraneo seduto, e poi soffermandosi sui tavoli vuoti, e Nevio scrutava lei, gli occhi stretti per il fumo che saliva dalla sigaretta, ricordandosi di com'erano tanti anni fa. Lei un'apparizione nell'ingresso di Tony's, coi clienti e i camerieri imbambolati e Maria gelosa di ciò che quella visione avrebbe potuto diventare. La star del locale, la donna capace di rubarle Nevio. Invece tutto era finito in niente. Erano ragazzi nel pieno dell'eterna gioventù che ignora il giorno in cui sarà smentita in uno specchio. E si erano ritrovati insieme per caso, in un terreno a lui sconosciuto, quello della musica, del quale aveva considerato il potenziale commerciale prima ancora di intravedervi la bellezza. E a coglierle non aveva fatto in tempo, la bellezza della musica e quella di Gillian... E chissà se per l'una e per l'altra sarebbe scattato qualcosa. Magari no. In fondo non si vedeva a maneggiare per la vita delle asole troppo raffinate e troppo piccole per le sue dita. Legarsi a chi quelle asole le cuciva, alla frangiaia che gli voleva bene con semplicità, senza distacco né presunzione, ecco cosa sarebbe stato meglio. E allora era giusto così, perché la sera in cui avevano brindato da soli da Tony's, Giovanni la stava già aspettando. Erano loro due a doversi appartenere.

Lei intanto gli era arrivata davanti.

«Ciao Gillian.»

Le spostò la sedia di fronte al banco e passò dietro a prepararle un tè e un piattino di biscotti che con un gesto gentile lei rifiutò. "Perché sei venuta qui?" avrebbe voluto domandarle, ma di tempo ne era passato talmente tanto che ad aspettare si era abituato. Che parole si dicono però durante l'attesa? Ogni frase gli pareva inopportuna. "Come stai", lo vedeva come stava, il viso consumato, le dita ossute e quell'anomala mansuetudine. "E Giovanni?" "Col negozio chiuso, ecco come sta" gli avrebbe risposto. "E le figlie?" Le figlie sono due e non tre. "La penso sempre, la piccolina." Non era vero, qualche volta si svegliava di notte col peso del suo corpicino tra le braccia, ma poi la memoria si affievoliva, e la mattina non la pensava più. Quindi restò zitto.

L'uomo al tavolo strisciò rumorosamente indietro la poltroncina, si tirò su il bavero della giacca e salutò portandosi due dita sul lato della fronte. Nell'altra mano teneva un sacchetto di carta con dentro un panino.

«Grazie, Ne'.»

Nevio copiò il saluto.

«A domani.»

Erano di nuovo soli, nel silenzio e nella luce fioca come quella sera in cui avevano brindato da Tony's. Anche stavolta avrebbero voluto parlare ma appena arrivati sulle labbra i pensieri diventavano sbagliati.

Gillian perlustrò ancora con gli occhi il locale deserto, le poche bottiglie sulla mensola, lo strato di polvere sotto i lumi. E poi guardò lui, le sue occhiaie, le rughe a ricordare dove arrivava il sorriso, le mani rassegnate e posate sul grembo. Scivolò fuori dalla sedia e lo fissò per un istante. Era ora di andare via, senza chiedergli niente.

Nevio la osservò allontanarsi e svanire oltre la porta, grato che non avessero ancora inventato una macchina che poteva leggere i pensieri della gente, e se anche fosse esistita non l'avrebbe usata. Voleva a tutti i costi credere che Gillian fosse venuta a dirgli che lo perdonava.

L'ombra di Luigi riapparve con una smorfia perplessa, e Nevio la stuzzicò.

«Ma dico, se ve ne siete andati lassù, ed è tutto bellissimo e ci stanno Dio e Gesù con la Madonna e tutti i santi, ma perché continuate a farvi gli affari nostri?»

Iniziò a spegnere i lumi e sparecchiò l'unica consumazione, peraltro gratuita, della giornata. L'ombra lo seguiva ostentando una rassegnazione inappellabile, e poi, col tono di chi dispone di informazioni accessibili solo dall'aldilà, gli rifilò una sintesi della situazione.

«Tu sei buono e bravo Ne', ti sei sporcato le mani per aggiustare la roba degli altri, ti sei venduto l'automobile e ancora t'ammazzi di lavoro. Ma mo' non basta più.»

Nevio allargò le braccia.

«E allora torniamo Lui'. Mi arrendo. Torniamo, che mamma Ida sarà contenta.»

L'idea che si erano fatti tanti anni prima, quando il Café aveva cominciato ad andare bene, era quella di lavorare fino al 1936, e dopo organizzarsi per rientrare in Italia. Anticipare di pochi anni non era poi così grave, di risparmi ne aveva abbastanza per comprare qualche ettaro a Castrocielo e costruirci sopra una casa. Provò un tuffo al cuore al pensiero di possedere un pezzo della sua terra. Quando era partito per la Scozia l'aveva dato per scontato, perché gli agenti reclutatori erano stati convincenti, ma nel tempo si era reso conto che forse non ce l'avrebbe fatta. E invece adesso il sogno si realizzava, Nevio Montefosco tornava da proprietario.

Riuscì a trovare un acquirente del Café e ipotizzò di chiudere i conti nel giro di un mese. Adesso doveva convincere Antonia.

Quella sera stessa, sul tardi, quando rimasero soli in cucina, le disse di lasciar perdere l'acquaio. Aprì una bottiglia pregiata che aveva portato dal locale e riempì fino all'orlo due bicchieri. Lei si mise seduta titubante e con una sorsata ne mandò giù quasi la metà senza avvertire i sentori di paprika e fiori e neanche quelli di menta che lui aveva decantato. Ma se Nevio aveva fatto qualche pensierino sulla notte era bene ripulire con l'alcol quella patina d'astio che le foderava pure gli anfratti che non usava più. Un po' intimidita si tirò meglio i capelli sulla nuca. Era lui il fratello che allora avrebbe voluto, e lo voleva ancora. Bastava un suo cenno e avrebbero potuto andare avanti insieme con la loro famiglia, perché altre Nevio non ne aveva, e lei sarebbe rimasta la signora Montefosco, ma stavolta di un uomo vero. Si studiavano con gli occhi stretti sul bordo del secondo bicchiere, lui sentendo il peso dell'acconto del locale nella tasca, lei immaginandoselo addosso a recuperare il tempo che avevano perduto. Pietro passò di lato infilandosi il cappotto e lei lo salutò col solito «dove vai?» ma l'importante era che andasse, e subito, e che gli altri continuassero a dormire. La porta si richiuse e l'unico rumore fu quello delle ultime gocce che Nevio le colava nel bicchiere. Tenendo la bottiglia capovolta la guardava ripassando il bel discorso sull'Italia che lei non aveva conosciuto, e che i suoi figli avrebbero adorato scoprendo delle radici forti. Però la vista gli si appannava su quella donna improvvisamente arrendevole, forse stanca di odiare e di combattere in nome di niente. Adesso era accaldata, e quando si sfilò lo scialle la camicia gli sembrò più gonfia, nello sforzo estremo di trattenere un corpo smanioso di offrirsi. Lo guardava supplichevole, quasi innamorata. Allora lui mandò all'inferno la ragione per cui l'aveva fatta bere e trascinandola sul letto ci si avventò restituendole la violenza con cui lei aveva infestato le loro vite. Poco dopo si sentì coprire di carezze e di nuova voglia, e le tornò sopra. Che l'ombra di Luigi tanto si era stemperata nella notte insieme a quella del viaggio per l'Italia.

All'alba si ritrovarono sfatti davanti a due tazze di latte, e lui le svelò finalmente il suo progetto. Antonia si irrigidì, e dunque non brindarono, nemmeno col latte, alla nuova vita che li aspettava.

Lei si mise di traverso. Disse che l'Italia per i figli sarebbe stata ancora più difficile, e che il loro futuro era la Scozia, l'unica patria che li aveva cresciuti. Ma dentro di sé si macerava. Non poteva confessargli che non voleva lasciare Glasgow perché era lì che doveva giocare la sua carta, e il momento di giocarla era arrivato. La sua carta era Pietro, che entrava assonnato in cucina chiedendo la sua colazione.

Antonia aveva partorito Pietro a poca distanza da Emma, e l'aveva coltivato come se fosse l'unica creatura che il Signore le aveva mandato. Gli aveva piantato sopra i suoi occhi adoranti nel momento in cui la levatrice gliel'aveva appoggiato sul petto, e si era tolta anche il cibo di bocca per farlo crescere più sano e più forte degli altri. Ma era furba abbastanza per capire che quell'amore immenso, da solo, non sarebbe bastato a farne un campione. Perché era questo che doveva diventare il suo bambino, un maschio diverso dalle nullità, con l'eccezione per Nevio, con cui le era toccato accoppiarsi nella sua vita. Perciò, in nome di un obiettivo più alto, si era forzata a buttarlo nella mischia molto presto, eccitandone l'indole già dominante, ma badando che non cedesse alla prepotenza. Pietro non doveva diventare un antipatico. Un ragazzo antipatico si discostava troppo dal modello che aveva in mente, e avrebbe mandato in fumo i suoi piani.

Adesso, guardandolo, poteva dire di essere andata oltre. Pietro era un fusto in grado di gestirsi un locale da solo, e di intraprendere qualsiasi attività. Se solo avesse voluto. Perché purtroppo il ragazzo era così scaltro da riuscire sempre a svicolare per risparmiarsi la fatica. A vederlo da fuori certo non si immaginava il gran lavoro che c'era stato dietro. Pietro non appariva come un bellimbusto programmato a tavolino. Era solo un simpatico belloccio dotato nell'arte della seduzione. Quanto fosse marcata questa sua capacità lo si capiva dal modo in cui si rigirava gli uomini, più ancora che le donne, senza che se ne sentissero offesi o sminuiti. Con l'altro sesso giocava, ma sapeva anche coinvolgersi più profondamente, se credeva ne valesse la pena. E le ragazze si divertivano, si sentivano lusingate, e lo perdevano di vista prima di potersi chiedere se con un tipo così avrebbero messo su famiglia.

E ora che la sua creatura esplodeva nei suoi ventun anni, bello come il sole ai suoi occhi di madre, e dunque perfetto per tutti gli altri... proprio ora le venivano a dire che bisognava trasferirsi in Italia.

37

Quel dicembre del 1931 le cose andavano di male in peggio. Elena deperiva con inquietante rapidità e Giovanni era di nuovo alle prese con una brutta influenza. Non potendo permettersi di abbandonare il negozio e i clienti a domicilio troppo a lungo, era stato a letto soltanto due giorni ed era tornato a lavorare. Da allora l'unico duetto che si sentiva in casa era un notturno di padre e figlia, con Elena a tossire in una stanza e Giovanni a farle eco dall'altra.

A metà gennaio fu chiamato il dottore, e la cura che assegnò a entrambi li lasciò di stucco.

«Italia.»

Sapevano bene che il clima scozzese non era adatto ai deboli di petto, ma trasferirsi addirittura, parve a tutti una terapia esagerata. Ne convocarono perciò un altro, il quale auscultò scrupolosamente sia l'uno che l'altra, e poi, poggiandosi lo stetoscopio sul collo, confermò le diagnosi del collega, mostrandosi particolarmente preoccupato per la ragazza.

«Bronchite cronica asmatica, complicata da enfisema polmonare, con evoluzione in polmonite e rischio di generare una cardiopatia.»

Gillian e Giovanni lo supplicarono di indicargli una cura, perché avrebbero trovato il modo per pagarla. Ma il dottore scosse la testa.

«Esistono sperimentazioni che potrebbero risolvere il problema. Un tale Fleming sta lavorando con la penicillina, e la società farmaceutica Bayer con i sulfamidici, ma si tratta, appunto di sperimentazioni. Al momento posso consigliarvi dei palliativi per attenuare i sintomi, ma la sola cura è il clima asciutto e mite. L'opposto del nostro, mi dispiace.»

Giovanni reagì con un accesso di tosse che non si capiva fosse scatenato dall'ansia per Elena o dalla contentezza di tornare nel suo paese. Gillian non reagì affatto. Pensava che risultando la madre ancora viva ma inconsapevole di esserlo, e Ewan trasferito in Africa, non aveva alcun legame con la Scozia.

E comunque, ascoltato quel verdetto, scelte diverse non ne avrebbe potute fare. Ma aveva anche la sensazione che in Italia sarebbe stata bene. Ne aveva sempre sentito parlare come di una terra meravigliosa, e chi aveva visitato Roma ne era rimasto stregato. Così, tra apprensione e ottimismo viveva le sue ultime settimane in Scozia. Giovanni però volle accertarsi che recidere l'unico legame che le restava le fosse davvero sopportabile.

«Perché non vai qualche giorno a Greenock con le ragazze? Per goderti un po' tua madre prima della partenza. Sai che dopo non sarà così facile rivederla...»

L'aveva guardato interdetta.

«Se mi chiamassi Ewan sicuro che ci andrei. È lui l'unico figlio che le interessa.»

«Non è possibile, i figli sono tutti uguali. Tu faresti differenze fra Emma ed Elena?»

«Non lo so, per adesso non mi pare» gli rispondeva asciutta, infastidita.

«Ma che è successo con tua madre?»

Il suo sterno si sollevava più alto sotto la camicetta. Giovanni fece per uscire dalla stanza.

«Stai tranquilla, lasciamo stare.»

Ma lei si girò di scatto.

«Figurati, non ho alcun problema a parlarne. Ora immaginerai chissà cosa, uno di quei traumi che dall'oggi al domani ti segnano per sempre. E invece non è accaduto nulla, se non uno stillicidio di parole e di gesti che mi hanno spiegato ciò che ero.»

«E cos'eri...»

«Sgradita.»

«Non riesco a immaginare come tua madre possa averti convinto di questo.»

«Oh, be', il più delle volte senza accorgersene, altre invece è stata molto esplicita. Per esempio il giorno in cui ho infilzato Frank. Come reagiresti tu, vedendo una figlia tutta coperta di fango che ti corre incontro col magone?»

«L'abbraccerei.»

«Be', lei no. Si sentiva addosso gli sguardi giudicanti degli altri e ha creduto a loro prima ancora di ascoltare me. E non è stato quello schiaffo, ma quello che mi ha detto... "Perché il Signore ha voluto castigarmi con una figlia così?"»

«E tu?»

«Le ho dato la risposta: "Perché tu possa provare piacere nel picchiarla". Lo pensavo per davvero.»

Il suo sguardo si fece gelido come doveva essere stato in quel momento.

«Dovevi vederla. Dondolava tutta come un affare che sta per esplodere.» Poi sbottò.

«Non è vero che i figli sono tutti uguali.» E smise di dondolare. Si era liberata, e la sensazione che la pervadeva era il sollievo.

Giovanni le si avvicinò per consolarla, ma lei lo scansò brusca.

«Adesso no, Gio.»

Quella notte si svegliò di soprassalto per un tuono che aveva fatto tremare i vetri, e un po' per paura, un po' per riscaldarsi, fu lei a cercarlo sotto le coperte. Lui l'abbracciò e iniziò ad accarezzarle i capelli come faceva con le bambine quando non si volevano addormentare. Gillian si rilassò.

«Continua...»

«Tutti i capelli ormai, mi riconoscono una certa autorità. Perfino i tuoi.»

«A Rocaseca dovrai farmelo ogni sera perché di certo non riuscirò a dormire.»

«Oh no, scivolerai subito nei sogni, e dovrò accarezzarti i capelli per svegliarti.»

«Com'è Rocaseca?»

«Carina, piccina e con tante *c*. Ro*cc*ase*cc*a.»

«Ed è vicina a Roma.»

«Abbastanza.»

«Pensa a qual è il mese più bello laggiù e non me lo dire. Se è lo stesso che penso io, allora partiremo.»

«Come sarebbe, non avevamo già deciso?»

«È un gioco.»

«Ah, d'accordo. Fatto.»

«Il mio è maggio... Il tuo?»

Giovanni si rinnamorò di sua moglie all'istante. La sapeva bella, anche in quel buio fitto, e adesso la sentiva leggera e dolce come non era mai stata. Si girò a bisbigliarle il suo «maggio» sulle labbra e lei lo trattenne su di sé. Un bacio come quello non se l'erano mai dato. Dentro c'era l'emozione sconvolgente della prima volta e la confidenza dei tanti anni insieme. Annodati nelle camicie da notte, si stringevano senza smettere di baciarsi, stupefatti per quell'eccitazione sconosciuta, e inaudita per due persone adulte come loro. Ma amarsi così era bellissimo, e delle convenzioni si dimenticarono in fretta. Intanto il buio si era fatto complice e li aiutò a svestirsi. Ora che fra loro c'era solo pelle, la frenesia lasciò di nuovo spazio alla tenerezza. Giovanni scivolò piano dentro di lei, passandole un dito sulle labbra per scoprire se come lui stava sorridendo. In quell'attimo un lampo illuminò la stanza e rivelò l'estasi sui loro volti. Se quel lampo fosse stato fotografato avrebbero potuto conservarne il ricordo in un cassetto, e sbirciarlo quando di quell'intimità si sarebbero perse le tracce. Ma era solo un cielo in tempesta che si era già spostato a illuminare case più lontane.

Rimasero abbracciati a lungo, ancora nudi, desiderando che il buio non si schiarisse mai. Invece l'alba si specchiò puntuale nell'angolo più a est della finestra, e la luce depredò la memoria della notte.

Uscendo dalla camera Gillian scorse l'ombra di Lucita sgaiattolare in cucina. Di un'ombra infatti aveva preso le fattezze, per gli abiti scuri che indossava e per come si appiattiva alle pareti quando camminava. Riassettava silenziosa, mangiava nella sua cameretta e non si impicciava mai di niente. Nel momento in cui Giovanni e Gillian decisero di trasferirsi in Italia il suo destino restò sospeso dietro un confine che per un po' nessuno osò valicare.

Gillian aveva adorato Lucita dal momento in cui era andata a vivere con loro. La sua indole dolce e la devozione che aveva per Giovanni e Pia, erano un dono di Dio. In virtù di ciò le aveva concesso una maggior dose di confidenza che riteneva si dovesse riservare a una cognata, e lei aveva ricambiato con un profondissimo affetto. Ma poi c'era stata la disgrazia. Nel tempo l'odio sfumò, ma non la conta estenuante degli anni che avrebbe avuto Eilidh e il pensiero di come sarebbe diventata. E spesso capitava che proprio nel momento in cui stava immaginando Eilidh, Lucita entrasse nella stanza, in quel modo viscido che non voleva dare nell'occhio e che invece morbosamente lo attirava. E più Lucita si annullava più Gillian si convinceva che quella vita triste alla fine se l'era meritata.

Perciò, all'ennesima invasione del suo spazio Gillian mise sul suo trasferimento in Italia una barriera invalicabile. E glielo disse, secca, «Io e la mia famiglia da una parte, tu dall'altra» e ogni parola la schiacciava ancora di più sulla parete, come fosse un insetto su cui infierire per accertarsi della morte. Giovanni non ne seppe nulla. E quando il giorno successivo la vide entrare dopo tanto tempo nel negozio, cercò disperatamente un'idea per affrontare la questione dell'Italia. Lei gli rivolse il miglior sorriso che le sue labbra disabituate riuscirono a fare. Sembrava serena.

«L'Italia non l'ho mai vista. L'ho costruita attraverso i ricordi e le storie che ho ascoltato e sarebbe un privilegio assoluto poterla considerare terra in cui vivere. Ma la mia vita, l'unica che posso immaginare, è qui. Avrei dovuto allontanarmi da voi dopo la tragedia che ho causato, ma non ce l'ho fatta a rinunciare a te e a una famiglia che ho sempre sentito come mia. Adesso so che devo lasciarvi ricominciare da soli.»

Giovanni le prese le mani, piangeva. Lei no, era ancora così calma.

«Gio... il maestro di pittura vorrebbe acquistare a rate il tuo negozio. Mi ha chiesto di lavorare per lui, quando il lavoro tornerà.»

«Lo studio è tuo. Hai diritto a un terzo dell'appartamento che ci ha comprato papà, e quindi direi che siamo a posto.»

«Mi avete sempre fatto sentire una Datti... e io vi ho così mal ripagato. Se c'è almeno un debito che posso saldare, lo salderò.»

Gli si avvicinò e lo abbracciò stretto, e mentre il campanello della porta tintinnava si staccò di colpo e corse via.

38

Antonia ottenne che si partisse dopo l'estate, sicura che pochi mesi le sarebbero bastati a sistemare i Datti. La sua idea di sistemarli consisteva nel far passare a Emma quello che aveva passato lei a causa di Giovanni, e questo era il risultato minimo che poteva ottenere. Il piano completo prevedeva che dopo averla fatta soffrire, Pietro se la sposasse e gliela portasse via. E a quel punto, perché no, anche in Italia. Vederla rispuntare all'improvviso dal passato nella veste di consuocera sarebbe stato un incubo per Giovanni, e a immaginarselo Antonia si sganasciava sotto i baffi che, mannaggia ai detti popolari, con gli anni erano pure aumentati.

Pur confidando ciecamente nelle doti di conquistatore di suo figlio, Antonia cominciava a scrutare con ansia il calendario. Era febbraio, e all'estate non mancava poi così tanto. Bisognava solo che Pietro si sbrigasse a conoscere la ragazza, il resto sarebbe venuto da sé. Ovviamente di questo piano Pietro non era al corrente, perché col carattere fumantino che si ritrovava avrebbe potuto irrigidirsi e rifiutare un incontro combinato. Era dunque necessario che l'ingresso di Emma nella sua vita avvenisse in modo casuale. Ma non sapeva cosa diavolo inventare.

Da piccola aveva sentito dire che «se una cosa non viene vuol dire che non deve venire, e che se deve venire allora ci pensa il destino a trovarle la strada». Ma i giorni passavano e l'angoscia di non fare in tempo aumentava, e senza poterne spiegare la ragione se la prendeva con chiunque le capitasse a tiro, perfino Pietro. Diventata insopportabile per entrambi, Nevio colse al volo la proposta dell'acquirente di Café Ida di occuparsi lui della pittura, e uscì ben felice di mattina presto trascinandosi dietro il seccatissimo nipote. Cominciarono con l'accatastare le poltroncine e i tavoli al centro del locale. Quando anche l'ultima fu sistemata, Nevio si fermò ansimante a guardare la pila.

«L'avevamo fatta uguale, con tuo padre... tanto tempo fa, sperando con tutta l'anima che il Café diventasse nostro.»

Pietro annuì annoiato e si mise a gironzolare facendo rimbombare i passi nel locale svuotato. Ogni tanto si voltava a controllare se lo zio era uscito dalla spirale dei ricordi, ma lo trovava sempre più curvo, quasi stesse rivivendo la fatica di tutti gli anni passati in Scozia. E la sua concentrazione doveva essere tanto forte da rievocare proprio in pieno la situazione.

«Excuse-me...»

A Nevio non piacque affatto quel brusco risveglio dai ricordi, giusto nel momento in cui i primi clienti si accomodavano ai tavoli di Café Ida, e lui e Luigi si affrettavano a prendere gli ordini. A quella voce che aveva appena rovinato tutto rispose male.

«È chiuso!»

La ragazza uscì subito, ma Pietro fulminò lo zio e le corse dietro.

«Miss!»

Emma camminava spedita verso Argyle Street senza voltarsi.

«Ehi, miss!»

Pietro la raggiunse.

«Hello miss, posso aiutarla?»

«No, grazie.»

«Scusate miss, abbiamo venduto il locale e mio zio è un po' nervoso.»

Ricordando le raccomandazioni di Elena, Emma lo ignorò, e lui perseverava.

«Non me ne andrò fino a quando non mi direte il vostro nome.»

Lei sorrise appena e tirò dritto, lui strinse il pugno. Era fatta.

«Il mio è Pietro.»

Lei accelerò, lui pure. Qualcosa nell'accento richiamava la sua lingua.

«Scusate miss... siete mica italiana?»

Stavolta Emma si girò.

«Metà.»

Gli aveva risposto, e in italiano. Mamma mia quant'era bella. Le rifilò un suo cavallo di battaglia, per la prima volta con un po' di fiatone.

«Per forza, l'altra metà sono io.»

Emma non sorrise e non rispose.

«Be'... dovresti dire *Wow!*... O qualcosa del genere.»

Lei svoltò un angolo ma Pietro non mollava.

«Cosa cercavi nel nostro locale?»

«Un limone.»

E corse via a cercare da qualche parte il limone che mancava per la cena. La cena d'addio alla famiglia con cui aveva lavorato di più, e che aveva preso malissimo la notizia della sua partenza per l'Italia. Pietro continuò a seguirla senza che lei se ne accorgesse. La vide infilarsi in un palazzo e non uscire più, e dedusse che abitava lì, e a quell'ora era improbabile che uscisse di nuovo, dunque era inutile restare là sotto ad aspettare. Ma di tornare al Café non aveva voglia, e di rientrare a casa ancora meno. Si accese una sigaretta e se la fumò appoggiato al portone. Quando finì ne accese un'altra, e poi una terza. E intanto parlava da solo.

«Comunque è nu palazze de morti chiste... Nun entra e nun esce nisune.»

Guardava il cielo che imbruniva aspirando gli ultimi millimetri della quinta sigaretta, e lanciando la cicca fece leva sulla schiena per raddrizzarsi e andarsene via. Ma all'improvviso gli mancò l'appoggio. Si sbilanciò sul portone che si apriva e, senza capire cosa stesse succedendo, cadde in un fracasso di pentole e piatti.

Scattò subito in piedi e vide la ragazza del limone rialzarsi da sola, scansando coperchi e cercando inutilmente di ricomporre le portate. Tutto il cibo era finito a terra, si salvava solo il tegame dell'*apple crumble*. Pietro ragionò sul da farsi e optò per la scena della genuflessione.

«Perdono... mi dispiace. Puoi picchiarmi se vuoi.»

Emma raccoglieva le cose voltandogli le spalle, e Pietro piagnucolò le sue scuse finché lei non lo zittì.

«SHUT UP!»

Lui abbassò appena lo sguardo e lo spostò sull'*apple crumble*.

«L'hai fatto tu?»

Sollevò il coperchio e dal tegame uscì un profumo meraviglioso di mele e di burro fuso con lo zucchero.

«Mmm... solo per questo ti sposerei.»

Glielo disse avvicinandosi fin quasi a toccarla e rimasero in quel silenzio che ciascuno interpreta per conto suo, e nel dubbio lo si lascia scorrere frugando rapidamente fra possibili parole. Ma a Pietro si era svuotato il cervello e perciò si rassegnò confuso a raccogliere le pentole.

«Dove le porto?»

«In quell'angolo, tanto non mi servono più.»

Mentre le sistemava sentì sbattere il portone. Si girò di scatto, se n'era andata. Volò fuori e guardò la strada a destra e a sinistra, corse in una direzione e poi in quella opposta, ed era come se quella ragazza non fosse mai esistita.

39

La mattina della partenza Gillian vagava per casa alla ricerca di cose dimenticate, anche se posto nei bauli non ce n'era più. Solo all'ultimo momento si accorse del bastone con la testina d'aquila abbandonato in un angolo. Se lo strinse al petto come se stesse abbracciando suo padre, e non lo lasciò più.

Anche Lucita aveva preparato le sue valigie. Si sarebbe trasferita quella mattina stessa in una casa per signorine, donne sole di tutte le età finite lì per ragioni di cui preferivano non parlare. L'alloggio non era molto distante dal negozio di Giovanni, e già dalla mattina dopo avrebbe cominciato a dedicarsi alla sua trasformazione. Le poltrone erano state vendute, gli strumenti erano stati imballati per l'Italia, e il resto, incluso il cavallino, si sarebbe riutilizzato. Anche l'insegna era ancora lì. Se ne sarebbe occupata con calma, dopo aver trovato un nuovo nome.

Il calesse era arrivato e i bagagli erano stati caricati. Mancavano i saluti. C'era anche Pia col marito e grappoli di figli e nipoti appesi ovunque. La confusione era totale, tutti abbracciavano e baciavano tutti promettendo di scriversi, di andare e di tornare.

Il calesse stracolmo sparì in fondo alla strada, e davanti al portone rimasero Pia e Lucita, che si abbracciavano piangendo mentre un roscio incicciottito faceva il girotondo coi bambini piccoli.

Pietro arrivò giusto in quel momento, e guardando la scena pensò che nel palazzo dei morti aveva finalmente prevalso la vita. Si appoggiò alla parete accendendo la prima sigaretta e si dispose ad aspettare. All'una di notte rinunciò e tornò a casa prendendo a calci tutto ciò che trovava. Quando aprì la porta, un ceffone lo scaraventò indietro. Premendosi una mano sulla guancia, Pietro alzò sullo zio uno sguardo sbigottito.

«Ma che ho fatto...»

«Sei sparito dal locale col lavoro ancora da finire, e ora te ne ritorni a casa tutto tranquillo e te ne infischi di me e di tua madre.»

«E che c'è da arrabbiarsi? Mica sono morto.»

«Sei un irresponsabile, inaffidabile e viziato. Dove sei stato?»

Pietro non riusciva a credere che zio Nevio l'avesse picchiato, era lei semmai che allungava le mani, soprattutto sui fratelli. Suo padre era stato talmente placido che quasi si vergognava di essere suo figlio, e Nevio pur vivendo con loro non si era mai immischiato. Ma ora gli stava davanti rabbioso che pareva idrofobo, e allora gli convenne capitolare subito e recitare la parte del pentito, che tra tutte era quella che gli veniva meglio.

E infatti funzionò. Nevio aveva alzato il braccio per colpire di nuovo, ma poi era andato ad attaccarsi alla brocca dell'acqua e si era ficcato a letto.

Era passata. Antonia si asciugò le lacrime e rivolse al figlio un mesto sorriso.

«Hai mangiato?»

«Non ho fame.»

«Ma dov'eri...»

«E dov'ero, ma'? Con una femmina.»

«Madre di Dio! Non è quella giusta!»

«Manco l'hai vista.»

«Non importa, la ragazza per te ci sta già.»

«Vabbuò, mo che arriva Pasqua mettimela dentro a un uovo.»

Il giorno dopo Pietro avrebbe voluto trascorrerlo interamente sotto casa della ragazza e invece Nevio lo costrinse a pitturare il Café per il tipo bislacco che se l'era comprato, che una mattina voleva le pareti rosse, la mattina dopo bianche, e poi di nuovo rosse però non troppo rosse. Finita la giornata però non sentì ragioni e andò a piantarsi davanti al palazzo della ragazza col limone. Non avendo sigarette con sé si ritirò dopo due ore. Ma per una settimana corse là sotto ogni volta che poteva e qualcuno cominciò a guardarlo male.

Antonia non si dava pace per quella fissazione, e continuava a fargli la predica.

«Una madre certe cose le capisce.»

«E come no.»

«Va bene, allora te lo dico. La ragazza per te si chiama Emma.»

«Quante cose sai, ma', e chi te l'ha detto?»

«Oh, chiacchiere di commari, ma è bella assai. È un giocattolino, Pie'.»

«Ti piace tanto, eh.»

«Sì.»

«E allora sposatela tu.»

Pietro la lasciò lì, a bocca aperta, e uscì di casa. «Sarà pure un giocattolino questa Emma, ma mai come quella che ho trovato io.» E mentre lo diceva si ricordò che della sua ragazza non sapeva ancora il nome.

L'aspettò per un mese di fila fermandosi il tempo che poteva, pochi minuti oppure ore, di mattina presto o di pomeriggio, sempre maledicendo il suo portone immobile, finché un giorno si avvicinò a un uomo in procinto di entrare chiedendogli se la conosceva e se di recente l'aveva vista. Lui lo guardò storto e gli rispose che di quello che aveva detto non si era capito niente. Pietro lo fissò con aria insolente e piantò una mano sullo stipite bloccandogli il passaggio, ma quello gliela spostò ed entrando lo lasciò di stucco.

«Si sono trasferiti.»

«Trasferiti?»

L'uomo lo spinse fuori ridendo.

«Lontano dagli occhi lontano dal cuore!»

Prima che il portone si richiudesse scorse il punto in cui erano caduti. Adesso c'era una chiazza di grasso, e nella folata d'aria umida che lo investì colse un vago profumo di mele zuccherate. Chiuse gli occhi e lo respirò a fondo. *Un giorno l'*apple crumble *lo farai solo per me, e allora dovrò decidere se mangiarmi prima il dolce oppure te.*

La mattina dopo si alzò che erano le undici passate. Nevio era uscito presto e Antonia l'aveva lasciato dormire. "Meglio nel letto che a caccia di quella femmina" aveva pensato. E la sera l'aveva difeso raccontando che l'aveva tanto aiutata a portare la legna e l'acqua, e meno male che c'era lui, altrimenti nessuno le dava una mano. E dopo aveva borbottato fra sé e sé che se Pietro credeva di continuare in quel modo si sbagliava di grosso, perché di un fannullone viziato non aveva bisogno. Così la terza mattina gli buttò per aria la coperta, lo trascinò davanti all'acquaio e restò lì a controllare che si sciacquasse la faccia. Dopo che fu vestito gli schiaffò in mano un pezzo di pane col formaggio e scese con lui in strada. Lui masticava tranquillo, ammiccando e rifilando complimenti alle ragazze che incrociavano, mentre Antonia alzava gli occhi al cielo e non vedeva l'ora di arrivare.

«Ma dove andiamo con questa prescia, ma'?»

«Zitto e cammina.»

Dopo una mezz'ora arrivarono in una zona elegante che Pietro non conosceva, e poco più avanti Antonia bussò forte a un portone a quattro ante. Un domestico in divisa aprì un'anta e li liquidò in fretta.

«Non abbiamo bisogno di niente, grazie.»

Ma Antonia aveva già sbirciato dentro il garage e aveva riconosciuto Nevio dai piedi che sbucavano fuori da un'automobile, e si piegavano di qua e di là secondo le torsioni che il resto del corpo era impegnato a fare.

Guardò il domestico con aria spavalda.

«Ci aspetta mio cognato.»

E tanto per rimarcare il concetto lo chiamò.

«Ne'?»

Da sotto l'auto sbucò la testa.

«Che fate qua!»

Si tirò fuori del tutto e fece cenno al domestico di non preoccuparsi. Quello alzò le spalle e sparì oltre una porta.

Pietro era impressionato.

«Ma che le guidi pure tutte 'ste automobili?»

Antonia sorrise al figlio e poi guardò Nevio, e intanto allungava una mano per raddrizzargli il colletto della giacca.

«Ti devi occupare di tuo nipote, Ne'.»

«Che?»

«Inutile che ci giriamo intorno, ora ce l'hai tu 'sta responsabilità.»

Nevio squadrò Pietro.

«E va bene signorino, si comincia subito. Ma sappi che da ora comando io.»

Salutò Antonia e mostrò a Pietro la cassetta degli attrezzi, poi si rinfilò sotto l'automobile. Da lì gli chiedeva di passargli chiavi, pinze, morsetti e giramaschi, descrivendoli nella forma quando non capiva o mandandolo in giro per il garage a cercarli.

Pietro sapeva che lo zio si occupava di nuovo delle automobili di sir Paul, e qualche sera a cena l'aveva ascoltato parlare del motore come se avesse un cuore di pulegge scanalate con le sue mani, e di freni a tamburo che erano capaci di inchiodare la macchina come se fosse stata presa al lazzo. Allora quel mestiere gli era parso straordinario e suo zio una specie di mago. Adesso invece, a vederlo lì, investito da un'auto parcheggiata, con la fronte sporca di grasso e le unghie nere per l'eternità, pensò che era un lavoro schifoso cui non avrebbe dedicato più di una settimana.

Nell'ultima mezz'ora Nevio gli fece fare il giro del garage. Si fermava davanti a ogni automobile e gli spiegava le differenze col modello precedente, e come e perché sir Paul l'aveva comprata. Si muoveva come se il garage fosse un museo e le auto dei pezzi da collezione. A Pietro piacevano, come no, da guidare però, mica da spiaccicarsi a terra per guardarci nella pancia. All'improvviso sorrise. Aveva capito come quei giorni di fatica potevano tornargli utili.

«Zio Ne', ma dopo che le hai aggiustate gliela fai prendere un po' d'aria a queste creature? E magari mi ci porti? Io non ci sono mai salito sopra un'automobile...»

«Da' retta a me, questa è passione ma è pure mestiere. Sta tutto qua, guardami.»

Gli agitava le mani davanti e si toccava la testa.

«È un mestiere che ti puoi portare dovunque vai, anche in Italia.»

Pietro lo osservava. Era così convinto e così entusiasta che gli faceva tenerezza. Valutò che avrebbe potuto affezionarsi a lui e magari pure a quello strano mestiere, se non l'avesse fatto troppo faticare.

A Nevio la vita non aveva riservato figli, e coltivare in quel ragazzo una natura simile alla sua lo emozionò. Allontanandosi dalla Auburn si strofinò la mano sui pantaloni e gliela appoggiò sulla spalla.

«Sono felice che tu sia qui. Ti voglio insegnare tutte le cose che so, pure i trucchi, perché fanno sempre comodo. Voglio portarti fuori città e insegnarti a guidare come i piloti di Brooklands, e se te lo meriti ti faccio montare anche in motocicletta, che ora sir Paul se ne prende una. Vedrai quanto ci divertiamo. E senza che te ne accorgi la vita te la sei sistemata.»

Gli era tremata la voce e gli erano diventate rosse le

orecchie. Vederlo impacciato era per Pietro un'assoluta novità, e lo stava a sentire serio, preso alla sprovvista dalle belle cose che gli prometteva e da quella mano sulla spalla. Girò gli occhi, solo gli occhi, per sbirciarla. Era grande e odorava di grasso, ma era la prima volta che qualcuno gli metteva una mano sulla spalla e camminava con lui indicandogli una strada. Allora la puzza si attenuò e diventò un elemento del percorso.

Nevio sollevò un po' restio la mano e prese il cappotto.

«Vabbe' che è una passione, ma mica ci vogliamo passare la notte qua dentro, no?»

Per via di quella mano che Nevio gli aveva messo sulla spalla Pietro aveva resistito fino all'estate. A dire il vero non soltanto per quella mano. Preferiva uscire di casa piuttosto che sorbirsi la madre, che un pomeriggio era uscita con un paio di figli dicendo che andava a fargli tagliare i capelli da Giovanni's, che i bambini non li faceva pagare, ma quando era tornata le teste dei fratelli erano aggrovigliate come prima e lei pareva impazzita, e inveiva contro quel disgraziato che se n'era andato senza avvertire nessuno. Al posto delle poltrone c'erano cavalletti e tavolini pieni di pennelli, e quadri di ogni genere alle pareti. Pietro aveva fatto spallucce.

«E che ti doveva avvisare a te, ma'?»

Lei l'aveva fulminato.

«Stai zitto te, che questa cosa ti riguarda assai.»

Più tardi, a letto, Antonia continuava a lamentarsi, e quando Nevio alzò la voce lei scappò fuori dalla tenda tutta scarmigliata, con il seno e la pancia ammassati in un'unica sporgenza sotto la camicia da notte. Andò a rannicchiarsi sulla sedia in cucina, dove si era accesa una passione durata una sola notte. Da allora condividevano il letto ma lui non l'aveva più voluta, e il suo rifiuto le pesava per l'orgoglio e pure per l'amore.

Di quel lavoro che gli aveva procurato lo zio Nevio gli piaceva soprattutto la prova su strada, cioè quando si riparava il guasto e poi si portava la macchina fuori per vedere se era risolto per davvero. Nevio se lo portava sempre, e quando raggiungevano una zona poco trafficata gli permetteva di guidare. Non aveva ereditato un briciolo della sua bravura e della sua genialità, e l'idea di darsi da fare non lo sfiorava nemmeno per sbaglio, però nella guida aveva mostrato una certa destrezza, e più di una volta Nevio si accomodò per lunghi tratti al posto del passeggero.

Pietro aveva incontrato sir Paul un paio di volte, e non si spiegava come avesse fatto suo zio a diventarci amico. Un pomeriggio l'avevano fatto stare con loro nel salottino dove si scolavano bottiglie di whisky, rigorosamente Glenkinchie single malt invecchiato dieci anni. Nevio gliene aveva versato un dito.

«Assaggia e dicci cosa senti.»

Lui aveva risposto con una smorfia.

«Sento una cosa secca che mi asciuga la gola. Una birra ce l'avete? Possibilmente una stout.»

Nevio ci era rimasto male. Si era ripreso il bicchiere e l'aveva riempito per metà, e tutto contento se l'annusava.

«C'è chi coglie subito la salvia e il rosmarino, chi solo la mela verde e il cioccolato, e solo dopo i fiori di campo, il glicine e la scorza di limone. Chi invece li scopre tutti insieme, e chi si fissa sul tabacco da pipa e lo manda giù senza sospettare altro.»

Poi aveva riso senza troppa allegria, ricordando che al suo primo sorso ne aveva azzeccato solo uno, ma da esperto di gelati era andato forte sulle domande di sir Paul sul gusto.

«Cioccolato, crema, vaniglia.»

Risposte che sir Paul puntualmente integrava.

«E limone, con retrogusto di legno e fiori.»

Dal terzo bicchiere in poi sir Paul faceva sempre progetti. Adesso si era messo in testa di correre a Brooklands, e dunque intendeva trasferirsi nel Surrey per qualche mese, forse qualche anno.

L'assurda idea di farsi un'automobile da corsa per gareggiare nel circuito di Brooklands era nata un pomeriggio qualunque davanti a un bicchiere di scotch insieme a Nevio, e gallone dopo gallone aveva preso consistenza. Per ora sir Paul e Nevio avevano deciso che bisognava passare del tempo lì per capire come organizzare la cosa, e soprattutto scoprire se sir Paul era davvero in grado di fare il pilota. Nevio non lo diceva, ma se non lo fosse stato, magari avrebbe potuto provarci lui. Era sempre più rapito da quel mondo. Guardava le foto dei piloti e s'immaginava al loro posto, occhialoni alzati sulla fronte e la faccia esultante di chi sta proprio dove vuole stare. Era pericoloso, in tanti ci lasciavano le penne, eppure quel sorriso spensierato ce l'avevano sempre, pure un secondo prima della gara.

La possibilità che un ragazzino arrivato come immigrato analfabeta per tirare un carretto di gelati potesse arrivare a mettersi al volante di una di quelle belve gli faceva schizzare il sangue al cervello. E così da quel pomeriggio sognò un milione di volte di scavalcare lo sportello e scivolare sul sedile, abbassare gli occhiali e con aria spavalda salutare il team, i fotografi e la bella fidanzata del momento, magari una di quelle ballerine dipinte sui manifesti... E poi, inseguito dai flash, avrebbe condotto il suo bolide alla griglia di partenza.

Partì con sir Paul su una Auburn carica di Glenkinchie e un pacco di contanti per pagare la benzina e tutto il resto. Alla faccia della Depressione, che continuava a mietere vittime, affamando i disoccupati e suicidando i padroni.

Per non lasciare Pietro a casa a perdere tempo, garantì per lui e ottenne il permesso di affidargli la sorveglianza del garage durante la loro assenza. Pietro accettò di malavoglia il compito di spolverare le auto e la motocicletta lamentandosi della paga che gli veniva offerta, senza sapere che come datore di lavoro figurava sir Paul, ma ai soldi avrebbe provveduto lo zio. Nevio taceva, ma ripensava alla fatica immane che aveva affrontato per conquistarsi un gradino e poi un altro sopra la soglia di sopravvivenza. Se non si fossero ammazzati di lavoro, lui e Luigi sarebbero morti di stenti e Pietro non sarebbe nato. Non gli chiedeva gratitudine per essere venuto al mondo in condizioni assai migliori delle loro, però si addolorava di fronte a quel disprezzo. E per consolarsi si convinceva dell'idea che la gioventù scalpita, non sa bene dove deve andare, ma ha molta fretta di arrivarci.

A Pietro il malumore passò nel momento in cui il primo giorno di servizio si ritrovò davanti un intero garage a sua disposizione.

Il domestico l'aveva fatto entrare dalla porta che dava sul giardino, perché l'accesso diretto alla strada non era stato pattuito. Con aria sospettosa gli aveva indicato i panni per spolverare, il secchio e gli stracci per il pavimento, e puntandogli il dito gli aveva detto che sarebbe passato a controllare. Pietro aveva iniziato a pulire qua e là calcolando quanti giorni gli sarebbero serviti per guadagnarsi la fiducia di un tipo così spocchioso. Era sicuro che ce l'avrebbe fatta a ottenere la chiave del portone e a spassarsela in giro con quanto di più caro possedeva sir Paul.

Il domestico verificò più volte e quando alle cinque tornò per il controllo finale restò sorpreso di trovare il garage tirato a lucido e ogni cosa al suo posto. Quasi seccato lo accompagnò fuori e, ricordandogli l'orario della mattina, gli grugnì un saluto.

Intanto la Auburn faceva tappa a Liverpool. In una taverna Nevio ingurgitava cucchiaiate di brodo di manzo e sir Paul spilluzzicava stancamente un uovo fritto. Poi di colpo si sporse verso di lui.

«Ti piace il calcio?»

Era sabato, giornata di campionato, e due ore dopo Nevio era sugli spalti a godersi Liverpool-Portsmouth. La squadra di casa non se la passava bene e i tifosi se la prendevano con l'arbitro e con i giocatori. Ma lui, che non tifava nessuno e non aveva mai visto una partita di calcio, si entusiasmava per qualsiasi azione rischiando di applaudire pure i gol degli avversari. Il Liverpool perse tre a uno e la sconfitta intristì la città, così andarono a dormire a Birmingham e ripartirono all'alba per raggiungere Brooklands in serata.

Il secondo giorno Pietro spuntò un discreto scambio di battute col domestico, lucidò le carrozzerie e i fanali, e passò il panno sui sedili in pelle. Pulì a terra e fece fuori tutti i ragni in procinto di tessere una tela, inchiodò a una a una le formiche seguendole a ritroso fino al formicaio. A fine mattinata si armò di rastrello e senza dire nulla iniziò a grattare il prato accanto al domestico scontroso, e i cumuli di foglie crebbero assai più in fretta.

Il terzo giorno gli fu offerta una tazza di tè e Pietro buttò lì che Nevio di solito metteva in moto le automobili e le lasciava scaldare per un po'. Ma col portone chiuso non si poteva fare perché sarebbe morto asfissiato. Il domestico si allontanò e tornò dopo un paio di minuti, e a ogni passo la tasca produceva uno scampanellio. Gli porse l'intero mazzo.

«Sarebbe sgradevole per me trovare il tuo corpo nel garage.»

Pietro si precipitò a mettere in moto le automobili, e poi le spense. E riprese a spolverare perché sapeva che quello sarebbe passato a controllare. Il quarto giorno però di fare il virtuoso non ne poteva più. Capì che essere una brava persona era la cosa più noiosa al mondo, e che restare in Paradiso per l'eternità diventava una prospettiva angosciante. Quindi si piazzò in mezzo al garage e fece la conta.

«Ambarabà ciccì coccò, il riccone se ne andò, lo zio Nevio si portò, quale auto prenderò? Ambarabà ciccì coccò.»

La conta si era fermata sulla Ford Model S rosso fuoco, lucida che pareva comprata quella mattina. Aprì il portone e corse a girare la manovella. Lo zio Nevio diceva che il suono dell'accensione era una magia, per lui invece era quello che era, il motore di un'automobile che sta per partire. Ebbe cura di chiudere a chiave la porta che dava sul giardino in modo da impedire al domestico di entrare, poi aprì le ante che davano sulla strada. E finalmente saltò sopra la Ford e ingranò la prima.

Si diede una lisciatina ai capelli, e con una postura regalmente imperfetta si fece un giro beandosi di come lo guardavano, e convincendosi che si soffermassero su di lui più che sulla macchina. Tornò al garage, rifece la conta e uscì di nuovo la Ford, allora la ripeté cambiando ordine finché non vinse la Bentley 8 Litre. Quell'automobile era imponente rispetto alle altre, e così superba. Era quanto di più lussuoso si potesse immaginare, e trasmetteva un aristocratico distacco che metteva soggezione. A chiunque l'ammirasse desiderando di guidarla pareva dire: "Valuta tu stesso, se ne sei degno".

Quasi timoroso di essere sbalzato via, Pietro sfilò una Dunhill dal pacchetto, l'accese e si avvicinò alla Bentley ostentando disinvoltura. Stringendo la sigaretta tra le labbra controllò che nel serbatoio ci fosse benzina a sufficienza e con scioltezza saltò giù dal predellino per passare alla manovella. Girava e girava, la sigaretta si trasformava in cenere, e al motore non succedeva nulla.

«Milleottocentocinquanta sterline e questa scema non parte.»

Le gettò la cicca quasi addosso, con disprezzo, poi incrociò le mani dietro la testa e si stiracchiò.

«Sai che c'è? Oggi mi prendo la moto.»

Andò dritto verso la Triumph Model X, che invece partì al primo colpo. Una motocicletta era proprio quello che ci voleva per farsi passare il nervoso. Chiuse il portone e partì verso il centro. Le ragazze lo guardavano e lui si divertiva a immaginare i commenti. *Chiunque sarebbe irresistibile su quella moto, ma lui è bello per davvero. Del resto è ricco...*

Perché a bellezza i ricchi stavano una spanna sopra agli altri, ne era convinto. A lui era arrivata gratis, e sebbene fosse piuttosto grezza poteva ritenersi soddisfatto. Di soldi invece non ne vedeva granché, ma non avrebbe fatto nulla per cambiare la sua condizione perché il cambiamento comporta fatica. Di questo era ancora più convinto. Ma il vento sulla faccia gli avrebbe fatto dimenticare chi era almeno per un paio d'ore.

In realtà, a meno che non si andasse in moto, di vento non ce n'era, ma quando aveva spalancato il portone quel po' di corrente aveva sparpagliato i fogli di un giornale fino alla Bentley e alla cicca ancora accesa che le aveva tirato. Poi il portone si era richiuso e l'aria si era fermata.

Pietro sfrecciava sulla Triumph e il domestico sbadigliava sulla panchina lanciando occhiate svogliate al rastrello. Sperava che il viaggio di sir Paul a Brooklands si rivelasse fruttuoso così che altri ne sarebbero seguiti, così poteva stendersi e farsi un pisolino al sole. Quel giorno era tanto caldo che sognò il crepitio della legna nel camino e ne sentì perfino l'odore. E il camino diventava enorme e l'odore più forte, ed era così vero quel sogno che iniziò a sentire un sapore aspro nella gola e si svegliò tossendo. In un secondo realizzò che qualcosa di grave doveva essere successo nel garage e corse a vedere. Chissà che aveva combinato il bifolco. Girò la maniglia ma la porta era chiusa dal di dentro. Allora la prese a calci e pugni insultando Pietro e chi ce l'aveva mandato, e urlando che aprisse immediatamente.

Fu esaudito. Un'esplosione ridusse l'entrata a un cumulo di schegge e lo rispedì in mezzo al prato. Lui si guardò le mani spellate e le gocce rosse che ci cascavano sopra. Si toccò la fronte e la sentì molliccia, arricciata. Poi il buio.

40

Com'era strano per Giovanni rifare quel viaggio da adulto, e all'incontrario. Guardava fuori dal finestrino del treno per Londra cercando di far combaciare le immagini con quelle che gli erano rimaste impresse da piccolo. I paesaggi erano uguali ma c'erano molte più strade e case, e anche fabbriche con comignoli che fino al '29 dovevano aver fumato e invece ora erano spenti. C'era gente nei campi a fare la cicoria e asparagi a mazzetti, e gente seduta ad aspettare la fine di un'altra giornata. Cavalli ossuti dormivano sotto gli alberi vicino a carri vuoti, mucche e pecore ruminavano in compagnia, mentre gli agnelli erano già altrove e frollavano per Pasqua.

Il treno si fermò a Londra e approfittarono del tempo che mancava alla partenza dell'altro per fare un giro della città. Per tutti e quattro era la prima volta, in sostanza anche per lui, e la sensazione di aver abitato fino ad allora in una provincia li colse già sulla banchina della King's Cross Station.

Gillian voleva vedere tutto, Westminster e il Big Ben, Buckingham Palace, i parchi reali, l'inquietante, sbalorditiva Underground, e possibilmente pure la National Gallery a Trafalgar Square. Ma l'asma di Elena era in agguato e ben presto si fece sentire. Si fermarono in un Café e lentamente ripresero la strada per la stazione. Londra era immensa, veloce, zeppa come se i quarantacinque milioni di abitanti della Gran Bretagna fossero tutti lì. I muri erano tappezzati di manifesti BUY BRITISH e Giovanni spiegò che dopo l'Import Duties Act la popolazione era chiamata a sostenere il proprio paese. Alla domanda se in Italia succedeva la stessa cosa non seppe rispondere.

Si erano disposti a due a due per non essere d'intralcio agli altri passanti e alle automobili. Giovanni e Gillian camminavano a braccetto dietro a Emma ed Elena, che inseguivano con gli occhi le macchinone nere sperando che ci fosse seduto il re. Ma Giorgio V era impegnato a palazzo e dunque dovettero accontentarsi di qualche ritratto affisso qua e là. Avevano ancora tre ore, e Gillian si era fermata davanti alla vetrina di un parrucchiere per signore, affascinata dalle acconciature che a Glasgow ancora non erano di moda. Giovanni le sorrise.

«Se vuoi entrare non ci resto male. Le donne non sono il mio mestiere.»

E così Gillian entrò, fu fatta accomodare su una poltrona e subito le vennero mostrati i ritratti che proponevano i diversi tagli. Dopo una breve trattazione ne scelse uno e salutò la famiglia inchiodata a curiosare oltre il vetro, incitandola ad aspettarla in un pub poco distante. Li raggiunse lì dopo un po' ed era uno splendore. I capelli corti e acconciati in onde, e un abito lilla acquistato nel negozio accanto che la faceva sembrare ancora più slanciata. Si sfilò il cappello e lo allungò con nonchalance a Giovanni, che come Emma ed Elena la guardava strabiliato e quasi in soggezione.

Arrivarono a Portsmouth giusto in tempo per vedere il loro piroscafo che prendeva il largo. Non era chiaro di chi fosse la colpa, ma a quel punto non importava più, presero alloggio in una locanda e lì attesero la nave del giorno dopo. Pigiati in una branda fissavano il soffitto ascoltando il respiro rauco di Elena crollata finalmente accanto a Emma in quella a fianco.

Gillian cercò la sua mano.

«Promettimi che potrò suonare il piano.»

«Certo che potrai.»

«Che terrò dei concerti, intendo.»

Giovanni ci mise qualche secondo a rispondere.

«*Nihil difficile volenti*.»

Poi l'abbracciò appellandosi intensamente al soffitto.

«Ma un aiutino ce lo dovrete dare.»

Lei si rifugiò sul suo petto, ma teneva gli occhi spalancati.

«Non riesco a dormire.»

«Nemmeno io.»

Nel silenzio sentì dischiudersi il suo sorriso.

«Sono eccitata ma anche piena di angoscia.»

«Capisco la preoccupazione, ma perché l'angoscia, amore mio?»

«Lo sapevi che Eilidh significa "sole"?»

«No...»

«Noi partiamo per il sole abbandonando proprio lei nel grigio e nella pioggia.»

«Eilidh è qui con noi.»

Gillian sbuffò.

«È sotto una lapide nel cimitero di Glasgow.»

«Penso che sia qui con la sua mamma... che non ha colpe. E anche se ne avesse l'amerebbe allo stesso modo.»

Si era scostata e piangeva in silenzio.

«Io non ci credo a queste cose, Gio.»

«Sai, passano giorni interi senza che mia madre mi venga in mente, ma se allungo la mano sento la sua presa. Non le parlo, non ce n'è bisogno. Lei sa, non mi biasima né mi loda, semplicemente è.»

«È cosa.»

«Puro amore.»

«Adesso vorrei solo chiudere gli occhi e riaprirli su Roma.»

«Allora per farti addormentare ti racconto di quando ti porterò sul Torrino, al Quirinale.»

«Uno dei sette colli.»

«Brava. Dal Torrino si vede tanta Roma da farsi girare la testa. Ci andremo insieme e il cielo sarà blu, e a guardarla così dall'alto resteremo senza fiato. Mia madre sosteneva che un istante passato lassù colpisce anche l'anima più semplice, inducendola a cercare almeno un po' di quella bellezza nella sua insignificante realtà.»

«Dici che pure giù in basso, a rovistare bene, se ne può trovare?»

«La bellezza è dappertutto, e sa bene come nascondersi nelle piccole cose. E però, quando la fatica sfianca e la pancia resta vuota, la vista si annebbia e la bellezza non la vedi di sicuro.»

«E così, la povera anima rinuncia a cercare, e a quell'istante sul Torrino non pensa più.»

«Già... Va meglio a quelli che con la bellezza hanno a che fare da quando sono nati, perché possiedono la chiave per comprenderla e pure gli strumenti per crearla. A loro Roma esplode silenziosamente dentro, sublime e inconsapevole al di là delle vetrate del Torrino. E allora questi privilegiati corrono giù per le scale del Quirinale e poi per la strada, travolgendo chiunque intralci il loro percorso, ed eccitati e impazienti fissano la tela immacolata sul cavalletto, aprono il pentagramma vuoto, intingono il pennino nel calamaio... Ma dopo ore sono ancora lì a provare, col pennello in aria, il lapis sulle prime note, l'inchiostro che gocciola sul foglio bianco. Erano scappati dal Torrino col petto gonfio di emozioni e al momento di tirarle fuori scoprono di non esserne capaci.»

«Perché, com'è possibile.»

«Perché Roma ti sta accanto facendoti credere che le vivi dentro, ma è così immensamente bella da lasciarsi avvicinare solo con gli occhi. E noi possiamo continuare a dipingere, a comporre, a scrivere... però saremo sempre marchiati dal limite invalicabile della sua perfezione.»

Gillian si girò a guardarlo, e le tornò inspiegabilmente alla memoria una discussione che aveva avuto col fratello prima che partisse per le isole Seychelles. «Tu dimostri il tuo amore Gillian?» «Forse io non amo» gli aveva risposto. Lui le aveva fatto una carezza. «Non è vero, e questa è la sofferenza più grande che puoi infliggere a te stessa, prima ancora che agli altri.»

Strinse la mano di Giovanni.

«Dal Torrino guarderemo la luna che nasce, mentre sui tetti a ovest fiammeggia l'ultimo sole. E io saprò dimostrarti che ti amo più di quanto abbia fatto finora.»

41

Dopo qualche giorno a Brooklands Nevio si era già fatto un'idea di come funzionavano le cose. Mentre sir Paul girava tessendo relazioni nella cerchia altolocata dei frequentatori del circuito, per lo più aristocratici che potevano permettersi automobili sportive, lui batteva i garage sorti ai margini parlando con quelli che su quei bolidi ci lavoravano per davvero.

Se l'era immaginato bene quel mondo e ne subiva il fascino in tutte le sue sfaccettature. La frenesia, la tensione, l'esaltazione, il pericolo. Si aggirava in quel circo ancora da spettatore eppure già gli sembrava di vivere in una dimensione di sfida permanente. Che fosse in pista, nella rimessa o a un tavolo sommerso di carte di progettazione, l'obiettivo era comunque quello di correre il più velocemente possibile. Verso il traguardo certo, ma quello era solo il finale spettacolare di un processo che era iniziato molto tempo prima e che non avrebbe più conosciuto sosta. Nemmeno durante la corsa, con gli interventi da eseguire e le intuizioni da farsi venire prima degli altri, prima di scorgere il pilota dirigersi al box, soprattutto prima di perderlo in una di quelle nuvole rossastre che spesso comparivano in lontananza. E a dire il vero quell'impulso a correre non veniva meno neppure dopo la gara, quando ci si riuniva intorno all'automobile fumante a discutere di ciò che non aveva funzionato. E pure se aveva funzionato, come si poteva migliorare.

Di quanto fosse difficile entrare in quel mondo sir Paul non aveva la più pallida idea.

Nevio provò a spiegarglielo nello studio che si era ricavato nella suite dove alloggiava. A mangiare insieme infatti non lo invitava più. «Con tutti questi meccanici non avrai certo voglia di pranzare con un noioso nobilastro come me» aveva detto scherzoso. Ma non scherzava affatto. Lì si respirava aria di Londra, di club, di finanza e pezzi grossi. Niente a che vedere con le loro gite adolescenziali sulla costa, in cui gli pareva già tanto saltare su una Ford Model T e infrangere il limite di cinquanta all'ora gridando «ciao mondooooo» ai gabbiani. Il che si poteva anche capire, se non fosse che in quel passato sir Paul ci aveva archiviato pure il rapporto di amicizia che avevano creato.

Dunque, quel pomeriggio nella suite, Nevio cercò di illustrargli la situazione attenendosi alla distanza imposta dai nuovi ruoli.

«Ci sono le squadre che portano il nome delle case automobilistiche, e che quindi hanno mezzi sostanziosi, anche per assoldare bravi progettisti e fare delle sperimentazioni. E poi ci sono quelli indipendenti come voi, sir, che disponendo di risorse più limitate, senza offesa per carità, sono svantaggiati nella competizione. Non che non possiate vincere, ci mancherebbe, qualcuno c'è riuscito.»

Sir Paul ascoltava fumando un sigaro e guardando oltre la finestra.

«Tanto per cominciare bisognerà che chieda una camera con vista sul circuito, almeno da lontano, che diamine.»

Nevio annuì.

«Se permettete ho fatto qualche ragionamento che vor...»

Lui si girò e gli piantò addosso quei suoi occhi da imprenditore. La prospettiva della nuova visuale lo aveva evidentemente galvanizzato.

«Sentiamo.»

«Ci sono due questioni urgenti da affrontare. La prima è quella di organiz...»

«La prima è quella di progettare un'automobile che nessuno si aspetta.»

Nevio si lasciò andare indietro sullo schienale della sedia.

«E no... il progettista non ce l'abbiamo, sir. Noi siamo la squadra indipendente che non...»

Gli venne un dubbio.

«Ma niente niente avete trovato un finanziatore? Questo cambia tutto.»

«Nulla di concreto ancora.»

«D'accordo. Per scaramanzia vi dico che l'alternativa è farci la nostra automobile assemblando i pezzi. Il motore è Ford, non si scappa, lo montano su tutte. Per il telaio mi sono già segnato i team che non corrono più per cercare di recuperarne uno da loro.»

«Usato?»

«Sì. Un buon cambio invece sarebbe già opzionabile, l'ho visto giusto poco fa. »

«Sempre usato.»

«Sì, certo. Ma non c'è nulla di male, sir.»

Lui soffiò fuori il fumo del sigaro, vagamente infastidito.

«È che all'usato proprio non riesco ad abituarmi. Neanche con le donne, sai? Sebbene siano assolutamente preferibili. Usate e occupate. Altrimenti non potremmo starcene fuori dei mesi a sperimentare questa stravagante vita, non ti pare?»

Mentre gli strizzava l'occhio si rese conto che aveva sconfinato nell'ingiallito terreno dell'amicizia e tentò di convertire la complicità in una smorfia. Nevio rimase impassibile finché i lineamenti non gli tornarono a posto, poi riprese le fila del discorso.

«La seconda questione è quella del pilota. Vi ho organizzato un giro di prova in pista per domani mattina, così iniziamo a vedere come va.»

«Come vuoi che vada, sono anni che guido su tutte le strade, e mi pare piuttosto bene, puoi giudicare da te.»

«Certamente, però il circuito è un'altra cosa. Non credo abbiate mai guidato su un ovale con curve inclinate, sir. Ci sono certi punti in cui la parte sopraelevata è alta quasi nove metri. E le due paraboliche... Con tutto il rispetto per i nostri tornanti, ecco... la Byfleet e la Members sono roba seria. Dovete arrivarci molto veloce, se no rischiate di ribaltarvi. Immaginatevi a spingere sull'acceleratore puntando dritto verso una curva così. Dev'essere una sensazione incredibile.»

Nevio parlava fissando un punto imprecisato sul muro con l'espressione incantata di un bambino.

«E al centro delle paraboliche c'è la Fifty foot line: se la oltrepassi a 75 all'ora la linea di percorrenza va in alto e a quel punto puoi curvare senza scomodare lo sterzo. Da non crederci, vero?»

Sir Paul non rispose, Nevio non avrebbe sentito.

«Pensate cosa dev'essere correre su quasi tre miglia per ore... sapendo di dover mantenere in ogni-singolo-istante la stessa perfetta lucidità. Altrimenti... boom.»

Non aveva dato enfasi a quel *boom*, l'aveva sussurrato come se fosse il verso di una poesia da scrivere e riscrivere a ogni corsa, un verso tragico che ne avrebbe cambiato le sorti, ma mai la bellezza.

Sir Paul lo osservava quasi affascinato, incapace di fare domande. Nevio se ne accorse e recuperò il controllo.

«C'è un ultimo aspetto sir, che vi prego di considerare.»

Lui assottigliò gli occhi.

«Un altro?»

«Il rischio, sir. Dovete essere consapevole dei pericoli cui andreste incontro.»

Ma lui non era affatto interessato a sentire quella parte.

«Sì, mi è sembrato di intuire qualcosa nei tuoi effervescenti racconti. Ma stai tranquillo, finché non avrò un erede non posso morire. Perciò...»

Aveva allargato le braccia con l'intento di liquidarlo, ma Nevio non si ritirava e continuava a fissarlo serio.

«Potreste sempre affidarvi a un pilota professionista.»

«O potrei delegare te.»

Il corpo di Nevio fu trapassato da una scarica elettrica. Un sogno, il sogno. Il vento e gli occhialoni sulla faccia sporca, la bandiera a scacchi, i flash, i compagni di squadra... Tuttavia, proprio mentre lo visualizzava si rese conto che non era il suo. Scosse la testa sorridendo.

«A me piace montare e smontare i pezzi, sir. Non sarei un pilota ma un box ambulante che si ferma ogni due per tre per stringere un bullone o per raddrizzare la lamiera che guasta l'aerodinamica. Anzi, mi sa che mi fermerei pure per aggiustare le automobili degli altri.»

Sir Paul si rilassò.

«E va bene, mi hai convinto, sarai ancora il mio meccanico.»

«Più precisamente, il vostro assemblatore, sir.»

La mattina dopo sir Paul iniziò a leggere il telegramma con noncuranza, poi si concentrò su quelle parole sincopate senza capacitarsi del loro significato. *Incendio distrutto garage et automobili et motocicletta stop Domestico morente stop Italiano irreperibile stop.*

Nevio lo raggiunse poco dopo, sorridendo. In una mano teneva quaderno e lapis e nell'altra un orologio per cronometrare i giri. Non stava nella pelle e non fece caso all'aria truce e al facchino che impilava nella hall i suoi bagagli.

«Buondì, sir, se siete pronto ci aspettano in pista.»

Sir Paul gli rifilò un'occhiata di disprezzo.

«Se ti fai trovare sulla mia, di strada, ti metto sotto.»

Si schiacciò il cappello sulla fronte e uscì dall'albergo.

Nevio lo guardò salire in automobile, ingranare la marcia e andare via.

Mentre si scervellava annichilito alla ricerca di una spiegazione, il concierge gli allungò un foglio ripiegato.

«Prego, vogliate liberare la camera, grazie.»

«Come?»

«Check out. Ora.»

Nevio aprì il foglio. Ottantadue sterline! Si avvicinò al bancone.

«Dev'esserci un errore, sono sul conto di sir Paul.»

Il tipo gli rispose che sir Paul non aveva lasciato disposizioni al riguardo e che se non avesse saldato avrebbe chiamato la polizia. Poi passò a occuparsi di un cliente in attesa.

«Perdonatemi signore. Italiani...»

Il cliente sospirò solidale.

«Eh, brutta razza. Sono così tanti che mi aspetto di tornare a casa e trovarli seduti sul mio sofà, o addirittura che mi sbuchino fuori dal cuscino!»

Nevio ascoltava e il sangue gli friggeva e gli gonfiava la vena al centro della fronte. Gli si avvicinò e gli si piantò davanti.

«Brutta razza, eh?»

I due si voltarono di scatto.

«Ho dato trent'anni della mia vita a questo paese e lo amo, sono profondamente grato. Ho sempre lavorato e non ho rubato niente a nessuno. Davvero non vi capisco... Cos'è che vi disturba signori, siamo brutti? Può essere, ma mica ci dovete sposare.»

Li raggiunse il direttore, e Nevio arricciò l'indice finché non fu a portata d'orecchio.

«Lavorerò per voi, dove volete, al ristorante, alle pulizie, al garage... fino alle ottantadue sterline.»

Il direttore lo squadrò.

«Ho sentito che siete un bravo meccanico.»

Nevio si ritrovò seduta stante meccanico dell'albergo.

La soluzione il direttore gliela fece cadere dall'alto, ma aveva fiutato l'affare e si leccava i baffi. Brooklands attirava spettatori come mosche, quelli esperti di motori e i curiosi occasionali. Tra questi, parecchi si galvanizzavano e correvano a comprarsi le automobili più potenti sul mercato, ma poi non le sapevano gestire. E allora l'albergo li sollevava dalle ambasce offrendogli un meccanico di fiducia che li accudiva come il maître nella sala ristorante.

Nevio cominciò quella mattina stessa, inebetito e incapace di accettare quel finale. Era cambiato tutto in un minuto, e l'unica forza che trovò fu quella di ritirarsi su le maniche, ancora una volta, l'ennesima, probabilmente l'ultima.

Dopo una settimana in cui soltanto le mani si muovevano e il resto era avvolto dal torpore, si decise a scrivere ad Antonia per chiedere aiuto.

A Glasgow intanto ci si domandava dove fosse finito, visto che sir Paul era tornato solo. E se la sua assenza fosse da collegare alla sparizione di Pietro, che dal giorno dell'incendio era come evaporato. Si diceva fosse morto bruciato o fuggito a Brooklands dallo zio.

E invece Pietro si era rintanato nel sottotetto, dove non gli arrivavano queste voci ma le minestre di Antonia e le litigate dei fratelli giù da basso. A lei aveva raccontato che stava lavorando come al solito al limite dello sfruttamento, quando si era accorto che alla Ford ci mancava un fanale, e allora era uscito fuori sperando che fosse caduto lì intorno, e aveva visto un uomo infilarsi di soppiatto nel garage. Lui era tornato indietro di corsa ma quello se ne era scappato in sella alla moto. L'aveva inseguito finché il fiato aveva tenuto, ma la Triumph aveva un sacco di cavalli e quindi chissà dove se l'era portato.

Disteso su una stuoia e una coperta Pietro impiegava il tempo facendo palline con le molliche di pane, tutte uguali, minuscole, le accumulava in una ciotola perché una sull'altra si facessero umidità a vicenda e impiegassero più tempo a creparsi. E mentre le lavorava tra il pollice e l'indice ripensava a quel giorno. Tornando dalla gita sulla Triumph aveva visto un inaudito dispiegamento di pompieri davanti al garage e fiamme che lambivano la strada, e in tutta sincerità era certo di non aver provocato lui il disastro. Però era su una moto non sua, perciò aveva fatto dietrofront e l'aveva mollata più in là in pasto ai ladri veri, ed era filato a casa.

Poco dopo erano venuti a cercarlo degli agenti, e Antonia aveva risposto che suo figlio era al lavoro e che sarebbe rientrato per l'ora di cena. Con una certa gentilezza le avevano spiegato che un incendio aveva devastato il garage di sir Paul ma tra le macerie non sembrava esserci traccia del ragazzo. Lei aveva urlato e aveva finto di svenire ottenendo che la lasciassero in pace. Ma poi gli agenti avevano scoperto che mancava la Triumph ed erano tornati, avevano perquisito la casa e interrogato pure i fratelli.

Antonia continuò a proteggerlo fino al giorno in cui arrivò la richiesta di aiuto di Nevio. A furia di farselo leggere da Pietro, il telegramma di Nevio era diventato illegibile. *Sir Paul ripartito accusandomi incendio stop Lavoro qui per saldare conto albergo. Vi supplico spedire ottanta sterline per liberarmi. Saluti tristi Nevio.*

Antonia ci aveva riflettuto, e pure pianto, per un paio di giorni, e poi una mattina all'alba era salita nel nascondiglio e si era ficcata sotto la coperta con Pietro.

«Partiamo per l'Italia Pie', tanto zio Nevio si è bell'e sistemato.»

Pietro le rispose sbadigliando.

«No, ma'... ha chiesto se gli mandiamo ottanta sterline così può tornare da noi.»

Lei gli fece una carezza.

«Ci ha ripensato Pie', ha scritto un altro telegramma. Dice che adesso il lavoro gli piace assai e che vuole restare là.»

Pietro si tirò su di scatto e battè la testa sulla trave, ma le lacrime agli occhi non erano per il dolore.

«Non è vero! Fammi vedere.»

Antonia nascose la mano e incrociò le dita.

«Ero così arrabbiata che l'ho bruciato.»

«Perché l'hai bruciato? Che ha detto di me, che lo posso raggiungere?»

Antonia storse la bocca.

«No Pie'... non ti ha nominato.»

«Non ti credo! Mi doveva ancora insegnare tutto... Sei una bugiarda! E chi te l'ha letto 'sto telegramma, eh? Che non sai distinguere un gatto da una lettera.»

«Uno che non conosci.»

Pietro rimase in silenzio per un po'.

«E come facciamo coi soldi del Café? Metà sono pure suoi.»

Lei incrociò altre dita.

«Ha detto che ce li teniamo noi che abbiamo più bisogno.»

Pietro si ributtò giù battendosi colpi sulle tempie.

«Lo odio!»

E continuava a battere e a stringersi la testa senza chiedersi come mai quell'odio lo facesse singhiozzare così tanto.

Una notte a caso, senza un motivo, Nevio capì che Antonia non l'avrebbe aiutato. Perciò si alzò per disegnare su un foglio tanti quadratini quanti erano i giorni che mancavano alle ottantadue sterline da saldare. E una mattina dopo l'altra iniziò a cancellarli col lapis che era stato di Luigi, con croci leggere perché non si consumasse troppo. Aveva calcolato che due caselle dovevano restare bianche. Erano gli unici due giorni di libertà patteggiati col direttore. Doveva tornare a Glasgow, per capire cos'era successo e per riorganizzare con Antonia e Pietro il viaggio per l'Italia. Il direttore gli aveva promesso che in qualche modo gli avrebbe procurato un passaggio, e così fu.

Arrivato a Glasgow si fece lasciare a un paio di isolati dalla casa, anche se pioveva, perché aveva un'improvvisa voglia di camminare su tratturi conosciuti, come aveva sempre fatto suo fratello. Salì di corsa e bussò, ma la porta era aperta. La spinse piano e trovò l'appartamento mezzo vuoto, le poche cose in disordine come se fosse stata abbandonato di fretta.

Il dirimpettaio lo chiamò strillando tutto allegro.

«Chi si rivede! Allora te la spassi un bel po', eh?»

E con le dita mimava i soldi. Ma Nevio si guardava intorno spaesato.

«Che è successo... dove sono tutti...»

«Come sarebbe dove sono, in Italia! Antonia ci ha detto che eri così felice di restare lì!»

Con le mani nei capelli Nevio girava su se stesso in preda a una crisi.

«O Ne', che ti piglia?»

Ma lui stava correndo giù per le scale e quello richiuse un po' seccato la porta.

Vagando sotto l'acqua decise che a Glasgow non ci sarebbe tornato mai più e che pur di non rivedere Antonia non avrebbe rivisto nemmeno l'Italia. Anzi no, giurò impuntandosi in mezzo alla strada, in Italia ci vado, mi riprendo i miei soldi e poi l'ammazzo.

Prima però aveva un'altra questione da affrontare. Doveva scoprire cos'era accaduto con sir Paul. Nessuno gliel'aveva mai raccontato, si parlava solo di un incendio e di un ladro fuggito su una moto. Nulla insomma di cui lui potesse essere considerato responsabile. Perciò forse doveva solo inquadrare il comportamento di sir Paul nella tipica stravaganza dei ricchi, che s'incapricciano di persone e di cose e quando ne sono stufi le gettano via. Però non gli bastava ipotizzare, pretendeva che glielo dicesse in faccia.

Adesso camminava verso la sua villa, sopraffatto da innumerevoli pensieri, e senza che se ne accorgesse si ritrovò a bussare alla porta.

Il domestico aprì senza sganciare la catenella e gli comunicò gelido che sir Paul si era imbarcato per New York. Nevio lo riconobbe appena. Radi ciuffetti di capelli spuntavano dalla cute lucida e il volto era devastato dal livore e dal fuoco. E lungo lo spiraglio la mano gli pendeva con un paio di monconi al posto delle dita. Lo ricordava come una brava persona ed era sinceramente addolorato.

«Mi dispiace assai... non credevo che l'incendio...»

«Già, l'incendio...»

L'uomo lo fissava come se avesse davanti la miccia che lo aveva scatenato. Appese i moncherini alla catenella e stirò la fenditura della bocca in un sorriso cattivo.

«E così ti piacciono le corse... A chi il vento sulla faccia, a chi il fuoco... un po' ingiusto, non ti pare? Ma del resto, a ciascuno la sua maledizione.»

Con un gesto secco richiuse la porta. Nevio lo sentì armeggiare col chiavistello e poi trascinarsi via.

Alla ventesima crocetta era nel garage dell'albergo alle prese con un'Alfa Romeo 6c 1750 Gran Sport carrozzata da Zagato. Rossa coi sedili in pelle di tonalità più scura, capote e volante neri, avida di strada, montava tre fanali con le calotte che smussavano la luce, e stemmi e fregi che parlavano italiano. Il proprietario era un tipo che non dava confidenza e non sapeva guidare, e ogni volta gliela riportava costringendolo a una corposa conta dei danni.

Ci si era messo a lavorare all'alba, prima ancora di fare colazione, perché dai camerieri aveva sentito dire che quel cliente avrebbe anticipato il suo rientro a Londra. Gli piaceva precorrere i tempi degli altri, soddisfare una richiesta prima che gli venisse avanzata.

Non erano ancora le sette e aveva già sostituito la boccola del cambio e la molla dello sterzo, ribattuto la portiera e riattaccato lo specchietto, e dopo quella dell'acqua stava controllando per scrupolo pure la pompa della benzina, quando il proprietario gli si materializzò davanti, e rispondendo frettoloso al suo buongiorno si sistemò dentro.

Nevio accelerò la verifica e ripulì con un panno, chiuse il vano e gli fece cenno che era tutto a posto. Avrebbe voluto specificare che senza il suo intervento non avrebbe percorso neanche un metro ma lasciò perdere. Lui annuì col collo un po' ingessato dalla sciarpa annodata sul bavero, quindi ingranò la prima e partì. Ma subito inchiodò e mise la retromarcia.

«Qualche problema, sir?»

Lui alzò la falda del cappello per guardarlo.

«No, però saprò rimediare lungo la strada.»

Rise sotto i baffi alla sua battuta, poi tornò serio.

«Mi hanno fatto il tuo nome.»

E rimaneva lì, a fissare un'automobile in disparte, semismontata e con pezzi di ogni tipo disposti intorno. Nevio seguì il suo sguardo sentendosi in dovere di spiegare.

«Ah... quello è l'angolo delle creazioni, sir... Ma non ho alcuna intenzione di smembrare la vostra automobile, state tranquillo.»

Lui gli puntò la mano guantata.

«Io sì, invece. Mi sono appena convinto di un'idea e te ne devo parlare.»

C'era stato un altro che l'aveva salutato così, molto tempo prima, e dopo in effetti gli aveva parlato, ma non di quell'idea, che chissà qual era, e le cose erano andate a finire male. Però se lo ricordava con affetto il signor Tony. Era con lui che aveva imparato a fare il ristoratore ed era stato grazie a lui se aveva scoperto la sua passione. Se non gli avesse permesso di salire sulla sua Ford nulla sarebbe accaduto. Sir Paul sarebbe rimasto un cliente cui servire la solita coppa di crema con poca panna, non ci sarebbero state prove su strada, forzando i limiti lungo la costa, e dell'incredibile Brooklands non avrebbe mai sospettato l'esistenza.

Ma riconosceva di essere cresciuto. Aveva imparato a

gestire gli entusiasmi e soprattutto le persone, che in fondo non erano così diverse dagli aggeggi che gli era capitato di smontare. Che fossero semplici come un aratro o complesse come un'automobile, sempre di pezzi erano composte. Tuttavia nel moto continuo della vita umana accadeva che certi pezzi si potenziassero più di altri, costringendo gli ingranaggi ad adeguarsi e a ricercare un nuovo equilibrio generale, che poteva resistere oppure collassare.

Quando alla trentaduesima croce l'Alfa Romeo rientrò in garage, Nevio non si aspettava niente.

Aveva fatto il suo ingresso, a dire il vero, a tutta velocità, con un giovane al volante che con due manovre l'aveva parcheggiata proprio nell'angusto spazio dove doveva stare.

Il proprietario era seduto tranquillo al posto del passeggero, e appena sceso si diresse dritto verso Nevio.

«Posso assicurare che stavolta è rincasata sana e salva.»

E intanto si voltava verso il ragazzo.

«Il merito è tutto suo, naturalmente.»

Lo guardava adorante.

«Quando sua madre scoprirà che me lo sono portato dietro mi ucciderà. Ma del resto, se un figlio ha un desiderio che puoi esaudire... perché non dovresti?»

Quell'uomo tanto taciturno che improvvisamente si rivelava lo incuriosiva. E ora che cominciava a intuire dove sarebbe andato a parare era tutto orecchi.

«Darren non ha un carattere facile, ma ti piacerà. Accidenti, non te l'ho nemmeno presentato. Darren, questo è il...»

Ma il ragazzo stava contemplando due automobili fiammanti cui mancava soltanto il numero di gara. Si girò di scatto verso il padre.

«Ma non possiamo parlare al circuito? Voglio vederle correre, papà, voglio sentire i motori.»

Nevio sorrise. Darren era un pilota e ancora non lo sapeva. Sebbene non lo conoscesse, provò un'emozione profonda, e osservandolo immaginava i vani tentativi della madre di soffocare quella sua insensata passione, mentre il padre invece doveva esserselo coccolato fin da piccolo, poggiandoselo sulle ginocchia con le manine sul volante e illudendolo che fosse lui a guidare. E adesso probabilmente gli raccontava di Woolf Barnato, e pure di Antonio Ascari e Giuseppe Campari, che facevano vincere l'Alfa Romeo anche fuori dall'Italia.

Nella luce soffusa del garage, in piedi e senza carte da firmare si strinsero la mano. Quel gesto gli bastò per noleggiare un'officina nei pressi del circuito e dipingerci sulla porta *Nevio Montefosco & Co. Garage*, intendendo quel *Co.* come la sua famiglia, che anche se non c'era la voleva almeno scritta lì. E gli bastò per valutare e acquistare i motori, i telai e tutto ciò che occorreva per costruire l'automobile di Darren, il cui nome per la verità gli suonava anche meglio di sir Paul. Nel giro di due mesi aveva dato vita al prototipo e saldato il conto dell'albergo.

Ogni sera chiudeva le due porte di legno azzurre ringraziando Dio, Luigi, Attilio, il padre e pure quelli che per fortuna erano ancora vivi, e la notte crollava in sonni appagati in cui si affacciava di tanto in tanto Lucita. Allora si risvegliava fantasticando di scorgerla sugli spalti a tifare la loro squadra, e ritrovarla a fine corsa al garage per poi tornare insieme a casa. Però di tutto quel trambusto di emozioni la mattina non ricordava niente.

Darren si rivelò un buon pilota, ma inadeguato alle gare. Non per via della giovane età, né per lo scarso talento, quanto per l'assenza di quell'istinto che combinava strategia e fiuto animale, e che essendo una dote non si poteva per l'appunto insegnare. Che fosse o meno consapevole di questo limite non era chiaro, ma di certo lo compensava con una prepotenza incompatibile con i canoni non scritti del mondo delle corse. Al terzo richiamo formale, suo padre, che al buon nome della famiglia non intendeva rinunciare, gli comunicò con occhi lucidi di vergogna che non avrebbe più potuto gareggiare, e se ne tornò a Londra la sera stessa.

Rimasti soli davanti al garage a guardare l'Alfa che sfumava nella polvere dello sterrato, se ne stavano in silenzio con le mani in tasca senza sapere cosa fare. Poi Nevio s'infilò dentro e cominciò a riporre gli attrezzi e a sistemare come se l'indomani dovesse ricominciare una giornata normale, e incassava i calci rabbiosi che Darren tirava a un secchio vuoto. Quando i colpi rallentarono e si fecero stanchi uscì dal garage, e pulendosi le mani nel solito straccio gli si mise accanto.

«Adesso te ne vai a dormire. Ti aspetto qui alle sei, puntuale.»

Ci volle un po', ma riuscì a convertire Darren in un pilota collaudatore. Un ottimo collaudatore. Sulla pista deserta, senza avversari intorno e sollevato dalla pressione della gara dimostrò di saper cogliere gli impercettibili segnali del motore, i disallineamenti e le imperfezioni, e in un certo senso gli altalenanti umori dell'automobile che guidava. Fu allora che diventarono un team, molto più di quanto fossero stati prima. Il nome di Darren si affiancò al suo sulle porte azzurre, e così abbinati trovarono diversi ingaggi. Esordirono con una squadra indipendente che per mancanza di fondi si ritirò, e poi con un'altra, che però cambiava i piloti come le marce e finì per mollare.

Preso atto dell'instabilità delle entrate, Nevio decise di riprendere parallelamente il lavoro da meccanico e aprì a Weybridge un'officina con le stesse porte azzurre e il marchio *Nevio Montefosco & Co.*, che una certa notorietà se l'era comunque guadagnata.

Di personaggi come sir Paul gliene capitavano parecchi. Lo prendevano in simpatia e gli proponevano di andare a lavorare da loro. Non essendo il tipo da estendere la sfiducia al genere umano se un individuo soltanto l'aveva deluso, Nevio si prendeva gli attestati di stima e ci si addormentava contento. Alle quelle proposte rispondeva di no perché aveva in mente un progetto più grande. Voleva continuare a fare l'assemblatore a Brooklands e nel frattempo applicare all'officina il business che sir Paul gli aveva spiegato la mattina dell'accordo per il Café Ida. Perciò disegnò un nuovo calendario di giorni che stavolta sconfinava in mesi e in anni, e vicino ci stese una cartina della Gran Bretagna. E la mattina, tenendo tra le dita l'ormai minuscolo lapis di Luigi, riesaminava le croci sulle città dove pianificava di espandersi, e quella freccia, per il momento ancora tenue, che puntava verso Londra.

Nel progetto non era entrato Darren, per nulla interessato all'attività e più propenso a sperperare quel po' che guadagnava, ma suo padre. Con lui e un altro socio allettato dal potenziale dell'idea di Nevio, costituì la Venturing Cars Ltd., che dopo un'intensa fase di selezione dei locali e dei meccanici, debuttò con un'officina a Manchester, che dopo tre mesi replicò a Portsmouth.

Ma il lapis continuava a vagare sulla cartina scappandogli su verso la Scozia. Ronzava in cerchi stretti sopra Glasgow e lui si sforzava di condurlo altrove. La Scozia gli mancava, era la sua seconda patria, forse l'unica, ormai. Lo attirava l'idea di ritrovarsi per le strade dove aveva tirato il carretto, e magari incrociare il riccetto rosso o lo scemo che li aveva presi in giro appena arrivati. Glasgow era la sua città, quelle strade l'avevano visto crescere, ma erano troppo dense di ricordi che gli avrebbero riesumato rabbia o malinconia. E lui, all'avvio di una nuova fase della vita non aveva voglia di ripescare niente dal passato. Così una sera decise che no, a Glasgow non sarebbe tornato. Il lapis saltò sulla costa opposta. Un'altra città, che dicevano bellissima, e della Scozia era addirittura la capitale. Ecco dove avrebbe aperto. E tracciò un'altra freccia su Edimburgo.

Con la prima quota di profitti non destinata al reinvestimento Neviò si comprò una casa proprio nella cittadina che l'aveva accolto in Inghilterra. Era lei quella «Terra!»

che aveva gridato sul piroscafo, per poi sbarcare entusiasta e disorientato, e finire in cella per colpa di due connazionali sbadate. Tra tutte le sedi era quella che preferiva, e nei periodi in cui non era impegnato con le corse ci passava tutto il tempo che poteva.

Lavorava in quella che era ormai un'azienda ben più di quando era garzone nella cantina dei gelati, ma adesso aveva mani bianche e lisce, e come il signor Tony passava molto tempo sui conti seduto a una scrivania. Talvolta frequentava locali e belle donne, ma nessuna che valesse la pena di far durare più di una settimana. Perciò la gran parte delle notti si ritrovava solo in un salotto vista mare arredato con mobili francesi o newyorkesi, chi lo sa, a sorseggiare whisky pregiati cercando di indovinare cosa contenessero. E al terzo bicchiere pensava cos'altro avrebbe potuto realizzare. Progettare la sua Nevyo, per esempio, ispirandosi alla Rolls Royce 40/50 hp Phantom II Cabriolet oppure alla Aston Martin Le Mans, e girare per circuiti anche oltre Brooklands con la sua scuderia. Sarebbe stata una creatura probabilmente neanche conscia di essere tanto potente, e che dunque non si aspettava di essere domata, ma educata.

Nella casa di Portsmouth si era portato il calendario e la mappa della Gran Bretagna, senza tuttavia provare la spinta che aveva allora. Gli pareva che dalla sua vita stesse progressivamente sfuggendo il senso. Non gli andava più di sentirsi di passaggio fra gente di passaggio, e avvertiva tutto insieme il peso degli anni e dei reumatismi. Così una sera più solitaria delle altre dovette chiedere a un quarto bicchiere come avrebbe dovuto impiegare il tempo che gli restava. Versava il Glenkinchie single malt rigorosamente invecchiato dieci anni tentando di rinvenire nei riflessi dorati qualche traccia del Nevio che era stato, ma quel whisky esalava meravigliosi aromi di cui francamente non gli importava nulla, restituendogli attraverso il vetro soltanto un sorriso spento.

L'ombra di Luigi riapparve al suo fianco commiserandolo per quell'abbondanza di alcol, e lui posò sia la bottiglia che il bicchiere.

«Sto messo tanto male? In effetti qualche doloretto ce l'ho.»

L'ombra sospirò, tutta ingobbita, e a Nevio venne da rifilarle una gomitata.

«Sempre 'sta bella energia eh, Lui'?... Però la sai una cosa?»

L'ombra era immobile, ma ascoltava.

«Mi sa che invecchiando divento come te.»

L'ombra si raddrizzò interessata.

«Mi sono accorto che pure io vado cercando tratturi conosciuti. Quello delle corse, che lo so, non t'è mai piaciuto, però Lui', lì ci fili liscio come l'olio. Ci vai tanto veloce da non goderti uno straccio di paesaggio, e le persone non le incontri, le superi. Ti sposi, come no, e sei pure felice, però con un'automobile... Su quel tratturo Lui', se vinci sei dio, se perdi sei un nome del passato. E allora 'sto tratturo lo conosco e gli voglio bene, ma forse mi ha stancato.»

Fu tentato dal bicchiere, lo scrutò, lo lasciò sul tavolino.

«È da un po' che ci penso... che di tratturo ce n'è un altro. È parecchio che non ci cammino però me lo ricordo come ci stavamo sopra tutti quanti, pure con Giovanni, quando ancora era l'*erede*... Anche lui l'aveva abbandonato per venire qua, e adesso l'ha ripreso. Magari è un segno che in Italia ci devo tornare pure io, ti pare? Del resto com'è che diceva Zelinda? *A ma', gli figlie partene pe' na vita chiù bona, ma a te revè sule nu vuaglione.*»

Rabbrividì.

«Lui'... mi sa che quel vuaglione sono io.»

Si alzò e si avvicinò alla finestra che dava sul mare. La sua figura riflessa gli fece uno strano effetto.

«Però non lo so se a quel vuaglione gli piace scoprire com'è diventato. Non mi riconosco, Lui'...»

Osservò una nave che usciva dal porto, la immaginò diretta a Le Havre, quella Francia da attraversare tutta e poi svoltare a sinistra per l'Italia.

Si girò di scatto, ma l'ombra era svanita. Adesso era completamente solo, eppure sentiva esplodergli dentro il desiderio di riprendersi tutto ciò che aveva perduto. Camminare con Giovanni per i campi di aranci, starsene ai bordi di una festa sull'aia con un po' di vino, come avevano fatto i loro padri. E passare giorni preziosi con sua madre, sedersi alle tavolate insieme a Mizio e Marietta, far ballare i nipoti sopra alle ginocchia, e insegnargli a guidare.

Antonia Montefosco e i suoi figli non esistevano, faceva perfino fatica ad abbinarli al suo cognome. A loro avrebbe pensato dopo. Adesso era il tempo delle cose belle, dei legami sospesi in attesa di essere aggiustati. Era il momento di riportare il sole sui capelli e dentro al cuore.

Prese il bicchiere e lo rovesciò in un vaso. Bisognava che fosse lucido, troppe questioni andavano sistemate, la Venturing Cars Ltd., le persone che ci lavoravano, quella casa. Si sedette alla scrivania e cercò in un cassetto la gomma da cancellare avuta da un rivenditore della Pirelli. Non aveva mai cancellato una decisione presa, e ne sperimentò l'effetto sulle frecce che aveva puntato verso Londra e Edimburgo. Per quanto erano leggere magari il loro destino lo conoscevano già, perciò non fecero storie e sparirono alla prima passata.

42

A Le Havre i Datti presero un treno per Parigi e poi un altro per Torino. Per oltrepassare La Manica e il confine con l'Italia ci erano voluti due giorni, e la destinazione finale si avvicinava nei suoni dei dialetti via via più aperti, nelle andature più morbide, talvolta addirittura lente. Le sue donne erano stremate, Giovanni invece sentiva vibrare nell'aria che entrava dal finestrino l'odore della sua terra, e procedendo si rinvigoriva.

Quando il treno si fermò a Roccasecca e Giovanni scattò in piedi in preda all'eccitazione e si precipitò fuori insieme alle ragazze e alle valigie, Gillian pensò che si fosse sbagliato, perché quella casupola non poteva di certo essere una stazione. Perciò esortò le figlie a restare a bordo, mentre lui rideva e tendeva le braccia per tirarle giù.

«Siamo arrivati! Sbrigatevi, altrimenti finite ad Avezzano.»

Seduti su una panchina a ridosso dell'edificio, aspettavano che qualcuno li venisse a prendere. Il capostazione aveva infatti avuto avuto disposizione di mandare ad avvisare un tale Franceschino e il compare Panciallarie non appena avesse visto una famiglia tipo la loro. Giovanni non aveva idea di chi fossero quei due.

Il nonno non aveva risposto alla sua lettera e allora aveva pensato di scrivere alla famiglia Montefosco, ipotizzando che il piccolo Mizio nel frattempo fosse diventato il fattore. Nel dubbio aveva esordito con un generico *Carissimi*, e li aveva informati del suo ritorno in Italia pregandoli di farne avere comunicazione al signor Niccolò Datti. La lettera l'aveva indirizzata alla chiesa di Santa Lucia di Castrocielo e l'aveva imbucata facendosi il segno della croce. Nessuno gli aveva risposto. Il che significava che le parrocchie non svolgevano più quei compiti accessori che avevano a che fare con la fede, oppure che il nonno era davvero morto e i Montefosco non avevano avuto il coraggio di dargli la notizia.

Erano partiti dunque al buio. E nell'ipotesi peggiore, quella in cui il nonno fosse morto e avesse per davvero diseredato suo padre, e quindi Villa Datti fosse passata per testamento a un altro proprietario, be', allora avrebbero alloggiato in una locanda e da lì avrebbero ricominciato. La Depressione si era mangiata tutti i risparmi, ma non tornava a mani vuote, anzi le mani erano proprio la sua risorsa, e piano piano l'avrebbero aiutato. Del resto la ragione per cui avevano lasciato la Scozia era la salute di Elena, oltre che la sua, e solo a quella dovevano pensare. Perciò sorrise alla vista delle ragazze che si beavano al sole, e istintivamente cercò la mano della moglie, che gliela rifiutò. Era solo marzo, ma il sole era ancora alto e il caldo quasi insopportabile la costringeva a tamponarsi la fronte con un fazzoletto. Lamentandosi.

«Non mi sembra che Rocaseca sia attaccata a Roma.»

Lui si sorprese.

«E chi ha mai detto che lo fosse?»

«Di certo non credevo fosse così piccola e deserta.»

«Santo cielo, è una stazione, Gillian!»

Le aveva risposto male, e anche se se l'era meritato provò a recuperare.

«Vedrai, ti piacerà. Ti ci vuole solo un bel bagno caldo e una notte di riposo.»

Le aveva passato il braccio intorno alle spalle ma lei si era scostata infastidita.

«Non lo capisci che non sono stanca? Sono delusa.»

Ripiegò il fazzoletto fissando un uomo smilzo che gli veniva incontro sorridente e un altro che gli arrancava dietro. I due si piantarono davanti a loro sfilandosi il cappello e chinandosi in avanti.

«Scusate assai, abbiamo fatto più in fretta che si poteva. Io so' Franceschino e lui è Panciallarie. Venite e accomudateve sul calesse, che ai bagagli ci pensiamo noialtri.»

Giovanni gli rivolse un'espressione grata e ansiosa al tempo stesso.

«Grazie infinite. Ma chi vi manda...»

Franceschino si era già allontanato per caricarsi un paio di valigie, ma si voltò con un sorriso da parte a parte.

«Vi riportiamo a casa signor Giovanni, che sono già troppi anni che vi aspetta.»

Il dubbio che si riferisse a Villa Datti invece che al nonno s'infilò leggero e prese consistenza, perché pure le case quando le abbandoni si sentono sole, e ogni giorno spiano dalle finestre il nostro ritorno. E per paura della verità non chiese niente.

Appena salita sul calesse a Gillian bastò uno sguardo per decidere che sarebbe rimasta in piedi. Franceschino se ne accorse e si prodigò ossequioso con uno straccio.

«Ve lo pulisco bene signò, non vi preoccupate.»

Emma ed Elena leggevano negli occhi della madre il desiderio di saltare giù e precipitarsi verso un treno in partenza, e in quelli del padre l'istinto di accompagnarcela perché non lo perdesse.

Emma le sfiorò la manica.

«Mettiti giù, era solo un po' di terra...»

Lei si lasciò cadere sulla panca, col suo bel vestito lilla e i capelli ancora ondulati alla moda londinese, e assunse una posa rigida che la rendeva dissonante rispetto al resto. Franceschino e Panciallarie la spiarono incuriositi e si sistemarono a cassetta scambiandosi un'occhiata d'intesa. Anche Giovanni la guardò, solo per un momento, e poi non la guardò più. Aveva rovinato tutto. La notte delle grandi promesse a Portsmouth risaliva a pochi giorni prima, eppure era come se non fosse mai esistita. Si girò per cedere a qualche lacrima che nessuno avrebbe notato. Pensava a quanto aveva sognato quell'ultimo pezzo di viaggio, agli innumerevoli dettagli che si era immaginato. Avrebbe dovuto essere una specie di magia, tutti e quattro a godersi i paesaggi della sua infanzia e a parlare fitto, a chiedere e a indicare gli squarci di bellezza che uno dopo l'altro gli si aprivano davanti. E invece ciascuno se ne stava distante e in silenzio, e allora dello splendore che gli scorreva intorno non gli arrivava niente.

Che fosse impossibile assaporare la felicità se non la si poteva condividere, lo capì nel momento in cui il calesse si bloccò al cospetto di una mimosa che s'incurvava sulla strada restringendo il passaggio. Franceschino misurò a spanne e schioccò la lingua per spiegare ai due ronzini che potevano procedere, ma adagio. Le ragazze intanto si erano alzate per immergersi tra i grappoli profumati e strappare rametti da infilarsi dietro le orecchie. Scrollarono talmente l'albero da far nevicare su tutti una coltre di pallini gialli e scoppiarono a ridere. Contagiato dalla loro allegria rideva anche Giovanni, mentre il calesse andava oltre e s'inerpicava su un pendio costeggiato da forsizie, e il campanile della Santissima Annunziata sbucava all'orizzonte.

Giovanni non sapeva se Gillian aveva gioito di quel varco dorato, se i fiori tra i capelli le avevano illuminato il viso facendo svanire la rabbia. Mentre erano là sotto si era voltato quel tanto che bastava per vedere le figlie, e ne era rimasto al solito estasiato. Avvertendo il suo sguardo, Emma aveva staccato il rametto più gonfio alla sua portata e gliel'aveva offerto. «Papà,» aveva mormorato inclinando un po' il viso come faceva da piccola farfugliando «ti voglio bene.» Ora che era cresciuta non c'era bisogno che aggiungesse altro. Dentro quel *papà* c'era il grazie per la vita che le aveva dato a Glasgow e l'incondizionata fiducia per quella che stavano iniziando in Italia. Se la rivide minuscola con i suoi mazzolini di trifogli per la mamma e poi a trafficare con le sue piantine e le talee sui davanzali, e realizzò per la prima volta che sua figlia doveva sentire le voci delle piante come il suo bisnonno, e che se si fossero conosciuti si sarebbero intesi alla perfezione.

Svoltarono per una discesa e il sole affidò la valle a quella luce a metà tra la pienezza del giorno appena vissuto e il preludio di una sera tutta da compiersi. Giovanni s'incantò sul rametto di mimosa che teneva sul palmo, alcuni pallini ancora intatti, altri già polvere, finché una folata di vento fresco non glielo soffiò via. Non cercò significati. La vita non era che una sequenza di attimi che si palesavano a taluni in presenza di certe condizioni.

Gillian non era tra questi fortunati, evidentemente, visto che se ne stava ancora impettita a bisbigliare insulti contro il percorso accidentato. La osservava, scoprendola per l'ennesima volta bellissima e insopportabile, e decise che non le avrebbe rivolto la parola almeno fino al giorno dopo. E invece d'impulso le volò accanto. Senza sfiorarla, né dirle una parola, la invitava a dondolare insieme a lui assecondando le scosse del calesse. Perché troppe ruote, e ciocie e zoccoli, aveva conosciuto quello stradino di campagna per accorgersi di una forestiera capricciosa, e troppo corto era il tragitto per percorrerlo col broncio.

Panciallarie prese a fischiettare una canzoncina che gli ricordava una festa sull'aia su cui scrosciò la pioggia e nessuno smise di ballare. Così Giovanni gli andò dietro con la voce, e la musica diventò talmente vera da non poter far altro che seguirla, restando seduti, che importava, bastava prendersi per mano e per la vita, come quella mattina che erano usciti dalla chiesa, con le fedi luccicanti nel solstizio di un'eterna estate. Ma le dita di Gillian sgusciarono via, trasmisero la loro inerzia al busto che in effetti si sciolse, però in singhiozzi. Lui la guardò stupito, smarrito, e rabbioso la scansò. «Basta!» le sibilò nell'orecchio. «Cosa piangi, cosa vuoi...»

Tornato nell'angolo opposto pensò che era finita da un pezzo la loro estate, e lui non se n'era accorto. Del resto anche la mimosa, le forsizie e persino il sole erano alle spalle, e la notte si annunciava senza luna e senza tenerezze.

Il calesse si arrampicò su un tratto di bosco le cui fronde in cima riguadagnavano il sole. In quel punto rallentò appena, scartò su un rettilineo e si mise a correre. Giovanni provò un tuffo al cuore. Era la sua strada, per niente cambiata, con gli aranci e gli ulivi ai lati, Villa Datti da un capo e la scuola dall'altro. Poco più in là riconobbe il sentiero sul quale aveva conosciuto Nevio e ci corse su con gli occhi, riattraversando i momenti che da allora si erano susseguiti fino a renderlo l'uomo che era. Anzi, l'uomo che sarebbe stato.

La libertà, ecco cosa si era conquistato. Si raddrizzò, come se la nuova consapevolezza implicasse una postura più adeguata. Si sentiva improvvisamente, inspiegabilmente, affrancato dal ruolo di responsabile della felicità altrui, alleggerito da quella spinta perpetua a adoperarsi per prevenire e mitigare le situazioni avverse, adattandosi e sacrificandosi, assorbendo le fragilità innocue e quelle infide e cattive, gli individualismi, le parole ingiuste, i traumi non suoi. Magari non gliel'aveva nemmeno assegnato nessuno quel compito, però da qualche parte gli era arrivato, e se pure se lo fosse attribuito da solo, be', non aveva intenzione di provare alcun senso di colpa. Stese le braccia allargandole sulla fiancata del calesse, alzò il viso e respirò grande, una, due, cinque volte, ognuna più profonda della precedente, quasi che in quel petto finalmente aperto i suoi polmoni avessero trovato il loro spazio.

Elena gli si avvicinò.

«Papà? Stai bene?»

Si girò, le sorrise.

«Mai stato meglio.»

Verso la fine del rettilineo Franceschino tese le redini per imboccare il viale e si voltò indietro con una faccia compiaciuta.

«Siete pronti?»

Senza aspettare la risposta schioccò la lingua e incitò i cavalli. Era iniziata l'ultima salita. Pochi minuti, pochi metri e Villa Datti sarebbe apparsa in tutta la sua bellezza. A Giovanni mancava il fiato, le ragazze avrebbero voluto lanciarsi fuori e correre per arrivare prima, e Gillian si girò anche lei, bontà sua, così che Panciallarie potè vedere che quasi quasi sorrideva.

Eccola lì.

Giovanni scese dal calesse e rimase a fissarla immobile. Era invecchiata, col muro crepato e macchiato, le persiane penzolanti con le stecche sgangherate, i coppi in disordine sul tetto, il giardino senza erba e i vasi senza fiori. Però era sempre la casa più bella che avesse mai visto, la sua casa, anche se adesso apparteneva a un altro, anche se il nonno non ce l'aveva fatta ad aspettarlo e perciò il notaio aveva dato esecuzione al testamento.

Alzò il braccio per fermare Franceschino e Panciallarie, che già scaricavano le valigie per portarle dentro. Ma il portoncino cigolò e lentamente ci comparivano davanti due persone. Un uomo e una donna, lei che sorreggeva lui, ed entrambi piangevano e si premevano la mano sulla bocca.

Giovanni non capiva, ma di colpo iniziò a piangere con loro, perché quell'uomo assomigliava al nonno. Sentì i piedi muoversi da soli, come se una calamita lo stesse trascinando lì, e allora non doveva che guardare i dettagli a mano a mano che si rivelavano. La giacca pizzicosa in cui si era rifugiato il giorno della partenza, gli scarponi usati per i giri della proprietà, e gli occhi, i suoi occhi rimpiccioliti e annacquati, eppure ancora vispi. Gli ultimi passi li fece di corsa e finalmente lo abbracciava, ritrovando il suo odore in quel vecchietto tutt'ossa che si era ostinato a campare fino al suo ritorno. «Non ti lascio più» gli sussurrava, e controllava la stretta per paura di romperlo.

A un certo punto dovettero staccarsi, e allora fu la donna a prenderselo fra le braccia. «Amore mio bello... amore mio bello...» ripeteva soffocandolo come quella volta, e pure lei odorava di passato, del casale Montefosco, della nuca di Nevio, delle crostate e delle galline prima di essere strozzate. Solo un attimo prima di sciogliere l'abbraccio gli chiese: «E Nevio?». Lui l'aveva rassicurata: «Nevio sta bene».

Mentì. Non lo sapeva, ma non era proprio una bugia, era una speranza e una certezza, perché Nevio era Nevio, e se la stava cavando di sicuro, ovunque fosse.

Dunque era Ida adesso, a prendersi cura del nonno. Se ne accorse allontanandosi un po' e spostando gli occhi dall'uno all'altro. Colse dei sorrisi strani, mentre le dita nodose si cercavano impazienti e si intrecciavano.

Forse per sfuggire da quello sguardo insistente il nonno indicò con la mano che gli rimaneva libera Gillian e le ragazze.

«Vorrai presentarmele, spero, visto che mi vivranno in casa.»

Giovanni si spostò di lato.

«Lei è Gillian, mia moglie. Non parla benissimo italiano, ma lo capisce. Anche se ogni tanto fa finta...»

Il signor Datti si piegò in un baciamano, poi la squadrò per bene.

«Sei molto bella cara Gillian, ma questo lo sai già. Quello che non sai è che hai bisogno di Villa Datti come lei ne ha di te.»

Lei arrossì e sorrise, e il nonno ammiccò al nipote.

«Questa l'ha capita.»

Ridevano e non si accorsero di Elena che si faceva largo preparandosi a buttargli le braccia al collo.

«Non so come devo chiamarti, nonno, bisnonno, *granpa*...»

Lui si lasciò travolgere e ascoltandola le accarezzava i capelli biondi.

«Be', intanto che lo decidiamo sappi che già ti voglio bene.»

L'aveva spiazzato, gli toccò asciugarsi gli occhi.

«Direi che è valsa proprio la pena sopportare questi maledetti acciacchi per aspettarvi.»

Nel frattempo Elena era finita nella stretta di Ida e ci si crogiolava. Il signor Datti scuoteva la testa frastornato.

«E meno male che ne manca solo una, se no il cuore non avrebbe retto.»

La indicò col dito.

«Vieni... Emma.»

Lei avanzò calma, composta. Gli porse la mano con un piccolo inchino e dopo gli posò due baci delicati sulle guance. Poi si scostò e fece lo stesso con Ida.

Il signor Datti la osservava serio e non diceva niente, e Giovanni si preoccupò che lei ci restasse male.

«Lo sai che Emma cucina molto bene?»

Lui annuì sorridendole, e alla fine, come se avesse terminato di esaminarla, sentenziò.

«Credo che noi due ci intenderemo alla perfezione.»

Entrarono finalmente in casa e salirono le scale tutti dietro al nonno e a Ida, che lo sosteneva avendo cura che non scivolasse sui gradini. Giovanni non riusciva a credere che fossero una coppia. La solitudine e la vecchiaia rendono vulnerabili, pensava, ma quell'intreccio di mani aveva un che di antico... chissà quand'era davvero iniziata.

Gillian lo raggiunse sullo stesso gradino.

«Scusami.»

Non le rispose, ci riprovò.

«Scusami, hai ragione.»

Lui ostentò stanchezza.

«Sì, ho ragione.»

«Mi sono innamorata di te per la prima volta su un gradino, a Greenock.»

Giovanni sospirò. Era bravissima a scombussolarlo.

«Eri venuto a tagliare i capelli a mio padre e poi sulle scale i nostri mignoli si sono sfiorati. Te lo ricordi?»

Ecco, aveva già vinto. Avrebbe voluto stropicciarle quel viso e dirle «accidenti a te, mi farai venire un colpo», fermare quel suo momento di abbandono e baciarla. Ma la scala era finita e Ida stava conducendo il nonno in camera.

«Tanto ci pensi tu, Giovanni, vero? La casa la conosci...»

Prima di salire al secondo piano Giovanni mostrò loro l'enorme cucina e il salone, e una volta usciti sulla terrazza si accorse che Gillian era rimasta indietro. La vide ferma davanti al pianoforte che era stato di sua madre. Si capiva che avrebbe voluto soltanto sedersi e suonarlo, ma in attesa che le fosse dato il permesso si limitava a sfiorarlo con le dita. Terminata la rampa che portava alle altre camere percorsero il lungo il corridoio finché Giovanni si bloccò in corrispondenza di due porte. Le ragazze ci si affacciarono entusiaste mentre lui spiegava.

«Questa era di nonno Edoardo e questa di zia Flaminia. Sono entrambe bellissime, e io saprei già quale assegnarvi, ma lascio a voi la scelta.»

Loro iniziarono a fare avanti e indietro commentando la vista, l'arredo, la grandezza e pure chi ci aveva vissuto. Ne avrebbero avuto per un po', perciò si voltò verso Gillian.

«Cosa devo fare con te?»

Lei aveva di nuovo quei suoi occhi trasparenti. Occhi che c'era da giurarci non nascondevano ombre, e ora che si stringevano sorridenti diventavano anche incredibilmente buoni.

Gli prese la mano.

«Devi mostrarmi dove dormiremo... tardi, molto tardi.»

Ma mentre proseguivano verso la camera che era stata dei suoi genitori lei all'improvviso rallentò.

«C'è un'altra cosa che dovresti fare. Portami da un dottore, Gio, uno che capisca cosa non va nella mia testa. Sono stanca anch'io di come sono.»

43

Nevio entrò nella pancia del traghetto con la sua Aston Martin International coupé grigio scuro, con una sensazione di compiutezza mai provata prima. Non per gli occhi che seguivano con ammirazione l'automobile, ma per l'entità della vita che si portava dietro. Si sentiva in pace, in equilibrio, e consapevole di essere arrivato a una scelta che si sarebbe rivelata giusta, e che se pure non lo fosse stata meritava quella chance soltanto per l'emozione che gli procurava.

Seguì il marinaio verso lo spazio dedicato e sobbalzò nel ritrovarsi parcheggiato accanto a una Rolls Royce Phantom II Sport Tourer, verde, anche l'interno, capote nera. Un essere magnifico. Chissà di chi era e dove andava. Continuava a guardarla alternando la deferenza alla venerazione, e chiedendosi come si potesse abbandonarla lì da sola durante il viaggio. E intanto si apprestava a lasciare la sua, con dentro tutti i bagagli tranne una valigia, di pelle e non più cartone, che conteneva i passaggi della sua vita. Il biglietto con su scritto *Sig. Tony – Argyle St.*, il contratto di acquisto del Café Ida, lui e Giovanni in uno schizzo di Lucita, le fotografie del garage di Brooklands, con le sue porte azzurre e il suo primo marchio dipinto sopra, e quel che restava del lapis di Luigi.

La sua quota della Venturing Cars Ltd. si era tramutata

in un rotolo di contanti che custodiva in tasca e in un foglio di trasferimento dei fondi su un conto corrente aperto presso la Banca Commerciale Italiana, tramite la sua filiale di Londra.

Camminando verso il ponte si guardava intorno, curioso di incrociare il proprietario della Rolls Royce. Doveva essere una specie di sir Paul, presumibilmente più anziano ma con velleità sportive ancora parecchio vivaci. Un tipo gagliardo, insomma, con cui avrebbe volentieri chiacchierato fino a Le Havre. Però non lo incontrò. Finì invischiato invece in una conversazione sull'avvistamento giusto il giorno prima di una megattera nel canale, e trascinato al parapetto da chi sperava si mostrasse un'altra volta. Perciò tardò a tornare all'automobile, e quando finalmente ci arrivò, la Rolls era andata via.

44

Fino al giorno prima di partire per la Scozia Giovanni non aveva mai nutrito alcun dubbio sul suo futuro. A dispetto delle altre possibilità che gli illustrava il padre, dalla professione di veterinario a quella dell'avvocato, lui in realtà pensava che delle proprietà dei Datti si sarebbe dovuto occupare, che gli piacessero le piante oppure no. Sradicata quella prospettiva, nella quale era inclusa la prosecuzione della scuola, non aveva potuto che fare al meglio il mestiere che gli era capitato, e cioè quello del barbiere.

Ora, di nuovo a Roccasecca, dopo un periodo di smarrimento e di lunghe chiacchierate con il nonno, capì che si sarebbe sentito più a suo agio nel continuare con la sua attività. Considerandosi ormai adulto non riteneva fosse utile a nessuno, tanto meno a se stesso, ricominciare da zero. Non negava che a rafforzare questo orientamento aveva contribuito l'entusiasmo di Emma per ogni singola mansione che riguardava l'attività dei Datti, e la conseguente esaltazione del nonno nello scoprire che almeno nella progenie un seme aveva attecchito, e che la loro terra non sarebbe stata abbandonata.

Giovanni aveva quindi ricevuto dal nonno gli auguri e un locale da convertire in negozio, e una mattina presto, come al suo solito, camminava per le stradine di Roccasecca per andarlo ad aprire.

«Finalmente!»

Si accorse solo in quel momento della donna seduta su un gradino a sgranare piselli. Aveva lunghe ciocche un tempo nere annodate dietro la nuca e un bel viso su un corpo maltrattato e malvestito.

«So' cuntenta che si' turnate.»

Giovanni si tenne a debita distanza.

«Perché, chi sei?»

«Non mi riconosci?»

Aveva in realtà qualcosa di familiare che tuttavia non avrebbe saputo collegare ad alcunché.

Lei scrollò le spalle.

«E vabbuò, eravamo piccoli, al casale Montefosco.»

Non ricordava che Nevio avesse altre sorelle oltre Marietta, perciò rimase in un perplesso silenzio.

«Sono Zelinda, Giova'.»

Lui sobbalzò.

«Zelinda?»

Era sorpreso e intimorito, e non sapeva che dire. Lei abbassò la testa sul grembiule.

«Non ti preoccupare, non ti faccio niente.»

Aveva affondato una mano nel mucchio di bucce e rovistava in cerca di baccelli da scartare.

«Le comari parlano e parlano... e distruggono la gente. È di loro che dovresti avere paura.»

A Giovanni iniziarono a montare i ricordi.

«Raccontavano che avevi fatturato a morte tua madre, mentre nascevi, addirittura.»

«E secondo te se ero così potente stavo in questa condizione? Potente ma scimunita proprio!»

Lui fece un mezzo sorriso, che lei ricambiò.

«Te paio nu diavole?»

«No, però lui sa camuffarsi bene.»

«Sì, sì...»

«Seminavi il terrore. Nevio fu l'unico che cercò di aiutarti.»

«Eh, ma Nevio è speciale... Quello fa innamorare tutti. Pure a te.»

Giovanni deglutì e lei rise.

«E non si fa mica acchiappare. Quando sembra che l'hai preso se ne sguiscia via.»

Ma lui restava sospettoso.

«Che è successo a tua madre?»

«È muort' 'e parto, come la tua. Ma almeno tu la madre ce l'hai avuta... Io sono nata orfana e bastarda, e se non mettevo paura ero muort' pur'ie. È brutto non essere voluti, Giova'.»

Non avendo mai provato questa sensazione potè a mostrarle soltanto una maldestra comprensione.

«Mi è piaciuto spaventare la gente, mi sono vendicata assai. Ma mo' sono stanca, e tengo un figlio che non c'ha colpe. Di me non m'importa, ma a lui per favore non lo scansà... Aiutalo Giova', che io aiuto il tuo destino.»

«Non ti sopravvalutare, cosa vuoi da me?»

«Prenditelo in famiglia a sto vuaglione... che in fondo è pure tuo nipote.»

«Ma quale nipote! Chi vuoi imbrogliare?»

Zelinda lo afferrò per un braccio e lo tirò giù, estrasse da una tasca uno specchietto rotto, gli cinse il collo e appiccicò la guancia alla sua.

«Guarda qua.»

Lui fissò i due volti vicini ed ebbe un sussulto. C'era qualcosa, una sensazione che non riusciva a spiegare. Lei si girò trionfante e lo specchio gli rivelò il profilo del padre, il suo sorriso, perfino, con quelle rughette come due virgole. Si sentì avvampare, ma continuò a contemplare la scena là dentro come se si trattasse di qualcun altro. Era come ipnotizzato. Quando si riprese e si vide per davvero nello specchio era troppo tardi, la bocca di Zelinda non sorrideva più. Ora, umida e carnosa, assaggiava la sua.

Giovanni saltò in piedi sfregandosi il polso sulle labbra.

«Ma che ti prende!... Tu non sei una strega, sei pazza.»

Si buttò giù per la discesa, spazzolando via, come fossero contaminate, le bucce di piselli che gli si erano attaccate sulla giacca. Mentre lei gli strillava dietro l'ultimo avvertimento.

«Il passato torna sempre Giova'... e ricasca sugli altri.»

«E così eccoti di nuovo... Francia.»

A Nevio sembrò opportuno salutarla ad alta voce, seppure in italiano perché delle parole francesi che aveva imparato se ne ricordava ben poche. L'avrebbe ripercorsa tutta, a tratti in parallelo con la ferrovia, in altri con la Senna, come adesso che si affacciava dal ponte, meravigliato da quanto fosse più grande del Clyde.

Il traghetto aveva fatto ritardo e quindi il viaggio sarebbe stato più lungo, ma non gli importava. Seduto su un sedile comodo e libero di decidere quando e dove fermarsi era in una condizione di privilegio che a dodici anni, pigiato nell'ennesimo puzzolente treno, non avrebbe neanche lontanamente potuto immaginare. Al momento la sola preoccupazione che lo affliggeva consisteva nel doversi ricordare che il senso di marcia era diverso.

Il tratto da Heudebouville a Champenard era un nastro srotolato su cui scivolare. L'Aston Martin a briglia sciolta era uno spettacolo, e sorpassava e sorpassava, finché un motore iniziò a incalzarla come fossero a Brooklands. Nevio non ebbe il tempo di scorgere nello specchietto la Rolls Royce che lo superò per sfrecciare oltre. Riuscì solo a riconoscerla, quella magnifica Phantom verde imbarcata a Portsmouth, e battè il palmo sul volante esclamando: «Vola! Sei tu la regina della strada!». E infatti lei aveva già passato camion, carri e automobili e si era volatilizzata. Riconoscendo al tipo gagliardo che la guidava un'abilità notevolissima, si ringalluzzì anche lui, e pigiò sull'acceleratore vagheggiando di riprenderlo.

Quando una trentina di chilometri più avanti intravide una sagoma ferma sul ciglio della strada non pensò che potesse essere la Rolls. Man mano che avanzava, l'auto si definiva nella forma e nel colore, e tuttavia gli sembrò un miraggio. Avvolta in una nuvola di polvere striata di sole era uguale alle allucinazioni che si dicevano del deserto. Ma quella era la Francia, e la Rolls aveva Phantom soltanto nel nome.

Era ancora solitaria, però, come sul traghetto. Forse il vegliardo si era sentito male e aveva fatto giusto in tempo ad accostare. Così Nevio rallentò per bloccarsi qualche metro dietro, proprio mentre lo sportello si apriva e ne usciva una donna. Nevio sgranò gli occhi. Non era mica la prima che vedeva alla guida, per carità, aveva perfino conosciuto una pilota, ma dal momento in cui si era imbarcato a Portsmouth si era immaginato un uomo, e adesso si doveva abituare. Le andò incontro pensando che aveva ancora le maniche della camicia arrotolate e che non si era infilato la giacca. Forse avrebbe dovuto, ma pazienza. Del resto, a dispetto dell'automobile, anche lei aveva una mise piuttosto sportiva, con pantaloni in tweed e una blusa che le segnava il punto vita.

«Buongiorno miss...»

Si toccò nervosamente il ciuffo, che stupido, sarebbe stato meglio *madame* o *mademoiselle*.

Lei si ravviò i capelli rifilandogli un'espressione infastidita.

«Ah.»

Come a dire: "Sì, sì, ti ho visto, inutile uomo che della tua Aston Martin conosci a malapena il volante".

Nevio afferrò il messaggio, ma non gli diede peso.

«*Ah* in francese o in inglese?»

Lei allargò le braccia stizzita.

«*Bonjour a vous!*»

D'accordo, era francese, e arrabbiata. Le restituì un'occhiata gentile.

«Che è successo?»

Lei scosse la testa, lui agitò un po' impacciato le braccia. Cercava un modo inoffensivo per dirle quello che pensava e, non riuscendo a trovarlo, glielo disse e basta.

«Non è che per caso è rimasta a secco... A quella velocità la fanciulla beve parecchio...»

Lo squadrò il tempo che bastava a catalogarlo come un bell'uomo che purtroppo era scemo.

«Certo che no.»

«Era così per... È che a volte non si considera l'ipotesi più banale.»

Serrò la mandibola. *E no, che diamine... Sentirmi a disagio al cospetto di un'automobile da riparare? Ma scherziamo?* Se la prendeva con se stesso e con un sasso che gli pungeva la suola. Ma grazie al cielo la testa gli riprese a funzionare.

«Montando lo stesso motore della Phantom I escluderei un problema ai cilindri o alle valvole.»

Si girò verso l'automobile proseguendo i ragionamenti ad alta voce.

«Se il monoblocco avesse accusato un calo di potenza... no, per scendere da 2.300 giri a zero avrebbe impiegato più strada. Altrimenti le sospe...»

Lo interruppe, senza supponenza.

«Le sospensioni sono montate a balestra semiellittica sull'avantreno e anche sul retrotreno. Non ho rilevato alterazioni. Così come per l'impianto frenante, che è rimasto servoassistito sulle quattro ruote.»

Nevio l'ascoltava come se si trattasse di Darren al rientro da una prova. Si affacciò nell'abitacolo più per abitudine che per necessità.

«Il cambio?»

«Nel cambio ho registrato una sensibilità sulla retromarcia facendo manovra al porto, per il resto nulla. Pistoni direi a posto.»

Non avendo il permesso di ispezionare, non ancora, si infilò le mani in tasca e si voltò a guardarla.

«Be', con una corsa di 139,7 e un alesaggio di 107,9... questo tipo di sterrato probabilmente non le si addice.»

Gli rispose con una smorfia ironica.

«Perché, in Inghilterra lo sterrato lo macinate a mano?»

Nevio l'avvolse in uno di quei suoi sorrisi e, senza badare all'effetto che le aveva fatto, accennò col mento alla sua Aston Martin.

«Ho con me gli attrezzi. Se me lo consentite ci do un'occhiata.»

Invece era proprio colpa di una valvola, e ci aveva messo un attimo a scovarla.

«Era il primo problema che avevo escluso... dimenticando che alle automobili piace stupirci.»

A lei non importava nulla che si fosse sbagliato e sospirava sollevata.

«Mi hai appena salvato la reputazione, e di conseguenza il lavoro. Grazie...»

Poco dopo, richiuso tutto e riposti gli strumenti nella sacca, la scrutò incuriosito.

«Che tipo di lavoro, se te lo posso chiedere?»

«Sono una specie di procacciatrice di automobili di lusso per clienti che non hanno il tempo o la voglia di scoprirle, di occuparsi del contratto, né tanto meno di andarle a ritirare. Il pacchetto più completo include le lezioni di guida alle mogli. A loro no, non ammetterebbero mai di averne bisogno. Un mestiere strano, vero?»

Nevio scosse la testa stupito.

«Per niente.»

«Mio padre lavorava per un produttore di seta a Lione, e negli ultimi anni gli faceva da chauffeur. Come vedi il lusso e i motori li ho sempre sfiorati... È lui che mi ha insegnato a guidare, su quelle prime Ford, te le ricordi?, ma senza rendersene conto mi educava all'indipendenza. Sono stata pilota per un paio d'anni in corse minori, ma non ha funzionato, cioè, io non ho funzionato. Però in quel periodo sono nate delle belle amicizie, soprattutto con dei progettisti. Non che mi rivelassero nulla, il segreto industriale vige pure tra i parenti, ci mancherebbe altro, ma almeno ero subito informata dei modelli in uscita. Poi un giorno mi sono offerta di consegnare una Maserati e da lì è iniziata. Se adesso ho tanto lavoro lo devo al passaparola, ma soprattutto alle regole che mi sono sempre imposta. Il servizio impeccabile è fra queste. Che l'automobile non lo sia non lo considero nemmeno. Ecco perché in un colpo solo hai salvato la mia reputazione.»

Rapito dalla sua storia e da come la raccontava, Nevio cercava istintivamente in tasca il solito straccio per pulirsi le mani. Gliene porse uno lei, con naturalezza. Chissà da dove l'aveva tirato fuori.

Era immacolato, aveva il suo profumo. Se lo passò con delicatezza nell'incavo delle dita per paura di sciuparlo. A malincuore glielo restituì.

«Grazie.»

Lei lo ripiegò alla meglio e lo fece sparire nella tasca posteriore dei pantaloni. Nevio riconobbe il gesto spiccio, solo un filo più aggraziato, di chi è abituato a maneggiare le automobili e non ha tempo di badare alle macchie che ti lasciano addosso. Era ammirato, ma constatava che lei adesso possedeva un pezzo di stoffa toccato da entrambi e lui no. Il pensiero lo agitò. E se ora gli avesse detto: "Grazie a te, riprendo il viaggio", sparendo pure lei come quella pezza senza lasciargli neanche un lembo della sua presenza? Doveva dirle qualcosa di interessante per trattenerla. Però cosa. Non sapeva niente della Francia, se non che ci si era fermato da ragazzino perché suo fratello si era preso il tifo. Ma non gli parve romantico rivangare le petecchie. La vide lanciare un'occhiata alla Rolls, come a tranquillizzarla, *ora si va*, e annaspò.

«Io vengo da Glasgow, anzi Brooklands, e anche Manchester, Portsmouth.»

Che idiota, aveva sciorinato tutti quei posti per farsi bello. Una sciocchezza parlare di sé invece di chiedere di lei. Si preparò agli inesorabili saluti.

Invece lei sorrise.

«E io mi sono goduta per un paio di mesi la mia casetta a Edimburgo.»

Nevio si rianimò.

«Edimburgo... l'ho mancata per un soffio.»

Non specificò la cosa delle frecce disegnate e cancellate.

Lei lo guardò sorpresa.

«Davvero? Be', non posso descrivertela, devi trovare il modo di andarci.»

Intanto accennava col mento alla Rolls.

«E poi ho ritirato la bambina nel Derbyshire.»

Guardavano entrambi l'automobile come fosse davvero una bambina.

«Mi ritengo molto fortunata. Non ho alcun interesse a possedere questi gioielli, mi basta poterli guidare.» Poi si girò verso la Rolls con un moto d'affetto.

«Non fraintendermi, voglio bene a queste creature e separarmene mi dispiace. Però se le lascio a quei proprietari che ne avranno cura allo stesso modo, allora sono contenta.»

Parlava di sentimenti che gli appartenevano, l'avrebbe ascoltata per ore.

«E a questa Rolls che destino toccherà?»

«Poverina, temo che passerà gran parte del suo tempo chiusa in un garage sotto un piumino da polvere e una coperta.»

«La forma sbagliata dell'amore. E dove si trova questo sciagurato?»

«A Montlhéry, non troppo lontano da qui.»

Nevio lanciò un'occhiata al cielo. Era pomeriggio avanzato, a breve avrebbe fatto buio.

«Non è che nel garage ci chiude pure te?»

Lei rise.

«Impossibile, prima che cali la notte sarò al sicuro nella mia locanda.»

«E domani? Dove andrai?»

«A Parigi, per contrattare due limousine Panhard&Le-

vassor e ritirarne un'altra da consegnare a Vielsalm, in Belgio. È un posto magico, e dormirò in un castello...»

Lui respirò a fondo.

«Be', con un castellano non posso competere, ma se me lo permetti vorrei scortarti fino a Montlhéry.»

Per un attimo lo sguardo le sfuggì lontano. Allora ci riprovò, più leggero.

«Non sono mica uno sconosciuto che hai incontrato per strada.»

Spostò di nuovo gli occhi su di lui, era di nuovo tranquilla.

«Lo so.»

Gli tese la mano, era decisa come la sua voce.

«Sabine.»

Lui gliela tenne stretta.

«Nevio.»

«È stato un vero piacere di conoscerti Neviò.»

Neviò l'aveva chiamato...

Con la mano ancora nella sua, lo scrutava.

«Che c'è?»

Gliel'aveva chiesto con dolcezza.

«Niente... è bello come hai pronunciato il mio nome.»

Sabine sorrise.

«D'accordo, accetto.»

«E no, hai saltato un passaggio, dovevo prima mettermi in ginocchio. Riproviamo.»

Lei rideva.

«Per ora accetto la scorta. Anche se mi toccherà andare piano, se no non riesci a starmi dietro. E...»

Era imbarazzata.

«E?»

«Neviò... questo non significa niente.»

Guidarono per un'ora e mezza e si fermarono davanti a un grande cancello. Lei non scese, perciò la raggiunse, si chinò sul finestrino.

«Allora mi raccomando, intasca i soldi e scappa.»

La fece ridere. Lui invece si stava agitando. Si raddrizzò, le mani in tasca, le scarpe a cercare un sasso. Le parlò tentando di dissimulare il fiatone.

«Quindi per rivederti dovrei ordinare un'automobile. Cioè, non invitarti a pranzo oppure a una gita come le persone normali.»

Sabine scoppiò di nuovo a ridere. Che lo stesse incoraggiando o meno, Nevio pensò che a quel punto non aveva nulla da perdere.

«In effetti la Aston Martin mi ha stancato, saranno almeno tre o quattro minuti che non ne tollero il rumore. Anche da spenta, pensa. Credo che opterò per una limousine, magari una Panhard&Levassor. Da consegnare con urgenza, però.»

Le allungò un biglietto.

«Qui.»

L'aveva preparato prima, scrivendoci sopra pure il cognome e nell'ordine Castrocielo, Frosinone e Roma. Ecco, adesso lei avrebbe avuto tutto e lui invece soltanto Sabine, Francia. Sospirò. Almeno l'aveva letto, e se l'era messo in tasca.

Il cancello emise un cigolio. Un domestico stava tirando verso l'interno il primo battente, mentre un tipo vestito di tutto punto accorreva lungo il viale. Tempo scaduto. Nevio si sporse appena oltre il confine del finestrino, serio, com'era lei.

«*Finalement mademoiselle Sabine! J'étais inquiète!... Que s'est-il passé?*»

Più la voce del tipo si avvicinava più risuonava in lontananza.

Sabine gli posò un dito sulla tempia.

«Ma come mi vai in giro... con le macchie di grasso.»

E ci sfregò un po' sopra con delicatezza, mentre lui immobile la lasciava fare. Quando ebbe finito le prese la mano e posò le labbra dove si era sporcata.

«*Allée dedans mademoiselle! On vous attends!*»

Si guardavano e non lo sentivano. Avevano gli occhi umidi e sorridevano.

Immaginarla correre in giro per l'Europa da sola non gli piaceva per niente.

«Vai piano.»

Lei annuì, ubbidiente, responsabile.

E su un bacio veloce scoprirono che nello stesso istante ci si poteva innamorare di uno sconosciuto e dirgli: «Ci vediamo a casa».

Aspettò che la Rolls varcasse il cancello, si fermasse per far salire il nuovo proprietario e proseguisse verso l'infido garage.

L'Aston Martin si mise in moto al primo colpo e respirò silenziosa insieme a lui finché le luci di Parigi non affiorarono all'orizzonte. Tirarono dritto, fanali e occhi puntati sulla Francia che restava da attraversare, e dopo chi lo sa.

All'altezza di Digione si distrasse per un attimo dal pensiero di Sabine e diede un paio di colpetti al cruscotto.

«Lo sai, vero, che mica ti do via.»

Dormì di tanto in tanto sul sedile, quel che bastava a tenersi sveglio, e arrivò a Castrocielo la notte del giorno dopo.

Qualcuno in casa Montefosco sentì l'automobile parcheggiarsi nell'aia, spalancò la porta e corse giù. E lui si ritrovò intrappolato nell'abbraccio di una donna che non riconosceva, eppure era Marietta, tutta diversa dalla ragazza che aveva cristallizzato in un'immagine di trent'anni fa. La voce era l'unico appiglio che restava, seppure colta a tratti, farfugliante tra un singhiozzo e l'altro. Piangeva anche lui. Troppo forte l'emozione di riavere la famiglia, anche se ne era rimasta così poca. Suo padre, Primo, Attilio e Luigi non ci sarebbero stati. «E Mizio?» le chiedeva, e mentre la guardava gli pareva uguale alla madre. Che peccato non trovarla lì, la mamma, l'importante però era sapere che l'avrebbe rivista l'indomani. Dietro di loro intanto si era formata una piccola folla che attendeva composta.

C'erano il cognato e cinque nipoti di tutte le altezze che fissavano un po' loro e un po' l'automobile. Poi finalmente, quando iniziarono ad avvicinarsi, Nevio se li abbracciò uno dopo l'altro, chiedendo nomi, scompigliando capelli e prendendosi in braccio i più piccoli. Per ultimo salutò il cognato, il bambino taciturno che aiutava il maniscalco, e solo allora si accorse della presenza di un altro uomo, fermo sulle scale a osservare la scena. Nevio posò lentamente a terra il nipotino. Era così che se lo ricordava suo fratello, un ometto di quattro anni che impilava le arance nei cesti e insisteva per andare con lui a pascolare le pecore. Si spostò verso di lui.

«Mizio...»

Lui non schiodava dalla scala e lo fissava impassibile maneggiando una sigaretta. Nevio si muoveva piano, come con gli animali cui si fa credere di non volerli prendere.

Ora l'aveva accesa e aspirava ingoiando tutto il fumo.

«Te ne sei partito felice come se andassi a una festa.»

Un'altra lunga boccata, mentre Nevio tentava di recuperare la memoria di quella mattina. Attilio davanti, Luigi con la valigia sulla testa, e lui che in effetti si sentiva protagonista di un'incredibile avventura.

Anche Mizio stava rivivendo quel momento, il suo viso era contratto, le labbra malferme.

«E di me che ti seguivo non ti sei accorto... perché non ti sei più voltato indietro.»

Gli gettò addosso quell'immagine senza cattiveria, ma ugualmente fu per Nevio un pugno nello stomaco. Il ricordo di Mizio era vero e disgraziatamente non combaciava col suo, che lasciando il casale non aveva provato struggimento ma un'eccitazione che gli aveva fatto iniziare il viaggio già lì, a pochi metri da casa. E perciò, di ciò che accadeva dietro, in quel tratto che ormai considerava passato, non aveva visto niente.

Mizio schiacciò a terra la cicca ormai tutta consumata.

«Ecco, te l'ho detto Ne', come ti ho pensato tutti questi

anni. Veramente vi ho odiato tutti e tre, pure Attilio quand'è morto, e Luigi, e te che ogni cosa che facevi ti andava bene. E mo' che ti vedo però... mannaggia...»

Deglutiva e non riusciva a parlare, e a Nevio non andava tanto meglio. Prostrato dal senso di colpa fece un altro passo verso di lui.

«Ti sembravo grande e invece ero un bambino anch'io, con gli occhi uguali ai tuoi, fatti per guardare avanti, e non intorno, tanto meno indietro. Ma forse è proprio quella prospettiva un po' egoista che ci dà la forza di crescere sulla nostra strada, e non su quella di altri. Anche se questi altri sono la nostra famiglia. Però ero più grande di te, e per non averti visto, e non aver capito, ti chiedo scusa.»

Visto che da quel gradino Mizio non scendeva, per conquistarsi l'abbraccio più importante di quella notte ci salì pure lui.

Dopo crollò in un letto arrangiato e si svegliò prima dell'alba al suono dei soliti rumori. Ancora frastornato dal viaggio inzuppava il pane nella tazza di latte come aveva sempre fatto, pensando a sua madre, e al migliaio di cose da dirle che gli rimbalzavano in testa in ordine sparso. E improvvisamente non voleva più aspettare.

«Chi la porta? Quando arriva? Meno male che è domenica, almeno ha la giornata libera.»

Marietta lo guardava con un'aria furbetta che non riusciva a decifrare.

«Che è?»

«Niente, Ne'.»

«Comunque domani mamma torna a casa, ci parlo io col signor Datti.»

«Sì, sì...»

«Ma ci dovevo venire io dalla Scozia per farla smettere di lavorare?»

«Col signor Datti ci puoi parlare stamattina, che giusto giusto ti aspetta.»

«A me.»

«Eh, a te. Così ci trovi pure mamma e le dici che te la vuoi portare via su quella bella Astòn che ti si cumprato. Però chi lo sa cosa ti risponde.»

E ridacchiava.

«Marie', bisogna che ci facciamo qualche chiacchiera con calma perché non ti vedo tanto bene.»

«Uh, stasera ne avremo assai e assai da chiacchierare.»

Dopo mezz'ora era lavato e sbarbato, e «bellissimo come un attore», aveva mormorato Marietta premendosi le mani sulle guance, si era rinfilato nella sua Aston.

Guidare su quella strada faceva un certo effetto. Si rivide quando ci arrancava sopra col portapecora caricato sulle spalle, o mentre lavorava nei campi a destra e pure in quelli a sinistra, con Giovanni che veniva nel suo ruolo di *erede*, per poi invece diventare uno che gli voleva bene, e dopo, per la tragedia della piccola, finire in niente. Imboccò il viale, e il cuore bussava così forte che se non gli avesse aperto se ne sarebbe uscito fuori da solo.

Era ancora più bella Villa Datti, stracolma di piante e di fiori, le facciate rilucenti con le persiane dipinte di fresco, il pergolato e i divanetti in ferro battuto, l'erba tagliata all'inglese. Il tutto avvolto in un profumo che mescolava zagare e ragù, col pianoforte che risuonava oltre il salone, come se ci fosse ancora Maria Pia, la moglie triste del *principe* che rifiutando la terra era morto per mare.

Aveva lasciato l'automobile un po' indietro e aveva proseguito a piedi. Era lì per rivedere lei e non per ostentare.

Ida era già fuori che lo aspettava. E nel momento stesso in cui lo scorse iniziò a correre, comandando al suo corpo stanco di non farle proprio ora lo scherzo di restare indietro. Nevio aveva cercato di prepararsi a ciò che avrebbe visto, eppure accettarla in quella nuova forma era davvero dura. Ma quando se la strinse addosso, anche se si era rimpicciolita da non arrivargli al petto, la ritrovò. E i pensieri che si era appuntato in testa svanirono per lasciare tutto lo spazio alla prima parola che si pronuncia nella vita e che fino alla fine preserva integro il suo senso.

Il signor Datti comparve guardandoli come se di quel nucleo fosse parte. Ida gli fece spazio e lui ci entrò con l'urgenza di chi non ha altre occasioni da perdere e nemmeno più freni che possano condizionare. «Sono così orgoglioso di te» gli diceva, e lo abbracciava un po' goffo, lui, il padrone, arricciandogli la mano sulla spalla come a cercare sotto quella giacca adulta un rimasuglio di ciò che aveva perduto nel passato. Nevio l'aveva conosciuto quand'era forte e a suo modo appassionato, e gli sembrava impossibile percepirlo tanto fragile. Poi, con la stessa fretta si staccò e recuperò il posto che ormai considerava suo, accanto a Ida. Di quel legame che si era creato Nevio non ci capiva niente, però chissà perché non se ne stupiva, anzi, si sentiva contagiato da una sorta di contentezza. Pensò che a un certo punto gli era stata offerta una terza vita, e loro se l'erano semplicemente presa.

Non avrebbe detto a sua madre del suo piano di portarla via, perché era evidente che era lì che voleva stare. Ma più tardi le avrebbe chiesto di Niccolò Datti e di suo padre, perché nel rispetto del ruolo e dell'età, e delle dinamiche complesse con cui a ogni famiglia tocca prima o poi fare i conti, qualcosa glielo doveva spiegare.

Del sospetto che gli si era appena acceso dentro forse Marietta non era a conoscenza, ma di certo sapeva dell'altra sorpresa che lo attendeva, e che gli stava venendo incontro titubante, quasi fosse impegnato a studiare la propria reazione ancor prima della sua.

Nel frattempo si interruppe il suono del pianoforte e Nevio notò due ragazze che correvano a sporgersi dalla terrazza, mentre una bellissima donna che conosceva si apprestava a osservare restando indietro.

L'abbraccio fra Giovanni e Nevio fu l'unico mancato. Troppo pubblico e troppe cose non dette si frapponevano fra loro. Si strinsero la mano più a lungo del dovuto e la tensione parve smorzarsi in qualche prova di sorriso che faceva ben sperare.

Si dettero appuntamento per il giorno dopo, come due clandestini, nel sentiero che portava alla quercia, per parlare. E dopo se ne diedero un altro, e un altro, perché molto si dovevano raccontare.

Bastarono un paio di settimane per rivederli insieme alla festa nell'aia dei Montefosco. Solo che allora giravano sbirciando i grandi e ballando scomposti per piacere alle bambine. E adesso invece se ne stavano appoggiati alla parete con un bicchiere di vino come a suo tempo avevano fatto Domenico e Niccolò, a guardare i giovani che al suono di un organetto scoprivano gli anomali percorsi che può compiere l'amore. Giovanni e Nevio, come pure Ida e Niccolò che assistevano da una panchina più distante, qualche sorte la intravedevano già, augurandosi che in qualche caso si avverasse e in altri no.

La serata era perfetta, le salsicce rosolavano e i fiaschi vuoti si accumulavano sotto il tavolo. Giovanni non reggeva granché il vino e proprio per questo gli faceva un gran bene. Rimasto solo sul suo pezzetto di parete Nevio lo osservava. C'era da sbalordirsi a vederlo ballare spensierato con la sua Gillian, ancora così bella, e pure sorridente com'era stata soltanto il giorno delle nozze. Perfino Ida e Niccolò si erano alzati, e accennavano passi sul posto ricreando l'ebbrezza della mazurka nella loro testa. Elena ed Emma stavano imparando, una copiava i passi di un'amica e l'altra li sperimentava con Mizio.

Nevio invece non si era più spostato da lì. Fumava una sigaretta chiedendosi se quel tipo di vita interpretasse la felicità nella sua forma più completa. La condivisione, ora gioiosa, non era sempre facile, ma rendeva l'esistenza più piena, e magari il segreto era tutto lì.

Per adesso sentiva un po' di fatica nell'essere balzato da un estremo a un altro, dal suono assordante dei motori che vibra nello stomaco a quello di un tamburello. A Brooklands non aveva mai avuto il tempo di pensare se fosse felice. Sfiancato dalla competizione che aveva ingaggiato con se stesso ancor prima che con gli avversari, non c'era giorno in cui non dovesse tentare di valicare il limite per inseguire un'inafferrabile perfezione. Ripensando a freddo a tutti quegli anni in Scozia poteva ravvisare la felicità nei momenti in cui era riuscito in qualche intento, che fosse aggiustare le due sorbettiere di Tony o lavorare tutta la notte a un'automobile e vederla passare per prima sotto la bandiera a scacchi.

La mazurka era finita e Giovanni corse a riprendersi la sua porzione di parete accanto a lui. Col fiatone e i pomelli rossi gli chiese una sigaretta, e se la godeva senza accorgersi che Pietro Montefosco, il nipote mascalzone di cui gli aveva raccontato Nevio, faceva il suo tronfio ingresso nell'aia, salutando qua e là ma puntando una ragazza, e quella ragazza era Emma.

Non appena lo vide se la prese con Nevio.

«Ma come, l'avete invitato?»

Nevio era furioso.

«A me lo vieni a dire...»

E già raggiungeva Pietro, cogliendolo alle spalle un secondo prima che intercettasse Emma.

«Che ci fai qui?»

Lui si girò rivolgendogli un sorriso che sembrava sincero, e quasi quasi lo voleva abbracciare.

«Zio Nevio!»

Lui allungò una mano per tenerlo a distanza.

«Ti ho chiesto cosa ci fai qui.»

Pietro cambiò di colpo espressione, assumendo quella arrogante che aveva imparato dalla madre.

«A zia Marietta che ci ha invitato devi chiederlo, mica a me.»

Ed ecco Antonia, che subito gli veniva in soccorso. Pure lei gli elargì uno sguardo sorpreso ed estasiato.

«Che gioia! Solo Dio sa quanto ci sei mancato Ne'... E i guai, i guai che abbiamo passato, povero Pietro mio, braccato dalla polizia come se fosse colpevole. E che altro potevamo fare se non scappare qui? Che se non era per Marietta poi... Santa donna cui sarò grata finché campo, per come ci ha accolto e ci ha aiutato a sistemarci.»

Nevio la fissava chiudendo così forte il pugno da conficcarsi le unghie nel palmo e ingoiava respiri cercando di restare calmo.

Tutta imbellettata, con un vestito sconveniente per la sua età, Antonia pensava di piacergli tanto quanto si piaceva lei, e acquistava sicurezza. Si tamponò un'inesistente traccia di commozione, e accennando col mento all'organetto che dava il via a una polka, gli sorrise.

«Che dici Ne', dopo tanta fatica non ce lo meritiamo un ballo?»

Lui la prese per una spalla e gliela storse verso il vialetto e lo stesso fece con Pietro. Li spinse fuori dalla festa attraversandola per lungo, tra le facce meravigliate che si scostavano di lato, liquidando quella esterrefatta di Marietta con un «te lo spiego dopo». Li mollò quando intorno a loro restò soltanto la luce silenziosa della luna piena.

«Non azzardatevi mai più a farvi vedere a casa nostra.»

Antonia si lamentava a testa bassa massaggiandosi la spalla. Giusto qualche secondo, e poi lo sfidò, sprezzante.

«È pure di Luigi quella casa. Siamo parenti noialtri, mi pare che te lo sei dimenticato.»

Pietro la prese dolcemente sottobraccio.

«Stasera è tardi per parlare, ma'. Ci rifaremo.»

Lanciò a Nevio un'occhiata che voleva essere torva e invece rivelava sofferenza, e se la portò via.

Però a Nevio era quel «ci rifaremo» che gli era entrato nel cervello, e con quella minaccia se ne tornò nell'aia, dove constatò che grazie al cielo Antonia e Pietro dovevano essere invisi ai più, perché l'allegria era scoppiata più forte di prima.

Giovanni gli andò subito incontro.

«Sei stato grande! Per rispetto a Marietta non ti stanno applaudendo, ma sappi che sono tutti con te.»

Nevio gli strinse il braccio riconoscente.

«Stasera li abbiamo cacciati, ma quelli, Giova'... le cose che vogliono se le prendono da soli.»

Giovanni cercò istintivamente Emma con gli occhi. Era lì, sudata e sfinita dall'ultima tarantella, nel gruppo che si sparpagliava a caccia di sedie. Allora si allontanò da Nevio e dalla parete per andare a prendere il violino. Non sapeva far ballare le polke e le mazurche, ma ora che tutto si era fermato, e dall'aia saliva soltanto un mormorio di appagata stanchezza, sentì il bisogno di dare un suono all'armonia. Abbandonata per quella sera ogni timidezza si spostò più al centro, sistemò il violino sotto il collo e attaccò le prime due note sorridendo a Gillian, che trasalì restituendogli uno sguardo lucido e grato, e subito si alzò per tendere insieme a Emma ed Elena la mano verso gli altri. La prima che le capitò fu quella di Nevio. L'accettò con circospezione, senza voltarsi, stringendogliela solo nel momento in cui tutti e quattro iniziarono a cantare, piano, per non sovrastare la magia del violino, l'amore per il paese cui appartenevano ancora, e che mai avrebbero lasciato nel passato.

Anche lì la loro *Auld Lang Syne* aveva messo tutti in piedi, e ora andava formando un grande cerchio che pareva replicare in terra quello della luna. Nessuno restò fuori, nemmeno Marietta, ancora arrabbiata, o i traballanti Ida e Niccolò, poiché pur non comprendendo la canzone, ciascuno percepiva in quell'unico ondeggiare di braccia una forza universale che elevava la propria. Tanto che quando il violino si fermò il cerchio non si sciolse, e quando si ruppe qua e là fu perché c'era bisogno delle mani per asciugare qualche lacrima.

Il ragazzino con l'organetto aveva preso parte a quella danza di braccia tenendo lo strumento appeso sulla pancia. Quando ci riposò sopra le dita pensò che ci sarebbe stato proprio bene qualcosa di allegro, per esempio quella tarantella della druda che aveva ereditato insieme alle altre, senza conoscerne l'origine né il significato.

La suonava di rado perché produceva nei più anziani il bizzarro effetto di renderli assorti e rallentarne i movimenti, come se l'andarsene indietro nel ricordo richiedesse un dispendio di passi non compatibile con il ballo. Ma ora, nella generale stanchezza dell'ora tarda, ritenne che quell'effetto si sarebbe mitigato. E iniziò a suonare.

Spina che infilza gliu core,
sang che cola senza fa' rumore.
Na nova luce ncanta
e spazza via la storia
della druda e della criatura sia.

Niccolò sobbalzò appena, sbirciò Ida con un'aria strana e lei gli sorrise.

«Be'? Che tene?»

E senza aspettare la risposta tornò a incantarsi sull'aia, i ragazzi, le famiglie, la festa. Intanto lui frugava nel taschino della giacca e tirava fuori un fazzoletto ripiegato. Lo scartò piano, un po' di nascosto, finché non si spalancò su un ciuffetto di fiori bianchi.

A sentire quel profumo lei si girò di scatto e si ritrovò il minuscolo bouquet davanti al viso. I petali tremolavano come la voce di Niccolò.

«Vuoi tu...?»

Ida gli prese delicatamente le zagare dalle dita e le infilò tra i bottoni della blusa. Poi gli posò la mano sulla sua e la strinse com'erano abituati, e senza raccapezzarsi annuiva, chiedendogli: «Ma davvero dici?» «Davvero dico» rispondeva lui, e tutti e due annuivano, le teste dondolanti e gli occhi perduti in qualche posto. Che a vederli parevano solo due vecchietti pronti a lasciare la vita e la festa. Parevano.

La mattina dopo in casa Montefosco ci si svegliò più tardi. Nevio si era appena fatto la barba e si stava vestendo, mentre Mizio era già fuori a occuparsi delle bestie e a risistemare l'aia. Fu lui perciò a sentire per primo il rumore di un motore che saliva per la strada, e a correre poco dopo su dal fratello, con lo sguardo eccitato.

«Oh, Ne'! Scendi che ti devono consegnare un'automobile!»

Ringraziamenti

Scrivere è un magnifico bisogno capace di fagocitare tutti gli altri, pure quelli primari, così che si possa andare avanti a oltranza senza fermarsi. E perché mai, del resto, si dovrebbe uscire da una dimensione tanto densa... Come si fa a uscire da un flusso vitale che scorre lì davanti a te? Sei in binge-watching di qualcosa che stai creando tu. Ti credo che non hai fame né sonno né niente.

Ecco, già così, per la potenza delle emozioni che provo scrivendo, sto. Ma quando capita che questa magia viene pubblicata allora ti apri alla meraviglia della condivisione. La storia diventa di tutti, i tuoi personaggi, i luoghi e i sentimenti che hai esplorato se ne vanno in giro da soli. E il pensiero che questo romanzo ora venga letto, magari suscitando sensazioni o riflessioni, mi genera un'impetuosa felicità per la quale sarò sempre infinitamente grata.

Il mio primo grazie per questo libro va a Roberta Oliva, la mia agente, per aver creduto in quell'insieme di appunti che era la prima bozza, per i consigli preziosi e per avermi aspettato fino a questa versione senza mai far venir meno la fiducia, anche negli anni in cui avevo mollato. Sono così felice di non averla delusa. A Marta Carrolo grazie per la passione autentica e contagiosa.

Il secondo grazie è per Francesca Lang, la mia editor, che non ne ho conosciute altre/i, ma so che sono stata molto fortunata. La ringrazio con tutto il cuore per aver sentito questa storia, per la delicatezza e il rispetto che mi ha dimostrato fin dal primo momento, per la competenza e la puntualità delle osservazioni. E insieme a lei ringrazio Piemme, per aver creduto in questo romanzo e per avermi accolto nella sua squadra. Spero di darvi soddisfazione.

Il terzo lo devo a Madre Angela Passini, la prof di italiano da cui ho acquisito i fondamentali e pure il rigore. Sarà perché amavo scrivere, se ho amato anche la sua severità.

Grazie a papà, perché è da lui che è partito tutto, senza immaginare che ci avrebbe portato qui. Qui nel senso più ampio che c'è. Come se il tempo si fosse improvvisamente annullato e le radici potessero essere riscoperte, quelle scozzesi e quelle di Roccasecca e Caprile.

A papà, e mamma, grazie anche per la carica di motivazione che hanno sempre dispensato leggendo le mie cose. Il problema è che ora pensano di essere genitori di un Nobel e hanno contagiato Nicoletta, che crede di essere la sorella di un Nobel. Mio fratello Filippo invece mi apprezza con razionalità.

Dopodiché, i miei due esseri meravigliosi, Vittoria e Martina, per il privilegio che siano arrivate proprio a me. Le ringrazio per tutti i motivi che si possono immaginare, e perché inventare favole per loro, ormai anni fa, è stata la scintilla che ha riacceso il bisogno di scrivere. Ecco amori miei, mamma è anche questa cosa qua.

Capire cos'è importante per l'altro è essenziale e ti fa scoprire che anche i progetti singoli si possono portare avanti insieme. Maurizio, mio marito, ha avuto pazienza e consigli, anche tutte le volte che ho preferito la tastiera a una passeggiata, un cinema o uno spaghetto al mare. Ora quelle rinunce, e lo sconcerto di quando mi scovava prima dell'alba avvoltolata sul divano insieme al pc, sono ripagati dall'orgoglio che gli sprizza dagli occhi.

La famiglia, tutti tutti, per le cose bellissime che mi hanno detto. Nonna Vittoria, sempre.

Grazie al cugino ritrovato, Fernando Riccardi, che mi ha avvicinato sul piano storico e su quello dell'affetto a una terra cui non sapevo di appartenere.

Un grazie speciale lo devo a Manuela Masala, compagna di viaggi che molto hanno a che fare con le gestazioni e le creature, inclusa questa. Primissima lettrice dell'ultima bozza, prima giudice, primo okay! I suoi suggerimenti sempre precisi e discreti, l'entusiasmo e la felicità sinceri. Che privilegio questo nuovo viaggio insieme a te.

Le persone da cui nel tempo ho imparato: innanzitutto Marco Vichi, il cui Commissario Bordelli è diventato amico mio di lunghissima data, e anzi, ormai sono quasi più amica del personaggio che dell'autore. Marco mi dato anni fa l'incoraggiamento determinante, e nel tempo validissimi consigli. Demetrio Salvi, per il primo entusiasmante tuffo nella sceneggiatura e per quello che ha scritto sull'*Idea*. Massimo Cerofolini e Francesca Primavera per il secondo tuffo e per avermi fatto incontrare un *compagno di scorribande attraverso immagini e parole*. Vittorio Moroni, perché non avrei mai voluto uscire da quella full immersion di scrittura. Antonella Lattanzi per gli esercizi sulle voci dei personaggi. Elena Varvello, per la scoperta che sono una *brancolatrice nel buio* e le illuminanti dirette con Cristina Zaia. Ho imparato anche da Alessandra Gambetti ed Elisa Passacantilli, che ricordo con molta stima e affetto.

Ringrazio Roberto Boccafogli, per le nozioni in materia di motori e gare d'altri tempi e per aver alimentato una curiosità di cui Nevio ha potuto beneficiare.

E poi, non mi aspettavo che anche i personaggi potessero avere pronipoti in carne e ossa... Ringrazio Fabio Santoro per l'aiuto col dialetto al tavolino del suo Café aperto non in Scozia ma a Roccasecca, insieme a Clementina dell'Aversano. Non si chiama *Ida* ma Sabot Bakery, ed è un laboratorio di gelato e pasticceria che posso solo dirvi fatevi una gita.

Sono grata ai luoghi in cui è ambientata questa storia, per avermi ispirato e per le emozioni profonde che continuano a suscitarmi. Aggiungo San Casciano dei Bagni, che non è nel romanzo ma sarà per sempre nel mio cuore.

Ringrazio le carissime amiche Micaela Pellizzari ed Elisabetta Simonetti (lei per portarsi avanti la statuetta dell'Oscar me l'ha già regalata). E gli amici, pure quelli delle mie figlie cui voglio un gran bene, e le persone che si sono lette altre cose mie e mi hanno sempre spronato. È un elenco troppo lungo e ho l'ansia di dimenticare qualcuno, perciò cito solo Luigina Paradiso e Cosimo (Mimmo) Russo, che non abbiamo fatto in tempo a incontrarci, ma con le sue meravigliose poesie mi resterà sempre vicino. Grazie con affetto, anche a Lucia Ciardo.

Infine Patrizia P., cui va sempre la mia profonda gratitudine e l'affetto che sa. E Livia D., perché a volte è un salto indietro che ti spinge avanti.

E grazie a voi, che avete sfilato questo libro da uno scaffale e ve lo siete portato via. Immaginarvi lì a sfogliare le pagine è qualcosa di meraviglioso che non si cancellerà mai.